Goethe gibt Auskunft

Goethe gibt Auskunft

über sein Leben, sein Werk,
seine Zeit

Herausgegeben von
Benedikt Jeßing

Reclam

Mit 76 Abbildungen

RECLAM TASCHENBUCH Nr. 20284

Reihengestaltung: büroecco!, Augsburg
Umschlaggestaltung: Eva Knoll, Stuttgart, unter Verwendung eines
Ausschnitts aus dem Gemälde *Goethe in der Campagna*
von Johann Heinrich Tischbein
Gesamtherstellung: Reclam, Ditzingen
Printed in Germany 2013
RECLAM ist eine eingetragene Marke
der Philipp Reclam jun. GmbH & Co. KG, Stuttgart
ISBN 978-3-15-020284-5

www.reclam.de

Vorbemerkung

Goethe hat neben seinen großen autobiographischen Texten *Dichtung und Wahrheit* und *Italienische Reise*, die ja insgesamt nur ein gutes Drittel seines Lebens schreibend umfassen, einerseits kleinste autobiographische Aufsätze – wie die *Campagne in Frankreich* –, andererseits aber die von 1749–1822 reichenden, doch sehr knappen und thematisch scharf konzentrierten *Tag- und Jahreshefte* hinterlassen. Allen diesen ausdrücklich autobiographisch erzählenden Projekten ist gemein, daß sie das Material biographischer Erinnerung, das aus vielen historischen Quellen ergänzt wird, in künstlerischer Gestaltungsabsicht zu romanhaft werdenden, literarischen Werken formen. Zielpunkt dieses Prozesses ist die Selbststilisierung, die Herausarbeitung eines künstlerischen Gehalts jenseits des Materials. *Dichtung und Wahrheit* sollte dem Zweck dienen (den es ironischerweise deswegen nicht erreicht, weil das Material sich sperrt), die eigene Biographie als Roman der quasi-organischen Entwicklung zum Dichter zu erzählen, ein Roman, der dann auch noch die sich in einer festgefahrenen Situation befindliche deutsche Literatur auf neue Wege bringen sollte. Zentrum der Gestaltung in der *Italienischen Reise* ist die Wiedergeburt des Künstlers Goethe aus dem Geist der römischen Antike und der italienischen Renaissance – und auch hier sperrt sich das Material schließlich gegen die durchgehende Formung, der Text gerät nach und nach zur Montage. Die knapp referierenden *Tag- und Jahreshefte* schließlich sind gewissermaßen nicht einmal ein erzählender Text, und ihr Thema ist auch nicht das Leben Goethes. Das wird vielmehr fast ganz ausgeblendet, die Darstellung wird dominiert durch die Fülle wahrgenommener literarischer, künstlerischer und wissenschaftlicher Anregungen und ins Auge gefaßter, durchgeführter oder abgebrochener Projekte. Aus diesem Grunde auch sind die *Tag- und Jahreshefte* für die vorliegende, biographisch orientierte Auswahl als Quelle nicht so ergiebig.

Die großen autobiographischen Erzählungen Goethes aber reißen jenseits ihrer Tendenz zur Selbststilisierung und ästhetischen Überformung ein großes historisches und soziologisches Panorama auf, sind gewissermaßen eine Enzyklopädie von Geschichte, Kunst und Kultur des 18. Jahrhunderts, in die eingebettet das Leben Goethes erscheint. Insofern sind sie Selbstzeugnisse im durchaus authentischen Sinne, bieten mit oft umwerfender Erzählkunst tiefe Einblicke in die Kultur und Gesellschaft, aus der der Ich-Erzähler stammte und in der er lebte. Gleichwohl blenden die großen autobiographischen Konstruktionen Goethes genau die wichtigen Risse und Krisenmomente des eigenen Lebens aus – was sich schon im Versagen der ästhetischen Formungsabsicht andeutet, am deutlichsten aber aus dem Abbrechen etwa von *Dichtung und Wahrheit* mit der Flucht nach Weimar spricht.

In einem möglicherweise authentischeren Sinne bilden sich auch eben diese Krisen und Brüche in den beiden anderen Corpora autobiographischen Schreibens ab, die Goethe hinterlassen hat: den über 14 000 Briefen und den Tausenden Seiten von Tagebucheintragungen und -notizen. Hier ist zwar zunächst Vorsicht geboten: Auch

Briefe und Tagebücher hat Goethe nicht spontan geschrieben, zu beidem machte er praktisch zeitlebens Schemata und Entwürfe, verwarf, änderte und redigierte; Briefe und Tagebücher wurden überdies meist diktiert. Auch hier also sind Spuren poetischer Arbeit sichtbar, nur selten sind diese Texte tatsächlich die fast unmittelbar-authentischen Abdrücke des Lebens, für die sie lange gehalten wurden. – Goethes Briefe, ansatzweise auch die Tagebücher, bieten zudem die Möglichkeit, die in einer Autobiographie fast notwendig geschönten Aspekte des eigenen Lebens kennenzulernen, die unsympathischen Seiten des Menschen Goethe, der seine Schwester herablassend-altklug nervt, der harsch mit der ehemaligen Freundin Charlotte von Stein umspringt, der zuweilen in hypochondrische Panik verfällt. In Tagebüchern und Briefen schreibt auch oft der schlicht »alltägliche« Goethe, der private, der Spargel sticht oder mit dem Enkel spielt.

Die hier vorgelegte Auswahl macht den Versuch, aus den genannten Texten bzw. Textgruppen eine chronologisch einigermaßen vollständige und sinnvolle Auswahl zu treffen, wobei nicht zu vermeiden war, daß jenen Abschnitten von Goethes Leben, zu denen die großen autobiographischen Erzählungen vorliegen, ein verhältnismäßig breiterer Raum gewahrt wurde. Gleichzeitig möchte diese Auswahl die selbststilisierende und die Brüche verschleiernde oder auslassende Tendenz dieser Texte mit der Absicht unterlaufen, gerade nicht der fortgesetzten Monumentalisierung Goethes zu dienen. Auch aus diesem Grunde werden, wie in älteren Versuchen ähnlicher Art, keine dritten Zeitzeugen, Korrespondenten oder Gesprächspartner Goethes zitiert. Die ausgewählten Texte lassen schlicht Goethe selbst zu Wort kommen über sein Leben, seine Zeit, seinen Alltag und, in Ansätzen, auch über sein literarisches Werk – in der Hoffnung, daß so vielleicht kein geschlossenes und in sich gerundetes, doch immerhin ein vielgestaltiges und anregendes Bild des Schriftstellers und Menschen entsteht.

B. J.

Am 28. August 1749, mittags mit dem Glockenschlage zwölf, kam ich in Frankfurt am Main auf die Welt. Die Konstellation war glücklich; die Sonne stand im Zeichen der Jungfrau und kulminierte für den Tag; Jupiter und Venus blickten sie freundlich an, Merkur nicht widerwärtig; Saturn und Mars verhielten sich gleichgültig: nur der Mond, der soeben voll ward, übte die Kraft seines Gegenscheins um so mehr, als zugleich seine Planetenstunde eingetreten war. Er widersetzte sich daher meiner Geburt, die nicht eher erfolgen konnte, als bis diese Stunde vorübergegangen.

Diese guten Aspekten, welche mir die Astrologen in der Folgezeit sehr hoch anzurechnen wußten, mögen wohl Ursache an meiner Erhaltung gewesen sein: denn durch Ungeschicklichkeit der Hebamme kam ich für tot auf die Welt, und nur durch vielfache Bemühungen brachte man es dahin, daß ich das Licht erblickte. Dieser Umstand, welcher die Meinigen in große Not versetzt hatte, gereichte jedoch meinen Mitbürgern zum Vorteil, indem mein Großvater, der Schultheiß Johann Wolfgang Textor, daher Anlaß nahm, daß ein Geburtshelfer angestellt, und der Hebammenunterricht eingeführt oder erneuert wurde, welches denn manchem der Nachgebornen mag zugute gekommen sein.

Wenn man sich erinnern will, was uns in der frühsten Zeit der Jugend begegnet ist, so kommt man oft in den Fall, dasjenige, was wir von andern gehört, mit dem zu verwechseln, was wir wirklich aus eigner anschauender Erfahrung besitzen. Ohne also hierüber eine genaue

Untersuchung anzustellen, welche ohnehin zu nichts führen kann, bin ich mir bewußt, daß wir in einem alten Hause wohnten, welches eigentlich aus zwei durchgebrochenen Häusern bestand. Eine turmartige Treppe führte zu unzusammenhangenden Zimmern, und die Ungleichheit der Stockwerke war durch Stufen ausgeglichen. Für uns Kinder, eine jüngere Schwester und mich, war die untere weitläufige Hausflur der liebste Raum, welche neben der Türe ein großes hölzernes Gitterwerk hatte, wodurch man unmittelbar mit der Straße und der freien Luft in Verbindung kam. Einen solchen Vogelbauer, mit dem viele Häuser versehen waren, nannte man ein Geräms. Die Frauen saßen darin um zu nähen und zu stricken; die Köchin las ihren Salat; die Nachbarinnen besprachen sich von daher miteinander, und die Straßen gewannen dadurch in der guten Jahrszeit ein südliches Ansehen. Man fühlte sich frei, indem man mit dem Öffentlichen vertraut war. So kamen auch durch diese Gerämse die Kinder mit den Nachbarn in Verbindung, und mich gewannen drei gegenüber wohnende Brüder von Ochsenstein, hinterlassene Söhne des verstorbenen Schultheißen, gar lieb, und beschäftigten und neckten sich mit mir auf mancherlei Weise.

Die Meinigen erzählten gern allerlei Eulenspiegeleien, zu denen mich jene sonst ernsten und einsamen Männer angereizt. Ich führe nur einen von diesen Streichen an. Es war eben Topfmarkt gewesen, und man hatte nicht allein die Küche für die nächste Zeit mit solchen Waren versorgt, sondern auch uns Kindern dergleichen Geschirr im kleinen zu spielender Beschäftigung eingekauft. An einem schönen Nachmittag, da alles ruhig im Hause war, trieb ich im Geräms mit meinen Schüsseln und Töpfen mein Wesen, und da weiter nichts dabei herauskommen wollte, warf ich ein Geschirr auf die Straße

Das Elternhaus Goethes vor dem Umbau

und freute mich, daß es so lustig zerbrach. Die von Ochsenstein, welche sahen, wie ich mich daran ergötzte, daß ich sogar fröhlich in die Händchen patschte, riefen: Noch mehr! Ich säumte nicht, sogleich einen Topf, und auf immer fortwährendes Rufen: Noch mehr! nach und nach sämtliche Schüsselchen, Tiegelchen, Kännchen gegen das Pflaster zu schleudern. Meine Nachbarn fuhren fort ihren Beifall zu bezeigen, und ich war höchlich froh ihnen Vergnügen zu machen. Mein Vorrat aber war aufgezehrt, und sie riefen immer: Noch mehr! Ich eilte daher stracks in die Küche und holte die irdenen Teller, welche nun freilich im Zerbrechen noch ein lustigeres Schauspiel gaben; und so lief ich hin und wieder, brachte einen Teller nach dem andern, wie ich sie auf dem Topfbrett der Reihe nach erreichen konnte, und weil sich jene gar nicht zufrieden gaben, so stürzte ich alles, was ich von Geschirr erschleppen konnte, in gleiches Verderben. Nur später erschien jemand zu hindern und zu wehren. Das Unglück war geschehen, und man hatte für so viel zerbrochne Töpferware wenigstens eine lustige Geschichte, an der sich besonders die schalkischen Urheber bis an ihr Lebensende ergötzten.

Die Stadt, in der Goethe geboren wurde und in der er seine Kindheit und Jugend verbrachte, Frankfurt am Main, war in der Mitte des 18. Jahrhunderts noch eine mittelalterliche, enge und verwinkelte Stadt von ungefähr 36 000 Einwohnern. Das Geburts- und Elternhaus Goethes lag in den repräsentativen Außenbezirken, außerhalb der ursprünglichen Stadtbefestigungsanlage, mit Blick auf Gärten und ›neue‹ Stadtmauer.

Blick aus den rückwärtigen Fenstern
des Elternhauses um 1749–1755
Aquarell von Karl Theodor Reiffenstein, 1858

Die Hinterseite des Hauses hatte, besonders aus dem oberen Stock, eine sehr angenehme Aussicht über eine beinah unabsehbare Fläche von Nachbarsgärten, die sich bis an die Stadtmauern verbreiteten. Leider aber war bei Verwandlung der sonst hier befindlichen Gemeindeplätze in Hausgärten, unser Haus und noch einige andere, die gegen die Straßenecke zu lagen, sehr verkürzt worden, indem die Häuser vom Roßmarkt her weitläufige Hintergebäude und große Gärten sich zueigneten, wir aber uns durch eine ziemlich hohe Mauer unseres

Hofes von diesen so nah gelegenen Paradiesen ausgeschlossen sahen.

Im zweiten Stock befand sich ein Zimmer, welches man das Gartenzimmer nannte, weil man sich daselbst durch wenige Gewächse vor dem Fenster den Mangel eines Gartens zu ersetzen gesucht hatte. Dort war, wie ich heranwuchs, mein liebster, zwar nicht trauriger, aber doch sehnsüchtiger Aufenthalt. Über jene Gärten hinaus, über Stadtmauern und Wälle sah man in eine schöne fruchtbare Ebene; es ist die, welche sich nach Höchst hinzieht. Dort lernte ich sommerszeit gewöhnlich meine Lektionen, wartete die Gewitter ab, und konnte mich an der untergehenden Sonne, gegen welche die Fenster gerade gerichtet waren, nicht satt genug sehen. Da ich aber zu gleicher Zeit die Nachbarn in ihren Gärten wandeln und ihre Blumen besorgen, die Kinder spielen, die Gesellschaften sich ergötzen sah, die Kegelkugeln rollen und die Kegel fallen hörte: so erregte dies frühzeitig in mir ein Gefühl der Einsamkeit und einer daraus entspringenden Sehnsucht, das, dem von der Natur in mich gelegten Ernsten und Ahndungsvollen entsprechend, seinen Einfluß gar bald und in der Folge noch deutlicher zeigte.

Die alte, winkelhafte, an vielen Stellen düstere Beschaffenheit des Hauses war übrigens geeignet, Schauer und Furcht in kindlichen Gemütern zu erwecken. Unglücklicherweise hatte man noch die Erziehungsmaxime, den Kindern frühzeitig alle Furcht vor dem Ahndungsvollen und Unsichtbaren zu benehmen und sie an das Schauderhafte zu gewöhnen. Wir Kinder sollten daher allein schlafen, und wenn uns dieses unmöglich fiel, und wir uns sacht aus den Betten hervormachten und die Gesellschaft der Bedienten und Mägde suchten, so stellte sich, in umgewandtem Schlafrock und also für uns ver-

Johann Caspar Goethe

Aquarellminiatur von
Georg Friedrich Schmoll

Catharina Elisabetha Goethe,
geb. Textor

Aquarellminiatur von
Georg Friedrich Schmoll

kleidet genug, der Vater in den Weg und schreckte uns in unsere Ruhestätte zurück. Die daraus entspringende üble Wirkung denkt sich jedermann. Wie soll derjenige die Furcht los werden, den man zwischen ein doppeltes Furchtbare einklemmt? Meine Mutter, stets heiter und froh und andern das gleiche gönnend, erfand eine bessere pädagogische Auskunft. Sie wußte ihren Zweck durch Belohnungen zu erreichen. Es war die Zeit der Pfirschen, deren reichlichen Genuß sie uns jeden Morgen versprach, wenn wir nachts die Furcht überwunden hätten. Es gelang, und beide Teile waren zufrieden.

Wie bei seinem späteren Helden Wilhelm Meister hinterließ auch beim kleinen Goethe ein Weihnachtsgeschenk seiner Großmutter einen prägenden Eindruck.

Meines Vaters Mutter, bei der wir eigentlich im Hause wohnten, lebte in einem großen Zimmer hinten hinaus, unmittelbar an der Hausflur, und wir pflegten unsere Spiele bis an ihren Sessel, ja wenn sie krank war, bis an ihr Bett hin auszudehnen. Ich erinnere mich ihrer gleichsam als eines Geistes, als einer schönen, hagern, immer weiß und reinlich gekleideten Frau. Sanft, freundlich, wohlwollend ist sie mir im Gedächtnis geblieben. [...]

Gewöhnlich hielten wir uns in allen unsern Freistunden zur Großmutter, in deren geräumigem Wohnzimmer wir hinlänglich Platz zu unsern Spielen fanden. Sie wußte uns mit allerlei Kleinigkeiten zu beschäftigen, und mit allerlei guten Bissen zu erquicken. An einem Weihnachtsabende jedoch setzte sie allen ihren Wohltaten die Krone auf, indem sie uns ein Puppenspiel vorstellen ließ, und so in dem alten Hause eine neue Welt erschuf. Dieses unerwartete Schauspiel zog die jungen

Gemüter mit Gewalt an sich; besonders auf den Knaben machte es einen sehr starken Eindruck, der in eine große langdauernde Wirkung nachklang.

Die kleine Bühne mit ihrem stummen Personal, die man uns anfangs nur vorgezeigt hatte, nachher aber zu eigner Übung und dramatischer Belebung übergab, mußte uns Kindern um so viel werter sein, als es das letzte Vermächtnis unserer guten Großmutter war, die bald darauf durch zunehmende Krankheit unsern Augen erst entzogen und dann für immer durch den Tod entrissen wurde. Ihr Abscheiden war für die Familie von desto größerer Bedeutung, als es eine völlige Veränderung in dem Zustande derselben nach sich zog.

Der Umbau des Elternhauses machte einerseits aus dem verwinkelten Doppelhaus ein modernes und großzügiges Gebäude, andererseits ermöglichte er dem Kind, seine Vaterstadt in größerem Umfang zu erkunden. Goethe entwickelt hier ein bildreiches Panorama der alten Stadt Frankfurt.

Solange die Großmutter lebte, hatte mein Vater sich gehütet, nur das mindeste im Hause zu verändern oder zu erneuern; aber man wußte wohl, daß er sich zu einem Hauptbau vorbereitete, der nunmehr auch sogleich vorgenommen wurde. In Frankfurt, wie in mehrern alten Städten, hatte man bei Aufführung hölzerner Gebäude, um Platz zu gewinnen, sich erlaubt, nicht allein mit dem ersten, sondern auch mit den folgenden Stocken überzubauen; wodurch denn freilich besonders enge Straßen etwas Düsteres und Ängstliches bekamen. Endlich ging ein Gesetz durch, daß wer ein neues Haus von Grund auf baue, nur mit dem ersten Stock über das Fundament herausrücken dürfe, die übrigen aber senkrecht aufführen müsse. Mein Vater, um den vorspringenden Raum im zweiten Stock auch nicht aufzugeben, wenig bekümmert um äußeres architektonisches Ansehen, und nur um innere gute und bequeme Einrichtung besorgt, bediente sich, wie schon mehrere vor ihm getan, der Ausflucht, die oberen Teile des Hauses zu unterstützen und von unten herauf einen nach dem andern wegzunehmen, und das Neue gleichsam einzuschalten, so daß, wenn zuletzt gewissermaßen nichts von dem Alten übrig blieb, der ganz neue Bau noch immer für eine Reparatur gelten konnte. Da nun also das Einreißen und Aufrichten allmählich geschah, so hatte mein Vater sich vorgenommen, nicht aus dem Hause zu weichen, um desto besser die Aufsicht zu führen und die Anleitung geben zu können: denn aufs Technische des Baues verstand er sich ganz gut; dabei wollte er aber auch seine Familie nicht von sich lassen. Diese neue Epoche war den Kindern sehr überraschend und sonderbar. Die Zimmer, in denen man sie oft enge genug gehalten und mit wenig erfreulichem Lernen und Arbeiten geängstigt, die Gänge, auf denen sie gespielt, die Wände, für deren Reinlichkeit und Erhaltung man sonst so sehr gesorgt, alles das vor der Hacke des Maurers, vor dem Beile des Zimmermanns fallen zu sehen, und zwar von unten herauf, und indessen oben auf unterstützten Balken, gleichsam in der Luft zu schweben, und dabei immer noch zu einer gewissen Lektion, zu einer bestimmten Arbeit angehalten zu werden – dieses alles brachte eine Verwirrung in den jungen Köpfen hervor, die sich so leicht nicht wieder ins gleiche setzen ließ. [...]

Um diese Zeit war es eigentlich, daß ich meine Vaterstadt zuerst gewahr wurde: wie ich denn nach und nach immer freier und ungehinderter, teils allein, teils mit

Das Elternhaus Goethes nach dem Umbau

Blick über die Mainbrücke in Frankfurt
Ölgemälde von Christian Georg Schütz d. Ä., um 1754

muntern Gespielen, darin auf und ab wandelte. [...] Am liebsten spazierte ich auf der großen Mainbrücke. Ihre Länge, ihre Festigkeit, ihr gutes Ansehen machte sie zu einem bemerkenswerten Bauwerk; auch ist es aus früherer Zeit beinahe das einzige Denkmal jener Vorsorge, welche die weltliche Obrigkeit ihren Bürgern schuldig ist. Der schöne Fluß auf- und abwärts zog meine Blicke nach sich; und wenn auf dem Brückenkreuz der goldene Hahn im Sonnenschein glänzte, so war es mir immer eine erfreuliche Empfindung. Gewöhnlich ward alsdann durch Sachsenhausen spaziert und die Überfahrt für einen Kreuzer gar behaglich genossen. Da befand man sich

Blick von Süden auf Frankfurt am Main
Ölgemälde von Johann Jakob Koller, 1777

nun wieder diesseits, da schlich man zum Weinmarkte, bewunderte den Mechanismus der Krane, wenn Waren ausgeladen wurden; besonders aber unterhielt uns die Ankunft der Marktschiffe, wo man so mancherlei und mitunter so seltsame Figuren aussteigen sah. Ging es nun in die Stadt herein, so ward jederzeit der Saalhof, der wenigstens an der Stelle stand, wo die Burg Kaiser Karls des Großen und seiner Nachfolger gewesen sein sollte, ehrfurchtsvoll gegrüßt. Man verlor sich in die alte Gewerbstadt, und besonders Markttages gern in dem Gewühl, das sich um die Bartholomäuskirche herum versammelte. Hier hatte sich, von den frühesten Zeiten

Der Römerberg in Frankfurt am Main
Lithographie von Friedrich Wilhelm Delkeskamp

an, die Menge der Verkäufer und Krämer übereinander gedrängt, und wegen einer solchen Besitznahme konnte nicht leicht in den neuern Zeiten eine geräumige und heitere Anstalt Platz finden. Die Buden des sogenannten Pfarreisens waren uns Kindern sehr bedeutend, und wir trugen manchen Batzen hin, um uns farbige, mit goldenen Tieren bedruckte Bogen anzuschaffen. Nur selten aber mochte man sich über den beschränkten, vollgepfropften und unreinlichen Marktplatz hindrängen. So erinnere ich mich auch, daß ich immer mit Entsetzen vor den daranstoßenden engen und häßlichen Fleischbänken geflohen bin. Der Römerberg war ein desto angenehmerer Spazierplatz. [...] Was aber die Aufmerksamkeit des Kindes am meisten an sich zog, waren die vielen kleinen Städte in der Stadt, die Festungen in der Festung, die ummauerten Klosterbezirke nämlich, und die aus frühern Jahrhunderten noch übrigen mehr oder minder burgartigen Räume: so der Nürnberger Hof, das Kompostell, das Braunfels, das Stammhaus derer von Stalburg, und mehrere in den spätern Zeiten zu Wohnungen und Gewerbsbenutzungen eingerichtete Festen. Nichts architektonisch Erhebendes war damals in Frankfurt zu sehen: alles deutete auf eine längst vergangene, für Stadt und Gegend sehr unruhige Zeit. Pforten und Türme, welche die Grenze der alten Stadt bezeichneten, dann weiterhin abermals Pforten, Türme, Mauern, Brücken, Wälle, Gräben, womit die neue Stadt umschlossen war,

Die Leonhardskirche in Frankfurt am Main
Bleistiftzeichnung des 16jährigen Goethe

alles sprach noch zu deutlich aus, daß die Notwendigkeit, in unruhigen Zeiten dem Gemeinwesen Sicherheit zu verschaffen, diese Anstalten hervorgebracht, daß die Plätze, die Straßen, selbst die neuen, breiter und schöner angelegten, alle nur dem Zufall und der Willkür und keinem regelnden Geiste ihren Ursprung zu danken hatten. Eine gewisse Neigung zum Altertümlichen setzte sich bei dem Knaben fest, welche besonders durch alte Chroniken, Holzschnitte, wie zum Beispiel den Graveschen von der Belagerung von Frankfurt, genährt und begünstigt wurde, wobei noch eine andere Lust, bloß menschliche Zustände in ihrer Mannigfaltigkeit und Natürlichkeit, ohne weitern Anspruch auf Interesse oder Schönheit zu erfassen, sich hervortat. So war es eine von unsern liebsten Promenaden, die wir uns des Jahrs ein paarmal zu verschaffen suchten, inwendig auf dem Gange der Stadtmauer herumzuspazieren. Gärten, Höfe, Hintergebäude ziehen sich bis an den Zwinger heran; man sieht mehreren tausend Menschen in ihre häuslichen, kleinen, abgeschlossenen, verborgenen Zustände. Von dem Putz- und Schaugarten des Reichen zu den Obstgärten des für seinen Nutzen besorgten Bürgers, von da zu Fabriken, Bleichplätzen und ähnlichen Anstalten, ja bis zum Gottesacker selbst – denn eine kleine Welt lag innerhalb des Bezirks der Stadt – ging man an dem mannigfaltigsten, wunderlichsten, mit jedem Schritt sich verändernden Schauspiel vorbei, an dem unsere kindische Neugier sich nicht genug ergötzen konnte. Denn fürwahr, der bekannte hinkende Teufel[1], als er für seinen Freund die Dächer von Madrid in der Nacht abhob, hat kaum mehr für diesen geleistet, als hier vor uns un-

1 *Der hinkende Teufel von Madrid* (1707), Roman von Alain René Lesage (1668–1747).

ter freiem Himmel bei hellem Sonnenschein getan war. Die Schlüssel, deren man sich auf diesem Wege bedienen mußte, um durch mancherlei Türme, Treppen und Pförtchen durchzukommen, waren in den Händen der Zeugherren, und wir verfehlten nicht ihren Subalternen aufs beste zu schmeicheln.

Bedeutender noch und in einem andern Sinne fruchtbarer blieb für uns das Rathaus, der Römer genannt. In seinen untern, gewölbähnlichen Hallen verloren wir uns gar zu gerne. Wir verschafften uns Eintritt in das große, höchst einfache Sessionszimmer des Rates. Bis auf eine gewisse Höhe getäfelt, waren übrigens die Wände sowie die Wölbung weiß, und das Ganze ohne Spur von Malerei oder irgendeinem Bildwerk. Nur an der mittelsten Wand in der Höhe las man die kurze Inschrift:

Eines Mannes Rede
ist keines Mannes Rede:
Man soll sie billig hören beede.

Nach der altertümlichsten Art waren für die Glieder dieser Versammlung Bänke ringsumher an der Vertäfelung angebracht und um eine Stufe von dem Boden erhöht. Da begriffen wir leicht, warum die Rangordnung unseres Senats nach Bänken eingeteilt ist. Von der Türe linker Hand bis in die gegenüberstehende Ecke, als auf der ersten Bank, saßen die Schöffen, in der Ecke selbst der Schultheiß, der einzige der ein kleines Tischchen vor sich hatte; zu seiner Linken bis gegen die Fensterseite saßen nunmehr die Herren der zweiten Bank; an den Fenstern her zog sich die dritte Bank, welche die Handwerker einnahmen; in der Mitte des Saals stand ein Tisch für den Protokollführer.

Das Kolorit der Altertümlichkeit, das städtebaulich schon anschaulich geworden ist, war dem Knaben vor allem auch in den traditionsreichen Festlichkeiten der reichsunmittelbaren Kaiserkrönungsstadt gegenwärtig.

Eine andere, noch viel seltsamere Feierlichkeit, welche am hellen Tage das Publikum aufregte, war das Pfeifergericht. Es erinnerte diese Zeremonie an jene ersten Zeiten, wo bedeutende Handelsstädte sich von den Zöllen, welche mit Handel und Gewerb in gleichem Maße zunahmen, wo nicht zu befreien, doch wenigstens eine Milderung derselben zu erlangen suchten. [...] Den Tag vor Mariä Geburt ward ein öffentlicher Gerichtstag angekündigt. In dem großen Kaisersaale, in einem umschränkten Raume, saßen erhöht die Schöffen, und eine Stufe höher der Schultheiß in ihrer Mitte; die von den Parteien bevollmächtigten Prokuratoren unten zur rechten Seite. Der Aktuarius fängt an, die auf diesen Tag gesparten wichtigen Urteile laut vorzulesen; die Prokuratoren bitten um Abschrift, appellieren, oder was sie sonst zu tun nötig finden.

Auf einmal meldet eine wunderliche Musik gleichsam die Ankunft voriger Jahrhunderte. Es sind drei Pfeifer, deren einer eine alte Schalmei, der andere einen Baß, der dritte einen Pommer oder Hoboe bläst. Sie tragen blaue mit Gold verbrämte Mäntel, auf den Ärmeln die Noten befestigt, und haben das Haupt bedeckt. So waren sie aus ihrem Gasthause, die Gesandten und ihre Begleitung hinterdrein, Punkt zehn ausgezogen, von Einheimischen und Fremden angestaunt, und so treten sie in den Saal. Die Gerichtsverhandlungen halten inne, Pfeifer und Begleitung bleiben vor den Schranken, der Abgesandte tritt hinein und stellt sich dem Schultheißen gegenüber. Die symbolischen Gaben, welche auf das genaueste nach dem alten Herkommen gefordert wurden, bestanden gewöhnlich in solchen Waren, womit die darbringende Stadt vorzüglich zu handeln pflegte. Der Pfeffer galt gleichsam für alle Waren, und so brachte auch hier der Abgesandte einen schön gedrechselten hölzernen Pokal mit Pfeffer angefüllt. Über demselben lagen ein Paar Handschuhe, wundersam geschlitzt, mit Seide besteppt und bequastet, als Zeichen einer gestatteten und angenommenen Vergünstigung, dessen sich auch wohl der Kaiser selbst in gewissen Fällen bediente. Daneben sah man ein weißes Stäbchen, welches vormals bei gesetzlichen und gerichtlichen Handlungen nicht leicht fehlen durfte. Es waren noch einige kleine Silbermünzen hinzugefügt, und die Stadt Worms brachte einen alten Filzhut, den sie immer wieder einlöste, so daß derselbe viele Jahre ein Zeuge dieser Zeremonien gewesen.

Nachdem der Gesandte seine Anrede gehalten, das Geschenk abgegeben, von dem Schultheißen die Versicherung fortdauernder Begünstigung empfangen, so entfernte er sich aus dem geschlossenen Kreise, die Pfeifer bliesen, der Zug ging ab, wie er gekommen war, das Gericht verfolgte seine Geschäfte, bis der zweite und endlich der dritte Gesandte eingeführt wurden: denn sie kamen erst einige Zeit nacheinander, teils damit das Vergnügen des Publikums länger daure, teils auch weil es immer dieselben altertümlichen Virtuosen waren, welche Nürnberg für sich und seine Mitstädte zu unterhalten und jedes Jahr an Ort und Stelle zu bringen übernommen hatte.

Wir Kinder waren bei diesem Feste besonders interessiert, weil es uns nicht wenig schmeichelte, unsern Großvater an einer so ehrenvollen Stelle zu sehen, und weil wir gewöhnlich noch selbigen Tag ihn ganz bescheiden zu besuchen pflegten, um, wenn die Großmutter den Pfeffer in ihre Gewürzladen geschüttet hätte, einen Becher und Stäbchen, ein Paar Handschuh oder einen alten Räderalbus zu erhaschen. Man konnte sich diese symbolischen, das Altertum gleichsam hervorzaubernden Zeremonien nicht erklären lassen, ohne in vergangene Jahrhunderte wieder zurückgeführt zu werden, ohne sich nach Sitten, Gebräuchen und Gesinnungen unserer Altvordern zu erkundigen, die sich durch wieder auferstandene Pfeifer und Abgeordnete, ja durch handgreifliche und für uns besitzbare Gaben auf eine so wunderliche Weise vergegenwärtigten.

Die Behaglichkeit der altertümlichen Stadt, die Geborgenheit, die das Elternhaus und die noch unhinterfragte Religiosität dem Kind boten, wurden schon in seinem sechsten Lebensjahr schlagartig in Frage gestellt:

Durch ein außerordentliches Weltereignis wurde jedoch die Gemütsruhe des Knaben zum erstenmal im tiefsten erschüttert. Am 1. November 1755 ereignete sich das Erdbeben von Lissabon, und verbreitete über die in Frieden und Ruhe schon eingewohnte Welt einen ungeheuren Schrecken. Eine große prächtige Residenz, zugleich Handels- und Hafenstadt, wird ungewarnt von dem furchtbarsten Unglück betroffen. Die Erde bebt und schwankt, das Meer braust auf, die Schiffe schlagen zusammen, die Häuser stürzen ein, Kirchen und Türme darüber her, der königliche Palast zum Teil wird vom Meere verschlungen, die geborstene Erde scheint Flammen zu speien: denn überall meldet sich Rauch und Brand in den Ruinen. Sechzigtausend Menschen, einen Augenblick zuvor noch ruhig und behaglich, gehen miteinander zugrunde, und der glücklichste darunter ist der zu nennen, dem keine Empfindung, keine Besinnung über das Unglück mehr gestattet ist. Die Flammen wüten fort, und mit ihnen wütet eine Schar sonst verborgner, oder durch dieses Ereignis in Freiheit gesetzter Verbrecher. Die unglücklichen Übriggebliebenen sind dem Raube, dem Morde, allen Mißhandlungen bloßgestellt; und so behauptet von allen Seiten die Natur ihre schrankenlose Willkür.

Schneller als die Nachrichten hatten schon Andeutungen von diesem Vorfall sich durch große Landstrecken verbreitet; an vielen Orten waren schwächere Erschütterungen zu verspüren, an manchen Quellen, besonders den heilsamen, ein ungewöhnliches Innehalten zu bemerken gewesen: um desto größer war die Wirkung der Nachrichten selbst, welche erst im allgemeinen, dann aber mit schrecklichen Einzelheiten sich rasch verbreiteten. Hierauf ließen es die Gottesfürchtigen nicht an Betrachtungen, die Philosophen nicht an Trostgründen, an Strafpredigten die Geistlichkeit nicht fehlen. So vieles zusammen richtete die Aufmerksamkeit der Welt eine Zeitlang auf diesen Punkt, und die durch fremdes Unglück aufgeregten Gemüter wurden durch Sorgen für sich selbst und die Ihrigen um so mehr geängstigt, als über die weitverbreitete Wirkung dieser Explosion von allen Orten und Enden immer mehrere und umständlichere Nachrichten einliefen. Ja vielleicht hat der Dämon des Schreckens zu keiner Zeit so schnell und so mächtig seine Schauer über die Erde verbreitet.

Der Knabe, der alles dieses wiederholt vernehmen mußte, war nicht wenig betroffen. Gott, der Schöpfer und Erhalter Himmels und der Erden, den ihm die Erklärung des ersten Glaubensartikels so weise und gnädig vorstellte, hatte sich, indem er die Gerechten mit den

Ungerechten gleichem Verderben preisgab, keineswegs väterlich bewiesen. Vergebens suchte das junge Gemüt sich gegen diese Eindrücke herzustellen, welches überhaupt um so weniger möglich war, als die Weisen und Schriftgelehrten selbst sich über die Art, wie man ein solches Phänomen anzusehen habe, nicht vereinigen konnten.

Die zweifelhafte Qualität der öffentlichen Schulausbildung, sofern überhaupt schon eingerichtet, und der pädagogisch gewiß übertriebene Ehrgeiz, den Vater Goethe bei seinen Kindern an den Tag legte, zwangen den Jungen und seine Schwester in ein enges Korsett häuslichunterrichtlicher Drangsal – wobei das väterliche Wissen schon bald durch hinzugezogene Privatlehrer ergänzt werden mußte.

Es ist ein frommer Wunsch aller Väter, das was ihnen selbst abgegangen, an den Söhnen realisiert zu sehen, so ungefähr als wenn man zum zweitenmal lebte und die Erfahrungen des ersten Lebenslaufes nun erst recht nutzen wollte. Im Gefühl seiner Kenntnisse, in Gewißheit einer treuen Ausdauer, und im Mißtrauen gegen die damaligen Lehrer, nahm der Vater sich vor, seine Kinder selbst zu unterrichten, und nur so viel als es nötig schien, einzelne Stunden durch eigentliche Lehrmeister zu besetzen. Ein pädagogischer Dilettantismus fing sich überhaupt schon zu zeigen an. Die Pedanterie und Trübsinnigkeit der an öffentlichen Schulen angestellten Lehrer mochte wohl die erste Veranlassung dazu geben. Man suchte nach etwas Besserem, und vergaß, wie mangelhaft aller Unterricht sein muß, der nicht durch Leute vom Metier erteilt wird.

Meinem Vater war sein eigner Lebensgang bis dahin ziemlich nach Wunsch gelungen; ich sollte denselben Weg gehen, aber bequemer und weiter. Er schätzte meine angebornen Gaben um so mehr als sie ihm mangelten: denn er hatte alles nur durch unsäglichen Fleiß, Anhaltsamkeit und Wiederholung erworben. Er versicherte mir öfters, früher und später, im Ernst und Scherz, daß er mit meinen Anlagen sich ganz anders würde benommen, und nicht so liederlich damit würde gewirtschaftet haben.

Durch schnelles Ergreifen, Verarbeiten und Festhalten entwuchs ich sehr bald dem Unterricht, den mir mein Vater und die übrigen Lehrmeister geben konnten, ohne daß ich doch in irgend etwas begründet gewesen wäre. Die Grammatik mißfiel mir, weil ich sie nur als ein willkürliches Gesetz ansah; die Regeln schienen mir lächerlich, weil sie durch so viele Ausnahmen aufgehoben wurden, die ich alle wieder besonders lernen sollte. Und wäre nicht der gereimte angehende Lateiner[1] gewesen, so hätte es schlimm mit mir ausgesehen; doch diesen trommelte und sang ich mir gern vor. So hatten wir auch eine Geographie in solchen Gedächtnisversen, wo uns die abgeschmacktesten Reime das zu Behaltende am besten einprägten, zum Beispiel:

> Über-Yssel: viel Morast
> macht das gute Land verhaßt.

Die Sprachformen und Wendungen faßte ich leicht; so auch entwickelte ich mir schnell, was in dem Begriff einer Sache lag. In rhetorischen Dingen, Chrien und dergleichen tat es mir niemand zuvor, ob ich schon wegen

1 Latein-Lehrbuch mit dem Titel *Der gereimte angehende Lateiner* (1724) des Philologen Christoph Cellarius (1638–1707).

Sprachfehler oft hintanstehen mußte. Solche Aufsätze waren es jedoch, die meinem Vater besondre Freude machten, und wegen deren er mich mit manchem für einen Knaben bedeutenden Geldgeschenke belohnte.

Mein Vater lehrte die Schwester in demselben Zimmer Italienisch, wo ich den Cellarius auswendig zu lernen hatte. Indem ich nun mit meinem Pensum bald fertig war und doch still sitzen sollte, horchte ich über das Buch weg und faßte das Italienische, das mir als eine lustige Abweichung des Lateinischen auffiel, sehr behende.

Andere Frühzeitigkeiten in Absicht auf Gedächtnis und Kombination hatte ich mit jenen Kindern gemein, die dadurch einen frühen Ruf erlangt haben. Deshalb konnte mein Vater kaum erwarten, bis ich auf Akademie gehen würde. Sehr bald erklärte er, daß ich in Leipzig, für welches er eine große Vorliebe behalten, gleichfalls Jura studieren, alsdann noch eine andre Universität besuchen und promovieren sollte. Was diese zweite betraf, war es ihm gleichgültig, welche ich wählen würde; nur gegen Göttingen hatte er, ich weiß nicht warum, einige Abneigung, zu meinem Leidwesen: denn ich hatte gerade auf diese viel Zutrauen und große Hoffnungen gesetzt. [. . .]

Privatstunden, welche sich nach und nach vermehrten, teilte ich mit Nachbarskindern. Dieser gemeinsame Unterricht förderte mich nicht; die Lehrer gingen ihren Schlendrian, und die Unarten, ja manchmal die Bösartigkeiten meiner Gesellen, brachten Unruh, Verdruß und Störung in die kärglichen Lehrstunden.

In einer Zeit, in der auch der Normalbürger zu allen erdenklichen Gelegenheiten ein Gedicht produzierte, gehörte zur literarischen Bildung neben dem Lesen auch die Einübung in ebendiese Gebrauchslyrik.

Wir Knaben hatten eine sonntägliche Zusammenkunft, wo jeder von ihm selbst verfertigte Verse produzieren sollte. Und hier begegnete mir etwas Wunderbares, was mich sehr lang in Unruh setzte. Meine Gedichte, wie sie auch sein mochten, mußte ich immer für die bessern halten. Allein ich bemerkte bald, daß meine Mitwerber, welche sehr lahme Dinge vorbrachten, in dem gleichen Falle waren und sich nicht weniger dünkten; ja was mir noch bedenklicher schien, ein guter, obgleich zu solchen Arbeiten völlig unfähiger Knabe, dem ich übrigens gewogen war, der aber seine Reime sich vom Hofmeister machen ließ, hielt diese nicht allein für die allerbesten, sondern war völlig überzeugt, er habe sie selbst gemacht, wie er mir, in dem vertrauteren Verhältnis, worin ich mit ihm stand, jederzeit aufrichtig behauptete. Da ich nun solchen Irrtum und Wahnsinn offenbar vor mir sah, fiel es mir eines Tages aufs Herz, ob ich mich vielleicht selbst in dem Falle befände, ob nicht jene Gedichte wirklich besser seien als die meinigen, und ob ich nicht mit Recht jenen Knaben ebenso toll als sie mir vorkommen möchte? Dieses beunruhigte mich sehr und lange Zeit: denn es war mir durchaus unmöglich, ein äußeres Kennzeichen der Wahrheit zu finden; ja ich stockte sogar in meinen Hervorbringungen, bis mich endlich Leichtsinn und Selbstgefühl und zuletzt eine Probearbeit beruhigten, die uns Lehrer und Eltern, welche auf unsere Scherze aufmerksam geworden, aus dem Stegreif aufgaben, wobei ich gut bestand und allgemeines Lob davontrug.

Die väterliche Bibliothek sowie die beim Trödler zu erwerbenden volkstümlichen Schriften bildeten die Voraussetzung für eine umfassende literarische Bildung – deren Motive sich beim Kind Goethe vielfach so tief einprägten, daß sie im Laufe der späteren literarischen Tätigkeit immer wieder bearbeitet wurden.

Man hatte zu der Zeit noch keine Bibliotheken für Kinder veranstaltet. Die Alten hatten selbst noch kindliche Gesinnungen und fanden es bequem, ihre eigene Bildung der Nachkommenschaft mitzuteilen. Außer dem Orbis pictus[1] des Amos Comenius kam uns kein Buch dieser Art in die Hände; aber die große Foliobibel mit Kupfern von Merian ward häufig von uns durchblättert; Gottfrieds Chronik[2] mit Kupfern desselben Meisters belehrte uns von den merkwürdigsten Fällen der Weltgeschichte; die Acerra philologica[3] tat noch allerlei Fabeln, Mythologien und Seltsamkeiten hinzu; und da ich gar bald die Ovidischen Verwandlungen gewahr wurde, und besonders die ersten Bücher fleißig studierte: so war mein junges Gehirn schnell genug mit einer Masse von Bildern und Begebenheiten, von bedeutenden und wunderbaren Gestalten und Ereignissen angefüllt, und ich konnte niemals Langeweile haben, indem ich mich immerfort beschäftigte, diesen Erwerb zu verarbeiten, zu wiederholen, wieder hervorzubringen.

1 Kinder-Lehrbuch der frühen Neuzeit (1657 u. ö.), Comenius (1592–1670) stellte zu lehrreichen Bildern deutsch- und lateinischsprachige Erläuterungen hinzu.

2 Gottfried ist das Pseudonym des Historikers Johann Philipp Abelin (gest. 1635), Autor der *Historischen Chronica* (1633).

3 Dt.: *Philologisches Weihrauchkästchen*, Sammlung aus klassischen Schriftstellern.

Einen frömmern sittlichern Effekt als jene mitunter rohen und gefährlichen Altertümlichkeiten, machte Fénelons Telemach[1], den ich erst nur in der Neukirchischen Übersetzung kennen lernte, und der, auch so unvollkommen überliefert, eine gar süße und wohltätige Wirkung auf mein Gemüt äußerte. Daß Robinson Crusoe sich zeitig angeschlossen, liegt wohl in der Natur der Sache; daß die Insel Felsenburg[2] nicht gefehlt habe, läßt sich denken. Lord Ansons Reise[3] um die Welt verband das Würdige der Wahrheit mit dem Phantasiereichen des Märchens, und indem wir diesen trefflichen Seemann mit den Gedanken begleiteten, wurden wir weit in alle Welt hinausgeführt, und versuchten ihm mit unsern Fingern auf dem Globus zu folgen. Nun sollte mir auch noch eine reichlichere Ernte bevorstehen, indem ich an eine Masse Schriften geriet, die zwar in ihrer gegenwärtigen Gestalt nicht vortrefflich genannt werden können, deren Inhalt jedoch uns manches Verdienst voriger Zeiten in einer unschuldigen Weise näher bringt.

Der Verlag oder vielmehr die Fabrik jener Bücher, welche in der folgenden Zeit unter dem Titel Volksschriften, Volksbücher, bekannt und sogar berühmt geworden, war in Frankfurt selbst, und sie wurden, wegen des großen Abgangs, mit stehenden Lettern auf das schrecklichste Löschpapier fast unleserlich gedruckt. Wir Kinder hatten also das Glück, diese schätzbaren Überreste der Mittelzeit auf einem Tischchen vor der Haustüre

1 François de Salignac de la Mothe Fénelon (1651–1715) veröffentlichte 1699 die Abenteuer von Odysseus' Sohn Telemach, die 1727–1730 von Benjamin Neukirch in deutsche Verse übertragen wurden.

2 Robinsonade von Johann Gottfried Schnabel (1692 – nach 1750), erschien 1731–1743.

3 Die Beschreibung von George Lord Ansons (1697–1762) Weltreise wurde 1749 ins Deutsche übersetzt.

eines Büchertrödlers täglich zu finden und sie uns für ein paar Kreuzer zuzueignen. Der Eulenspiegel, Die vier Haimonskinder, Die schöne Melusine, Der Kaiser Oktavian, Die schöne Magelone, Fortunatus, mit der ganzen Sippschaft bis auf den Ewigen Juden[1], alles stand uns zu Diensten, sobald uns gelüstete nach diesen Werken, anstatt nach irgendeiner Näscherei zu greifen. Der größte Vorteil dabei war, daß wenn wir ein solches Heft zerlesen oder sonst beschädigt hatten, es bald wieder angeschafft und aufs neue verschlungen werden konnte.

Zu den Leiden, die Johann Wolfgang und seiner Schwester Cornelia aus den pädagogischen Projekten des Vaters erwuchsen, traten immer wieder die üblichen – im 18. Jahrhundert oft noch tödlich verlaufenden – Kinderkrankheiten hinzu. Ruhevoller Fluchtpunkt war für die Kinder das Haus des Großvaters Textor, wo sie, durch die altväterliche Behaglichkeit verstärkt, eine unbeschwerte Zeit verleben konnten.

Weder von Masern, noch Windblattern, und wie die Quälgeister der Jugend heißen mögen, blieb ich verschont, und jedesmal versicherte man mir, es wäre ein Glück, daß dieses Übel nun für immer vorüber sei; aber leider drohte schon wieder ein andres im Hintergrund und rückte heran. Alle diese Dinge vermehrten meinen Hang zum Nachdenken, und da ich, um das Peinliche der Ungeduld von mir zu entfernen, mich schon öfters im Ausdauern geübt hatte, so schienen mir die Tugenden, welche ich an den Stoikern hatte rühmen hören, höchst

1 Die Titel verweisen auf die frühneuhochdeutschen Prosaromane des 15. und 16. Jahrhunderts, die auch irreführend »Volksbücher« genannt werden.

nachahmenswert, um so mehr als durch die christliche Duldungslehre ein Ähnliches empfohlen wurde.

Bei Gelegenheit dieses Familienleidens will ich auch noch eines Bruders gedenken, welcher, um drei Jahr jünger als ich, gleichfalls von jener Ansteckung ergriffen wurde und nicht wenig davon litt. Er war von zarter Natur, still und eigensinnig, und wir hatten niemals ein eigentliches Verhältnis zusammen. Auch überlebte er kaum die Kinderjahre. Unter mehreren nachgebornen Geschwistern, die gleichfalls nicht lange am Leben blieben, erinnere ich mich nur eines sehr schönen und angenehmen Mädchens, die aber auch bald verschwand, da wir denn nach Verlauf einiger Jahre, ich und meine Schwester, uns allein übrig sahen, und nur um so inniger und liebevoller verbanden.

Jene Krankheiten und andere unangenehme Störungen wurden in ihren Folgen doppelt lästig; denn mein Vater, der sich einen gewissen Erziehungs- und Unterrichtskalender gemacht zu haben schien, wollte jedes Versäumnis unmittelbar wieder einbringen, und belegte die Genesenden mit doppelten Lektionen, welche zu leisten mir zwar nicht schwer, aber insofern beschwerlich fiel, als es meine innere Entwicklung, die eine entschiedene Richtung genommen hatte, aufhielt und gewissermaßen zurückdrängte.

Vor diesen didaktischen und pädagogischen Bedrängnissen flüchteten wir gewöhnlich zu den Großeltern. Ihre Wohnung lag auf der Friedberger Gasse und schien ehemals eine Burg gewesen zu sein: denn wenn man herankam, sah man nichts als ein großes Tor mit Zinnen, welches zu beiden Seiten an zwei Nachbarhäuser stieß. Trat man hinein, so gelangte man durch einen schmalen Gang endlich in einen ziemlich breiten Hof, umgeben von ungleichen Gebäuden, welche nunmehr alle zu einer

Wohnung vereinigt waren. Gewöhnlich eilten wir sogleich in den Garten, der sich ansehnlich lang und breit hinter den Gebäuden hin erstreckte und sehr gut unterhalten war; die Gänge meistens mit Rebgeländer eingefaßt, ein Teil des Raums den Küchengewächsen, ein andrer den Blumen gewidmet, die vom Frühjahr bis in den Herbst in reichlicher Abwechslung die Rabatten sowie die Beete schmückten. Die lange gegen Mittag gerichtete Mauer war zu wohl gezogenen Spalierpfirsichbäumen genützt, von denen uns die verbotenen Früchte den Sommer über gar appetitlich entgegenreiften. Doch vermieden wir lieber diese Seite, weil wir unsere Genäschigkeit hier nicht befriedigen durften, und wandten uns zu der entgegengesetzten, wo eine unabsehbare Reihe Johannis- und Stachelbeerbüsche unserer Gierigkeit eine Folge von Ernten bis in den Herbst eröffnete. Nicht weniger war uns ein alter, hoher, weitverbreiteter Maulbeerbaum bedeutend, sowohl wegen seiner Früchte als auch, weil man uns erzählte, daß von seinen Blättern die Seidenwürmer sich ernährten. In diesem friedlichen Revier fand man jeden Abend den Großvater mit behaglicher Geschäftigkeit eigenhändig die feinere Obst- und Blumenzucht besorgend, indes ein Gärtner die gröbere Arbeit verrichtete. Die vielfachen Bemühungen, welche nötig sind, um einen schönen Nelkenflor zu erhalten und zu vermehren, ließ er sich niemals verdrießen. Er selbst band sorgfältig die Zweige der Pfirsichbäume fächerartig an die Spaliere, um einen reichlichen und bequemen Wachstum der Früchte zu befördern. Das Sortieren der Zwiebeln von Tulpen, Hyazinthen und verwandten Gewächsen, sowie die Sorge für Aufbewahrung derselben überließ er niemanden; und noch erinnere ich mich gern, wie emsig er sich mit dem Okulieren der verschiedenen Rosenarten beschäftigte. Dabei zog er, um sich vor den Dornen zu schützen, jene altertümlichen ledernen Handschuhe an, die ihm beim Pfeifergericht jährlich in Triplo überreicht wurden, woran es ihm deshalb niemals mangelte. So trug er auch immer einen talarähnlichen Schlafrock, und auf dem Haupt eine faltige schwarze Sammetmütze, so daß er eine mittlere Person zwischen Alkinous und Laertes hätte vorstellen können.

Alle diese Gartenarbeiten betrieb er ebenso regelmäßig und genau als seine Amtsgeschäfte: denn eh' er herunterkam, hatte er immer die Registrande seiner Proponenden für den andern Tag in Ordnung gebracht und die Akten gelesen. Ebenso fuhr er morgens aufs Rathaus, speiste nach seiner Rückkehr, nickte hierauf in seinem Großstuhl, und so ging alles einen Tag wie den andern. Er sprach wenig, zeigte keine Spur von Heftigkeit; ich erinnere mich nicht ihn zornig gesehen zu haben. Alles was ihn umgab war altertümlich. In seiner getäfelten Stube habe ich niemals irgendeine Neuerung wahrgenommen. Seine Bibliothek enthielt außer juristischen Werken nur die ersten Reisebeschreibungen, Seefahrten und Länderentdeckungen. Überhaupt erinnere ich mich keines Zustandes, der so wie dieser das Gefühl eines unverbruchlichen Friedens und einer ewigen Dauer gegeben hätte.

Der Ausbruch des Siebenjährigen Krieges führte in der Familie Goethe zu scharfen politischen Differenzen, die auch an dem Kind nicht spurlos vorübergingen.

Auf diese Weise verfloß den Frankfurtern während meiner Kindheit eine Reihe glücklicher Jahre. Aber kaum hatte ich am 28. August 1756 mein siebentes Jahr zurückgelegt, als gleich darauf jener weltbekannte Krieg ausbrach, welcher auf die nächsten sieben Jahre meines Lebens auch großen Einfluß haben sollte. Friedrich der Zweite, König von Preußen, war mit sechzigtausend Mann in Sachsen eingefallen, und statt einer vorgängigen Kriegserklärung folgte ein Manifest, wie man sagte von ihm selbst verfaßt, welches die Ursachen enthielt, die ihn zu einem solchen ungeheuren Schritt bewogen und berechtigt. Die Welt, die sich nicht nur als Zuschauer, sondern auch als Richter aufgefordert fand, spaltete sich sogleich in zwei Parteien, und unsere Familie war ein Bild des großen Ganzen.

Mein Großvater, der als Schöff von Frankfurt über Franz dem Ersten den Krönungshimmel getragen, und von der Kaiserin eine gewichtige goldene Kette mit ihrem Bildnis erhalten hatte, war mit einigen Schwiegersöhnen und Töchtern auf österreichischer Seite. Mein Vater, von Karl dem Siebenten zum kaiserlichen Rat ernannt, und an dem Schicksale dieses unglücklichen Monarchen gemütlich teilnehmend, neigte sich mit der kleinern Familienhälfte gegen Preußen. Gar bald wurden unsere Zusammenkünfte, die man seit mehreren Jahren sonntags ununterbrochen fortgesetzt hatte, gestört. Die unter Verschwägerten gewöhnlichen Mißhelligkeiten fanden nun erst eine Form, in der sie sich aussprechen konnten. Man stritt, man überwarf sich, man schwieg, man brach los. Der Großvater, sonst ein heitrer, ruhiger und bequemer Mann, ward ungeduldig. Die Frauen suchten vergebens das Feuer zu tüschen, und nach einigen unangenehmen Szenen blieb mein Vater zuerst aus der Gesellschaft. [...]

Und so war ich denn auch preußisch, oder um richtiger zu reden, Fritzisch gesinnt: denn was ging uns Preußen an. Es war die Persönlichkeit des großen Königs, die auf alle Gemüter wirkte. Ich freute mich mit dem Vater unserer Siege, schrieb sehr gern die Siegeslieder ab, und fast noch lieber die Spottlieder auf die Gegenpartei, so platt die Reime auch sein mochten.

Die politischen und militärischen Verwirrungen, die der Krieg auch in die sonst so behäbige Reichsstadt hineintrug, führten zu gravierenden Änderungen in der Lebensweise der Familie.

Man hielt uns Kinder mehr als bisher zu Hause, und suchte uns auf mancherlei Weise zu beschäftigen und zu unterhalten. Zu solchem Ende hatte man das von der Großmutter hinterlassene Puppenspiel wieder aufgestellt, und zwar dergestalt eingerichtet, daß die Zuschauer in meinem Giebelzimmer sitzen, die spielenden und dirigierenden Personen aber, so wie das Theater selbst vom Proszenium an, in einem Nebenzimmer Platz und Raum fanden. Durch die besondere Vergünstigung, bald diesen bald jenen Knaben als Zuschauer einzulassen, erwarb ich mir anfangs viele Freunde; allein die Unruhe, die in den Kindern steckt, ließ sie nicht lange geduldige Zuschauer bleiben. Sie störten das Spiel, und wir mußten uns ein jüngeres Publikum aussuchen, das noch allenfalls durch Ammen und Mägde in der Ordnung gehalten werden konnte. Wir hatten das ursprüngliche Hauptdrama, worauf die Puppengesellschaft eigentlich eingerichtet war, auswendig gelernt und führten es anfangs auch ausschließlich auf; allein dies ermüdete uns bald, wir veränderten die Garderobe, die Dekorationen, und wagten uns an verschiedene Stücke, die freilich für einen so kleinen Schauplatz zu weitläufig waren. Ob wir uns nun gleich durch diese Anmaßungen dasjenige was wir wirklich hätten leisten können, verkümmerten und zuletzt gar zerstörten, so hat doch diese kindliche Unterhaltung und Beschäftigung auf sehr mannigfaltige Weise bei mir das Erfindungs- und Darstellungsvermögen, die Einbildungskraft und eine gewisse Technik geübt und gefördert, wie es vielleicht auf keinem andern Wege, in so kurzer Zeit, in einem so engen Raume, mit so wenigem Aufwand hätte geschehen können.

Über die Lektüre der vom Vater in Auftrag gegebenen Bücher, über dessen Bibliothek und die Volksbücher vom Straßenhändler hinaus kam Goethe schon als Kind mit der zeitgenössischen neuesten Literatur in Verbindung, namentlich mit Klopstock, den der Vater verabscheute – eine groteske Anekdote schildert die frühe Beschäftigung mit dem »Messias«:

Aus der Ferne machte jedoch der Name Klopstock[1] auch schon auf uns eine große Wirkung. Im Anfang wunderte man sich, wie ein so vortrefflicher Mann so wunderlich heißen könne; doch gewöhnte man sich bald daran und dachte nicht mehr an die Bedeutung dieser Silben. In meines Vaters Bibliothek hatte ich bisher nur die früheren, besonders die zu seiner Zeit nach und nach heraufgekommenen und gerühmten Dichter gefunden. Alle diese hatten gereimt, und mein Vater hielt den Reim für poetische Werke unerläßlich. Canitz, Hagedorn, Drollinger, Gellert, Creuz, Haller[2] standen in schönen

1 Friedrich Gottlieb Klopstock (1724–1803), Dichter, der durch sein Epos *Der Messias* (1748–1773) und seine Oden größte Beliebtheit in der zweiten Hälfte des 18. Jahrhunderts errang.

2 Die Namen stehen für die gefällige Rokoko- und Landlebendichtung der ersten Hälfte des 18. Jahrhunderts, von der zunächst Klopstock, dann auch Goethe sich stark abheben sollten.

Franzbänden in einer Reihe. An diese schlossen sich Neukirchs Telemach, Koppens Befreites Jerusalem[1] und andre Übersetzungen. Ich hatte diese sämtlichen Bände von Kindheit auf fleißig durchgelesen und teilweise memoriert, weshalb ich denn zur Unterhaltung der Gesellschaft öfters aufgerufen wurde. Eine verdrießliche Epoche im Gegenteil eröffnete sich für meinen Vater, als durch Klopstocks Messias Verse, die ihm keine Verse schienen, ein Gegenstand der öffentlichen Bewunderung wurden. Er selbst hatte sich wohl gehütet dieses Werk anzuschaffen; aber unser Hausfreund, Rat Schneider, schwärzte es ein und steckte es der Mutter und den Kindern zu.

[...] Das Exemplar, das er jährlich nur eine Woche brauchte, war uns für die übrige Zeit gewidmet. Die Mutter hielt es heimlich, und wir Geschwister bemächtigten uns desselben wann wir konnten, um in Freistunden, in irgendeinem Winkel verborgen, die auffallendsten Stellen auswendig zu lernen, und besonders die zartesten und heftigsten so geschwind als möglich ins Gedächtnis zu fassen.

Portias Traum rezitierten wir um die Wette, und in das wilde verzweifelnde Gespräch zwischen Satan und Adramelech, welche ins tote Meer gestürzt worden, hatten wir uns geteilt. Die erste Rolle, als die gewaltsamste, war auf mein Teil gekommen, die andere, um ein wenig kläglicher, übernahm meine Schwester. Die wechselseitigen, zwar gräßlichen aber doch wohlklingenden Verwünschungen flossen nur so vom Munde, und wir ergriffen jede Gelegenheit, uns mit diesen höllischen Redensarten zu begrüßen.

1 Übersetzung von Tassos *Gerusalemme liberata* (1580) durch Johann Friedrich Kopp 1744.

Der

Meßias

ein

Heldengedicht.

LABORVM DVLCE LENIMEN

CHH

HALLE,

bey Carl Herrmann Hemmerde.

1749.

Titelblatt der Erstausgabe von Klopstocks *Messias*, 1749

Es war ein Samstagabend im Winter – der Vater ließ sich immer bei Licht rasieren, um sonntags früh sich zur Kirche bequemlich anziehen zu können – wir saßen auf einem Schemel hinter dem Ofen und murmelten, während der Barbier einseifte, unsere herkömmlichen Flüche ziemlich leise. Nun hatte aber Adramelech den Satan mit eisernen Händen zu fassen; meine Schwester packte mich gewaltig an, und rezitierte, zwar leise genug, aber doch mit steigender Leidenschaft:

Hilf mir! ich flehe dich an, ich bete, wenn du es forderst,
Ungeheuer, dich an! Verworfner, schwarzer Verbrecher,
Hilf mir! ich leide die Pein des rächenden ewigen Todes! ...
Vormals konnt' ich mit heißem, mit grimmigem Hasse dich hassen!
Jetzt vermag ich's nicht mehr! Auch dies ist stechender Jammer!

Bisher war alles leidlich gegangen; aber laut, mit fürchterlicher Stimme rief sie die folgenden Worte:

O wie bin ich zermalmt!

Der gute Chirurgus erschrak und goß dem Vater das Seifenbecken in die Brust. Da gab es einen großen Aufstand, und eine strenge Untersuchung ward gehalten, besonders in Betracht des Unglücks das hätte entstehen können, wenn man schon im Rasieren begriffen gewesen wäre. Um allen Verdacht des Mutwillens von uns abzulehnen, bekannten wir uns zu unsern teuflischen Rollen, und das Unglück, das die Hexameter angerichtet hatten, war zu offenbar, als daß man sie nicht aufs neue hätte verrufen und verbannen sollen.

Die Einquartierung französischer Truppen in Frankfurt und die eines adligen Offiziers im Elternhaus Goethe brachten den nunmehr Zehnjährigen in Kontakt mit französischer Sprache, bildenden Künsten und französischem Theater – was im letzten Falle immer wieder zu Konflikten mit dem Vater führte.

Der Neujahrstag 1759 kam heran, für uns Kinder erwünscht und vergnüglich wie die vorigen, aber den ältern Personen bedenklich und ahndungsvoll. Die Durchmärsche der Franzosen war man zwar gewohnt, und sie ereigneten sich öfters und häufig, aber doch am häufigsten in den letzten Tagen des vergangenen Jahres. Nach alter reichsstädtischer Sitte posaunte der Türmer des Hauptturms so oft Truppen heranrückten, und an diesem Neujahrstage wollte er gar nicht aufhören, welches ein Zeichen war, daß größere Heereszüge von mehreren Seiten in Bewegung seien. Wirklich zogen sie auch in größeren Massen an diesem Tage durch die Stadt; man lief, sie vorbeipassieren zu sehen. Sonst war man gewohnt, daß sie nur in kleinen Partien durchmarschierten; diese aber vergrößerten sich nach und nach, ohne daß man es verhindern konnte oder wollte. Genug, am 2. Januar, nachdem eine Kolonne durch Sachsenhausen über die Brücke durch die Fahrgasse bis an die Konstablerwache gelangt war, machte sie Halt, überwältigte das kleine, sie durchführende Kommando, nahm Besitz von gedachter Wache, zog die Zeil hinunter, und nach einem geringen Widerstand mußte sich auch die Hauptwache ergeben. Augenblicks waren die friedlichen Straßen in einen Kriegsschauplatz verwandelt. Dort verharrten und biwakierten die Truppen, bis durch regelmäßige Einquartierung für ihr Unterkommen gesorgt wäre.

Diese unerwartete, seit vielen Jahren unerhörte Last drückte die behaglichen Bürger gewaltig, und niemanden konnte sie beschwerlicher sein als dem Vater, der in sein kaum vollendetes Haus fremde militärische Bewohner aufnehmen, ihnen seine wohlaufgeputzten und meist verschlossenen Staatszimmer einräumen, und das, was er so genau zu ordnen und zu regieren pflegte, fremder Willkür preisgeben sollte; er, ohnehin preußisch gesinnt, sollte sich nun von Franzosen in seinen Zimmern belagert sehen: es war das Traurigste was ihm nach seiner Denkweise begegnen konnte. Wäre es ihm jedoch möglich gewesen, die Sache leichter zu nehmen, da er gut französisch sprach und im Leben sich wohl mit Würde und Anmut betragen konnte, so hätte er sich und uns manche trübe Stunde ersparen mögen; denn man quartierte bei uns den Königsleutnant, der, obgleich Militärperson, doch nur die Zivilvorfälle, die Streitigkeiten zwischen Soldaten und Bürgern, Schuldensachen und Händel zu schlichten hatte. Es war Graf Thoranc, von Grasse in der Provence unweit Antibes gebürtig, eine lange, hagre, ernste Gestalt, das Gesicht durch die Blattern sehr entstellt, mit schwarzen feurigen Augen, und von einem würdigen zusammengenommenen Betragen. Gleich sein Eintritt war für den Hausbewohner günstig. Man sprach von den verschiedenen Zimmern, welche teils abgegeben werden, teils der Familie verbleiben sollten, und als der Graf ein Gemäldezimmer erwähnen hörte, so erbat er sich gleich, ob es schon Nacht war, mit Kerzen die Bilder wenigstens flüchtig zu besehen. Er hatte an diesen Dingen eine übergroße Freude, bezeigte sich gegen den ihn begleitenden Vater auf das verbindlichste, und als er vernahm, daß die meisten Künstler noch lebten, sich in Frankfurt und in der Nachbarschaft aufhielten, so versicherte er, daß er nichts mehr wünsche, als sie baldigst kennen zu lernen und sie zu beschäftigen.

Aber auch diese Annäherung von seiten der Kunst vermochte nicht die Gesinnung meines Vaters zu ändern, noch seinen Charakter zu beugen. Er ließ geschehen was er nicht verhindern konnte, hielt sich aber in unwirksamer Entfernung, und das Außerordentliche was nun um ihn vorging, war ihm bis auf die geringste Kleinigkeit unerträglich.

Graf Thoranc indessen betrug sich musterhaft. Nicht einmal seine Landkarten wollte er an die Wände genagelt haben, um die neuen Tapeten nicht zu verderben. Seine Leute waren gewandt, still und ordentlich; aber freilich, da den ganzen Tag und einen Teil der Nacht nicht Ruhe bei ihm ward, da ein Klagender dem andern folgte, Arrestanten gebracht und fortgeführt, alle Offiziere und Adjutanten vorgelassen wurden, da der Graf noch überdies täglich offne Tafel hielt: so gab es in dem mäßig großen, nur für eine Familie eingerichteten Hause, das nur eine durch alle Stockwerke unverschlossen durchgehende Treppe hatte, eine Bewegung und ein Gesumme wie in einem Bienenkorbe, obgleich alles sehr gemäßigt, ernsthaft und streng zuging. [...]

Nun aber scheint es nötig, umständlicher anzuzeigen und begreiflich zu machen, wie ich mir in solchen Fällen in der französischen Sprache, die ich doch nicht gelernt, mit mehr oder weniger Bequemlichkeit durchgeholfen. Auch hier kam mir die angeborne Gabe zustatten, daß ich leicht den Schall und Klang einer Sprache, ihre Bewegung, ihren Akzent, den Ton und was sonst von äußern Eigentümlichkeiten, fassen konnte. Aus dem Lateinischen waren mir viele Worte bekannt; das Italienische vermittelte noch mehr, und so horchte ich in kurzer Zeit von Bedienten und Soldaten, Schildwachen und Besuchen so viel heraus, daß ich mich, wo nicht ins Gespräch mischen, doch wenigstens einzelne Fragen und Antworten bestehen konnte. Aber dieses war alles nur wenig gegen den Vorteil, den mir das Theater brachte. Von meinem Großvater hatte ich ein Freibillett erhalten, dessen ich mich, mit Widerwillen meines Vaters, unter dem Beistand meiner Mutter, täglich bediente. Hier saß ich nun im Parterre vor einer fremden Bühne, und paßte um so mehr auf Bewegung, mimischen und Redeausdruck, als ich wenig oder nichts von dem verstand, was da oben gesprochen wurde, und also meine Unterhaltung nur vom Gebärdenspiel und Sprachton nehmen konnte. Von der Komödie verstand ich am wenigsten, weil sie geschwind gesprochen wurde und sich auf Dinge des gemeinen Lebens bezog, deren Ausdrücke mir gar nicht bekannt waren. Die Tragödie kam seltner vor, und der gemessene Schritt, das Taktartige der Alexandriner, das Allgemeine des Ausdrucks machten sie mir in jedem Sinne faßlicher. Es dauerte nicht lange, so nahm ich den Racine, den ich in meines Vaters Bibliothek antraf, zur Hand, und deklamierte mir die Stücke nach theatralischer Art und Weise, wie sie das Organ meines Ohrs und das ihm so genau verwandte Sprachorgan gefaßt hatte, mit großer Lebhaftigkeit, ohne daß ich noch eine ganze Rede im Zusammenhang hätte verstehen können. Ja ich lernte ganze Stellen auswendig und rezitierte sie wie ein eingelernter Sprachvogel; welches mir um so leichter ward, als ich früher die für ein Kind meist unverständlichen biblischen Stellen auswendig gelernt und sie in dem Ton der protestantischen Prediger zu rezitieren mich gewöhnt hatte. [. . .] Es dauerte nicht lange, so regte sich der Wunsch bei mir, mich auf dem Theater selbst umzusehen, wozu sich mir so mancherlei Gelegenheit darbot. Denn da ich nicht immer die ganzen Stücke auszuhören Geduld hatte und manche Zeit in den Korridors, auch wohl bei gelinderer Jahreszeit vor der Tür, mit andern Kindern meines Alters allerlei Spiele trieb, so gesellte sich ein schöner munterer Knabe zu uns, der zum Theater gehörte und den ich in manchen kleinen Rollen, obwohl nur beiläufig, gesehen hatte. Mit mir konnte er sich am besten verständigen, indem ich mein Französisch bei ihm geltend zu machen wußte; und er knüpfte sich um so mehr an mich, als kein Knabe seines Alters und seiner Nation beim Theater oder sonst in der Nähe war. Wir gingen auch außer der Theaterzeit zusammen, und selbst während der Vorstellungen ließ er mich selten in Ruhe. Er war ein allerliebster kleiner Aufschneider, schwatzte charmant und unaufhörlich und wußte so viel von seinen Abenteuern, Händeln und andern Sonderbarkeiten zu erzählen, daß er mich außerordentlich unterhielt, und ich von ihm, was Sprache und Mitteilung durch dieselbe betrifft, in vier Wochen mehr lernte, als man sich hätte vorstellen können; so daß niemand wußte, wie ich auf einmal, gleichsam durch Inspiration, zu der fremden Sprache gelangt war. [...]

Was mir meine Besuche auf dem Theater sehr erleichterte, war, daß mir mein Freibillett, als aus den Händen des Schultheißen, den Weg zu allen Plätzen eröffnete, und also auch zu den Sitzen im Proszenium. Dieses war nach französischer Art sehr tief und an beiden Seiten mit Sitzen eingefaßt, die, durch eine niedrige Barriere beschränkt, sich in mehreren Reihen hintereinander aufbauten und zwar dergestalt, daß die ersten Sitze nur wenig über die Bühne erhoben waren. Das Ganze galt für einen besondern Ehrenplatz; nur Offiziere bedienten sich gewöhnlich desselben, obgleich die Nähe der Schauspieler, ich will nicht sagen jede Illusion, sondern gewissermaßen jedes Gefallen aufhob. Sogar jenen Gebrauch oder Mißbrauch, über den sich Voltaire so sehr beschwert, habe ich noch erlebt und mit Augen gesehen. Wenn bei sehr vollem Hause, und etwa zur Zeit von Durchmärschen angesehene Offiziere nach jenem Ehrenplatz strebten, der aber gewöhnlich schon besetzt war, so stellte man noch einige Reihen Bänke und Stühle ins Proszenium auf die Bühne selbst, und es blieb den Helden und Heldinnen nichts übrig, als in einem sehr mäßigen Raume zwischen den Uniformen und Orden ihre Geheimnisse zu enthüllen. Ich habe die Hypermnestra[1] selbst unter solchen Umständen aufführen sehen.

Der Vorhang fiel nicht zwischen den Akten; und ich erwähne noch eines seltsamen Gebrauchs, den ich sehr auffallend finden mußte, da mir als einem guten deutschen Knaben das Kunstwidrige daran ganz unerträglich war. Das Theater nämlich ward als das größte Heiligtum betrachtet, und eine vorfallende Störung auf demselben hätte als das größte Verbrechen gegen die Majestät des Publikums sogleich müssen gerügt werden. Zwei Grenadiere, das Gewehr beim Fuß, standen daher in allen Lustspielen ganz öffentlich zu beiden Seiten des hintersten Vorhangs, und waren Zeugen von allem was im Innersten der Familie vorging. Da, wie gesagt, zwischen den Akten der Vorhang nicht niedergelassen wurde, so lösten, bei einfallender Musik, zwei andere dergestalt ab, daß sie aus den Kulissen ganz strack vor jene hintraten, welche sich dann ebenso gemessentlich zurückzogen. Wenn nun eine solche Anstalt recht dazu geeignet war, alles was man beim Theater Illusion nennt, aufzuheben, so fällt es um so mehr auf, da dieses zu einer Zeit geschah, wo nach Diderots Grundsätzen und Beispielen die natürlichste Natürlichkeit auf der Bühne gefordert und eine vollkommene

1 Drama von Antoine-Marin Lemierre (1723–1793).

Täuschung als das eigentliche Ziel der theatralischen Kunst angegeben wurde. Von einer solchen militärischen Polizeianstalt war jedoch die Tragödie entbunden, und die Helden des Altertums hatten das Recht sich selbst zu bewachen; die gedachten Grenadiere standen indes nahe genug hinter den Kulissen.

[...] Meine Leidenschaft zu dem französischen Theater wuchs mit jeder Vorstellung; ich versäumte keinen Abend, ob ich gleich jedesmal, wenn ich nach dem Schauspiel mich zur speisenden Familie an den Tisch setzte und mich gar oft nur mit einigen Resten begnügte, die steten Vorwürfe des Vaters zu dulden hatte: das Theater sei zu gar nichts nütze und könne zu gar nichts führen. Ich rief in solchem Falle gewöhnlich alle und jede Argumente hervor, welche den Verteidigern des Schauspiels zur Hand sind, wenn sie in eine gleiche Not wie die meinige geraten. Das Laster im Glück, die Tugend im Unglück wurden zuletzt durch die poetische Gerechtigkeit wieder ins Gleichgewicht gebracht.

Trotz der Erschwernisse des bürgerlichen Lebens versuchte Goethes Vater, die Ausbildung seines Sohnes weiter zu vervollkommnen – der Unterricht in den verschiedensten Sprachen schlug sich schließlich in einem siebensprachigen Roman nieder, von dem Goethe in »Dichtung und Wahrheit« erzählt, der allerdings nicht erhalten ist.

In Gefolg von diesem hegte mein Vater eine neue Sorgfalt, daß auch das Englische hübsch in der Reihe der übrigen Sprachbeschäftigungen bliebe. Nun bekenne ich, daß es mir immer lästiger wurde, bald aus dieser bald aus jener Grammatik oder Beispielsammlung, bald aus diesem oder jenem Autor den Anlaß zu meinen Arbeiten zu nehmen, und so meinen Anteil an den Gegenständen zugleich mit den Stunden zu verzetteln. Ich kam daher auf den Gedanken alles mit einmal abzutun, und erfand einen Roman von sechs bis sieben Geschwistern, die voneinander entfernt und in der Welt zerstreut sich wechselseitig Nachricht von ihren Zuständen und Empfindungen mitteilen. Der älteste Bruder gibt in gutem Deutsch Bericht von allerlei Gegenständen und Ereignissen seiner Reise. Die Schwester, in einem frauenzimmerlichen Stil, mit lauter Punkten und in kurzen Sätzen, ungefähr wie nachher Siegwart[1] geschrieben wurde, erwidert bald ihm, bald den andern Geschwistern, was sie teils von häuslichen Verhältnissen, teils von Herzensangelegenheiten zu erzählen hat. Ein Bruder studiert Theologie und schreibt ein sehr förmliches Latein, dem er manchmal ein griechisches Postskript hinzufügt. Einem folgenden, in Hamburg als Handlungsdiener angestellt, ward natürlich die englische Korrespondenz zuteil so wie einem jüngern der sich in Marseille aufhielt, die französische. Zum Italienischen fand sich ein Musikus auf seinem ersten Ausflug in die Welt, und der jüngste, eine Art von naseweisem Nestquackelchen, hatte, da ihm die übrigen Sprachen abgeschnitten waren, sich aufs Judendeutsch gelegt, und brachte durch seine schrecklichen Chiffern die übrigen in Verzweiflung, und die Eltern über den guten Einfall zum Lachen.

Für diese wunderliche Form suchte ich mir einigen Gehalt, indem ich die Geographie der Gegenden, wo meine Geschöpfe sich aufhielten, studierte, und zu jenen trockenen Lokalitäten allerlei Menschlichkeiten hinzu erfand, die mit dem Charakter der Personen und ihrer

1 *Siegwart, eine Klostergeschichte* (1776), ein im Stil an den *Werther* angelehnter empfindsamer Roman von Johann Martin Miller (1750–1814).

Beschäftigung einige Verwandtschaft hatten. Auf diese Weise wurden meine Exerzitienbücher viel voluminöser; der Vater war zufriedener, und ich ward eher gewahr, was mir an eigenem Vorrat und an Fertigkeiten abging.

Selbst der Unterricht im Hebräischen wurde weniger zum Erlernen der Sprache als vielmehr als Voraussetzung für ein weiteres kindliches literarisches Projekt genutzt, das mitsamt einer Reihe frühester Produktionen das erste »Buch« des jungen Goethe ergeben sollte.

Der Mensch mag sich wenden, wohin er will, er mag unternehmen was es auch sei, stets wird er auf jenen Weg wieder zurückkehren, den ihm die Natur einmal vorgezeichnet hat. So erging es auch mir im gegenwärtigen Falle. Die Bemühungen um die Sprache, um den Inhalt der heiligen Schriften selbst, endigten zuletzt damit, daß von jenem schönen und viel gepriesenen Lande, seiner Umgebung und Nachbarschaft so wie von den Völkern und Ereignissen, welche jenen Fleck der Erde durch Jahrtausende hindurch verherrlichten, eine lebhaftere Vorstellung in meiner Einbildungskraft hervorging.

[...] Die Geschichte Josephs zu bearbeiten war mir lange schon wünschenswert gewesen; allein ich konnte mit der Form nicht zurecht kommen, besonders da mir keine Versart geläufig war, die zu einer solchen Arbeit gepaßt hätte. Aber nun fand ich eine prosaische Behandlung sehr bequem und legte mich mit aller Gewalt auf die Bearbeitung. Nun suchte ich die Charaktere zu sondern und auszumalen, und durch Einschaltung von Inzidenzien und Episoden die alte einfache Geschichte zu einem neuen und selbständigen Werke zu machen. Ich bedachte nicht, was freilich die Jugend nicht bedenken kann, daß hiezu ein Gehalt nötig sei, und daß dieser uns nur durch das Gewahrwerden der Erfahrung selbst entspringen könne. Genug, ich vergegenwärtigte mir alle Begebenheiten bis ins kleinste Detail, und erzählte sie mir der Reihe nach auf das genaueste.

Was mir diese Arbeit sehr erleichterte, war ein Umstand, der dieses Werk und überhaupt meine Autorschaft höchst voluminos zu machen drohte. Ein junger Mann von vielen Fähigkeiten, der aber durch Anstrengung und Dünkel blödsinnig geworden war, wohnte als Mündel in meines Vaters Hause, lebte ruhig mit der Familie und war sehr still und in sich gekehrt, und wenn man ihn auf seine gewohnte Weise verfahren ließ, zufrieden und gefällig. Dieser hatte seine akademischen Hefte mit großer Sorgfalt geschrieben, und sich eine flüchtige leserliche Hand erworben. Er beschäftigte sich am liebsten mit Schreiben, und sah es gern, wenn man ihm etwas zu kopieren gab; noch lieber aber, wenn man ihm diktierte, weil er sich alsdann in seine glücklichen akademischen Jahre versetzt fühlte. Meinem Vater, der keine expedite Hand schrieb und dessen deutsche Schrift klein und zittrig war, konnte nichts erwünschter sein, und er pflegte daher, bei Besorgung eigner sowohl als fremder Geschäfte, diesem jungen Manne gewöhnlich einige Stunden des Tags zu diktieren. Ich fand es nicht minder bequem, in der Zwischenzeit alles was mir flüchtig durch den Kopf ging, von einer fremden Hand auf dem Papier fixiert zu sehen, und meine Erfindungs- und Nachahmungsgabe wuchs mit der Leichtigkeit des Auffassens und Aufbewahrens.

Ein so großes Werk als jenes biblische prosaisch-epische Gedicht hatte ich noch nicht unternommen. Es war eben eine ziemlich ruhige Zeit, und nichts rief meine Einbildungskraft aus Palästina und Ägypten zurück. So quoll mein Manuskript täglich um so mehr auf, als das Gedicht streckenweise, wie ich es mir selbst gleichsam in die Luft erzählte, auf dem Papier stand, und nur wenige Blätter von Zeit zu Zeit umgeschrieben zu werden brauchten.

Als das Werk fertig war, denn es kam zu meiner eignen Verwunderung wirklich zustande, bedachte ich, daß von den vorigen Jahren mancherlei Gedichte vorhanden seien, die mir auch jetzt nicht verwerflich schienen, welche, in ein Format mit Joseph zusammengeschrieben, einen ganz artigen Quartband ausmachen würden, dem man den Titel Vermischte Gedichte geben könnte; welches mir sehr wohl gefiel, weil ich dadurch im stillen bekannte und berühmte Autoren nachzuahmen Gelegenheit fand. Ich hatte eine gute Anzahl sogenannter Anakreontischer Gedichte[1] verfertigt, die mir wegen der Bequemlichkeit des Silbenmaßes und der Leichtigkeit des Inhalts sehr wohl von der Hand gingen. Allein diese durfte ich nicht wohl aufnehmen, weil sie keine Reime hatten, und ich doch vor allem meinem Vater etwas Angenehmes zu erzeigen wünschte. Destomehr schienen mir geistliche Oden hier am Platz, dergleichen ich zur Nachahmung des Jüngsten Gerichts von Elias Schlegel sehr eifrig versucht hatte. Eine zur Feier der Höllenfahrt Christi geschriebene erhielt von meinen Eltern und Freunden viel Beifall, und sie hatte das Glück mir selbst noch einige Jahre zu gefallen. Die sogenannten Texte der sonntägigen Kirchenmusiken, welche jedesmal gedruckt zu haben waren, studierte ich fleißig. Sie waren freilich sehr schwach, und ich durfte wohl glauben, daß die meinigen, deren ich mehrere nach der vorgeschriebe-

1 Sammelbezeichnung für eine angeblich nach dem Vorbild des griechischen Dichters Anakreon (6. Jahrhundert v. Chr.) oft liebliche Gelegenheits- und Geselligkeitsdichtung des 18. Jahrhunderts.

nen Art verfertigt hatte, ebensogut verdienten komponiert und zur Erbauung der Gemeinde vorgetragen zu werden. Diese und mehrere dergleichen hatte ich seit länger als einem Jahre mit eigener Hand abgeschrieben, weil ich durch diese Privatübung von den Vorschriften des Schreibemeisters entbunden wurde. Nunmehr aber ward alles redigiert und in gute Ordnung gestellt, und es bedurfte keines großen Zuredens, um solche von jenem schreibelustigen jungen Manne reinlich abgeschrieben zu sehen. Ich eilte damit zum Buchbinder, und als ich gar bald den saubern Band meinem Vater überreichte, munterte er mich mit besonderem Wohlgefallen auf, alle Jahre einen solchen Quartanten zu liefern; welches er mit desto größerer Überzeugung tat, als ich das alles nur in sogenannten Nebenstunden geleistet hatte.

Nach einem Skandal im Hause Goethe, der zur vorzeitigen Aufhebung der Einquartierung des Grafen Thoranc führte – an dem vor allem die politische Unduldsamkeit des Vaters schuld war –, und der Beendigung des Krieges trieb der nunmehr jugendliche Goethe mit einer Anzahl meist älterer Bekannter ein waghalsiges Spiel mit Gelegenheitsgedichten, unterschobenen Briefen u. ä., ein Spiel, in dessen Verlauf er sich in ein einige Jahre älteres Mädchen verliebte, dessen Zuneigung er als Verliebtheit mißverstand.

Die Gestalt dieses Mädchens verfolgte mich von dem Augenblick an auf allen Wegen und Stegen; es war der erste bleibende Eindruck, den ein weibliches Wesen auf mich gemacht hatte; und da ich einen Vorwand sie im Hause zu sehen, weder finden konnte, noch suchen mochte, ging ich ihr zu Liebe in die Kirche und hatte bald ausgespürt wo sie saß; und so konnte ich während des langen protestantischen Gottesdienstes mich wohl satt an ihr sehen. Beim Herausgehen getraute ich mich nicht sie anzureden, noch weniger sie zu begleiten, und war schon selig, wenn sie mich bemerkt und gegen einen Gruß genickt zu haben schien. Doch ich sollte das Glück mich ihr zu nähern nicht lange entbehren. Man hatte jenen Liebenden, dessen poetischer Sekretär ich geworden war, glauben gemacht, der in seinem Namen geschriebene Brief sei wirklich an das Frauenzimmer abgegeben worden, und zugleich seine Erwartung aufs äußerste gespannt, daß nun bald eine Antwort darauf erfolgen müsse. Auch diese sollte ich schreiben, und die schalkische Gesellschaft ließ mich durch Pylades[1] aufs inständigste ersuchen, allen meinen Witz aufzubieten und alle meine Kunst zu verwenden, daß dieses Stück recht zierlich und vollkommen werde.

In Hoffnung meine Schöne wiederzusehen, machte ich mich sogleich ans Werk, und dachte mir nun alles was mir höchst wohlgefällig sein würde, wenn Gretchen es mir schriebe. Ich glaubte alles so aus ihrer Gestalt, ihrem Wesen, ihrer Art, ihrem Sinn herausgeschrieben zu haben, daß ich mich des Wunsches nicht enthalten konnte, es möchte wirklich so sein, und mich in Entzücken verlor, nur zu denken, daß etwas Ähnliches von ihr an mich könnte gerichtet werden. So mystifizierte ich mich selbst, indem ich meinte einen andern zum besten zu haben, und es sollte mir daraus noch manche Freude und manches Ungemach entspringen. Als ich abermals gemahnt wurde, war ich fertig, versprach zu kommen und fehlte nicht zur bestimmten Stunde. Es war nur

1 Goethe gibt hier dem Kameraden den Namen von Orests Freund aus der *Iphigenie* – stilisiert sich selbst damit ein wenig zu Orest!

einer von den jungen Leuten zu Hause; Gretchen saß am Fenster und spann; die Mutter ging ab und zu. Der junge Mensch verlangte, daß ich's ihm vorlesen sollte; ich tat es, und las nicht ohne Rührung, indem ich über das Blatt weg nach dem schönen Kinde hinschielte, und da ich eine gewisse Unruhe ihres Wesens, eine leichte Röte ihrer Wangen zu bemerken glaubte, drückte ich nur besser und lebhafter aus, was ich von ihr zu vernehmen wünschte. Der Vetter, der mich oft durch Lobeserhebungen unterbrochen hatte, ersuchte mich zuletzt um einige Abänderungen. Sie betrafen einige Stellen, die freilich mehr auf Gretchens Zustand, als auf den jenes Frauenzimmers paßten, das von gutem Hause, wohlhabend, in der Stadt bekannt und angesehen war. Nachdem der junge Mann mir die gewünschten Änderungen artikuliert und ein Schreibzeug herbeigeholt hatte, sich aber wegen eines Geschäfts auf kurze Zeit beurlaubte, blieb ich auf der Wandbank hinter dem großen Tische sitzen, und probierte die zu machenden Veränderungen auf der großen, fast den ganzen Tisch einnehmenden Schieferplatte, mit einem Griffel, der stets im Fenster lag, weil man auf dieser Steinfläche oft rechnete, sich mancherlei notierte, ja die Gehenden und Kommenden sich sogar Notizen dadurch mitteilten.

[...] Das liebe Mädchen zu sehen und neben ihr zu sein, war nun bald eine unerläßliche Bedingung meines Wesens. Jene hatten sich ebenso an mich gewöhnt, und wir waren fast täglich zusammen, als wenn es nicht anders sein könnte. Pylades hatte indessen seine Schöne auch in das Haus gebracht, und dieses Paar verlebte manchen Abend mit uns. Sie als Brautleute, obgleich noch sehr im Keime, verbargen doch nicht ihre Zärtlichkeit; Gretchens Betragen gegen mich war nur geschickt, mich in Entfernung zu halten. Sie gab niemanden die

Hand, auch nicht mir; sie litt keine Berührung; nur setzte sie sich manchmal neben mich, besonders wenn ich schrieb oder vorlas, und dann legte sie mir vertraulich den Arm auf die Schulter, sah mir ins Buch oder aufs Blatt; wollte ich mir aber eine ähnliche Freiheit gegen sie herausnehmen, so wich sie und kam sobald nicht wieder. Doch wiederholte sie oft diese Stellung, so wie alle ihre Gesten und Bewegungen sehr einförmig waren, aber immer gleich gehörig, schön und reizend. Allein jene Vertraulichkeit habe ich sie gegen niemanden weiter ausüben sehen.

Zur Zeit dieser Gretchen-Liebe Goethes sollte am 3. April 1764 in Frankfurt Joseph II. zum König des Heiligen Römischen Reiches Deutscher Nation gekrönt werden, ein ungeheuer aufwendiger, theatralischer Staatsakt, den Goethe auf Geheiß seines Vaters mit historischen Studien vorbereiten mußte und den er gleichzeitig mit der vermeintlich Geliebten erleben wollte.

Kaum war ich zu Hause angekommen, als mein Vater mich berufen ließ und mir die Eröffnung tat, es sei nun ganz gewiß, daß der Erzherzog Joseph zum Römischen König gewählt und gekrönt werden solle. Ein so höchst bedeutendes Ereignis müsse man nicht unvorbereitet erwarten, und etwa nur gaffend und staunend an sich vorbei gehen lassen. Er wolle daher die Wahl- und Krönungsdiarien der beiden letzten Krönungen mit mir durchgehen, nicht weniger die letzten Wahlkapitulationen, um alsdann zu bemerken, was für neue Bedingungen man im gegenwärtigen Falle hinzufügen werde. Die Diarien wurden aufgeschlagen, und wir beschäftigten uns den ganzen Tag damit bis tief in die Nacht, indessen mir das hübsche Mädchen, bald in ihrem alten Hauskleide, bald in ihrem neuen Kostüm, immer zwischen den höchsten Gegenständen des heiligen Römischen Reichs hin und wider schwebte. Für diesen Abend war es unmöglich sie zu sehen, und ich durchwachte eine sehr unruhige Nacht. Das gestrige Studium wurde den andern Tag eifrig fortgesetzt, und nur gegen Abend machte ich es möglich, meine Schöne zu besuchen, die ich wieder in ihrem gewöhnlichen Hauskleide fand. Sie lächelte, indem sie mich ansah, aber ich getraute mich nicht vor den andern etwas zu erwähnen. Als die ganze Gesellschaft wieder ruhig zusammensaß, fing sie an und sagte: »Es ist unbillig, daß ihr unserm Freunde nicht vertrauet was in diesen Tagen von uns beschlossen worden.« Sie fuhr darauf fort zu erzählen, daß nach unsrer neulichen Unterhaltung, wo die Rede war, wie ein jeder sich in der Welt wolle geltend machen, auch unter ihnen zur Sprache gekommen, auf welche Art ein weibliches Wesen seine Talente und Arbeiten steigern und seine Zeit vorteilhaft anwenden könne. Darauf habe der Vetter vorgeschlagen, sie solle es bei einer Putzmacherin versuchen, die jetzt eben eine Gehülfin brauche. Man sei mit der Frau einig geworden, sie gehe täglich so viele Stunden hin, werde gut gelohnt; nur müsse sie dort, um des Anstandes willen, sich zu einem gewissen Anputz bequemen, den sie aber jederzeit zurücklasse, weil er zu ihrem übrigen Leben und Wesen sich gar nicht schicken wolle. Durch diese Erklärung war ich zwar beruhigt, nur wollte es mir nicht recht gefallen, das hübsche Kind in einem öffentlichen Laden und an einem Orte zu wissen, wo die galante Welt gelegentlich ihren Sammelplatz hatte. Doch ließ ich mir nichts merken, und suchte meine eifersüchtige Sorge im stillen bei mir zu verarbeiten. Hierzu gönnte mir der jüngere Vetter nicht lange

Zeit, der alsbald wieder mit dem Auftrag zu einem Gelegenheitsgedicht hervortrat, mir die Personalien erzählte und sogleich verlangte, daß ich mich zur Erfindung und Disposition des Gedichtes anschicken möchte. Er hatte schon einigemal über die Behandlung einer solchen Aufgabe mit mir gesprochen, und wie ich in solchen Fällen sehr redselig war, gar leicht von mir erlangt, daß ich ihm, was an diesen Dingen rhetorisch ist, umständlich auslegte, ihm einen Begriff von der Sache gab und meine eigenen und fremden Arbeiten dieser Art als Beispiele benutzte. Der junge Mensch war ein guter Kopf, obgleich ohne Spur von poetischer Ader, und nun ging er so sehr ins einzelne und wollte von allem Rechenschaft haben, daß ich mit der Bemerkung laut ward: Sieht es doch aus, als wolltet Ihr mir ins Handwerk greifen und mir die Kundschaft entziehen. – »Ich will es nicht leugnen«, sagte jener lächelnd: »denn ich tue Euch dadurch keinen Schaden. Wie lange wird's währen, so geht Ihr auf die Akademie, und bis dahin laßt mich noch immer etwas bei Euch profitieren.« – Herzlich gern, versetzte ich, und munterte ihn auf, selbst eine Disposition zu machen, ein Silbenmaß nach dem Charakter des Gegenstandes zu wählen, und was etwa sonst noch nötig scheinen mochte. Er ging mit Ernst an die Sache; aber es wollte nicht glücken. Ich mußte zuletzt immer daran so viel umschreiben, daß ich es leichter und besser von vornherein selbst geleistet hätte. Dieses Lehren und Lernen jedoch, dieses Mitteilen, diese Wechselarbeit gab uns eine gute Unterhaltung; Gretchen nahm teil daran und hatte manchen artigen Einfall, so daß wir alle vergnügt, ja man darf sagen glücklich waren. Sie arbeitete des Tags bei der Putzmacherin; abends kamen wir gewöhnlich zusammen, und unsre Zufriedenheit ward selbst dadurch nicht gestört, daß es mit den Bestellungen zu Gelegenheitsgedichten endlich nicht recht mehr fortwollte. Schmerzlich jedoch empfanden wir es, daß uns eins einmal mit Protest zurückkam, weil es dem Besteller nicht gefiel. Indes trösteten wir uns, weil wir es gerade für unsere beste Arbeit hielten, und jenen für einen schlechten Kenner erklären durften. Der Vetter, der ein für allemal etwas lernen wollte, veranlaßte nunmehr fingierte Aufgaben, bei deren Auflösung wir uns zwar noch immer gut genug unterhielten, aber freilich, da sie nichts einbrachten, unsre kleinen Gelage viel mäßiger einrichten mußten.

Die Krönungsfeierlichkeiten zogen sich über viele Tage hin, zunächst ging ihnen eine Fülle vorbereitender Festakte voraus.

Der Einzug des Kurfürsten von Mainz erfolgte den 21. März. Hier fing nun das Kanonieren an, mit dem wir auf lange Zeit mehrmals betäubt werden sollten. Wichtig in der Reihe der Zeremonien war diese Festlichkeit: denn alle die Männer, die wir bisher auftreten sahen, waren, so hoch sie auch standen, doch immer nur Untergeordnete; hier aber erschien ein Souverän, ein selbständiger Fürst, der Erste nach dem Kaiser, von einem großen, seiner würdigen Gefolge eingeführt und begleitet. [...]

Gleich den nächsten Tag war große Bewegung in der Stadt, wegen der Visiten und Gegenvisiten, welche nunmehr mit dem größten Zeremoniell abgestattet wurden. Was mich aber als einen Frankfurter Bürger besonders interessierte und zu vielen Betrachtungen veranlaßte, war die Ablegung des Sicherheitseides, den der Rat, das Militär, die Bürgerschaft, nicht etwa durch Repräsentanten, sondern persönlich und in Masse leisteten: erst auf dem großen Römersaale der Magistrat und die Stabsoffiziere, dann auf dem großen Platze, dem Römerberg, die sämtliche Bürgerschaft nach ihren verschiedenen Graden, Abstufungen und Quartieren, und zuletzt das übrige Militär. Hier konnte man das ganze Gemeinwesen mit einem Blick überschauen, versammelt zu dem ehrenvollen Zweck, dem Haupt und den Gliedern des Reichs Sicherheit, und bei dem bevorstehenden großen Werke unverbrüchliche Ruhe anzugeloben. [...]

Bisher war alles noch ziemlich modern hergegangen: die höchsten und hohen Personen bewegten sich nur in Kutschen hin und wider; nun aber sollten wir sie, nach uralter Weise, zu Pferde sehen. Der Zulauf und das Gedränge war außerordentlich. Ich wußte mich in dem Römer, den ich, wie eine Maus den heimischen Kornboden, genau kannte, so lange herumzuschmiegen, bis ich an den Haupteingang gelangte, vor welchem die Kurfürsten und Gesandten, die zuerst in Prachtkutschen herangefahren und sich oben versammelt hatten, nunmehr zu Pferde steigen sollten. Die stattlichsten, wohlzugerittenen Rosse waren mit reich gestickten Waldrappen überhangen und auf alle Weise geschmückt. Kurfürst Emmerich Joseph, ein schöner behaglicher Mann, nahm sich zu Pferde gut aus. Der beiden andern erinnere ich mich weniger, als nur überhaupt, daß uns diese roten mit Hermelin ausgeschlagenen Fürstenmäntel, die wir sonst nur auf Gemälden zu sehen gewohnt waren, unter freiem Himmel sehr romantisch vorkamen. Auch die Botschafter der abwesenden weltlichen Kurfürsten in ihren goldstoffnen, mit Gold überstickten, mit goldnen Spitzentressen reich besetzten spanischen Kleidern taten unsern Augen wohl; besonders wehten die großen Federn von den altertümlich aufgekrempten Hüten aufs prächtigste. Was mir aber gar nicht dabei gefallen wollte, waren die kurzen modernen Beinkleider, die weißseidenen Strümpfe und modischen Schuhe. Wir hätten Halbstiefelchen, so golden als man gewollt, Sandalen oder dergleichen gewünscht, um nur ein etwas konsequenteres Kostüm zu erblicken.

Im Betragen unterschied sich auch hier der Gesandte von Plotho wieder vor allen andern. Er zeigte sich lebhaft und munter, und schien vor der ganzen Zeremonie nicht sonderlichen Respekt zu haben. Denn als sein Vordermann, ein ältlicher Herr, sich nicht sogleich aufs Pferd schwingen konnte, und er deshalb eine Weile an dem großen Eingang warten mußte, enthielt er sich des Lachens nicht, bis sein Pferd auch vorgeführt wurde, auf welches er sich denn sehr behend hinaufschwang und von uns abermals als ein würdiger Abgesandter Friedrichs des Zweiten bewundert wurde.

Nun war für uns der Vorhang wieder gefallen. Ich hatte mich zwar in die Kirche zu drängen gesucht; allein es fand sich auch dort mehr Unbequemlichkeit als Lust. Die Wählenden hatten sich ins Allerheiligste zurückgezogen, in welchem weitläufige Zeremonien die Stelle einer bedächtigen Wahlüberlegung vertraten. Nach langem Harren, Drängen und Wogen vernahm denn zuletzt das Volk den Namen Josephs des Zweiten, der zum Römischen König ausgerufen wurde.

Der Zudrang der Fremden in die Stadt ward nun immer stärker. Alles fuhr und ging in Galakleidern, so daß man zuletzt nur die ganz goldenen Anzüge bemerkenswert fand. Kaiser und König waren schon in Heusenstamm, einem gräflich Schönbornischen Schlosse, angelangt und wurden dort herkömmlich begrüßt und willkommen geheißen; die Stadt aber feierte diese wichtige Epoche durch geistliche Feste sämtlicher Religionen, durch Hochämter und Predigten, und von weltlicher Seite, zu Begleitung des Tedeums, durch unablässiges Kanonieren.

[...] Nun aber spannte sich unsere Erwartung aufs höchste, als es hieß, der Kaiser und der künftige König näherten sich der Stadt. In einiger Entfernung von Sachsenhausen war ein Zelt errichtet, in welchem der ganze Magistrat sich aufhielt, um dem Oberhaupte des Reichs die gehörige Verehrung zu bezeigen und die Stadtschlüssel anzubieten. Weiter hinaus, auf einer schönen geräumigen Ebene, stand ein andres, ein Prachtgezelt, wohin sich die sämtlichen Kurfürsten und Wahlbotschafter zum Empfang der Majestäten verfügten, indessen ihr Gefolge sich den ganzen Weg entlang erstreckte, um nach und nach, wie die Reihe an sie käme, sich wieder gegen die Stadt in Bewegung zu setzen und gehörig in den Zug einzutreten. Nunmehr fuhr der Kaiser bei dem Zelt an, betrat solches, und nach ehrfurchtsvollem Empfange beurlaubten sich die Kurfürsten und Gesandten, um ordnungsgemäß dem höchsten Herrscher den Weg zu bahnen.

Wir andern, die wir in der Stadt geblieben, um diese Pracht innerhalb der Mauern und Straßen noch mehr zu bewundern, als es auf freiem Felde hätte geschehen können, waren durch das von der Bürgerschaft in den Gassen aufgestellte Spalier, durch den Zudrang des Volks, durch mancherlei dabei vorkommende Späße und Unschicklichkeiten einstweilen gar wohl unterhalten, bis uns das Geläute der Glocken und der Kanonendonner die unmittelbare Nähe des Herrschers ankündigten. Was einem Frankfurter besonders wohltun mußte, war, daß bei dieser Gelegenheit, bei der Gegenwart so vieler Souveräne und ihrer Repräsentanten, die Reichsstadt Frankfurt auch als ein kleiner Souverän erschien: denn ihr Stallmeister eröffnete den Zug, Reitpferde mit Wappendecken, worauf der weiße Adler im roten Felde sich gar gut ausnahm, folgten ihm, Bediente und Offizianten, Pauker und Trompeter, Deputierte des Rats, von Ratsbedienten in der Stadtlivree zu Fuße begleitet. Hieran schlossen sich die drei Kompagnien der Bürgerkavallerie, sehr wohl beritten, dieselbigen die wir von Jugend auf bei Einholung des Geleites und andern öffentlichen Gelegenheiten gekannt hatten. Wir erfreuten uns an dem Mitgefühl dieser Ehre und an dem Hunderttausendteilchen einer Souveränetät, welche gegenwärtig in ihrem vollen Glanz erschien. Die verschiedenen Gefolge des Reichserbmarschalls und der von den sechs weltlichen Kurfürsten abgeordneten Wahlgesandten zogen sodann schrittweise daher. Keins derselben bestand aus weniger denn zwanzig Bedienten und zwei Staatswagen, bei einigen aus einer noch größern Anzahl. Das Gefolge der geistlichen Kurfürsten war nun immer im Steigen; die Bedienten und Hausoffizianten schienen unzählig, Kur-Köln und Kur-Trier hatten über zwanzig Staatswagen, Kur-Mainz allein ebensoviel. Die Dienerschaft zu Pferde und zu Fuß war durchaus aufs prächtigste gekleidet, die Herren in den Equipagen, geistliche und weltliche, hatten es auch nicht fehlen lassen, reich und ehrwürdig angetan, und geschmückt mit allen Ordenszeichen, zu erscheinen. Das Gefolg der kaiserlichen Majestät übertraf nunmehr wie billig die übrigen. Die Bereiter, die Handpferde, die Reitzeuge, Schabracken und Decken zogen aller Augen auf sich, und sechzehn sechsspännige Galawagen der kaiserlichen Kammerherren, Geheimenräte, des Oberkämmerers, Oberhofmeisters, Oberstallmeisters beschlossen mit großem Prunk diese Abteilung des Zugs, welche ungeachtet ihrer Pracht und Ausdehnung doch nur der Vortrab sein sollte. [...]

In diesen Tagen kam ich nicht zu mir selbst. Zu Hause gab es zu schreiben und zu kopieren; sehen wollte und sollte man alles, und so ging der März zu Ende, dessen zweite Hälfte für uns so festreich gewesen war. Von dem was zuletzt vorgegangen und was am Krönungstag zu erwarten sei, hatte ich Gretchen eine treuliche und ausführliche Belehrung versprochen. Der große Tag nahte heran; ich hatte mehr im Sinne, wie ich es ihr sagen wollte, als was eigentlich zu sagen sei; ich verarbeitete alles, was mir unter die Augen und unter die Kanzleifeder kam, nur geschwind zu diesem nächsten und einzigen Gebrauch. [. . .]

Von den Reichskleinodien hörte sie gern erzählen. Ich versprach ihr, daß wir diese womöglich zusammen sehen wollten. Sie machte einige scherzhafte Anmerkungen, als sie erfuhr, daß man Gewänder und Krone dem jungen König anprobiert habe. Ich wußte, wo sie den Feierlichkeiten des Krönungstages zusehen würde, und machte sie aufmerksam auf alles was bevorstand, und was besonders von ihrem Platze genau beobachtet werden konnte.

Die Krönungsfeier selbst beschreibt Goethe als großes Theater – wobei ironischerweise die zeremonielle Form des Festes für die gekrönten Hauptakteure zu groß, ganz unangemessen erscheint.

Endlich kamen auch die beiden Majestäten herauf. Vater und Sohn waren wie Menächmen[1] überein gekleidet. Des Kaisers Hausornat von purpurfarbner Seide, mit Perlen und Steinen reich geziert, sowie Krone, Szepter und Reichsapfel fielen wohl in die Augen: denn alles war

1 Zwillingsgestalten der gleichnamigen Komödie von Plautus.

neu daran, und die Nachahmung des Altertums geschmackvoll. So bewegte er sich auch in seinem Anzuge ganz bequem, und sein treuherzig würdiges Gesicht gab zugleich den Kaiser und den Vater zu erkennen. Der junge König hingegen schleppte sich in den ungeheuren Gewandstücken mit den Kleinodien Karls des Großen wie in einer Verkleidung einher, so daß er selbst, von Zeit zu Zeit seinen Vater ansehend, sich des Lächelns nicht enthalten konnte. Die Krone, welche man sehr hatte füttern müssen, stand wie ein übergreifendes Dach vom Kopf ab. Die Dalmatika, die Stola, so gut sie auch angepaßt und eingenäht worden, gewährte doch keineswegs ein vorteilhaftes Aussehen. Szepter und Reichsapfel setzten in Verwunderung; aber man konnte sich nicht leugnen, daß man lieber eine mächtige, dem Anzuge gewachsene Gestalt, um der günstigern Wirkung willen, damit bekleidet und ausgeschmückt gesehen hätte.

Kaum waren die Pforten des großen Saales hinter diesen Gestalten wieder geschlossen, so eilte ich auf meinen vorigen Platz, der, von andern bereits eingenommen, nur mit einiger Not mir wieder zuteil wurde.

Es war eben die rechte Zeit, daß ich von meinem Fenster wieder Besitz nahm: denn das Merkwürdigste, was öffentlich zu erblicken war, sollte eben vorgehen. Alles Volk hatte sich gegen den Römer zu gewendet, und ein abermaliges Vivatschreien gab uns zu erkennen, daß Kaiser und König an dem Balkonfenster des großen Saales in ihrem Ornate sich dem Volke zeigten. Aber sie sollten nicht allein zum Schauspiel dienen, sondern vor ihren Augen sollte ein seltsames Schauspiel vorgehen. Vor allen schwang sich nun der schöne schlanke Erbmarschall auf sein Roß; er hatte das Schwert abgelegt, in seiner Rechten hielt er ein silbernes gehenkeltes Gemäß, und ein Streichblech in der Linken. So ritt er in den

Das Krönungsbankett für Joseph II.
im großen Römersaal 1764
Anonymes Ölgemälde

Schranken auf den großen Haferhaufen zu, sprengte hinein, schöpfte das Gefäß übervoll, strich es ab und trug es mit großem Anstande wieder zurück. Der kaiserliche Marstall war nunmehr versorgt. Der Erbkämmerer ritt sodann gleichfalls auf jene Gegend zu und brachte ein Handbecken nebst Gießfaß und Handquehle zurück. Unterhaltender aber für die Zuschauer war der Erbtruchseß, der ein Stück von dem gebratnen Ochsen zu holen kam. Auch er ritt mit einer silbernen Schüssel durch die Schranken bis zu der großen Bretterküche und kam bald mit verdecktem Gericht wieder hervor, um seinen Weg nach dem Römer zu nehmen. Die Reihe traf nun den Erbschenken, der zu dem Springbrunnen ritt und Wein holte. So war nun auch die kaiserliche Tafel bestellt, und aller Augen warteten auf den Erbschatzmeister, der das Geld auswerfen sollte. Auch er bestieg ein schönes Roß, dem zu beiden Seiten des Sattels anstatt der Pistolenhalftern ein paar prächtige mit dem kurpfälzischen Wappen gestickte Beutel befestigt hingen. Kaum hatte er sich in Bewegung gesetzt, als er in diese Taschen griff und rechts und links Gold- und Silbermünzen freigebig ausstreute, welche jedesmal in der Luft als ein metallner Regen gar lustig glänzten. Tausend Hände zappelten augenblicklich in der Höhe, um die Gaben aufzufangen; kaum aber waren die Münzen niedergefallen, so wühlte die Masse in sich selbst gegen den Boden und rang gewaltig um die Stücke, welche zur Erde mochten gekommen sein. Da nun diese Bewegung von beiden Seiten sich immer wiederholte, wie der Geber vorwärts ritt, so war es für die Zuschauer ein sehr belustigender Anblick. Zum Schlusse ging es am allerlebhaftesten her, als er die Beutel selbst auswarf, und ein jeder noch diesen höchsten Preis zu erhaschen trachtete.

Die Majestäten hatten sich vom Balkon zurückgezogen [...].

Diesen glänzenden Abend gedachte ich auf eine gemütliche Weise zu feiern: denn ich hatte mit Gretchen, mit Pylades und der Seinigen abgeredet, daß wir uns zur nächtigen Stunde irgendwo treffen wollten. Schon leuchtete die Stadt an allen Ecken und Enden, als ich meine Geliebten antraf. Ich reichte Gretchen den Arm, wir zogen von einem Quartier zum andern, und befanden uns zusammen sehr glücklich. Die Vettern waren anfangs auch bei der Gesellschaft, verloren sich aber nachher unter der Masse des Volks. Vor den Häusern einiger Gesandten, wo man prächtige Illuminationen angebracht hatte (die kurpfälzische zeichnete sich vorzüglich aus), war es so hell wie es am Tage nur sein kann. Um nicht erkannt zu werden, hatte ich mich einigermaßen vermummt, und Gretchen fand es nicht übel. Wir bewunderten die verschiedenen glänzenden Darstellungen und die feenmäßigen Flammengebäude, womit immer ein Gesandter den andern zu überbieten gedacht hatte.

Mit dem Krönungstheater endete aber auch der Liebes-»Roman« mit Gretchen: Einige Kameraden aus dem Freundeskreis hatten unterschobene Briefe zu kriminellen Intrigen verwendet, Goethes Mittäterschaft wurde auch vom Vater unterstellt, gleichzeitig zerbrach die Illusion, sich von Gretchen geliebt zu wissen, im Zusammenhang mit der polizeilichen Untersuchung der Intrige sprach sie wohlwollend-herablassend von ihm als ›Kind‹. Der Zusammenbruch der Freundes- und Liebeswelt stürzte Goethe in Krankheit, Elend und Selbstmitleid.

Ich empfand nun keine Zufriedenheit als im Wiederkäuen meines Elends und in der tausendfachen imaginären Vervielfältigung desselben. Meine ganze Erfindungsgabe, meine Poesie und Rhetorik hatten sich auf diesen kranken Fleck geworfen, und drohten, gerade durch diese Lebensgewalt, Leib und Seele in eine unheilbare Krankheit zu verwickeln. In diesem traurigen Zustande kam mir nichts mehr wünschenswert, nichts begehrenswert mehr vor. Zwar ergriff mich manchmal ein unendliches Verlangen zu wissen wie es meinen armen Freunden und Geliebten ergehe, was sich bei näherer Untersuchung ergeben, inwiefern sie mit in jene Verbrechen verwickelt oder unschuldig möchten erfunden sein. Auch dies malte ich mir auf das mannigfaltigste umständlich aus, und ließ es nicht fehlen sie für unschuldig und recht unglücklich zu halten. Bald wünschte ich mich von dieser Ungewißheit befreit zu sehen, und schrieb heftig drohende Briefe an den Hausfreund, daß er mir den weitern Gang der Sache nicht vorenthalten solle. Bald zerriß ich sie wieder, aus Furcht mein Unglück recht deutlich zu erfahren und des phantastischen Trostes zu entbehren, mit dem ich mich bis jetzt wechselsweise gequält und aufgerichtet hatte.

So verbrachte ich Tag und Nacht in großer Unruhe, in Rasen und Ermattung, so daß ich mich zuletzt glücklich fühlte, als eine körperliche Krankheit mit ziemlicher Heftigkeit eintrat, wobei man den Arzt zu Hülfe rufen und darauf denken mußte, mich auf alle Weise zu beruhigen. Man glaubte es im allgemeinen tun zu können, indem man mir heilig versicherte, daß alle in jene Schuld mehr oder weniger Verwickelten mit der größten Schonung behandelt worden, daß meine nächsten Freunde, so gut wie ganz schuldlos, mit einem leichten Verweise entlassen worden, und daß Gretchen sich aus der Stadt entfernt habe und wieder in ihre Heimat gezogen sei. Mit dem letztern zauderte man am längsten, und ich nahm es auch nicht zum besten auf: denn ich konnte darin keine freiwillige Abreise, sondern nur eine schmähliche Verbannung entdecken. Mein körperlicher und geistiger Zustand verbesserte sich dadurch nicht: die Not ging nun erst recht an, und ich hatte Zeit genug mir den seltsamsten Roman von traurigen Ereignissen und einer unvermeidlich tragischen Katastrophe selbstquälerisch auszumalen.

Zur Heilung des verwundeten Herzens wendete sich Goethe in die Natur – in der er sich nach und nach im Zeichnen und Skizzieren übte.

Ich zog daher meinen Freund in die Wälder und, indem ich die einförmigen Fichten floh, sucht' ich jene schönen belaubten Haine, die sich zwar nicht weit und breit in der Gegend erstrecken, aber doch immer von solchem Umfange sind, daß ein armes verwundetes Herz sich darin verbergen kann. In der größten Tiefe des Waldes hatte ich mir einen ernsten Platz ausgesucht, wo die ältesten Eichen und Buchen einen herrlich großen beschatteten Raum bildeten. Etwas abhängig war der Boden und machte das Verdienst der alten Stämme nur desto bemerkbarer. Rings an diesen freien Kreis schlossen sich die dichtesten Gebüsche, aus denen bemooste Felsen mächtig und würdig hervorblickten und einem wasserreichen Bach einen raschen Fall verschafften.

Kaum hatte ich meinen Freund, der sich lieber in freier Landschaft am Strom unter Menschen befand, hieher genötiget, als er mir scherzend versicherte, ich erweise mich wie ein wahrer Deutscher. Umständlich erzählte er mir aus dem Tacitus, wie sich unsere Urväter an den Gefühlen begnügt, welche uns die Natur in solchen Einsamkeiten mit ungekünstelter Bauart so herrlich vorbereitet. Er hatte mir nicht lange davon erzählt, als ich ausrief: Oh! warum liegt dieser köstliche Platz nicht in tiefer Wildnis, warum dürfen wir nicht einen Zaun umher führen, ihn und uns zu heiligen und von der Welt abzusondern! Gewiß es ist keine schönere Gottesverehrung als die, zu der man kein Bild bedarf, die bloß aus dem Wechselgespräch mit der Natur in unserem Busen entspringt! – Was ich damals fühlte, ist mir noch gegenwärtig; was ich sagte, wüßte ich nicht wieder zu finden. So viel ist aber gewiß, daß die unbestimmten, sich weit ausdehnenden Gefühle der Jugend und ungebildeter Völker allein zum Erhabenen geeignet sind, das, wenn es durch äußere Dinge in uns erregt werden soll, formlos, oder zu unfaßlichen Formen gebildet, uns mit einer Größe umgeben muß, der wir nicht gewachsen sind. [...]

Ich hatte meinen Freund und Aufseher unvermerkt gewöhnt, ja genötigt, mich allein zu lassen; denn selbst in meinem heiligen Walde taten mir jene unbestimmten riesenhaften Gefühle nicht genug. Das Auge war vor allen anderen das Organ, womit ich die Welt faßte. Ich hatte von Kindheit auf zwischen Malern gelebt, und mich gewöhnt, die Gegenstände wie sie in bezug auf die Kunst anzusehen. Jetzt, da ich mir selbst und der Einsamkeit überlassen war, trat diese Gabe, halb natürlich, halb erworben, hervor; wo ich hinsah erblickte ich ein Bild, und was mir auffiel, was mich erfreute, wollte ich festhalten, und ich fing an, auf die ungeschickteste Weise nach der Natur zu zeichnen. [...]

Ich hatte bemerkt, daß wenn ich einen halbbeschatteten alten Stamm, an dessen mächtig gekrümmte Wurzeln sich wohlbeleuchtete Farrenkräuter anschmiegten, von blinkenden Graslichtern begleitet, mir zu einem qualreichen Studium ausgesucht hatte, mein Freund, der aus Erfahrung wußte, daß unter einer Stunde da nicht loszukommen sei, sich gewöhnlich entschloß, mit einem Buche ein anderes gefälliges Plätzchen zu suchen. Nun störte mich nichts, meiner Liebhaberei nachzuhängen, die um desto emsiger war, als mir meine Blätter dadurch lieb wurden, daß ich mich gewöhnte, an ihnen nicht sowohl das zu sehen, was darauf stand, als dasjenige, was ich zu jeder Zeit und Stunde dabei gedacht hatte. So können uns Kräuter und Blumen der gemeinsten Art ein liebes Tagebuch bilden, weil nichts, was die Erinnerung eines glücklichen Moments zurückruft, unbedeutend sein kann [...].

Auch unter dem Eindruck des Zusammenbruchs alter Freundschaften und Liebe schloß Goethe sich mit der nur ein Jahr jüngeren Schwester um so enger zusammen – als 60jähriger liefert er ein zwar differenziertes, aber nicht eben nur wohlwollendes Bild von Cornelia.

Unter diesen Umständen war es natürlich, daß Bruder und Schwester sich fest aneinanderschlossen und sich zur Mutter hielten, um die im ganzen versagten Freuden wenigstens einzeln zu erhaschen. Da aber die Stunden der Eingezogenheit und Mühe sehr lang und weit waren gegen die Augenblicke der Erholung und des Vergnügens, besonders für meine Schwester, die das Haus niemals auf so lange Zeit als ich verlassen konnte, so ward ihr Bedürfnis, sich mit mir zu unterhalten, noch durch die Sehnsucht geschärft, mit der sie mich in die Ferne begleitete. [...]

Goethes Schwester Cornelia
Rötelzeichnung von Johann Ludwig Ernst Morgenstern, um 1772

Sie war groß, wohl und zart gebaut und hatte etwas Natürlichwürdiges in ihrem Betragen, das in eine angenehme Weichheit verschmolz. Die Züge ihres Gesichts, weder bedeutend noch schön, sprachen von einem Wesen, das weder mit sich einig war noch werden konnte. Ihre Augen waren nicht die schönsten, die ich jemals sah, aber die tiefsten, hinter denen man am meisten erwartete, und, wenn sie irgendeine Neigung, eine Liebe ausdrückten, einen Glanz hatten ohnegleichen; und doch war dieser Ausdruck eigentlich nicht zärtlich, wie der, der aus dem Herzen kommt und zugleich etwas Sehnsüchtiges und Verlangendes mit sich führt; dieser Ausdruck kam aus der Seele, er war voll und reich, er schien nur geben zu wollen, nicht des Empfangens zu bedürfen.

Was ihr Gesicht aber ganz eigentlich entstellte, so daß sie manchmal wirklich häßlich aussehen konnte, war die Mode jener Zeit, welche nicht allein die Stirn entblößte, sondern auch alles tat, um sie scheinbar oder wirklich, zufällig oder vorsätzlich zu vergrößern. Da sie nun die weiblichste reingewölbteste Stirn hatte und dabei ein Paar starke schwarze Augenbrauen und vorliegende Augen, so entstand aus diesen Verhältnissen ein Kontrast, der einen jeden Fremden für den ersten Augenblick wo nicht abstieß, doch wenigstens nicht anzog. Sie empfand es früh, und dies Gefühl ward immer peinlicher, je mehr sie in die Jahre trat, wo beide Geschlechter eine unschuldige Freude empfinden, sich wechselseitig angenehm zu werden.

Niemanden kann seine eigene Gestalt zuwider sein, der Häßlichste wie der Schönste hat das Recht sich seiner Gegenwart zu freuen; und da das Wohlwollen verschönt, und sich jedermann mit Wohlwollen im Spiegel besieht, so kann man behaupten, daß jeder sich auch mit Wohlgefallen erblicken müsse, selbst wenn er sich dagegen sträuben wollte. Meine Schwester hatte jedoch eine so entschiedene Anlage zum Verstand, daß sie hier unmöglich blind und albern sein konnte; sie wußte vielmehr vielleicht deutlicher als billig, daß sie hinter ihren Gespielinnen an äußerer Schönheit sehr weit zurückstehe, ohne zu ihrem Troste zu fühlen, daß sie ihnen an inneren Vorzügen unendlich überlegen sei.

Kann ein Frauenzimmer für den Mangel von Schönheit entschädigt werden, so war sie es reichlich durch das unbegrenzte Vertrauen, die Achtung und Liebe, welche sämtliche Freundinnen zu ihr trugen; sie mochten älter oder jünger sein, alle hegten die gleichen Empfindungen. Eine sehr angenehme Gesellschaft hatte sich um sie versammelt, es fehlte nicht an jungen Männern, die sich einzuschleichen wußten, fast jedes Mädchen fand einen Freund; nur sie war ohne Hälfte geblieben. Freilich, wenn ihr Äußeres einigermaßen abstoßend war, so wirkte das Innere, das hindurchblickte, mehr ablehnend als anziehend: denn die Gegenwart einer jeden Würde weist den andern auf sich selbst zurück. Sie fühlte es lebhaft, sie verbarg mir's nicht, und ihre Neigung wendete sich desto kräftiger zu mir. Der Fall war eigen genug. So wie Vertraute, denen man ein Liebesverständnis offenbart, durch aufrichtige Teilnahme wirklich Mitliebende werden, ja zu Rivalen heranwachsen und die Neigung zuletzt wohl auf sich selbst hinziehen, so war es mit uns Geschwistern: denn indem mein Verhältnis zu Gretchen zerriß, tröstete mich meine Schwester um desto ernstlicher, als sie heimlich die Zufriedenheit empfand, eine Nebenbuhlerin losgeworden zu sein; und so mußte auch ich mit einer stillen Halbschadenfreude empfinden, wenn sie mir Gerechtigkeit widerfahren ließ, daß ich der einzige sei, der sie wahrhaft liebe, sie kenne und sie verehre.

Mit 16 Jahren sollte Goethe die Universität besuchen, nach eigenem Wunsch diejenige in Göttingen, um die schönen Wissenschaften zu studieren, nach den Vorstel-

lungen des Vaters die Leipziger Universität zum Studium der Rechte.

Michael[1], die Zeit, da ich die Akademie besuchen sollte, rückte heran, und mein Inneres ward ebensosehr vom Leben als von der Lehre bewegt. Eine Abneigung gegen meine Vaterstadt ward mir immer deutlicher. Durch Gretchens Entfernung war der Knaben- und Jünglingspflanze das Herz ausgebrochen; sie brauchte Zeit, um an den Seiten wieder auszuschlagen und den ersten Schaden durch neues Wachstum zu überwinden. Meine Wanderungen durch die Straßen hatten aufgehört, ich ging nur, wie andere, die notwendigen Wege. Nach Gretchens Viertel kam ich nie wieder, nicht einmal in die Gegend; und wie mir meine alten Mauern und Türme nach und nach verleideten, so mißfiel mir auch die Verfassung der Stadt, alles was mir sonst so ehrwürdig vorkam, erschien mir in verschobenen Bildern. Als Enkel des Schultheißen waren mir die heimlichen Gebrechen einer solchen Republik nicht unbekannt geblieben, um so weniger, als Kinder ein ganz eignes Erstaunen fühlen und zu emsigen Untersuchungen angereizt werden, sobald ihnen etwas, das sie bisher unbedingt verehrt, einigermaßen verdächtigt wird. [...]

Zwar machte mir jederzeit die poetische Nachbildung dessen, was ich an mir selbst, an andern und an der Natur gewahr geworden, das größte Vergnügen. Ich tat es mit immer wachsender Leichtigkeit, weil es aus Instinkt geschah und keine Kritik mich irre gemacht hatte; und wenn ich auch meinen Produktionen nicht recht traute, so konnte ich sie wohl als fehlerhaft, aber nicht als ganz verwerflich ansehen. Ward mir dieses oder jenes daran

1 Der Michaelstag ist der 29. September.

getadelt, so blieb es doch im stillen meine Überzeugung, daß es nach und nach immer besser werden müßte, und daß ich wohl einmal neben Hagedorn, Gellert und andern solchen Männern mit Ehre dürfte genannt werden. [...]

Bei diesen Gesinnungen hatte ich immer Göttingen im Auge. Auf Männern, wie Heyne, Michaelis[1] und so manchem andern ruhte mein ganzes Vertrauen; mein sehnlichster Wunsch war, zu ihren Füßen zu sitzen und auf ihre Lehren zu merken. Aber mein Vater blieb unbeweglich. Was auch einige Hausfreunde, die meiner Meinung waren, auf ihn zu wirken suchten: er bestand darauf, daß ich nach Leipzig gehen müsse. Nun hielt ich den Entschluß, daß ich, gegen seine Gesinnungen und Willen, eine eigne Studien- und Lebensweise ergreifen wollte, erst recht für Notwehr. Die Hartnäckigkeit meines Vaters, der, ohne es zu wissen, sich meinen Planen entgegensetzte, bestärkte mich in meiner Impietät, daß ich mir gar kein Gewissen daraus machte, ihm stundenlang zuzuhören, wenn er mir den Kursus der Studien und des Lebens, wie ich ihn auf Akademien und in der Welt zu durchlaufen hätte, vorerzählte und wiederholte.

Da mir alle Hoffnung nach Göttingen abgeschnitten war, wendete ich nun meinen Blick nach Leipzig. Dort erschien mir Ernesti als ein helles Licht, auch Morus[2] erregte schon viel Vertrauen. Ich ersann mir im stillen einen Gegenkursus, oder vielmehr ich baute ein Luftschloß auf einen ziemlich soliden Grund; und es schien

1 Christian Gottlob Heyne (1729–1812), Rhetorikprofessor in Göttingen; Johann David Michaelis (1717–1791), Theologe und Orientalist in Göttingen.

2 Johann August Ernesti (1707–1781), Theologieprofessor in Leipzig; Samuel Friedrich Nathanael Morus (1736–1792), Altphilologe und Theologe in Leipzig.

mir sogar romantisch ehrenvoll, sich seine eigene Lebensbahn vorzuzeichnen, die mir um so weniger phantastisch vorkam, als Griesbach auf dem ähnlichen Wege schon große Fortschritte gemacht hatte und deshalb von jedermann gerühmt wurde. Die heimliche Freude eines Gefangenen, wenn er seine Ketten abgelöst und die Kerkergitter bald durchgefeilt hat, kann nicht größer sein, als die meine war, indem ich die Tage schwinden und den Oktober herannahen sah. Die unfreundliche Jahreszeit, die bösen Wege, von denen jedermann zu erzählen wußte, schreckten mich nicht. Der Gedanke, an einem fremden Orte zu Winterszeit Einstand geben zu müssen, machte mich nicht trübe; genug, ich sah nur meine gegenwärtigen Verhältnisse düster, und stellte mir die übrige unbekannte Welt licht und heiter vor. So bildete ich mir meine Träume, denen ich ausschließlich nachhing, und versprach mir in der Ferne nichts als Glück und Zufriedenheit.

Der Vater setzte sich also durch. Goethe begann sein Jura-Studium in Leipzig.

Als ich in Leipzig ankam, war es gerade Meßzeit, woraus mir ein besonderes Vergnügen entsprang: denn ich sah hier die Fortsetzung eines vaterländischen Zustandes vor mir, bekannte Waren und Verkäufer, nur an andern Plätzen und in einer andern Folge. Ich durchstrich den Markt und die Buden mit vielem Anteil; besonders aber zogen meine Aufmerksamkeit an sich, in ihren seltsamen Kleidern, jene Bewohner der östlichen Gegenden, die Polen und Russen, vor allen aber die Griechen, deren ansehnlichen Gestalten und würdigen Kleidungen ich gar oft zu Gefallen ging. [...]

Nun eilte ich mit meinem Empfehlungsschreiben zu Hofrat Böhme[1], der, ein Zögling von Mascov, nunmehr sein Nachfolger, Geschichte und Staatsrecht lehrte. Ein kleiner, untersetzter, lebhafter Mann empfing mich freundlich genug und stellte mich seiner Gattin vor. Beide so wie die übrigen Personen, denen ich aufwartete, gaben mir die beste Hoffnung wegen meines künftigen Aufenthaltes; doch ließ ich mich anfangs gegen niemand merken, was ich im Schilde führte; ob ich gleich den schicklichen Moment kaum erwarten konnte, wo ich mich von der Jurisprudenz frei und dem Studium der Alten verbunden erklären wollte. Vorsichtig wartete ich ab, bis Fleischers wieder abgereist waren, damit mein Vorsatz nicht allzu geschwind den Meinigen verraten würde. Sodann aber ging ich ohne Anstand zu Hofrat Böhmen, dem ich vor allen die Sache glaubte vertrauen zu müssen, und erklärte ihm, mit vieler Konsequenz und Parrhesie[2], meine Absicht. Allein ich fand keineswegs eine gute Aufnahme meines Vortrags. Als Historiker und Staatsrechtler hatte er einen erklärten Haß gegen alles was nach schönen Wissenschaften schmeckte. [...] Er hielt mir daher aus dem Stegreif eine gewaltige Strafpredigt, worin er beteuerte, daß er ohne Erlaubnis meiner Eltern einen solchen Schritt nicht zugeben könne, wenn er ihn auch, wie hier der Fall nicht sei, selbst billigte. Er verunglimpfte darauf leidenschaftlich Philologie und Sprachstudien, noch mehr aber die poetischen Übungen, die ich freilich im Hintergrunde hatte durchblicken lassen. Er schloß zuletzt, daß wenn ich ja dem Studium der Alten mich nähern wolle, solches

1 Johann Gottlob Böhme (1717–1780), Geschichts- und Juraprofessor in Leipzig, Schüler von Johann Jakob Mascov (1689–1761).
2 Freimütigkeit.

viel besser auf dem Wege der Jurisprudenz geschehen könne. [...]

Ich ließ mir das gefallen; doch setzte ich durch, Gellerts Literargeschichte über Stockhausen[1], und außerdem sein Praktikum zu frequentieren.

Die Verehrung und Liebe, welche Gellert von allen jungen Leuten genoß, war außerordentlich. Ich hatte ihn schon besucht und war freundlich von ihm aufgenommen worden. Nicht groß von Gestalt, zierlich, aber nicht hager, sanfte, eher traurige Augen, eine sehr schöne Stirn, eine nicht übertriebene Habichtsnase, ein feiner Mund, ein gefälliges Oval des Gesichts: alles machte seine Gegenwart angenehm und wünschenswert. Es kostete einige Mühe, zu ihm zu gelangen. Seine zwei Famuli schienen Priester, die ein Heiligtum bewahren, wozu nicht jedem, noch zu jeder Zeit, der Zutritt erlaubt ist; und eine solche Vorsicht war wohl notwendig: denn er würde seinen ganzen Tag aufgeopfert haben, wenn er alle die Menschen, die sich ihm vertraulich zu nähern gedachten, hätte aufnehmen und befriedigen wollen.

Meine Kollegia besuchte ich anfangs emsig und treulich: die Philosophie wollte mich jedoch keineswegs aufklären. In der Logik kam es mir wunderlich vor, daß ich diejenigen Geistesoperationen, die ich von Jugend auf mit der größten Bequemlichkeit verrichtete, so auseinander zerren, vereinzelen und gleichsam zerstören sollte, um den rechten Gebrauch derselben einzusehen. Von dem Dinge, von der Welt, von Gott glaubte ich ungefähr so viel zu wissen als der Lehrer selbst, und es schien mir an mehr als einer Stelle ge-

1 Johann Christoph Stockhausen (1725–1784), Verfasser einer Sammlung für Liebhaber der Philosophie und der schönen Wissenschaften.

waltig zu hapern. Doch ging alles noch in ziemlicher Folge bis gegen Fastnacht [...].

Mit den juristischen Kollegien ward es bald ebenso schlimm: denn ich wußte gerade schon so viel, als uns der Lehrer zu überliefern für gut fand. Mein erst hartnäckiger Fleiß im Nachschreiben wurde nach und nach gelähmt, indem ich es höchst langweilig fand, dasjenige nochmals aufzuzeichnen, was ich bei meinem Vater, teils fragend, teils antwortend, oft genug wiederholt hatte, um es für immer im Gedächtnis zu behalten.

Im geselligen Leben der Universitätsstadt – das ihm gewiß wichtiger war als das Studium selbst – machte Goethe durchaus widrige Erfahrungen mit der eigenen Herkunft aus der Provinz.

Mein Vater, dem nichts so sehr verhaßt war, als wenn etwas vergeblich geschah, wenn jemand seine Zeit nicht zu brauchen wußte, oder sie zu benutzen keine Gelegenheit fand, trieb seine Ökonomie mit Zeit und Kräften so weit, daß ihm nichts mehr Vergnügen machte, als zwei Fliegen mit einer Klappe zu schlagen. Er hatte deswegen niemals einen Bedienten, der nicht im Hause zu noch etwas nützlich gewesen wäre. Da er nun von jeher alles mit eigener Hand schrieb und später die Bequemlichkeit hatte, jenem jungen Hausgenossen in die Feder zu diktieren, so fand er am vorteilhaftesten, Schneider zu Bedienten zu haben, welche die Stunden gut anwenden mußten, indem sie nicht allein ihre Livreien, sondern auch die Kleider für Vater und Kinder zu fertigen. [...]

Für die Tüchtigkeit des Zeugs war also gesorgt und genugsamer Vorrat verschiedener Sorten Tücher, Sarschen, Göttinger Zeug, nicht weniger das nötige Unterfutter vorhanden, so daß wir, dem Stoff nach, uns wohl hätten dürfen sehen lassen; aber die Form verdarb meist alles: denn wenn ein solcher Hausschneider allenfalls ein guter Geselle gewesen wäre, um einen meisterhaft zugeschnittenen Rock wohl zu nähen und zu fertigen, so sollte er nun auch das Kleid selbst zuschneiden, und dieses geriet nicht immer zum besten. [...]

Auf eben diesem Wege hatte man auch meine Garderobe, die ich mit auf die Akademie nahm, zustande gebracht; sie war recht vollständig und ansehnlich und sogar ein Tressenkleid darunter. Ich, diese Art von Aufzug schon gewohnt, hielt mich für geputzt genug; allein es währte nicht lange, so überzeugten mich meine Freundinnen, erst durch leichte Neckereien, dann durch vernünftige Vorstellungen, daß ich wie aus einer fremden Welt herein geschneit aussehe. Soviel Verdruß ich auch hierüber empfand, sah ich doch anfangs nicht, wie ich mir helfen sollte. Als aber Herr von Masuren, der so beliebte poetische Dorfjunker, einst auf dem Theater in einer ähnlichen Kleidung auftrat und mehr wegen seiner äußeren als inneren Abgeschmacktheit herzlich belacht wurde, faßte ich Mut und wagte, meine sämtliche Garderobe gegen eine neumodische dem Ort gemäße, auf einmal umzutauschen, wodurch sie aber freilich sehr zusammenschrumpfte.

Nach dieser überstandenen Prüfung sollte abermals eine neue eintreten, welche mir weit unangenehmer auffiel, weil sie eine Sache betraf, die man nicht so leicht ablegt und umtauscht.

Ich war nämlich in dem oberdeutschen Dialekt geboren und erzogen, und obgleich mein Vater sich stets einer gewissen Reinheit der Sprache befliß und uns Kinder auf das, was man wirklich Mängel jenes Idioms nennen kann, von Jugend an aufmerksam gemacht und zu einem besseren Sprechen vorbereitet hatte, so blieben mir doch gar manche tiefer liegende Eigenheiten, die ich, weil sie mir ihrer Naivetät wegen gefielen, mit Behagen hervorhob, und mir dadurch von meinen neuen Mitbürgern jedesmal einen strengen Verweis zuzog.

Ins gesellschaftliche Leben stürzte der Jugendliche sich mit großem Elan – und mit Erfolg, wenn man seinen Briefen Glauben schenken darf. Er schrieb an den Frankfurter Schulfreund Johann Jakob Riese am 21. Oktober 1765:

Ich mache hier große Figur! – Aber noch zur Zeit bin ich kein Stutzer. Ich werd es auch nicht. – Ich brauche Kunst, um fleißig zu sein. In Gesellschaften, Konzert, Komödie, bei Gastereien, Abendessen, Spazierfahrten so viel es um diese Zeit angehet. Ha! das geht köstlich. Aber auch köstlich, kostspielig. Zum Henker, das fühlt mein Beutel.

Der Schwester Cornelia schrieb er aus Leipzig immer wieder altkluge, oft pädagogisch übertriebene und gleichzeitig überschwengliche Briefe, die ihr stets vor Augen hielten, welche Möglichkeiten eines freieren Lebens einem Jungen sich boten, während sie selber um so mehr die pädagogische Drangsal des Vaters erleiden mußte.

Leipzig, d. 6. Dez. 1765
la veille du jour de ta naissance[1]

Mädgen,

Ich habe eben jetzo Lust mich mit dir zu unterreden; und eben diese Lust bewegt mich an dich zu schreiben. Sei stolz darauf Schwester, daß ich dir ein Stück der Zeit schenke, die ich so notwendig brauche. Neige dich für diese Ehre, die ich dir antue, tief, noch tiefer, ich sehe gern, wenn du artig bist, noch ein wenig! Genug! Gehorsamer Diener. Lachst du etwann Närrgen, daß ich in einem so hohen Tone spreche. Lache nur. [...] Du willst, daß ich meine Tischgesellschaft beschreiben soll. Ich will anfangen, aber ganz nun wohl nicht. Dr. Ludwig, unser Wirt. Ein Mann, dem 50 Jahre, vieles ausgestandene Elend, und die große Menge seiner Geschäfte, nichts von der Munterkeit, die er im 20. Jahre gehabt, wegnehmen können. Er ist ohne Fasson, schwätzt schröcklich viel von Mädgen, und ist ein außerordentlich leutseliger und wohltätiger Mann. Seine Liebe zur Gesellschaft hat ihn bewogen ein ziemlich großes Haus zu mieten, wo er eine Menge Magisters und andere Leutgen beherbergt. Eben dies ist auch die Ursache seines Tisches, den er hält. Magister Morus. Ein Theolog. Ein sehr artiger und geschickter junger Mann: er redet wenig, allein sieht immer freundlich aus. Magister Herrmann. Ein Mediziner, sein Nachbar, ist gleichfalls keiner der beredesten, aber macht immer ein verdrießliches Gesicht. Aber sonst ist es ein sehr schöner Mann, ich will dir ihn freien. Hier hast du sein Portrait, es schmeichelt gewiß nicht. Ohngefähr 4 ½ Fuß hoch. Vom Gesichte zu reden. Es besteht wie das Gesicht anderer Menschen aus Augen, Nase pp., aber die Zusammensetzung davon, ach die entzückt.

1 Am Vorabend Deines Geburtstages.

Finstere schwarze Augen, die von den herabhangenden Augenbrauen beschattet werden, keine sonderlich schöne Nase, die durch das eingedrückte der Wangen sehr erhöht wird, ein aufgeworfener Mund, der so wie das Kinn mit einem schwarzen stachelichen Barte besetzt ist, sonst ist eine ziemlich starke Röte über sein ganzes Antlitz verbreitet. Seine Reisen haben ihn nicht klüger gemacht. Er flieht die Welt, weil sie sich nicht nach ihm richten will. Die andern auf ein andermal.

Kritik über deinen Brief.

Du wirst doch eine Abschrift davon haben.
denn ich sehe. Dieses hängt nicht mit dem nachfolgenden *so* zusammen. *Abzwecken* ist kein Briefwort. Sagst du es im gemeinen Leben? *Weil du an viel hohe Dinge denkst* wäre natürl[ich] weitläufiger. *werdenden.* Das Partizipium ist nicht gut angebracht. Setze lieber, die bald weitläufiger werden wird. *Zu Ohren bringen.* Wenn der Ausdruck auch gebräuchlich wäre; so wär der Gedanke doch nicht richtig. *Indem* ist nicht gut. *Verlauten will* ist curial[1]. *Als* ist nicht besser. *Durchleben* ist poetisch. *Und gibt man sich Mühe.* Es wäre besser: Man gibt sich Mühe. *subsistieren* ist nicht deutsch. *Herbst.* Setze lieber Weinlese. *Exequien* deutsch geschrieben! Castr[um] dol[oris] besser: Trauergerüste. *beschauen* ist nicht gewöhnl[ich]. *Daß dir bald p.* Warum lässest du die Verba auxiliaria aus, *hätte, mit der Zeit hinwissen*, besser, weil ihnen die Zeit lange wird. *Allschon* ist curial. *Veran*staltung ist nicht gut. *gesonnen ist*, besser: will. *zu Ende* gebracht, besser: geendigt. *angewandelt*, setze: angekommen.

1 Höfischer Rede- und Schreibstil.

Leipzig, d. 12. Dez. 1765 abends um 8

Liebe Schwester

Es ist heute des Großpapas Geburtstag und du wirst sitzen und schmausen, mittlerweile ich armer Mensch mit einem Gänseflügelgen und einer Semmel zufrieden sein muß. Doch ich will mich vergnügen, indem ich an dich schreibe. [...]

Noch verschiedenes von Leipzig. Man kann sie jetzo die Maulbeerstadt nennen, indem rings herum solche Bäume, und Hecken gepflanzet sind, die zwar sehr von den Preußen ruinieret worden, doch aber jetzo wieder soviel als möglich hergestellet sind. Es ist hier eine Malerakademie in der Festung Pleisenb[urg] in 3 Zimmern recht niedlich angeleget. Hr. Oeser[1], ein geschickter Mann im Malen und Radieren, hat die Aufsicht, und Hr. von Hagedorn[2] die Oberaufsicht darüber. Nähere Nachricht will ich zu geben suchen. (Die Gärten sind so prächtig, als ich in meinem Leben etwas gesehen habe, ich schicke dir vielleicht einmal den Prospekt von der Entree des Apelischen, der ist königlich. Ich glaubte das erste Mal, ich käme in die Elysischen Felder.) Du kannst dem Vater sagen, wieviel Louisdor ich noch habe. Aber vorher mußt du es ausrechnen. Höre zu. Wenn ich noch einmal so viel hätte, als ich habe, und darüber noch die Hälfte, ein Drittel, und drei Sechstel von dem, was ich habe; so würde ich hundert Louisd, haben. Es ist leicht auszurechnen. (Meine Beinkleider bekomme ich erst in der Neujahrsmesse.) Ich habe wenig Ferien, die meisten Kollegia werden durch die Messe fortgelesen. Ich besu-

1 Adam Friedrich Oeser (1717–1799), Maler, Bildhauer und Kupferstecher, Leiter einer Kunstakademie in Leipzig, die Goethe besuchte und der er viele Anregungen verdankt.

2 Christian Ludwig von Hagedorn (1712–1780), Direktor der Kunstanstalten in Sachsen.

che Fr. Prof. Böhmen sehr oft, die außerordentlich gütig gegen mich ist, ich habe auch schon mehr als 6mal dort gespeist. Ich habe durch sie und ihren Gemahl viele Partikularitäten von Gellerten erfahren.

Und im Brief vom 12.–14. Oktober 1767 heißt es an die Adresse der Schwester:

Gewiß Schwester, du verdienst einen recht langen Brief. Ich habe heute frühe alles durchgelesen, was du mir dieses Jahr über geschrieben hast, und finde, daß ich Ursache habe sehr beschämt zu sein. Ich will auch die heutigen Vorlesungen versäumen, und mich mit dir unterhalten, obgleich Gellert dieses Amt heute mit verrichten wird. Zuförderst muß ich von deinen Ausarbeitungen reden, von denen ich bisher, auf eine etwas unhöfliche Weise sehr stille geschwiegen habe. Ich muß dich notwendig loben, und glaube, daß du viel Gutes denken und schreiben würdest, wenn deine Einbildungskraft, deine Art eine Geschichte zu betrachten und deine Erzählungsart in eine andre, aber doch nicht sehr veränderte Richtung gebracht würden. [...] Ich finde, daß deine Ideen über die meisten Gegenstände noch sehr brouilliert sind. Du hast zwar feine Empfindungen, wie jedes Frauenzimmer, das dir ähnlich ist, aber sie sind zu leicht gefühlt und zu wenig überlegt. Ferner sagst du manchmal Dinge, die ich mit aller meiner Mädgenkenntnis nicht debrouillieren kann, wie sie ein Mädgen sagen kann. Ferner merke ich, daß verschiedne Lektüren deinen Geschmack in verschiednen Dingen merklich verdorben haben, der denn wie der meisten Frauenzimmer Geschmack bigarriert wie ein Harlekinskleid ist, deswegen wollte ich dich bitten, das Jahr über, das wir noch von einander sein werden, so wenig als möglich zu lesen, viel zu schreiben; allein nichts als Briefe, und das, wenn es sein könnte, wahre Briefe an mich, die Sprachen immer fort zu treiben und die Haushaltung, wie nicht weniger die Kochkunst zu studieren, auch dich zum Zeitvertreibe auf dem Klaviere wohl zu üben, denn dieses sind alles Dinge, die ein Mädgen, die meine Schülerin werden soll, notwendig besitzen muß (die Sprachen ausgenommen, die du als einen besondern Vorzug besitzest). Ferner verlange ich, daß du dich im Tanzen perfektionierst, die gewöhnlichsten Kartenspiele lernst, und den Putz mit Geschmack wohl verstehest. Diese letzten Erfordernisse werden dir von so einem strengen Moralisten, wie ich bin, äußerst seltsam vorkommen, zumal da mir alle dreie fehlen; allein sei ohne Sorgen, und lerne sie nur, den Gebrauch und den Nutzen davon sollst du schon erfahren; doch dieses muß ich dir nur gleich sagen, ich verlange nicht nur, daß du, |: besonders die beiden ersten:|, im geringsten nicht lieben, sondern vielmehr fliehen sollst, demohngeachtet aber mußt du sie wohl wissen. Wirst du nun dieses alles nach meiner Vorschrift getan haben, wenn ich nach Hause komme; so garantiere ich meinen Kopf, du sollst in einem kleinen Jahre das vernünftigste, artigste, angenehmste, liebenswürdigste Mädgen, nicht nur in Frankfurt, sondern im ganzen Reiche sein. Denn unter uns, draußen bei euch residiert die Dummheit ganz feste noch. [...]

Ich will heute diesen Brief zu endigen suchen, ich habe schon viel geschrieben, aber noch nicht so viel, als ich mir vorgesetzt hatte. Jetzo will ich dir ein wenig von meiner itzigen Lebensart Nachricht geben. Sie ist sehr philosophisch, ich habe dem Konzerte, der Komödie, dem Reiten und Fahren gänzlich entsagt, und alle Gesellschaften von jungen Leuten verlassen, die mich zu einem oder dem andern bringen könnten. Es wird dieses von großem Nutzen für meinen Beutel sein. Die Woche gehe ich von Hause zu Tische und von Tische nach Hause, und das wird im Winter und schlechten Wetter so fortgehen. Sonntags gehe ich um 4 Uhr zu Breitkopfs und bleibe bis 8 daselbst. Die ganze Familie sieht mich gern, das weiß ich, und deswegen komme ich auch, und dann wieder nach Hause und das so in infinitum. Manchmal besuche ich Hermannen, der mich auch ganz lieb hat, so weit es ihm sein Amt zuläßt, und bei gutem Wetter laufe ich eine gute Meile von der Stadt auf ein Jagdhaus, esse Milch und Brot und komme noch vor abends wieder. Dieses ist das ganze Diarium meines Lebens, wie es hoffentlich noch ein ganzes Jahr aussehen soll, denn ich habe mich mit aller Mühe dahingebracht, daß meine Umstände von mir abhängen. Meine Gesundheit hängt nicht so sehr von mir ab. Ich lebe sehr diät, das ist wohl eins, aber Doktor Quiet und Doktor Merrymän haben hier eine so starke Praxin, daß ich bishierher noch nicht unter ihre Kur habe kommen können. Ich bin nur aus Laune heiter wie ein Apriltag, und kann immer 10 gegen 1 wetten, daß morgen ein dummer Abendwind Regenwolken heraufbringen wird. Die guten Studia, die ich studiere, machen mich auch manchmal dumm.

Gemeinsam mit dem späteren Schwager Schlosser besuchte Goethe einmal den ehrwürdigen Gottsched, eine Visite, die »Dichtung und Wahrheit« als heitere Anekdote erzählt.

Schlosser wollte nicht Leipzig verlassen, ohne die Männer, welche Namen hatten, von Angesicht zu Angesicht gesehen zu haben. Ich führte ihn gern zu denen mir bekannten; die von mir noch nicht besuchten lernte ich auf diese Weise ehrenvoll kennen, weil er als ein unterrichteter, schon charakterisierter Mann mit Auszeichnung empfangen wurde und den Aufwand des Gesprächs recht gut zu bestreiten wußte. Unsern Besuch bei Gottsched darf ich nicht übergehen, indem die Sinnes- und Sittenweise dieses Mannes daraus hervortritt. Er wohnte sehr anständig in dem ersten Stock des Goldenen Bären, wo ihm der ältere Breitkopf, wegen des großen Vorteils, den die Gottschedischen Schriften, Übersetzungen und sonstigen Assistenzen der Handlung gebracht, eine lebenslängliche Wohnung zugesagt hatte.

Wir ließen uns melden. Der Bediente führte uns in ein großes Zimmer, indem er sagte, der Herr werde gleich kommen. Ob wir nun eine Gebärde, die er machte, nicht recht verstanden, wüßte ich nicht zu sagen; genug wir glaubten, er habe uns in das anstoßende Zimmer gewiesen. Wir traten hinein zu einer sonderbaren Szene: denn in dem Augenblick trat Gottsched, der große, breite, riesenhafte Mann, in einem gründamastnen, mit rotem Taft gefütterten Schlafrock zur entgegengesetzten Tür herein; aber sein ungeheures Haupt war kahl und ohne Bedeckung. Dafür sollte jedoch sogleich gesorgt sein: denn der Bediente sprang mit einer großen Allongeperücke auf der Hand (die Locken fielen bis an den Ellenbogen) zu einer Seitentüre herein und reichte den Hauptschmuck seinem Herrn mit erschrockner Gebärde. Gottsched, ohne den mindesten Verdruß zu äußern, hob mit der linken Hand die Perücke von dem Arme des Dieners, und indem er sie sehr geschickt auf den Kopf schwang, gab er mit seiner rechten Tatze dem armen Menschen eine Ohrfeige, so daß dieser, wie es im

Lustspiel zu geschehen pflegt, sich zur Tür hinaus wirbelte, worauf der ansehnliche Altvater uns ganz gravitätisch zu sitzen nötigte und einen ziemlich langen Diskurs mit gutem Anstand durchführte.

Die Zuneigung zu der um drei Jahre älteren Leipzigerin Anna Katharina Schönkopf, in deren Elternhaus Goethe öfters verkehrte, wurde zum Anlaß für die ersten ernsthaften literarischen Versuche.

Meine frühere Neigung zu Gretchen hatte ich nun auf ein Ännchen übergetragen, von der ich nicht mehr zu sagen wüßte als daß sie jung, hübsch, munter, liebevoll und so angenehm war, daß sie wohl verdiente, in dem Schrein des Herzens eine Zeitlang als eine kleine Heilige aufgestellt zu werden, um ihr jede Verehrung zu widmen, welche zu erteilen oft mehr Behagen erregt als zu empfangen. Ich sah sie täglich ohne Hindernisse, sie half die Speisen bereiten, die ich genoß, sie brachte mir wenigstens abends den Wein, den ich trank, und schon unsere mittägige abgeschlossene Tischgesellschaft war Bürge, daß das kleine, von wenig Gästen außer der Messe besuchte Haus seinen guten Ruf wohl verdiente. Es fand sich zu mancherlei Unterhaltung Gelegenheit und Lust. Da sie sich aber aus dem Hause wenig entfernen konnte noch durfte, so wurde denn doch der Zeitvertreib etwas mager. Wir sangen die Lieder von Zachariä, spielten den Herzog Michel von Krüger[1], wobei ein zusammengeknüpftes Schnupftuch die Stelle der Nachtigall vertreten mußte, und so ging es eine Zeitlang noch

1 Justus Friedrich Wilhelm Zachariae (1726–1777), Dichter; Johann Christian Krüger (1722–1750), Theaterdichter.

ganz leidlich. Weil aber dergleichen Verhältnisse, je unschuldiger sie sind, desto weniger Mannigfaltigkeit auf die Dauer gewähren, so ward ich von jener bösen Sucht befallen, die uns verleitet, aus der Quälerei der Geliebten eine Unterhaltung zu schaffen und die Ergebenheit eines Mädchens mit willkürlichen und tyrannischen Grillen zu beherrschen. Die böse Laune über das Mißlingen meiner poetischen Versuche, über die anscheinende Unmöglichkeit hierüber ins klare zu kommen, und über alles was mich hie und da sonst kneipen mochte, glaubte ich an ihr auslassen zu dürfen, weil sie mich wirklich von Herzen liebte und was sie nur immer konnte, mir zu Gefallen, tat. Durch ungegründete und abgeschmackte Eifersüchteleien verdarb ich mir und ihr die schönsten Tage. Sie ertrug es eine Zeitlang mit unglaublicher Geduld, die ich grausam genug war, aufs Äußerste zu treiben. Allein zu meiner Beschämung und Verzweiflung mußte ich endlich bemerken, daß sich ihr Gemüt von mir entfernt habe, und daß ich nun wohl zu den Tollheiten berechtigt sein möchte, die ich mir ohne Not und Ursache erlaubt hatte. Es gab auch schreckliche Szenen unter uns, bei welchen ich nichts gewann; und nun fühlte ich erst, daß ich sie wirklich liebte und daß ich sie nicht entbehren könne. Meine Leidenschaft wuchs und nahm alle Formen an, deren sie unter solchen Umständen fähig ist; ja zuletzt trat ich in die bisherige Rolle des Mädchens. Alles mögliche suchte ich hervor, um ihr gefällig zu sein, ihr sogar durch andere Freude zu verschaffen: denn ich konnte mir die Hoffnung, sie wieder zu gewinnen, nicht versagen. Allein es war zu spät! ich hatte sie wirklich verloren, und die Tollheit, mit der ich meinen Fehler an mir selbst rächte, indem ich auf mancherlei unsinnige Weise in meine physische Natur stürmte, um der sittlichen etwas zuleide zu tun, hat sehr viel zu den körperlichen Übeln beigetragen, unter denen ich einige der besten Jahre meines Lebens verlor; ja ich wäre vielleicht an diesem Verlust völlig zu Grunde gegangen, hätte sich nicht hier das poetische Talent mit seinen Heilkräften besonders hülfreich erwiesen. [...]

Um mir Luft zu verschaffen entwarf ich mehrere Schauspiele und schrieb die Expositionen von den meisten. Da aber die Verwickelungen jederzeit ängstlich werden mußten, und fast alle diese Stücke mit einem tragischen Ende drohten, ließ ich eins nach dem andern fallen. Die Mitschuldigen sind das einzige Fertiggewordene, dessen heiteres und burleskes Wesen auf dem düsteren Familiengrunde als von etwas Bänglichem begleitet erscheint, so daß es bei der Vorstellung im ganzen ängstiget, wenn es im einzelnen ergötzt. Die hart ausgesprochenen widergesetzlichen Handlungen verletzen das ästhetische und moralische Gefühl, und deswegen konnte das Stück auf dem deutschen Theater keinen Eingang gewinnen, obgleich die Nachahmungen desselben, welche sich fern von jenen Klippen gehalten, mit Beifall aufgenommen worden. [...]

Und so begann diejenige Richtung, von der ich mein ganzes Leben über nicht abweichen konnte, nämlich dasjenige was mich erfreute oder quälte, oder sonst beschäftigte, in ein Bild, ein Gedicht zu verwandeln und darüber mit mir selbst abzuschließen, um sowohl meine Begriffe von den äußern Dingen zu berichtigen, als mich im Innern deshalb zu beruhigen. Die Gabe hierzu war wohl niemand nötiger als mir, den seine Natur immerfort aus einem Extreme in das andere warf. Alles was daher von mir bekannt geworden, sind nur Bruchstücke einer großen Konfession, welche vollständig zu machen dieses Büchlein ein gewagter Versuch ist.

Die Studienzeit Goethes in Leipzig endete unter dramatischen Bedingungen, eine plötzliche schwere Erkrankung machte die Rückkehr nach Frankfurt notwendig.

Eines Nachts wachte ich mit einem heftigen Blutsturz auf, und hatte noch so viel Kraft und Besinnung, meinen Stubennachbar zu wecken. Doktor Reichel wurde gerufen, der mir aufs freundlichste hülfreich ward, und so schwankte ich mehrere Tage zwischen Leben und Tod, und selbst die Freude an einer erfolgenden Besserung wurde dadurch vergällt, daß sich, bei jener Eruption, zugleich ein Geschwulst an der linken Seite des Halses gebildet hatte, den man jetzt erst, nach vorübergegangener Gefahr, zu bemerken Zeit fand. Genesung ist jedoch immer angenehm und erfreulich, wenn sie auch langsam und kümmerlich vonstatten geht, und da bei mir sich die Natur geholfen, so schien ich auch nunmehr ein anderer Mensch geworden zu sein: denn ich hatte eine größere Heiterkeit des Geistes gewonnen, als ich mir lange nicht gekannt, ich war froh mein Inneres frei zu fühlen, wenn mich gleich äußerlich ein langwieriges Leiden bedrohte. [...]

Mit einem so gellenden Nachklange akademischer Großtaten fuhr ich im September 1768 von Leipzig ab, in dem bequemen Wagen eines Hauderers und in Gesellschaft einiger mir bekannten zuverlässigen Personen. [...]

Je mehr ich mich nun meiner Vaterstadt näherte, desto mehr rief ich mir, bedenklicherweise, zurück, in welchen Zuständen, Aussichten, Hoffnungen ich von Hause weggegangen, und es war ein sehr niederschlagendes Gefühl, daß ich nunmehr gleichsam als ein Schiffbrüchiger zurückkehrte. Da ich mir jedoch nicht sonderlich viel vorzuwerfen hatte, so wußte ich mich ziemlich zu beruhigen; indessen war der Willkommen nicht ohne Bewegung. Die große Lebhaftigkeit meiner Natur, durch Krankheit gereizt und erhöht, verursachte eine leidenschaftliche Szene. Ich mochte übler aussehen als ich selbst wußte: denn ich hatte lange keinen Spiegel zu Rate gezogen; und wer wird sich denn nicht selbst gewohnt! genug man kam stillschweigend überein, mancherlei Mitteilungen erst nach und nach zu bewirken und vor allen Dingen sowohl körperlich als geistig einige Beruhigung eintreten zu lassen.

Meine Schwester gesellte sich gleich zu mir, und wie vorläufig aus ihren Briefen, so konnte ich nunmehr umständlicher und genauer die Verhältnisse und die Lage der Familie vernehmen. Mein Vater hatte nach meiner Abreise seine ganze didaktische Liebhaberei der Schwester zugewendet, und ihr bei einem völlig geschlossenen, durch den Frieden gesicherten und selbst von Mietleuten geräumten Hause fast alle Mittel abgeschnitten, sich auswärts einigermaßen umzutun und zu erholen. Das Französische, Italienische, Englische mußte sie abwechselnd treiben und bearbeiten, wobei er sie einen großen Teil des Tags sich an dem Klaviere zu üben nötigte. Das Schreiben durfte auch nicht versäumt werden, und ich hatte wohl schon früher gemerkt, daß er ihre Korrespondenz mit mir dirigiert und seine Lehren durch ihre Feder mir hatte zukommen lassen. Meine Schwester war und blieb ein indefinibles Wesen, das sonderbarste Gemisch von Strenge und Weichheit, von Eigensinn und Nachgiebigkeit, welche Eigenschaften bald vereint, bald durch Willen und Neigung vereinzelt wirkten. So hatte sie auf eine Weise, die mir fürchterlich erschien, ihre Härte gegen den Vater gewendet, dem sie nicht verzieh, daß er ihr diese drei Jahre lang so manche unschuldige Freude verhindert oder vergällt, und von dessen guten und trefflichen Eigenschaften sie auch ganz und gar keine anerkennen wollte. Sie tat alles was er befahl und anordnete, aber auf die unlieblichste Weise von der Welt.

Die Kontakte zu einer Freundin der Mutter, der Pietistin Susanne Katharina von Klettenberg, und zu alchemistisch-homöopathischen Ärzten aus ihrem Umfeld ermöglichten eine zwar langwierige, doch erfolgreiche Kur.

Da ich mit der Geschwulst am Halse sehr geplagt war, indem Arzt und Chirurgus diese Excrescenz erst vertreiben, hernach, wie sie sagten, zeitigen wollten, und sie zuletzt aufzuschneiden für gut befanden, so hatte ich eine geraume Zeit mehr an Unbequemlichkeit als an Schmerzen zu leiden, obgleich gegen das Ende der Heilung das immer fortdauernde Betupfen mit Höllenstein und andern ätzenden Dingen höchst verdrießliche Aussichten auf jeden neuen Tag geben mußte. Arzt und Chirurgus gehörten auch unter die abgesonderten Frommen, obgleich beide von höchst verschiedenem Naturell waren. Der Chirurgus, ein schlanker wohlgebildeter Mann von leichter und geschickter Hand, der, leider etwas hektisch, seinen Zustand mit wahrhaft christlicher Geduld ertrug, und sich in seinem Berufe durch sein Übel nicht irre machen ließ. Der Arzt, ein unerklärlicher, schlaublickender, freundlich sprechender, übrigens abstruser Mann, der sich in dem frommen Kreise ein ganz besonderes Zutrauen erworben hatte. Tätig und aufmerksam, war er den Kranken tröstlich; mehr aber als durch alles erweiterte er seine Kundschaft durch die Gabe, einige geheimnisvolle selbstbereitete Arzneien im Hintergrunde zu zeigen, von denen niemand sprechen durfte, weil bei uns den Ärzten die eigene Dispensation streng verboten war. Mit gewissen Pulvern, die irgendein Digestiv sein mochten, tat er nicht so geheim; aber von jenem wichtigen Salze, das nur in den größten Gefahren angewendet werden durfte, war nur unter den Gläubigen die Rede, ob es gleich noch niemand gesehen, oder die Wirkung davon gespürt hatte. [...]

Mir war indes noch eine sehr harte Prüfung vorbereitet: denn eine gestörte und man dürfte wohl sagen für gewisse Momente vernichtete Verdauung brachte solche Symptome hervor, daß ich unter großen Beängstigungen das Leben zu verlieren glaubte und keine angewandten Mittel weiter etwas fruchten wollten. In diesen letzten Nöten zwang meine bedrängte Mutter mit dem größten Ungestüm den verlegnen Arzt, mit seiner Universalmedizin hervorzurücken; nach langem Widerstande eilte er tief in der Nacht nach Hause und kam mit einem Gläschen kristallisierten trocknen Salzes zurück, welches in Wasser aufgelöst von dem Patienten verschluckt wurde und einen entschieden alkalischen Geschmack hatte. Das Salz war kaum genommen, so zeigte sich eine Erleichterung des Zustandes, und von dem Augenblick an nahm die Krankheit eine Wendung, die stufenweise zur Besserung führte. Ich darf nicht sagen, wie sehr dieses den Glauben an unsern Arzt, und den Fleiß uns eines solchen Schatzes teilhaftig zu machen, stärkte und erhöhte.

Im Frühjahr 1770 wiederhergestellt, empfand Goethe die häuslichen Verhältnisse zu beengt – die Beziehung zum Vater war schärfstens belastet – und verließ das Elternhaus aufs neue, um in Straßburg die Studien zu Ende zu bringen und dem Vater endlich die juristische Promotion präsentieren zu können.

Im Frühjahre fühlte ich meine Gesundheit, noch mehr aber meinen jugendlichen Mut wieder hergestellt, und sehnte mich abermals aus meinem väterlichen Hause, obgleich aus ganz andern Ursachen als das erste Mal: denn es waren mir diese hübschen Zimmer und Räume, wo ich so viel gelitten hatte, unerfreulich geworden, und mit dem Vater selbst konnte sich kein angenehmes Verhältnis anknüpfen; ich konnte ihm nicht ganz verzeihen, daß er, bei den Rezidiven meiner Krankheit und bei dem langsamen Genesen, mehr Ungeduld als billig sehen lassen, ja daß er, anstatt durch Nachsicht mich zu trösten, sich oft auf eine grausame Weise über das was in keines Menschen Hand lag, geäußert, als wenn es nur vom Willen abhinge. Aber auch er ward auf mancherlei Weise durch mich verletzt und beleidigt.

Kaum in der elsässischen Stadt eingetroffen, erstieg er das gotische Münster, um die Gegend der nächsten Zukunft aus großer Perspektive in Augenschein nehmen zu können.

Ein solcher frischer Anblick in ein neues Land, in welchem wir uns eine Zeitlang aufhalten sollen, hat noch das Eigne, so Angenehme als Ahndungsvolle, daß das Ganze wie eine unbeschriebene Tafel vor uns liegt. Noch sind keine Leiden und Freuden, die sich auf uns beziehen, darauf verzeichnet; diese heitre, bunte, belebte Fläche ist noch stumm für uns; das Auge haftet nur an den Gegenständen insofern sie an und für sich bedeutend sind, und noch haben weder Neigung noch Leidenschaft diese oder jene Stelle besonders herauszuheben; aber eine Ahnung dessen, was kommen wird, beunruhigt schon das junge Herz, und ein unbefriedigtes Bedürfnis

Blick auf Straßburg vom Turm der Thomaskirche aus

Stahlstich von Ludwig Schnell, 1826

fordert im stillen dasjenige, was kommen soll und mag, und welches auf alle Fälle, es sei nun Wohl oder Weh, unmerklich den Charakter der Gegend, in der wir uns befinden, annehmen wird.

In Straßburg machte Goethe eine für sein literarisches Werk und seine ästhetischen wie naturtheoretischen Auffassungen grundlegende Bekanntschaft.

Denn das bedeutendste Ereignis, was die wichtigsten Folgen für mich haben sollte, war die Bekanntschaft und die daran sich knüpfende nähere Verbindung mit Herder. Er hatte den Prinzen von Holstein-Eutin, der sich in traurigen Gemütszuständen befand, auf Reisen begleitet und war mit ihm bis Straßburg gekommen. Unsere Sozietät, sobald sie seine Gegenwart vernahm, trug ein großes Verlangen sich ihm zu nähern, und mir begegnete dies Glück zuerst ganz unvermutet und zufällig. Ich war nämlich in den Gasthof Zum Geist gegangen, ich

Johann Gottfried Herder
Ölgemälde von Joachim Ludwig Strecker, 1775

weiß nicht welchen bedeutenden Fremden aufzusuchen. Gleich unten an der Treppe fand ich einen Mann, der eben auch hinaufzusteigen im Begriff war, und den ich für einen Geistlichen halten konnte. Sein gepudertes Haar war in eine runde Locke aufgesteckt, das schwarze Kleid bezeichnete ihn gleichfalls, mehr noch aber ein langer, schwarzer, seidner Mantel, dessen Ende er zusammengenommen und in die Tasche gesteckt hatte. Dieses einigermaßen auffallende, aber doch im ganzen galante und gefällige Wesen, wovon ich schon hatte sprechen hören, ließ mich keineswegs zweifeln, daß er der berühmte Ankömmling sei, und meine Anrede mußte ihn sogleich überzeugen, daß ich ihn kenne. Er fragte nach meinem Namen, der ihm von keiner Bedeutung sein konnte; allein meine Offenheit schien ihm zu gefallen, indem er sie mit großer Freundlichkeit erwiderte, und als wir die Treppe hinaufstiegen, sich sogleich zu einer lebhaften Mitteilung bereit finden ließ. Es ist mir entfallen, wen wir damals besuchten; genug, beim Scheiden bat ich mir die Erlaubnis aus, ihn bei sich zu sehen, die er mir denn auch freundlich genug erteilte. Ich versäumte nicht, mich dieser Vergünstigung wiederholt zu bedienen, und ward immer mehr von ihm angezogen. Er hatte etwas Weiches in seinem Betragen, das sehr schicklich und anständig war, ohne daß es eigentlich adrett gewesen wäre. Ein rundes Gesicht, eine bedeutende Stirn, eine etwas stumpfe Nase, einen etwas aufgeworfenen, aber höchst individuell angenehmen, liebenswürdigen Mund. Unter schwarzen Augenbrauen ein paar kohlschwarze Augen, die ihre Wirkung nicht verfehlten, obgleich das eine rot und entzündet zu sein pflegte.

Die Bekanntschaft mit Herder brachte Goethe mit für ihn ganz neuartigen literarischen Vorbildern in Kontakt.

Ich ward mit der Poesie von einer ganz andern Seite, in einem andern Sinne bekannt als bisher, und zwar in einem solchen, der mir sehr zusagte. Die hebräische Dichtkunst, welche er nach seinem Vorgänger Lowth[1] geistreich behandelte, die Volkspoesie, deren Überlieferungen im Elsaß aufzusuchen er uns antrieb, die ältesten Urkunden als Poesie, gaben das Zeugnis, daß die Dichtkunst überhaupt eine Welt- und Völkergabe sei, nicht ein Privaterbteil einiger feinen gebildeten Männer. Ich verschlang das alles, und je heftiger ich im Empfangen, desto freigebiger war er im Geben, und wir brachten die interessantesten Stunden zusammen zu. Meine übrigen angefangenen Naturstudien suchte ich fortzusetzen, und da man immer Zeit genug hat, wenn man sie gut anwenden will, so gelang mir mitunter das Doppelte und Dreifache. Was die Fülle dieser wenigen Wochen betrifft, welche wir zusammen lebten, kann ich wohl sagen, daß alles, was Herder nachher allmählich ausgeführt hat, im Keim angedeutet ward, und daß ich dadurch in die glückliche Lage geriet, alles was ich bisher gedacht, gelernt, mir zugeeignet hatte, zu komplettieren, an ein Höheres anzuknüpfen, zu erweitern. Wäre Herder methodischer gewesen, so hätte ich auch für eine dauerhafte Richtung meiner Bildung die köstlichste Anleitung gefunden; aber er war mehr geneigt zu prüfen und anzuregen, als zu führen und zu leiten.

1 Robert Lowth (1711–1787), Verfasser von *De poesi sacra Hebraeorum* (1777).

Eigene literarische Projekte hielt Goethe vor Herder geheim.

Am sorgfältigsten verbarg ich ihm das Interesse an gewissen Gegenständen, die sich bei mir eingewurzelt hatten und sich nach und nach zu poetischen Gestalten ausbilden wollten. Es war Götz von Berlichingen und Faust. Die Lebensbeschreibung des erstern hatte mich im Innersten ergriffen. Die Gestalt eines rohen wohlmeinenden Selbsthelfers in wilder anarchischer Zeit erregte meinen tiefsten Anteil. Die bedeutende Puppenspielfabel des andern klang und summte gar vieltönig in mir wieder. Auch ich hatte mich in allem Wissen umhergetrieben und war früh genug auf die Eitelkeit desselben hingewiesen worden. Ich hatte es auch im Leben auf allerlei Weise versucht, und war immer unbefriedigter und gequälter zurückgekommen. Nun trug ich diese Dinge, so wie manche andre, mit mir herum und ergötzte mich daran in einsamen Stunden, ohne jedoch etwas davon aufzuschreiben. Am meisten aber verbarg ich vor Herdern meine mystisch-kabbalistische Chemie und was sich darauf bezog, ob ich mich gleich noch sehr gern heimlich beschäftigte, sie konsequenter auszubilden, als man sie mir überliefert hatte. Von poetischen Arbeiten glaube ich ihm Die Mitschuldigen vorgelegt zu haben, doch erinnere ich mich nicht, daß mir irgendeine Zurechtweisung oder Aufmunterung von seiner Seite hierüber zuteil geworden wäre. Aber bei diesem allem blieb er der er war; was von ihm ausging wirkte, wenn auch nicht erfreulich, doch bedeutend; ja seine Handschrift sogar übte auf mich eine magische Gewalt aus. Ich erinnere mich nicht, daß ich eins seiner Blätter, ja nur ein Kuvert von seiner Hand, zerrissen oder verschleudert hätte; dennoch ist mir, bei den so mannigfaltigen

Ort- und Zeitwechseln, kein Dokument jener wunderbaren, ahnungsvollen und glücklichen Tage übrig geblieben.

Auf einer kleineren Reise ins Elsässer Umland machte Goethe die Bekanntschaft der Familie des Landpfarrers zu Sesenheim, in die er sich mit einer Maskerade einführte, mit der ihn jedoch alsbald ein innigeres Band verknüpfte.

Mein Tischgenosse Weyland, der sein stilles fleißiges Leben dadurch erheiterte, daß er, aus dem Elsaß gebürtig, bei Freunden und Verwandten in der Gegend von Zeit zu Zeit einsprach, leistete mir auf meinen kleinen Exkursionen manchen Dienst, indem er mich in verschiedenen Ortschaften und Familien teils persönlich, teils durch Empfehlungen einführte. Dieser hatte mir öfters von einem Landgeistlichen gesprochen, der nahe bei Drusenheim, sechs Stunden von Straßburg, im Besitz einer guten Pfarre mit einer verständigen Frau und ein paar liebenswürdigen Töchtern lebe. Die Gastfreiheit und Anmut dieses Hauses ward immer dabei höchlich gerühmt. So viel bedurfte es kaum, um einen jungen Ritter anzureizen, der sich schon angewöhnt hatte, alle abzumüßigenden Tage und Stunden zu Pferde und in freier Luft zuzubringen. Also entschlossen wir uns auch zu dieser Partie, wobei mir mein Freund versprechen mußte, daß er bei der Einführung weder Gutes noch Böses von mir sagen, überhaupt aber mich gleichgültig behandeln wolle, sogar erlauben, wo nicht schlecht, doch etwas ärmlich und nachlässig gekleidet zu erscheinen. Er willigte darein und versprach sich selbst einigen Spaß davon. [...]

Auch diesmal hatte ich mich, teils durch eigne ältere, teils durch einige geborgte Kleidungsstücke und durch die Art die Haare zu kämmen, wo nicht entstellt, doch wenigstens so wunderlich zugestutzt, daß mein Freund unterwegs sich des Lachens nicht erwehren konnte, besonders wenn ich Haltung und Gebärde solcher Figuren, wenn sie zu Pferde sitzen, und die man lateinische Reiter nennt, vollkommen nachzuahmen wußte. Die schöne Chaussee, das herrlichste Wetter und die Nähe des Rheins gaben uns den besten Humor. In Drusenheim hielten wir einen Augenblick an, er, um sich nett zu machen, und ich, um mir meine Rolle zurückzurufen, aus der ich gelegentlich zu fallen fürchtete. Die Gegend hier hat den Charakter des ganz freien ebenen Elsasses. Wir ritten einen anmutigen Fußpfad über Wiesen, gelangten bald nach Sesenheim, ließen unsere Pferde im Wirts-

Der Pfarrhof in Sesenheim

Rötelzeichnung von Goethe, 1770/71

hause und gingen gelassen nach dem Pfarrhofe. – »Laß dich«, sagte Weyland, indem er mir das Haus von weitem zeigte, »nicht irren, daß es einem alten und schlechten Bauernhause ähnlich sieht; inwendig ist es desto jünger.« – Wir traten in den Hof; das Ganze gefiel mir wohl: denn es hatte gerade das, was man malerisch nennt, und was mich in der niederländischen Kunst so zauberisch angesprochen hatte. Jene Wirkung war gewaltig sichtbar, welche die Zeit über alles Menschenwerk ausübt. Haus und Scheune und Stall befanden sich in dem Zustande des Verfalls gerade auf dem Punkte, wo man unschlüssig, zwischen Erhalten und Neuaufrichten zweifelhaft, das eine unterläßt, ohne zu dem andern gelangen zu können.

Alles war still und menschenleer, wie im Dorfe so im Hofe. Wir fanden den Vater, einen kleinen, in sich gekehrten aber doch freundlichen Mann, ganz allein: denn die Familie war auf dem Felde. Er hieß uns willkommen, bot uns eine Erfrischung an, die wir ablehnten. Mein Freund eilte die Frauenzimmer aufzusuchen, und ich blieb mit unserem Wirt allein. [...] Endlich trat mein Freund mit der Mutter herein. Diese schien mich mit ganz andern Augen anzusehn. Ihr Gesicht war regelmäßig und der Ausdruck desselben verständig; sie mußte in ihrer Jugend schön gewesen sein. Ihre Gestalt war lang und hager, doch nicht mehr als solchen Jahren geziemt; sie hatte vom Rücken her noch ein ganz jugendliches, angenehmes Ansehen. Die älteste Tochter kam darauf lebhaft hereingestürmt; sie fragte nach Friedriken, so wie die andern beiden auch nach ihr gefragt hatten. Der Vater versicherte, sie nicht gesehen zu haben, seitdem alle drei fortgegangen. Die Tochter fuhr wieder zur Türe hinaus, um die Schwester zu suchen; die Mutter brachte uns einige Erfrischungen, und Weyland setzte mit den beiden Gatten das Gespräch fort, das sich auf lauter bewußte Personen und Verhältnisse bezog, wie es zu geschehen pflegt, wenn Bekannte nach einiger Zeit zusammenkommen, von den Gliedern eines großen Zirkels Erkundigung einziehn und sich wechselsweise berichten. Ich hörte zu und erfuhr nunmehr, wie viel ich mir von diesem Kreise zu versprechen hatte.

Die älteste Tochter kam wieder hastig in die Stube, unruhig, ihre Schwester nicht gefunden zu haben. Man war besorgt um sie und schalt auf diese oder jene böse Gewohnheit; nur der Vater sagte ganz ruhig: »Laßt sie immer gehn, sie kommt schon wieder!« In diesem Augenblick trat sie wirklich in die Tür; und da ging fürwahr an diesem ländlichen Himmel ein allerliebster Stern auf. Beide Töchter trugen sich noch deutsch, wie man es zu nennen pflegte, und diese fast verdrängte Nationaltracht kleidete Friedriken besonders gut. Ein kurzes weißes rundes Röckchen mit einer Falbel, nicht länger als daß die nettsten Füßchen bis an die Knöchel sichtbar blieben; ein knappes weißes Mieder und eine schwarze Taffetschürze – so stand sie auf der Grenze zwischen Bäuerin und Städterin. Schlank und leicht, als wenn sie nichts an sich zu tragen hätte, schritt sie, und beinahe schien für die gewaltigen blonden Zöpfe des niedlichen Köpfchens der Hals zu zart. Aus heiteren blauen Augen blickte sie sehr deutlich umher, und das artige Stumpfnäschen forschte so frei in die Luft, als wenn es in der Welt keine Sorge geben könnte; der Strohhut hing ihr am Arm, und so hatte ich das Vergnügen, sie beim ersten Blick auf einmal in ihrer ganzen Anmut und Lieblichkeit zu sehn und zu erkennen.

Ich fing nun an meine Rolle mit Mäßigung zu spielen, halb beschämt, so gute Menschen zum besten zu haben, die zu beobachten es mir nicht an Zeit fehlte: denn die

Mädchen setzten jenes Gespräch fort und zwar mit Leidenschaft und Laune. Sämtliche Nachbarn und Verwandte wurden abermals vorgeführt, und es erschien meiner Einbildungskraft ein solcher Schwarm von Onkeln und Tanten, Vettern, Basen, Kommenden, Gehenden, Gevattern und Gästen, daß ich in der belebtesten Welt zu hausen glaubte. Alle Familienglieder hatten einige Worte mit mir gesprochen, die Mutter betrachtete mich jedesmal, so oft sie kam oder ging, aber Friedrike ließ sich zuerst mit mir in ein Gespräch ein, und indem ich umherliegende Noten aufnahm und durchsah, fragte sie, ob ich auch spiele? Als ich es bejahte, ersuchte sie mich etwas vorzutragen; aber der Vater ließ mich nicht dazu kommen: denn er behauptete, es sei schicklich, dem Gaste zuerst mit irgendeinem Musikstück oder einem Liede zu dienen.

Sie spielte verschiedenes mit einiger Fertigkeit, in der Art, wie man es auf dem Lande zu hören pflegt, und zwar auf einem Klavier, das der Schulmeister schon längst hätte stimmen sollen, wenn er Zeit gehabt hätte. Nun sollte sie auch ein Lied singen, ein gewisses zärtlich-trauriges; das gelang ihr nun gar nicht. Sie stand auf und sagte lächelnd, oder vielmehr mit dem auf ihrem Gesicht immerfort ruhenden Zuge von heiterer Freude: »Wenn ich schlecht singe, so kann ich die Schuld nicht auf das Klavier und den Schulmeister werfen; lassen Sie uns aber nur hinauskommen, dann sollen Sie meine Elsasser- und Schweizerliedchen hören, die klingen schon besser.«

Der Aufenthalt in der Stadt gemahnte immer wieder an die väterliche Verpflichtung, endlich die leidlichen Studien abzuschließen – obwohl diese gegenüber den durch

Herder angeregten poetischen Projekten und durch die beginnende leidenschaftliche Beziehung zu Friederike Brion in Sesenheim ins Hintertreffen gerieten.

Als ich in der Stadt wieder an meine Geschäfte kam, fühlte ich die Beschwerlichkeit derselben mehr als sonst: denn der zur Tätigkeit geborne Mensch übernimmt sich in Planen und überladet sich mit Arbeiten. Das gelingt denn auch ganz gut, bis irgendein physisches oder moralisches Hindernis dazutritt, um das Unverhältnismäßige der Kräfte zu dem Unternehmen ins klare zu bringen.

Das Juristische trieb ich mit so viel Fleiß als nötig war, um die Promotion mit einigen Ehren zu absolvieren; das Medizinische reizte mich, weil es mir die Natur nach allen Seiten wo nicht aufschloß, doch gewahr werden ließ, und ich war daran durch Umgang und Gewohnheit gebunden; der Gesellschaft mußte ich auch einige Zeit und Aufmerksamkeit widmen: denn in manchen Familien war mir mehreres zu Lieb und zu Ehren geschehn. Aber alles dies wäre zu tragen und fortzuführen gewesen, hätte nicht das was Herder mir auferlegt, unendlich auf mir gelastet. Er hatte den Vorhang zerrissen, der mir die Armut der deutschen Literatur bedeckte; er hatte mir so manches Vorurteil mit Grausamkeit zerstört; an dem vaterländischen Himmel blieben nur wenige bedeutende Sterne, indem er die übrigen alle nur als vorüberfahrende Schnuppen behandelte; ja was ich von mir selbst hoffen und wähnen konnte, hatte er mir dermaßen verkümmert, daß ich an meinen eignen Fähigkeiten zu verzweifeln anfing. Zu gleicher Zeit jedoch riß er mich fort auf den herrlichen breiten Weg, den er selbst zu durchwandern geneigt war, machte mich aufmerksam auf seine Lieblingsschriftsteller, unter denen Swift und

Hamann[1] obenan standen, und schüttelte mich kräftiger auf als er mich gebeugt hatte. Zu dieser vielfachen Verwirrung nunmehr eine angehende Leidenschaft, die, indem sie mich zu verschlingen drohte, zwar von jenen Zuständen mich abziehn, aber wohl schwerlich darüber erheben konnte. Dazu kam noch ein körperliches Übel, daß mir nämlich nach Tische die Kehle wie zugeschnürt war, welches ich erst später sehr leicht los wurde, als ich einem roten Wein, den wir in der Pension gewöhnlich und sehr gern tranken, entsagte. Diese unerträgliche Unbequemlichkeit hatte mich auch in Sesenheim verlassen, so daß ich mich dort doppelt vergnügt befand; als ich aber zu meiner städtischen Diät zurückkehrte, stellte sie sich zu meinem großen Verdruß sogleich wieder ein. Alles dies machte mich nachdenklich und mürrisch, und mein Äußeres mochte mit dem Innern übereinstimmen.

Der Frankfurter Bekannten Anna Katharina Fabricius berichtete Goethe am 14. Oktober über die beginnende Leidenschaft.

Soll ich Ihnen wieder einmal sagen, daß ich noch lebe, und wohl lebe, und so vergnügt als es ein Mittelzustand erlaubt, oder soll ich schweigen, und lieber gar nicht, als beschämt an Sie denken? Ich dächte nein. Vergebung erhalten, ist für mein Herz eben so süße als Dank verdienen, ja noch süßer, denn die Empfindung ist uneigennütziger. Sie haben mich nicht vergessen, das weiß ich; ich habe Sie nicht vergessen, das wissen Sie, ohngeachtet eines Stillschweigens, dessen Dauer ich nicht berechnen

1 Jonathan Swift (1667–1745), englischer Schriftsteller, Verfasser von *Gullivers Reisen* (1726); Johann Georg Hamann (1730–1788), Philosoph und Schriftsteller.

mag. Ich habe niemals so lebhaft erfahren, was das sei, vergnügt, ohne daß das Herz einigen Anteil hat, als jetzo, als hier in Straßburg. Eine ausgebreitete Bekanntschaft unter angenehmen Leuten, eine aufgeweckte muntre Gesellschaft, jagt mir einen Tag nach dem andern vorüber, läßt mir wenig Zeit zu denken, und gar keine Ruhe zum Empfinden, und wenn man nichts empfindet, denkt man gewiß nicht an seine Freunde. Genung, mein jetziges Leben ist vollkommen wie eine Schlittenfahrt, prächtig und klinglend, aber eben so wenig fürs Herz, als es für Augen und Ohren viel ist.

Sie sollten wohl nicht raten, wie mir jetzo so unverhofft der Einfall kömmt, Ihnen zu schreiben, und weil die Ursache so gar artig ist, muß ich's Ihnen sagen.

Ich habe einige Tage auf dem Lande bei gar angenehmen Leuten zugebracht. Die Gesellschaft der liebenswürdigen Töchter vom Hause, die schöne Gegend, und der freundlichste Himmel, weckten in meinem Herzen jede schlafende Empfindung, jede Erinnerung an alles, was ich liebe; daß ich kaum angelangt bin, als ich schon hier sitze und an Sie schreibe.

Und daraus können Sie sehen, in wie fern man seiner Freunde vergessen kann, wenn's einem wohl geht. Es ist nur das schwärmende, zu bedaurende Glück, das uns unsrer selbst vergessen macht, das auch das Andenken an Geliebte verdunkelt; aber wenn man sich ganz fühlt, und still ist und die reinen Freuden der Liebe und Freundschaft genießt, dann ist durch eine besondere Sympathie, jede unterbrochne Freundschaft, jede halbverschiedne Zärtlichkeit wieder auf einmal lebendig. Und Sie, meine liebe Freundin, die ich unter vielen vorzüglich so nennen kann, nehmen Sie diesen Brief als ein neues Zeugnis, daß ich Sie nie vergessen werde. Leben Sie glücklich pp.

Der neuen Bekanntschaft Friederike schrieb Goethe am 15. Oktober 1770:

Liebe neue Freundin,

Ich zweifle nicht Sie so zu nennen; denn wenn ich mich anders nur ein klein wenig auf die Augen verstehe; so fand mein Aug, im ersten Blick, die Hoffnung zu dieser Freundschaft in Ihrem, und für unsre Herzen wollt ich schwören; Sie, zärtlich und gut wie ich Sie kenne, sollten Sie mir, da ich Sie so lieb habe, nicht wieder ein bißgen günstig sein?

Liebe liebe Freundin,

Ob ich Ihnen was zu sagen habe, ist wohl keine Frage; ob ich aber just weiß, warum ich eben jetzo schreiben will, und was ich schreiben mögte, das ist ein anders; soviel merk ich an einer gewissen innerlichen Unruhe, daß ich gerne bei Ihnen sein mögte; und in dem Falle ist ein Stückgen Papier so ein wahrer Trost, so ein geflügeltes Pferd, für mich, hier, mitten in dem lärmenden Straßb[urg], als es Ihnen, in Ihrer Ruhe nur sein kann, wenn Sie die Entfernung von Ihren Freunden recht lebhaft fühlen.

Die Umstände unserer Rückreise können Sie sich ohngefähr vorstellen, wenn Sie mir beim Abschiede ansehen konnten, wie leid er mir tat; und wenn Sie beobachteten, wie sehr Weyland nach Hause eilte, so gern er auch unter andern Umständen bei Ihnen geblieben wäre. Seine Gedanken gingen vorwärts, meine zurück, und so ist natürlich, daß der Diskurs weder weitläufig noch interessant werden konnte. [...]

Genung, wir sind hier, und sehen Sie, daß Sie Unrecht hatten! Sie wollten nicht glauben, daß mir der Stadtlärm, auf Ihre süße Landfreuden mißfallen würde.

Gewiß Mamsell, Straßburg ist mir noch nie so leer

vorgekommen als jetzo. Zwar hoff ich, es soll besser werden, wenn die Zeit das Andenken unsrer niedlichen und mutwilligen Lustbarkeiten ein wenig ausgelöscht haben wird, wenn ich nicht mehr so lebhaft fühlen werde, wie gut, wie angenehm meine Freundin ist. Doch sollte ich das vergessen können oder wollen? Nein, ich will lieber das wenig Herzwehe behalten, und oft an Sie schreiben.

Und nun noch vielen Dank, noch viele aufrichtige Empfehlungen Ihren teuern Eltern; Ihrer lieben Schwester, viel hundert – was ich Ihnen gerne wieder gäbe.

Wiederholte nächtliche Besuche galten Sesenheim – wie sie dann idealtypisch in dem Gedicht »Es schlug mein Herz, geschwind zu Pferde« geschildert werden.

Es war schon spät, als ich in Sesenheim mein Pferd einstellte. Der Wirt, auf meine Frage, ob wohl in der Pfarre noch Licht sei, versicherte mich, die Frauenzimmer seien eben erst nach Hause gegangen; er glaube gehört zu haben, daß sie noch einen Fremden erwarteten. Das war mir nicht recht; denn ich hätte gewünscht der einzige zu sein. Ich eilte nach, um wenigstens, so spat noch, als der erste zu erscheinen. Ich fand die beiden Schwestern vor der Türe sitzend; sie schienen nicht sehr verwundert, aber ich war es, als Friederike Olivien[1] ins Ohr sagte, so jedoch daß ich's hörte: »Hab ich's nicht gesagt? da ist er!« Sie führten mich ins Zimmer und ich fand eine kleine Kollation aufgestellt. Die Mutter be-

1 Friederikes Schwester hieß nicht wirklich Olivia, Goethe gibt ihr den Namen einer Figur im *Landprediger von Wakefield*, einem Roman von Oliver Goldsmith (1728–1774), dem Goethe die Sesenheim-Episode nachempfindet.

grüßte mich als einen alten Bekannten; wie mich aber die Ältere bei Licht besah, brach sie in ein lautes Gelächter aus: denn sie konnte wenig an sich halten.

Nach diesem ersten etwas wunderlichen Empfang ward sogleich die Unterredung frei und heiter, und was mir diesen Abend verborgen blieb, erfuhr ich den andern Morgen. Friederike hatte voraus gesagt, daß ich kommen würde; und wer fühlt nicht einiges Behagen beim Eintreffen einer Ahnung, selbst einer traurigen? Alle Vorgefühle, wenn sie durch das Ereignis bestätigt werden, geben dem Menschen einen höheren Begriff von sich selbst, es sei nun, daß er sich so zart fühlend glauben kann, um einen Bezug in der Ferne zu tasten, oder so scharfsinnig, um notwendige aber doch ungewisse Verknüpfungen gewahr zu werden. – Oliviens Lachen blieb auch kein Geheimnis; sie gestand, daß es ihr sehr lustig vorgekommen, mich diesmal geputzt und wohl ausstaffiert zu sehn; Friederike hingegen fand es vorteilhaft, eine solche Erscheinung mir nicht als Eitelkeit auszulegen, vielmehr den Wunsch ihr zu gefallen, darin zu erblicken.

Früh bei Zeiten rief mich Friederike zum Spazierengehn; Mutter und Schwester waren beschäftigt, alles zum Empfang mehrerer Gäste vorzubereiten. Ich genoß an der Seite des lieben Mädchens der herrlichen Sonntagsfrühe auf dem Lande, wie sie uns der unschätzbare Hebel vergegenwärtigt hat. Sie schilderte mir die erwartete Gesellschaft und bat mich, ihr beizustehn, daß alle Vergnügungen womöglich gemeinsam und in einer gewissen Ordnung möchten genossen werden. »Gewöhnlich«, sagte sie, »zerstreut man sich einzeln; Scherz und Spiel wird nur obenhin gekostet, so daß zuletzt für den einen Teil nichts übrig bleibt, als die Karten zu ergreifen, und für den andern, im Tanze sich auszurasen.«

Wir entwarfen demnach unsern Plan, was vor und nach Tische geschehn sollte, machten einander wechselseitig mit neuen geselligen Spielen bekannt, waren einig und vergnügt, als uns die Glocke nach der Kirche rief, wo ich denn an ihrer Seite eine etwas trockene Predigt des Vaters nicht zu lang fand.

Zeitverkürzend ist immer die Nähe der Geliebten, doch verging mir diese Stunde auch unter besonderem Nachdenken. Ich wiederholte mir die Vorzüge, die sie soeben aufs freiste vor mir entwickelte: besonnene Heiterkeit, Naivetät mit Bewußtsein, Frohsinn mit Voraussehn: Eigenschaften, die unverträglich scheinen, die sich aber bei ihr zusammenfanden und ihr Äußeres gar hold bezeichneten. Nun hatte ich aber auch ernstere Betrachtungen über mich selbst anzustellen, die einer freien Heiterkeit eher Eintrag taten. [...]

Als wir nach Hause kamen, schwirrten die von mehreren Seiten angekommenen Gäste schon lustig durcheinander, bis Friederike sie sammelte und zu einem Spaziergang nach jenem schönen Platze lud und führte. Dort fand man eine reichliche Kollation und wollte mit geselligen Spielen die Stunde des Mittagessens erwarten. [...]

In der Stadt erwarteten mich gar manche Geschäfte und Zerstreuungen, aus denen ich mich oft, durch einen jetzt regelmäßig eingeleiteten Briefwechsel mit meiner Geliebten, zu ihr sammelte. Auch in Briefen blieb sie immer dieselbe; sie mochte etwas Neues erzählen, oder auf bekannte Begebenheiten anspielen, leicht schildern, vorübergehend reflektieren, immer war es, als wenn sie auch mit der Feder gehend, kommend, laufend, springend, so leicht aufträte als sicher. Auch ich schrieb sehr gern an sie: denn die Vergegenwärtigung ihrer Vorzüge vermehrte meine Neigung auch in der Abwesenheit [...].

Die Gewohnheit, zusammen zu sein, befestigte sich immer mehr; man wußte nicht anders als daß ich diesem Kreise angehöre. Man ließ es geschehn und gehn, ohne gerade zu fragen, was daraus werden sollte. Und welche Eltern finden sich nicht genötigt, Töchter und Söhne in so schwebenden Zuständen eine Weile hinwalten zu lassen, bis sich etwas zufällig fürs Leben bestätigt, besser als es ein lange angelegter Plan hätte hervorbringen können.

Man glaubte sowohl auf Friederikens Gesinnungen als auch auf meine Rechtlichkeit, für die man, wegen jenes wunderlichen Enthaltens selbst von unschuldigen Liebkosungen, ein günstiges Vorurteil gefaßt hatte, völlig vertrauen zu können. Man ließ uns unbeobachtet, wie es überhaupt dort und damals Sitte war, und es hing von uns ab, in kleinerer oder größerer Gesellschaft, die Gegend zu durchstreifen und die Freunde der Nachbarschaft zu besuchen. Diesseits und jenseits des Rheins, in Hagenau, Fort Louis, Philippsburg, der Ortenau, fand ich die Personen zerstreut, die ich in Sesenheim vereinigt gesehn, jeden bei sich, als freundlichen Wirt, gastfrei und so gern Küche und Keller als Gärten und Weinberge, ja die ganze Gegend aufschließend. Die Rheininseln waren denn auch öfters ein Ziel unserer Wasserfahrten. Dort brachten wir ohne Barmherzigkeit die kühlen Bewohner des klaren Rheines in den Kessel, auf den Rost, in das siedende Fett, und hätten uns hier, in den traulichen Fischerhütten, vielleicht mehr als billig angesiedelt, hätten uns nicht die entsetzlichen Rheinschnaken nach einigen Stunden wieder weggetrieben. Über diese unerträgliche Störung einer der schönsten Lustpartien, wo sonst alles glückte, wo die Neigung der Liebenden mit dem guten Erfolge des Unternehmens nur zu wachsen schien, brach ich wirklich, als wir zu früh, ungeschickt und ungelegen nach Hause kamen, in Gegenwart des guten geistlichen Vaters, in gotteslästerliche Reden aus und versicherte, daß diese Schnaken allein mich von dem Gedanken abbringen könnten, als habe ein guter und weiser Gott die Welt erschaffen. Der alte fromme Herr rief mich dagegen ernstlich zur Ordnung und verständigte mich, daß diese Mücken und anderes Ungeziefer erst nach dem Falle unserer ersten Eltern entstanden, oder wenn deren im Paradiese gewesen, daselbst nur angenehm gesummet und nicht gestochen hätten. Ich fühlte mich zwar sogleich besänftigt: denn ein Zorniger ist wohl zu begütigen, wenn es uns glückt, ihn zum Lächeln zu bringen; ich versicherte jedoch, es habe des Engels mit dem flammenden Schwerte gar nicht bedurft, um das sündige Ehepaar aus dem Garten zu treiben; er müsse mir vielmehr erlauben, mir vorzustellen, daß dies durch große Schnaken des Tigris und Euphrat geschehen sei. Und so hatte ich ihn wieder zum Lachen gebracht; denn der gute Mann verstand Spaß, oder ließ ihn wenigstens vorübergehn.

Ernsthafter jedoch und herzerhebender war der Genuß der Tags- und Jahreszeiten in diesem herrlichen Lande. Man durfte sich nur der Gegenwart hingeben, um diese Klarheit des reinen Himmels, diesen Glanz der reichen Erde, diese lauen Abende, diese warmen Nächte an der Seite der Geliebten oder in ihrer Nähe zu genießen. Monatelang beglückten uns reine ätherische Morgen, wo der Himmel sich in seiner ganzen Pracht wies, in dem er die Erde mit überflüssigem Tau getränkt hatte; und damit dieses Schauspiel nicht zu einfach werde, türmten sich oft Wolken über die entfernten Berge bald in dieser, bald in jener Gegend. Sie standen Tage, ja Wochen lang, ohne den reinen Himmel zu trüben, und selbst die vorübergehenden Gewitter erquickten das Land und verherrlichten das Grün, das schon wieder im Sonnenschein glänzte, ehe es noch abtrocknen konnte. Der doppelte Regenbogen, zweifarbige Säume eines dunkelgrauen, beinah schwarzen himmlischen Bandstreifens waren herrlicher, farbiger, entschiedener, aber auch flüchtiger als ich sie irgend beobachtet.

Unter diesen Umgebungen trat unversehens die Lust zu dichten, die ich lange nicht gefühlt hatte, wieder hervor. Ich legte für Friederiken manche Lieder bekannten Melodien unter. Sie hätten ein artiges Bändchen gegeben; wenige davon sind übrig geblieben, man wird sie leicht aus meinen übrigen herausfinden.

Da ich meiner wunderlichen Studien und übrigen Verhältnisse wegen doch öfters nach der Stadt zurückzukehren genötigt war, so entsprang dadurch für unsere Neigung ein neues Leben, das uns vor allem Unangenehmen bewahrte, was an solche kleine Liebeshändel als verdrießliche Folge sich gewöhnlich zu schließen pflegt. Entfernt von mir arbeitete sie für mich, und dachte auf irgendeine neue Unterhaltung wenn ich zurückkäme; entfernt von ihr beschäftigte ich mich für sie, um durch eine neue Gabe, einen neuen Einfall ihr wieder neu zu sein. Gemalte Bänder waren damals eben erst Mode geworden; ich malte ihr gleich ein paar Stücke und sendete sie mit einem kleinen Gedicht voraus, da ich diesmal länger als ich gedacht ausbleiben mußte.

Anläßlich eines Besuchs der Brion-Mädchen in der Stadt deutete sich schon die Entfremdung zwischen Goethe und Friederike an.

Das Verhältnis zu dem, was man liebt, ist so entschieden, daß die Umgebung wenig sagen will; aber daß es die gehörige, natürliche, gewohnte Umgebung sei, dies verlangt das Gemüt. Bei meinem lebhaften Gefühl für alles Gegenwärtige konnte ich mich nicht gleich in den Widerspruch des Augenblicks finden. Das anständige ruhig-edle Betragen der Mutter paßte vollkommen in diesen Kreis, sie unterschied sich nicht von den übrigen Frauen; Olivie dagegen bewies sich ungeduldig, wie ein Fisch auf dem Strande. Wie sie mich sonst in dem Garten anrief oder auf dem Felde beiseite winkte, wenn sie mir etwas Besonderes zu sagen hatte, so tat sie auch hier, indem sie mich in eine Fenstertiefe zog; sie tat es mit Verlegenheit und ungeschickt, weil sie fühlte, daß es nicht paßte und es doch tat. Sie hatte mir das Unwichtigste von der Welt zu sagen, nichts als was ich schon wußte: daß es ihr entsetzlich weh sei, daß sie sich an den Rhein, über den Rhein, ja in die Türkei wünsche. Friederike hingegen war in dieser Lage höchst merkwürdig. Eigentlich genommen paßte sie auch nicht hinein, aber dies zeugte für ihren Charakter, daß sie, anstatt sich in diesen Zustand zu finden, unbewußt den Zustand nach sich modelte. Wie sie auf dem Lande mit der Gesellschaft gebarte, so tat sie es auch hier. Jeden Augenblick wußte sie zu beleben. Ohne zu beunruhigen setzte sie alles in Bewegung und beruhigte gerade dadurch die Gesellschaft, die eigentlich nur von der Langenweile beunruhigt wird. Sie erfüllte damit vollkommen den Wunsch der städtischen Tanten, welche ja auch einmal, von ihrem Kanapee aus, Zeugen jener ländlichen Spiele und Unterhaltungen sein wollten. War dieses zur Genüge geschehn, so wurde die Garderobe, der Schmuck und was die städtischen, französischen gekleideten Nichten besonders auszeichnete, betrachtet und ohne Neid bewundert. Auch mit mir machte Friederike sich's leicht, indem sie mich behandelte wie immer. [...]

Ich las an einem Abend den ganzen Hamlet ununterbrochen, in den Sinn des Stücks eindringend wie ich es nur vermochte, mit Lebhaftigkeit und Leidenschaft mich ausdrückend, wie es der Jugend gegeben ist. Ich erntete großen Beifall. Friederike hatte von Zeit zu Zeit tief geatmet und ihre Wangen eine fliegende Röte überzogen. Diese beiden Symptome eines bewegten zärtlichen Herzens, bei scheinbarer Heiterkeit und Ruhe von außen, waren mir nicht unbekannt und der einzige Lohn, nach dem ich strebte. Sie sammelte den Dank, daß sie mich veranlaßt hatte, mit Freuden ein, und versagte sich, nach ihrer zierlichen Weise, den kleinen Stolz nicht, in mir und durch mich geglänzt zu haben.

Dieser Stadtbesuch sollte nicht lange dauern, aber die Abreise verzögerte sich. Friederike tat das Ihrige zur geselligen Unterhaltung, ich ließ es auch nicht fehlen; aber die reichen Hülfsquellen, die auf dem Lande so ergiebig sind, versiegten bald in der Stadt, und der Zustand ward um so peinlicher als die Ältere nach und nach ganz aus der Fassung kam. Die beiden Schwestern waren die einzigen in der Gesellschaft, welche sich deutsch trugen. Friederike hatte sich niemals anders gedacht und glaubte überall so recht zu sein, sie verglich sich nicht; aber Olivien war es ganz unerträglich, so mägdehaft ausgezeichnet in dieser vornehm erscheinenden Gesellschaft einherzugehn. Auf dem Lande bemerkte sie kaum die städtische Tracht an andern, sie verlangte sie nicht; in der Stadt konnte sie die ländliche nicht ertragen. Dies alles zu dem übrigen Geschicke städtischer Fauenzimmer, zu den hundert Kleinigkeiten einer ganz entgegengesetzten Umgebung, wühlte einige Tage so in dem leidenschaftlichen Busen, daß ich alle schmeichelnde Aufmerksamkeit auf sie zu wenden hatte, um sie, nach dem Wunsche Friederikens, zu begütigen. Ich fürchtete eine leidenschaftliche Szene. Ich sah den Augenblick, da sie sich mir zu Füßen werfen und mich bei allem Heiligen beschwören werde, sie aus diesem Zustande zu retten. Sie war himmlisch gut, wenn sie sich nach ihrer Weise behaben konnte, aber ein solcher Zwang setzte sie gleich in Mißbehagen und konnte sie zuletzt bis zur Verzweiflung treiben. Nun suchte ich zu beschleunigen was die Mutter mit Olivien wünschte und was Friederiken nicht zuwider war. Diese im Gegensatze mit ihrer Schwester zu loben, enthielt ich mich nicht; ich sagte ihr, wie sehr ich mich freue, sie unverändert und auch in diesen Umgebungen so frei wie den Vogel auf den Zweigen zu finden. Sie war artig genug, zu erwidern, daß ich ja da sei, sie wolle weder hinaus noch herein, wenn ich bei ihr wäre.

Endlich sah ich sie abfahren und es fiel mir wie ein Stein vom Herzen: denn meine Empfindung hatte den Zustand von Friederiken und Olivien geteilt; ich war zwar nicht leidenschaftlich geängstigt wie diese, aber ich fühlte mich doch keineswegs wie jene behaglich.

Das Studium konnte endlich erfolgreich abgeschlossen werden.

Da ich eigentlich nach Straßburg gegangen war, um zu promovieren, so gehörte es freilich unter die Unregelmäßigkeiten meines Lebens, daß ich ein solches Hauptgeschäft als eine Nebensache betrachtete. Die Sorge wegen des Examens hatte ich mir auf eine sehr leichte Weise beiseite geschafft; es war nun aber auch an die Disputation zu denken: denn von Frankfurt abreisend hatte ich meinem Vater versprochen und mir selbst fest vorgesetzt, eine solche zu schreiben. [. . .]

Mein Vater war indessen sehr unzufrieden, daß dieses Werkchen nicht als Disputation ordentlich gedruckt worden war, weil er gehofft hatte, ich sollte bei meinem Einzuge in Frankfurt Ehre damit einlegen. Er wollte es daher besonders herausgegeben wissen; ich stellte ihm aber vor, daß die Materie, die nur skizziert sei, künftig weiter ausgeführt werden müßte. Er hob zu diesem Zwecke das Manuskript sorgfältig auf, und ich habe es nach mehreren Jahren noch unter seinen Papieren gesehn.

Meine Promotion war am 6ten August 1771 geschehn [...].

Die gemischten Empfindungen, mit denen Goethe sein leidenschaftliches Verhältnis zu Friederike betrachtete, führten schließlich zum Entschluß, aus Straßburg abzureisen.

Zerstreuungen und Heiterkeiten gab ich mich um so lieber und zwar bis zur Trunkenheit hin, als mich mein leidenschaftliches Verhältnis zu Friederiken nunmehr zu ängstigen anfing. Eine solche jugendliche, aufs geratewohl gehegte Neigung ist der nächtlich geworfenen Bombe zu vergleichen, die in einer sanften glänzenden Linie aufsteigt, sich unter die Sterne mischt, ja einen Augenblick unter ihnen zu verweilen scheint, alsdann aber abwärts, zwar wieder dieselbe Bahn, nur umgekehrt, bezeichnet, und zuletzt da, wo sie ihren Lauf geendet, Verderben hinbringt. Friederike blieb sich immer gleich; sie schien nicht zu denken noch denken zu wollen, daß dieses Verhältnis sich so bald endigen könne. Olivie hingegen, die mich zwar auch ungern vermißte, aber doch nicht so viel als jene verlor, war voraussehender oder offener. Sie sprach manchmal mit mir über meinen ermutlichen Abschied und suchte über sich selbst und ihre Schwester sich zu trösten. Ein Mädchen das einem Manne entsagt, dem sie ihre Gewogenheit nicht verleugnet, ist lange nicht in der peinlichen Lage, in der sich in Jüngling befindet, der mit Erklärungen ebensoweit gegen ein Frauenzimmer herausgegangen ist. Er spielt immer eine leidige Figur: denn von ihm, als einem werdenden Manne, erwartet man schon eine gewisse Übersicht seines Zustandes, und ein entschiedener Leichtsinn will ihn nicht kleiden. Die Ursachen eines Mädchens, das sich zurückzieht, scheinen immer gültig, die des Mannes niemals.

Allein wie soll eine schmeichelnde Leidenschaft uns voraussehen lassen, wohin sie uns führen kann? Denn auch selbst alsdann, wenn wir schon ganz verständig auf sie Verzicht getan, können wir sie noch nicht loslassen; wir ergötzen uns an der lieblichen Gewohnheit, und sollte es auch auf eine veränderte Weise sein. So ging es auch mir. Wenn gleich die Gegenwart Friederikens mich ängstigte, so wußte ich doch nichts Angenehmeres, als abwesend an sie zu denken und mich mit ihr zu unerhalten. Ich kam seltener hinaus, aber unsere Briefe wechselten desto lebhafter. Sie wußte mir ihre Zustände mit Heiterkeit, ihre Gefühle mit Anmut zu vergegenwärtigen, so wie ich mir ihre Verdienste mit Gunst und Leidenschaft vor die Seele rief. Die Abwesenheit machte mich frei, und meine ganze Zuneigung blühte erst recht auf durch die Unterhaltung in der Ferne. Ich konnte mich in solchen Augenblicken ganz eigentlich über die Zukunft verblenden; zerstreut war ich genug durch das Fortrollen der Zeit und dringender Geschäfte. Ich hatte bisher möglich gemacht, das Mannigfaltigste zu leisten, durch immer lebhafte Teilnahme am Gegenwärtigen und

Augenblicklichen; allein gegen das Ende drängte sich alles gar gewaltsam übereinander, wie es immer zu gehen pflegt, wenn man sich von einem Orte loslösen soll.

Nach einem einfachen Abschiedsbrief reiste Goethe nach Frankfurt ab. Gleichwohl wirkte das schlechte Gewissen, das Bewußtsein eigener Schuld noch länger in die Frankfurter Zeit hinein – mußte es doch durch die intensive dichterische Arbeit, die Vorbereitung zum ersten großen Text, dem »Götz«, beruhigt werden.

Ich hatte im stillen eine verlorene Liebe zu beklagen; dies machte mich mild und nachgiebig, und der Gesellschaft angenehmer als in glänzenden Zeiten, wo mich nichts an einen Mangel oder einen Fehltritt erinnerte, und ich ganz ungebunden vor mich hinstürmte.

Die Antwort Friederikens auf einen schriftlichen Abschied zerriß mir das Herz. Es war dieselbe Hand, derselbe Sinn, dasselbe Gefühl, die sich zu mir, die sich an mir herangebildet hatten. Ich fühlte nun erst den Verlust den sie erlitt, und sah keine Möglichkeit ihn zu ersetzen, ja nur ihn zu lindern. Sie war mir ganz gegenwärtig; stets empfand ich, daß sie mir fehlte, und was das Schlimmste war, ich konnte mir mein eignes Unglück nicht verzeihen. Gretchen hatte man mir genommen, Annette mich verlassen, hier war ich zum erstenmal schuldig; ich hatte das schönste Herz in seinem Tiefsten verwundet, und so war die Epoche einer düsteren Reue, bei dem Mangel einer gewohnten erquicklichen Liebe, höchst peinlich, ja unerträglich. Aber der Mensch will leben [. . .].

Zu der Zeit, als der Schmerz über Friederikens Lage mich beängstigte, suchte ich, nach meiner alten Art, abermals Hülfe bei der Dichtkunst. Ich setzte die hergebrachte poetische Beichte wieder fort, um durch diese selbstquälerische Büßung einer innern Absolution würdig zu werden. Die beiden Marien in Götz von Berlichingen und Clavigo, und die beiden schlechten Figuren, die ihre Liebhaber spielen, möchten wohl Resultate solcher reuigen Betrachtungen gewesen sein. [...]

Die dunkleren Jahrhunderte der deutschen Geschichte hatten von jeher meine Wißbegierde und Einbildungskraft beschäftigt. Der Gedanke, den Götz von Berlichingen in seiner Zeitumgebung zu dramatisieren, war mir höchlich lieb und wert. [...] Diese zu sittlichen und poetischen Absichten hin gerichteten Bemühungen konnte ich auch nach einer andern Seite brauchen, und da ich nunmehr Wetzlar besuchen sollte, war ich geschichtlich vorbereitet genug: denn das Kammergericht war doch auch im Gefolge des Landfriedens entstanden, und die Geschichte desselben konnte für einen bedeutenden Leitfaden durch die verworrenen deutschen Ereignisse gelten.

Goethe trat eine Stelle als Gerichtsreferendar am Reichskammergericht zu Wetzlar an, wo er einerseits in Kontakt mit einem schon bedeutenden, in Göttingen beheimateten Dichterkreise geriet.

Dadurch kam ich mit jenen in einige Berührung, die sich, jung und talentvoll, zusammenhielten, und nachher so viel und mannigfaltig wirkten. Die beiden Grafen Stolberg, Bürger, Voß, Hölty und andere waren im Glauben und Geiste um Klopstock versammelt, dessen Wirkung sich nach allen Seiten hin erstreckte. In einem solchen, sich immer mehr erweiternden deutschen Dichterkreise entwickelte sich zugleich, mit so mannigfaltigen poetischen Verdiensten, auch noch ein anderer Sinn, dem ich keinen ganz eigentlichen Namen zu geben wüßte. Man könnte ihn das Bedürfnis der Unabhängigkeit nennen, welches immer im Frieden entspringt, und gerade da, wo man eigentlich nicht abhängig ist.

Andererseits lernte er hier eine junge Frau kennen, Charlotte Buff, die Tochter eines Amtmannes und Verlobte des Freundes Kestner, zu der er eine starke Zuneigung empfand – der er schließlich nur entkommen konnte, indem er Hals über Kopf abreiste. Daß damit die Vorlage zum »Werther« gegeben war, ist bekannt, dennoch schrieb Goethe die Abfassung des Romans einem komplizierteren Seelenzustande zu als ›nur‹ der enttäuschten Liebe.

Jener Vorsatz, meine innere Natur nach ihren Eigenheiten gewähren, und die äußere nach ihren Eigenschaften auf mich einfließen zu lassen, trieb mich an das wunderliche Element, in welchem Werther ersonnen und geschrieben ist. Ich suchte mich innerlich von allem Fremden zu entbinden, das Äußere liebevoll zu betrachten, und alle Wesen, vom menschlichen an, so tief hinab als sie nur faßlich sein möchten, jedes in seiner Art auf mich wirken zu lassen. Dadurch entstand eine wundersame Verwandtschaft mit den einzelnen Gegenständen der Natur, und ein inniges Anklingen, ein Mitstimmen ins Ganze [. . .]. Der malerische Blick gesellte sich zu dem dichterischen, die schöne ländliche, durch den freundlichen Fluß belebte Landschaft vermehrte meine Neigung zur Einsamkeit, und begünstigte meine stillen nach allen Seiten hin sich ausbreitenden Betrachtungen.

Charlotte Kestner, geb. Buff
Pastell von Johann Heinrich Schröder, 1782

Aber seitdem ich jenen Familienkreis zu Sesenheim und nun wieder meinen Freundeszirkel zu Frankfurt und Darmstadt verlassen, war mir eine Leere im Busen geblieben, die ich auszufüllen nicht vermochte; ich befand mich daher in einer Lage, wo uns die Neigung, sobald sie nur einigermaßen verhüllt auftritt, unversehens überschleichen und alle guten Vorsätze vereiteln kann.

Die Bekanntschaft mit Kestner und Lotte schildert Goethe äußerst distanziert.

Unter den jungen Männern, welche, der Gesandtschaft zugegeben, sich zu ihrem künftigen Dienstlauf vorüben sollten, fand sich einer, den wir kurz und gut den Bräutigam zu nennen pflegten. Er zeichnete sich aus durch ein ruhiges gleiches Betragen, Klarheit der Ansichten, Bestimmtheit im Handeln und Reden. Seine heitere Tätigkeit, sein anhaltender Fleiß empfahl ihn dergestalt den Vorgesetzten, daß man ihm eine baldige Anstellung versprach. Hiedurch berechtigt, unternahm er, sich mit einem Frauenzimmer zu verloben, das seiner Gemütsart und seinen Wünschen völlig zusagte. Nach dem Tod ihrer Mutter hatte sie sich als Haupt einer zahlreichen jüngeren Familie höchst tätig erwiesen und den Vater in seinem Witwerstand allein aufrecht erhalten, so, daß ein künftiger Gatte von ihr das gleiche für sich und seine Nachkommenschaft hoffen und ein entschiedenes häusliches Glück erwarten konnte. Ein jeder gestand, auch ohne diese Lebenszwecke eigennützig für sich im Auge zu haben, daß sie ein wünschenswertes Frauenzimmer sei. Sie gehörte zu denen, die, wenn sie nicht heftige Leidenschaften einflößen, doch ein allgemeines Gefallen zu erregen geschaffen sind. Eine leicht aufge-

Goethe
Ölgemälde von Georg Melchior Kraus, 1775/76

baute, nett gebildete Gestalt, eine reine gesunde Natur und die daraus entspringende frohe Lebenstätigkeit, eine unbefangene Behandlung des täglich Notwendigen, das alles war ihr zusammen gegeben. [...]

Der Bräutigam, bei seiner durchaus rechtlichen und zutraulichen Sinnesart, machte jeden den er schätzte, bald mit ihr bekannt, und sah gern, weil er den größten Teil des Tages den Geschäften eifrig oblag, wenn seine Verlobte, nach vollbrachten häuslichen Bemühungen, sich sonst unterhielt und sich gesellig auf Spaziergängen und Landpartien mit Freunden und Freundinnen ergötzte. [...]

Der neue Ankömmling, völlig frei von allen Banden, sorglos in der Gegenwart eines Mädchens, das, schon versagt, den gefälligsten Dienst nicht als Bewerbung auslegen und sich desto eher daran erfreuen konnte, ließ sich ruhig gehen, war aber bald dergestalt eingesponnen und gefesselt, und zugleich von dem jungen Paare so zutraulich und freundlich behandelt, daß er sich selbst nicht mehr kannte. Müßig und träumerisch, weil ihm keine Gegenwart genügte, fand er das was ihm abging in einer Freundin, die, indem sie fürs ganze Jahr lebte, nur für den Augenblick zu leben schien. Sie mochte ihn gern zu ihrem Begleiter; er konnte bald ihre Nähe nicht missen, denn sie vermittelte ihm die Alltagswelt, und so waren sie, bei einer ausgedehnten Wirtschaft, auf dem Acker und den Wiesen, auf dem Krautland wie im Garten, bald unzertrennliche Gefährten. Erlaubten es dem Bräutigam seine Geschäfte, so war er an seinem Teil dabei; sie hatten sich alle drei aneinander gewöhnt ohne es zu wollen, und wußten nicht, wie sie dazu kamen, sich nicht entbehren zu können. So lebten sie, den herrlichen Sommer hin, eine echt deutsche Idylle, wozu das fruchtbare Land die Prosa, und eine reine Neigung die Poesie hergab. Durch reife Kornfelder wandernd erquickten sie sich am taureichen Morgen; das Lied der Lerche, der Schlag der Wachtel waren ergötzliche Töne; heiße Stunden folgten, ungeheure Gewitter brachen herein, man schloß sich nur destomehr aneinander, und mancher kleine Familienverdruß war leicht ausgelöscht durch fortdauernde Liebe. Und so nahm ein gemeiner Tag den andern auf, und alle schienen Festtage zu sein; der ganze Kalender hätte müssen rot gedruckt werden.

Schließlich sah Goethe sich wiederum zur überstürzten Flucht gezwungen.

Nun [...] trennte ich mich von Charlotten zwar mit reinerem Gewissen als von Friederiken, aber doch nicht ohne Schmerz. Auch dieses Verhältnis war durch Gewohnheit und Nachsicht leidenschaftlicher als billig von meiner Seite geworden; sie dagegen und ihr Bräutigam hielten sich mit Heiterkeit in einem Maße, das nicht schöner und liebenswürdiger sein konnte, und die eben hieraus entspringende Sicherheit ließ mich jede Gefahr vergessen. Indessen konnte ich mir nicht verbergen, daß diesem Abenteuer sein Ende bevorstehe: denn von der zunächst erwarteten Beförderung des jungen Mannes hing die Verbindung mit dem liebenswürdigen Mädchen ab; und da der Mensch, wenn er einigermaßen resolut ist, auch das Notwendige selbst zu wollen übernimmt, so faßte ich den Entschluß, mich freiwillig zu entfernen, ehe ich durch das Unerträgliche vertrieben würde.

Die Flucht führte Goethe nach Ehrenbreitstein, dem Sitz der Familie La Roche, wo sich sofort eine Nachfolgerin für Charlotte Buff fand.

Wenn sich aber Herr von La Roche gegen alles, was man Empfindung nennen könnte, auflehnte, und wenn er selbst den Schein derselben entschieden von sich abhielt, so verhehlte er doch nicht eine väterlich zarte Neigung zu seiner ältesten Tochter, welche freilich nicht anders als liebenswürdig war: eher klein als groß von Gestalt, niedlich gebaut; eine freie anmutige Bildung, die schwärzesten Augen und eine Gesichtsfarbe, die nicht reiner und blühender gedacht werden konnte. Auch sie liebte ihren Vater und neigte sich zu seinen Gesinnungen. Ihm, als tätigem Geschäftsmann, war die meiste Zeit durch Berufsarbeiten weggenommen, und weil die einkehrenden Gäste eigentlich durch seine Frau und nicht durch ihn angezogen wurden, so konnte ihm die Gesellschaft wenig Freude geben. Bei Tische war er heiter, unterhaltend, und suchte wenigstens seine Tafel von der empfindsamen Würze frei zu halten. [...]

So lebte ich in einer neuen wundersam angenehmen Umgebung eine Zeitlang fort, bis Merck[1] mit seiner Familie herankam. Hier entstanden sogleich neue Wahlverwandtschaften: denn indem die beiden Frauen sich einander näherten, hatte Merck mit Herrn von La Roche als Welt- und Geschäftskenner, als unterrichtet und gereist, nähere Berührung. Der Knabe gesellte sich zu den Knaben, und die Töchter fielen mir zu, von denen die älteste mich gar bald besonders anzog. Es ist eine sehr angenehme Empfindung, wenn sich eine neue Leidenschaft

1 Johann Heinrich Merck (1741–1791), Freund und Korrespondent Goethes.

in uns zu regen anfängt, ehe die alte noch ganz verklungen ist. So sieht man bei untergehender Sonne gern auf der entgegengesetzten Seite den Mond aufgehn und erfreut sich an dem Doppelglanze der beiden Himmelslichter.

Wieder in Frankfurt, hielt Goethe engen Kontakt vor allem zu Lottes Verlobtem und späterem Ehemann Johann Christian Kestner – er besorgte sogar die Trauringe für das Paar bei einem Frankfurter Juwelier. Ein Brief, den er am 1. Weihnachtstag 1772 an Kestner schrieb, zeigt, über Goethes Stimmung hinaus, nochmals eindrucksvoll das alte, fast mittelalterliche Frankfurt.

Christtag früh. Es ist noch Nacht lieber Kestner, ich bin aufgestanden, um bei Lichte morgens wieder zu schreiben, das mir angenehme Erinnerungen voriger Zeiten zurückruft; ich habe mir Coffee machen lassen, den Festtag zu ehren, und will euch schreiben, bis es Tag ist. Der Türner hat sein Lied schon geblasen, ich wachte drüber auf. Gelobet seist du Jesu Christ. Ich hab diese Zeit des Jahrs gar lieb, die Lieder, die man singt; und die Kälte, die eingefallen ist, macht mich vollends vergnügt. Ich habe gestern einen herrlichen Tag gehabt, ich fürchtete für den heutigen, aber der ist auch gut begonnen und da ist mirs fürs Enden nicht angst. Gestern Nacht versprach ich schon meinen lieben zwei Schattengesichtern euch zu schreiben, sie schweben um mein Bett wie Engel Gottes. Ich hatte gleich bei meiner Ankunft Lottens Silhouette[1] angesteckt, wie ich in Darmstadt war,

1 Goethe spielt hier auf die Mode der Schattenrisse an, die man im 18. Jahrhundert von befreundeten oder geliebten Menschen anfertigte.

stellen sie mein Bett herein und siehe Lottens Bild steht zu Häupten, das freute mich sehr, Lenchen hat jetzt die ander Seite, ich dank euch Kestner für das liebe Bild, es stimmt weit mehr mit dem überein, was ihr mir von ihr schriebt, als alles, was ich imaginiert hatte; so ist es nichts mit uns, die wir raten, phantasieren und weissagen. Der Türner hat sich wieder zu mir gekehrt, der Nordwind bringt mir seine Melodie, als blies er vor meinem Fen-

Johann Christian
und
Charlotte Kestner
Silhouetten

ster. Gestern lieber Kestner war ich mit einigen guten Jungens auf dem Lande, unsre Lustbarkeit war sehr laut, und Geschrei und Gelächter von Anfang zu Ende. Das taugt sonst nichts für die kommende Stunde, doch was können die heiligen Götter nicht wenden, wenns Ihnen beliebt, sie gaben mir einen frohen Abend, ich hatte keinen Wein getrunken, mein Aug war ganz unbefangen über die Natur. Ein schöner Abend, als wir zurückgingen es ward Nacht. Nun muß ich dir sagen, das ist immer eine Sympathie für meine Seele, wenn die Sonne lang hinunter ist und die Nacht von Morgen herauf nach Nord und Süd umsich gegriffen hat, und nur noch ein dämmernder Kreis vom Abend heraufleuchtet. Seht

Kestner, wo das Land flach ist, ists das herrlichste Schauspiel, ich habe jünger und wärmer Stunden lang so ihr zugesehn hinabdämmern auf meinen Wandrungen. Auf der Brücke hielt ich still. Die düstre Stadt zu beiden Seiten, der stilleuchtende Horizont, der Widerschein im Fluß machte einen köstlichen Eindruck in meine Seele, den ich mit beiden Armen umfaßte. Ich lief zu den Gerocks, ließ mir Bleistift geben und Papier, und zeichnete zu meiner großen Freude, das ganze Bild so dämmernd warm, als es in meiner Seele stand. Sie hatten alle Freude mit mir darüber, empfanden alles, was ich gemacht hatte, und da war ichs erst gewiß, ich bot ihnen an drum zu würfeln, sie schlugens aus und wollen, ich solls Mercken schicken. Nun hängts hier an meiner Wand, und freut mich heute wie gestern. Wir hatten einen schönen Abend zusammen wie Leute, denen das Glück ein großes Geschenk gemacht hat, und ich schlief ein, den Heiligen im Himmel dankend, daß sie uns Kinderfreude zum Christ bescheren wollen. Als ich über den Markt ging und die vielen Lichter und Spielsachen sah, dacht ich an euch und meine Bubens, wie ihr ihnen kommen würdet, diesen Augenblick ein himmlischer Bote mit dem blauen Evangelio, und wie aufgerollt sie das Buch erbauen werde. Hätt ich bei euch sein können, ich hätte wollen so ein Fest Wachsstöcke illuminieren, daß es in den kleinen Köpfen ein Widerschein der Herrlichkeit des Himmels geglänzt hätte. Die Torschließer kommen vom Burgemeister, und rasseln mit Schlüsseln. Das erste Grau des Tags kommt mir über des Nachbars Haus und die Glocken läuten eine christliche Gemeinde zusammen. Wohl ich bin erbaut hier oben auf meiner Stube, die ich lang nicht so lieb hatte als jetzt. Sie ist mit den glücklichsten Bildern ausgeziert, [die] mir freundlichen guten Morgen sagen. Sieben Köpfe nach Raphael, eingegeben vom lebendigen Geiste, einen davon hab ich nachgezeichnet.

In Frankfurt widmete Goethe sich einesteils der Wahrnehmung gewisser Anwaltspflichten, in der Hauptsache aber literarischen Projekten.

Indem ich nun alles was von Talent, Liebhaberei oder sonst irgendeiner Neigung in mir leben mochte, auszubilden, zu nähren und zu unterhalten suchte, verwendete ich eine gute Zeit des Tages, nach dem Wunsch meines Vaters, auf die Advokatur, zu deren Ausübung ich zufälligerweise die beste Gelegenheit fand. Nach dem Tode des Großvaters war mein Oheim Textor in den Rat gekommen, und übergab mir die kleineren Sachen, denen ich gewachsen war; welches die Gebrüder Schlosser auch taten. Ich machte mich mit den Akten bekannt, mein Vater las sie ebenfalls mit vielem Vergnügen, da er sich, durch Veranlassung des Sohns, wieder in einer Tätigkeit sah, die er lange entbehrt hatte. Wir besprachen uns darüber, und mit großer Leichtigkeit machte ich alsdann die nötigen Aufsätze. Wir hatten einen trefflichen Kopisten zur Hand, auf den man sich zugleich wegen aller Kanzleiförmlichkeiten verlassen konnte: und so war mir dieses Geschäft eine um so angenehmere Unterhaltung, als es mich dem Vater näher brachte, der mit meinem Benehmen in diesem Punkte völlig zufrieden, allem übrigen was ich trieb, gerne nachsah, in der sehnlichen Erwartung, daß ich nun bald auch schriftstellerischen Ruhm einernten würde. [...]

Durch die fortdauernde Teilnahme an Shakespeares Werken hatte ich mir den Geist so ausgeweitet, daß mir der enge Bühnenraum und die kurze, einer Vorstellung zugemessene Zeit keineswegs hinlänglich schienen, um etwas Bedeutendes vorzutragen. Das Leben des biedern Götz von Berlichingen, von ihm selbst geschrieben, trieb mich in die historische Behandlungsart, und meine Einbildungskraft dehnte sich dergestalt aus, daß auch meine dramatische Form alle Theatergrenzen überschritt, und sich den lebendigen Ereignissen mehr und mehr zu nähern suchte. Ich hatte mich davon, so wie ich vorwärts ging, mit meiner Schwester umständlich unterhalten, die an solchen Dingen mit Geist und Gemüt teil nahm, und ich erneuerte diese Unterhaltung so oft, ohne nur irgend zum Werke zu schreiten, daß sie zuletzt ungeduldig und wohlwollend dringend bat, mich nur nicht immer mit Worten in die Luft zu ergehen, sondern endlich einmal das, was mir so gegenwärtig wäre, auf das Papier festzubringen. Durch diesen Antrieb bestimmt, fing ich eines Morgens zu schreiben an, ohne daß ich einen Entwurf oder Plan vorher aufgesetzt hätte. Ich schrieb die ersten Szenen, und abends wurden sie Cornelien vorgelesen. Sie schenkte ihnen vielen Beifall, jedoch nur bedingt, indem sie zweifelte, daß ich so fortfahren würde, ja sie äußerte sogar einen entschiedenen Unglauben an meine Beharrlichkeit. Dieses reizte mich nur um so mehr, ich fuhr den nächsten Tag fort, und so den dritten; die Hoffnung wuchs bei den täglichen Mitteilungen, auch mir ward alles von Schritt zu Schritt lebendiger, indem mir ohnehin der Stoff durchaus eigen geworden; und so hielt ich mich ununterbrochen ans Werk, das ich geradesweges verfolgte, ohne weder rückwärts, noch rechts, noch links zu sehn, und in etwa sechs Wochen hatte ich das Vergnügen, das Manuskript geheftet zu erblicken. Ich teilte es Mercken mit, der verständig und wohlwollend darüber sprach; ich sendete es Herdern zu, der sich un-

Der junge Goethe in seinem Frankfurter Arbeitszimmer
Lavierte und aquarellierte Bleistiftzeichnung von Goethe, um 1770/72

freundlich und hart dagegen äußerte, und nicht ermangelte, in einigen gelegentlichen Schmähgedichten mich deshalb mit spöttischen Namen zu bezeichnen. Ich ließ mich dadurch nicht irre machen, sondern faßte meinen Gegenstand scharf ins Auge; der Wurf war einmal getan, und es fragte sich nur, wie man die Steine im Brett vorteilhaft setzte. Ich sah wohl, daß mir auch hier niemand raten würde, und als ich nach einiger Zeit mein Werk wie ein fremdes betrachten konnte, so erkannte ich freilich, daß ich, bei dem Versuch auf die Einheit der Zeit und des Orts Verzicht zu tun, auch der höheren Einheit, die um desto mehr gefordert wird, Eintrag getan hatte. [...] Diesen Mangel [...] erkannte ich gar bald, da die Natur meiner Poesie mich immer zur Einheit hindrängte. Ich hegte nun, anstatt der Lebensbeschreibung Götzens und der deutschen Altertümer, mein eignes Werk im Sinne, und suchte ihm immer mehr historischen und nationalen Gehalt zu geben, und das, was daran fabelhaft oder bloß leidenschaftlich war, auszulöschen [...].

Ohne also an dem ersten Manuskript irgend etwas zu verändern, welches ich wirklich noch in seiner Urgestalt besitze, nahm ich mir vor, das Ganze umzuschreiben, und leistete dies auch mit solcher Tätigkeit, daß in wenigen Wochen ein ganz erneutes Stück vor mir lag. Ich ging damit um so rascher zu Werke, je weniger ich die Absicht hatte, diese zweite Bearbeitung jemals drucken zu lassen, sondern sie gleichfalls nur als Vorübung ansah, die ich künftig, bei einer mit mehrerem Fleiß und Überlegung anzustellenden neuen Behandlung, abermals zum Grunde legen wollte.

An Johann Daniel Salzmann schreibt Goethe am 28. November 1771 über den »Götz«:

Sie kennen mich so gut, und doch wett' ich, Sie raten nicht, warum ich nicht schreibe. Es ist eine Leidenschaft, eine ganz unerwartete Leidenschaft, Sie wissen, wie mich dergleichen in ein Zirkelgen werfen kann, daß ich Sonne, Mond und die lieben Sterne darüber vergesse. Ich kann nicht ohne das sein, Sie wissens lang, und koste was es wolle, ich stürze mich drein. Diesmal sind keine Folgen zu befürchten. Mein ganzer Genius liegt auf einem Unternehmen, worüber Homer und Shakespeare und alles vergessen worden. Ich dramatisiere die Geschichte eines der edelsten Deutschen, rette das Andenken eines braven Mannes, und die viele Arbeit, die mich's kostet, macht mir einen wahren Zeitvertreib, den ich hier so nötig habe, denn es ist traurig an einem Ort zu leben, wo unsre ganze Wirksamkeit in sich selbst summen muß.

Die poetische Eigenart seines »Werthers« erläutert Goethe mit seinem grundsätzlichen Hang zum Selbstgespräch. Ausführlich berichtet er die Entstehung des Romans.

Jenes Schauspiel jedoch beschäftigte bisher den Verfasser nicht allein, [...] zu gleicher Zeit entwickelte sich ein Übergang zu einer andern Darstellungsart, welche nicht zu den dramatischen gerechnet zu werden pflegt und doch mit ihnen große Verwandtschaft hat. Dieser Übergang geschah hauptsächlich durch eine Eigenheit des Verfassers, die sogar das Selbstgespräch zum Zwiegespräch umbildete.

Gewöhnt am liebsten seine Zeit in Gesellschaft zuzubringen, verwandelte er auch das einsame Denken zur geselligen Unterhaltung, und zwar auf folgende Weise. Er pflegte nämlich, wenn er sich allein sah, irgendeine Person seiner Bekanntschaft im Geiste zu sich zu rufen. Er bat sie, nieder zu sitzen, ging an ihr auf und ab, blieb vor ihr stehen, und verhandelte mit ihr den Gegenstand, der ihm eben im Sinne lag. Hierauf antwortete sie gelegentlich, oder gab durch die gewöhnliche Mimik ihr Zu- oder Abstimmen zu erkennen; wie denn jeder Mensch hierin etwas Eignes hat. Sodann fuhr der Sprechende fort, dasjenige was dem Gaste zu gefallen schien, weiter auszuführen, oder was derselbe mißbilligte, zu bedingen, näher zu bestimmen, und gab auch wohl zuletzt seine These gefällig auf. [...]

Wie nahe ein solches Gespräch im Geiste mit dem Briefwechsel verwandt sei, ist klar genug, nur daß man hier ein hergebrachtes Vertrauen erwidert sieht, und dort ein neues, immer wechselndes, unerwidertes sich selbst zu schaffen weiß. Als daher jener Überdruß zu schildern war, mit welchem die Menschen, ohne durch Not gedrungen zu sein, das Leben empfinden, mußte der Verfasser sogleich darauf fallen, seine Gesinnung in Briefen darzustellen: denn jeder Unmut ist eine Geburt, ein Zögling der Einsamkeit; wer sich ihm ergibt, flieht allen Widerspruch, und was widerspricht ihm mehr als jede heitere Gesellschaft? [...]

Jener Ekel vor dem Leben hat seine physischen und seine sittlichen Ursachen, jene wollen wir dem Arzt, diese dem Moralisten zu erforschen überlassen, und, bei einer so oft durchgearbeiteten Materie, nur den Hauptpunkt beachten, wo sich jene Erscheinung am deutlichsten ausspricht. Alles Behagen am Leben ist auf eine regelmäßige Wiederkehr der äußeren Dinge gegründet.

Der Wechsel von Tag und Nacht, der Jahreszeiten, der Blüten und Früchte, und was uns sonst von Epoche zu Epoche entgegentritt, damit wir es genießen können und sollen, diese sind die eigentlichen Triebfedern des irdischen Lebens. Je offner wir für diese Genüsse sind, desto glücklicher fühlen wir uns; wälzt sich aber die Verschiedenheit dieser Erscheinungen vor uns auf und nieder, ohne daß wir daran teil nehmen, sind wir gegen so holde Anerbietungen unempfänglich: dann tritt das größte Übel, die schwerste Krankheit ein, man betrachtet das Leben als eine ekelhafte Last. [...]

Nichts aber veranlaßt mehr diesen Überdruß, als die Wiederkehr der Liebe. Die erste Liebe, sagt man mit Recht, sei die einzige: denn in der zweiten und durch die zweite geht schon der höchste Sinn der Liebe verloren. Der Begriff des Ewigen und Unendlichen, der sie eigentlich hebt und trägt, ist zerstört, sie erscheint vergänglich wie alles Wiederkehrende. Die Absonderung des Sinnlichen vom Sittlichen, die in der verflochtenen kultivierten Welt die liebenden und begehrenden Empfindungen spaltet, bringt auch hier eine Übertriebenheit hervor, die nichts Gutes stiften kann. [...]

Was aber den fühlenden Jüngling am meisten ängstigt, ist die unaufhaltsame Wiederkehr unserer Fehler: denn wie spät lernen wir einsehen, daß wir, indem wir unsere Tugenden ausbilden, unsere Fehler zugleich mit anbauen. Jene ruhen auf diesen wie auf ihrer Wurzel, und diese verzweigen sich insgeheim ebenso stark und so mannigfaltig als jene im offenbaren Lichte. Weil wir nun unsere Tugenden meist mit Willen und Bewußtsein ausüben, von unseren Fehlern aber unbewußt überrascht werden, so machen uns jene selten einige Freude, diese hingegen beständig Not und Qual. Hier liegt der schwerste Punkt der Selbsterkenntnis, der sie beinah unmöglich macht. Denke man sich nun hiezu ein siedend jugendliches Blut, eine durch einzelne Gegenstände leicht zu paralysierende Einbildungskraft, hiezu die schwankenden Bewegungen des Tags, und man wird ein ungeduldiges Streben, sich aus einer solchen Klemme zu befreien, nicht unnatürlich finden. [...]

Das nunmehr fertige Manuskript lag im Konzept, mit wenigen Korrekturen und Abänderungen, vor mir. Es ward sogleich geheftet: denn der Band dient der Schrift ungefähr wie der Rahmen einem Bilde: man sieht viel eher, ob sie denn auch in sich wirklich bestehe. Da ich dieses Werklein ziemlich unbewußt, einem Nachtwandler ähnlich, geschrieben hatte, so verwunderte ich mich selbst darüber, als ich es nun durchging, um daran etwas zu ändern und zu bessern. Doch in Erwartung, daß nach einiger Zeit, wenn ich es in gewisser Entfernung besähe, mir manches beigehn würde, das noch zu seinem Vorteil gereichen könnte, gab ich es meinen jüngeren Freunden zu lesen, auf die es eine desto größere Wirkung tat, als ich, gegen meine Gewohnheit, vorher niemanden davon erzählt, noch meine Absicht entdeckt hatte. Freilich war es hier abermals der Stoff, der eigentlich die Wirkung hervorbrachte, und so waren sie gerade in einer der meinigen entgegengesetzten Stimmung: denn ich hatte mich durch diese Komposition mehr, als durch jede andere, aus einem stürmischen Elemente gerettet, auf dem ich durch eigene und fremde Schuld, durch zufällige und gewählte Lebensweise, durch Vorsatz und Übereilung, durch Hartnäckigkeit und Nachgeben, auf die gewaltsamste Art hin und wieder getrieben worden. Ich fühlte mich, wie nach einer Generalbeichte, wieder froh und frei, und zu einem neuen Leben berechtigt. Das alte Hausmittel war mir diesmal vortrefflich zustatten gekommen. [...]

Die Wirkung dieses Büchleins war groß, ja ungeheuer, und vorzüglich deshalb, weil es genau in die rechte Zeit traf. Denn wie es nur eines geringen Zündkrauts bedarf, um eine gewaltige Mine zu entschleudern, so war auch die Explosion, welche sich hierauf im Publikum ereignete, deshalb so mächtig, weil die junge Welt sich schon selbst untergraben hatte, und die Erschütterung deswegen so groß, weil ein jeder mit seinen übertriebenen Forderungen, unbefriedigten Leidenschaften und eingebildeten Leiden zum Ausbruch kam. Man kann von dem Publikum nicht verlangen, daß es ein geistiges Werk geistig aufnehmen solle. Eigentlich ward nur der Inhalt, der Stoff beachtet, wie ich schon an meinen Freunden erfahren hatte, und daneben trat das alte Vorurteil wieder ein, entspringend aus der Würde eines gedruckten Buchs, daß es nämlich einen didaktischen Zweck haben müsse. Die wahre Darstellung aber hat keinen. Sie billigt nicht, sie tadelt nicht, sondern sie entwickelt die Gesinnungen und Handlungen in ihrer Folge und dadurch erleuchtet und belehrt sie.

Von Rezensionen nahm ich wenig Notiz. Die Sache war für mich völlig abgetan, jene guten Leute mochten nun auch sehn, wie sie damit fertig wurden.

Aus dem schlagartig eintretenden riesigen Ruhm, den der junge Autor erntete, erwuchsen eine Reihe Bekanntschaften mit bedeutenden Personen der damaligen Zeit – allen voran mit dem Prediger, Schriftsteller und Physiognomiker Johann Caspar Lavater und dem Pädagogen Johann Bernhard Basedow.

Es dauerte nicht lange, so kam ich auch mit Lavatern in Verbindung. [...] Bei seinem unablässigen Treiben

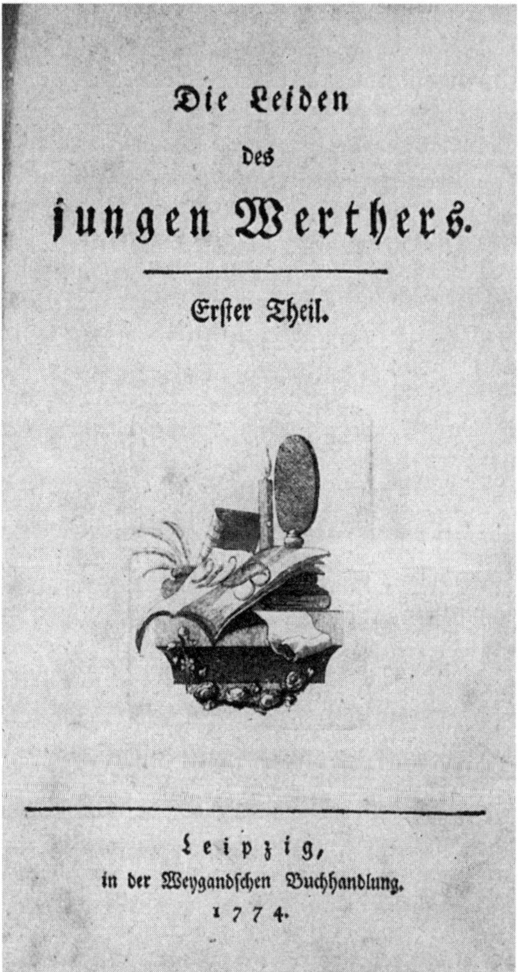
Die Leiden
des
jungen Werthers.

Erster Theil.

Leipzig,
in der Weygandschen Buchhandlung.
1774.

Titelblatt der Erstausgabe von Goethes *Werther*, 1774

ward unser Briefwechsel bald sehr lebhaft. Er machte soeben ernstliche Anstalten zu seiner größern Physiognomik, deren Einleitung schon früher in das Publikum gelangt war. Er forderte alle Welt auf, ihm Zeichnungen, Schattenrisse, besonders aber Christusbilder zu schicken, und ob ich gleich so gut wie gar nichts leisten konnte, so wollte er doch von mir ein für allemal auch einen Heiland gezeichnet haben, wie ich mir ihn vorstellte. Dergleichen Forderungen des Unmöglichen gaben mir zu mancherlei Scherzen Anlaß, und ich wußte mir gegen seine Eigenheiten nicht anders zu helfen, als daß ich die meinigen hervorkehrte. [...]

Basedow traf ein, berührte und ergriff mich von einer andern Seite. Einen entschiedeneren Kontrast konnte man nicht sehen als diese beiden Männer. Schon der Anblick Basedows deutete auf das Gegenteil. Wenn Lavaters Gesichtszüge sich dem Beschauenden frei hergaben, so waren die Basedowischen zusammengepackt und wie nach innen gezogen. Lavaters Auge klar und fromm, unter sehr breiten Augenlidern, Basedows aber tief im Kopfe, klein, schwarz, scharf, unter struppigen Augenbrauen hervorblinkend, dahingegen Lavaters Stirnknochen von den sanftesten braunen Haarbogen eingefaßt erschien. Basedows heftige rauhe Stimme, seine schnellen und scharfen Äußerungen, ein gewisses höhnisches Lachen, ein schnelles Herumwerfen des Gesprächs, und was ihn sonst noch bezeichnen mochte, alles war den Eigenschaften und dem Betragen entgegengesetzt, durch die uns Lavater verwöhnt hatte.

Neben den großen Werken dieser Zeit, dem »Götz« und dem »Werther«, entstanden in Frankfurt auch die großen Hymnen des Sturm und Drang.

Die Fabel des Prometheus ward in mir lebendig. Das alte Titanengewand schnitt ich mir nach meinem Wuchse zu, und fing, ohne weiter nachgedacht zu haben, ein Stück zu schreiben an, worin das Mißverhältnis dargestellt ist, in welches Prometheus zu dem Zeus und den neuen Göttern gerät, indem er auf eigne Hand Menschen bildet, sie durch Gunst der Minerva belebt, und eine dritte Dynastie stiftet. Und wirklich hatten die jetzt regierenden Götter sich zu beschweren völlig Ursache, weil man sie als unrechtmäßig zwischen die Titanen und Menschen eingeschobene Wesen betrachten konnte. Zu dieser seltsamen Komposition gehört als Monolog jenes Gedicht, das in der deutschen Literatur bedeutend geworden, weil dadurch veranlaßt, Lessing über wichtige Punkte des Denkens und Empfindens sich gegen Jacobi erklärte. Es diente zum Zündkraut einer Explosion, welche die geheimsten Verhältnisse würdiger Männer aufdeckte und zur Sprache brachte: Verhältnisse, die ihnen selbst unbewußt, in einer sonst höchst aufgeklärten Gesellschaft schlummerten. Der Riß war so gewaltsam, daß wir darüber, bei eintretenden Zufälligkeiten, einen unserer würdigsten Männer, Mendelssohn, verloren.

Inmitten der Frankfurter Zeit, zwischen Gerichtsarbeiten und literarischen Plänen und Projekten, besuchte ein Mitglied des Weimarer Hofes, Karl Ludwig Knebel, den über Nacht berühmt gewordenen Dichter – eine Begegnung, aus der eine Goethes ganzes Leben währende, ununterbrochene tiefe Freundschaft entstehen sollte und aus der sich der Kontakt zum Weimarer Hof ergab, sehr zum Mißfallen des Vaters.

Als ich nun einst in dieser Epoche und so beschäftigt, bei gesperrtem Lichte in meinem Zimmer saß, dem wenigstens der Schein einer Künstlerwerkstatt hierdurch verliehen war, überdies auch die Wände mit halbfertigen Arbeiten besteckt und behangen das Vorurteil einer großen Tätigkeit gaben, so trat ein wohlgebildeter schlanker Mann bei mir ein, den ich zuerst in der Halbdämmerung für Fritz Jacobi[1] hielt, bald aber meinen Irrtum erkennend als einen Fremden begrüßte. An seinem freien anständigen Betragen war eine gewisse militärische Haltung nicht zu verkennen. Er nannte mir seinen Namen von Knebel, und aus einer kurzen Eröffnung vernahm ich, daß er, im preußischen Dienste, bei einem längern Aufenthalt in Berlin und Potsdam, mit den dortigen Literatoren und der deutschen Literatur überhaupt ein gutes und tätiges Verhältnis angeknüpft habe. [...]

Kaum hatten wir diese allgemein deutschen literarischen Gegenstände durchgesprochen, als ich zu meinem Vergnügen erfuhr, daß er gegenwärtig in Weimar angestellt und zwar dem Prinzen Konstantin zum Begleiter bestimmt sei. Von den dortigen Verhältnissen hatte ich schon manches Günstige vernommen: denn es kamen viele Fremde von daher zu uns, die Zeugen gewesen waren, wie die Herzogin Amalia zu Erziehung ihrer Prinzen die vorzüglichsten Männer berufen; wie die Akademie Jena durch ihre bedeutenden Lehrer zu diesem schönen Zweck gleichfalls das Ihrige beigetragen; wie die Künste nicht nur von gedachter Fürstin geschützt, son-

1 Friedrich Heinrich Jacobi (1743–1819), Kaufmann, Schriftsteller und Religionsphilosoph, mit dem Goethe lange befreundet war, sich aber in Religionsfragen mit ihm zerstritt.

Abendgesellschaft bei der Herzoginmutter Anna Amalia, die sogenannte Tafelrunde

Aquarell von Georg Melchior Kraus, um 1795

dern selbst von ihr gründlich und eifrig getrieben würden. Auch vernahm man, daß Wieland[1] in vorzüglicher Gunst stehe; wie denn auch der Deutsche Merkur, der die Arbeiten so mancher auswärtigen Gelehrten versammelte, nicht wenig zu dem Rufe der Stadt beitrug, wo er herausgegeben wurde. Eins der besten deutschen Theater war dort eingerichtet, und berühmt durch Schauspieler sowohl als Autoren, die dafür arbeiteten. Diese schönen Anstalten und Anlagen schienen jedoch durch den schrecklichen Schloßbrand, der im Mai desselben Jahres sich ereignet hatte, gestört und mit einer langen

1 Der Schriftsteller Christoph Martin Wieland (1733–1813), zu dieser Zeit Prinzenerzieher in Weimar, gab ab 1775 die bedeutende Literaturzeitschrift *Der Teutsche Merkur* heraus.

Stockung bedroht; allein das Zutrauen auf den Erbprinzen war so groß, daß jedermann sich überzeugt hielt, dieser Schade werde nicht allein bald ersetzt, sondern auch dessen ungeachtet jede andere Hoffnung reichlich erfüllt werden. Wie ich mich nun, gleichsam als ein alter Bekannter, nach diesen Personen und Gegenständen erkundigte und den Wunsch äußerte, mit den dortigen Verhältnissen näher bekannt zu sein, so versetzte der Ankömmling gar freundlich: es sei nichts leichter als dieses, denn soeben lange der Erbprinz mit seinem Herrn Bruder, dem Prinzen Konstantin, in Frankfurt an, welche mich zu sprechen und zu kennen wünschten. Ich zeigte sogleich die größte Bereitwilligkeit ihnen aufzuwarten, und der neue Freund versetzte, daß ich damit nicht säumen solle, weil der Aufenthalt nicht lange dauern werde. Um mich hiezu anzuschicken, führte ich ihn zu meinen Eltern, die über seine Ankunft und Botschaft höchst verwundert, mit ihm sich ganz vergnüglich unterhielten. Ich eilte nunmehr mit demselben zu den jungen Fürsten, die mich sehr frei und freundlich empfingen, so wie auch der Führer des Erbprinzen, Graf Goertz, mich nicht ungern zu sehen schien. Ob es nun gleich an literarischer Unterhaltung nicht fehlte, so machte doch ein Zufall die beste Einleitung, daß sie gar bald bedeutend und fruchtbar werden konnte. [...]

Bei Tafel wurden diese Gespräche fortgesetzt, und sie erregten für mich ein besseres Vorurteil als ich vielleicht verdiente. Denn anstatt daß ich diejenigen Arbeiten, die ich selbst zu liefern vermochte, zum Gegenstand des Gesprächs gemacht, für das Schauspiel, für den Roman eine ungeteilte Aufmerksamkeit gefordert hätte, so schien ich vielmehr in Mösern solche Schriftsteller vorzuziehen, deren Talent aus dem tätigen Leben ausging und in dasselbe unmittelbar nützlich sogleich wieder zurückkehrte,

Das Weimarer Schloß vor und nach dem Brand am 6. Mai 1774, also kurz bevor Goethe erste Kontakte zu den Weimarern aufnahm

Kupferstiche von Johann Georg Schenck

während eigentlich poetische Arbeiten, die über dem Sittlichen und Sinnlichen schweben, erst durch einen Umschweif und gleichsam nur zufällig nützen können. Bei diesen Gesprächen ging es nun wie bei den Märchen der Tausendundeinen Nacht: es schob sich eine bedeutende Materie in und über die andere, manches Thema klang nur an, ohne daß man es hätte verfolgen können: und so ward, weil der Aufenthalt der jungen Herrschaften in Frankfurt nur kurz sein konnte, mir das Versprechen abgenommen, daß ich nach Mainz folgen und dort einige Tage zubringen sollte, welches ich denn herzlich gern ablegte und mit dieser vergnügten Nachricht nach Hause eilte, um solche meinen Eltern mitzuteilen.

Meinem Vater wollte es jedoch keineswegs gefallen: denn nach seinen reichsbürgerlichen Gesinnungen hatte er sich jederzeit von den Großen entfernt gehalten, und obgleich mit den Geschäftsträgern der umliegenden Fürsten und Herren in Verbindung, stand er doch keineswegs in persönlichen Verhältnissen zu ihnen; ja es gehörten die Höfe unter die Gegenstände, worüber er zu scherzen pflegte, auch wohl gern sah, wenn man ihm etwas entgegensetzte, nur mußte man sich dabei, nach seinem Bedünken, geistreich und witzig verhalten.

Beim Besuch einer kleinen musikalischen Soirée in einem Bankiershaus in Frankfurt machte Goethe die Bekanntschaft Anna Elisabeth (Lili) Schönemanns, seiner baldigen Verlobten.

Unter andern ersuchte mich ein Freund eines Abends mit ihm ein kleines Konzert zu besuchen, welches in einem angesehenen reformierten Handelshause gegeben wurde. Es war schon spät; doch weil ich alles aus dem

Stegreife liebte, folgte ich ihm, wie gewöhnlich anständig angezogen. Wir treten in ein Zimmer gleicher Erde, in das eigentliche geräumige Wohnzimmer. Die Gesellschaft war zahlreich, ein Flügel stand in der Mitte, an den sich sogleich die einzige Tochter des Hauses niedersetzte und mit bedeutender Fertigkeit und Anmut spielte. Ich stand am unteren Ende des Flügels, um ihre Gestalt und Wesen nahe genug bemerken zu können; sie hatte etwas Kindartiges in ihrem Betragen; die Bewegungen wozu das Spiel sie nötigte, waren ungezwungen und leicht.

Lili Schönemann

Stich nach einer Zeichnung ihrer Tochter

Nach geendigter Sonate trat sie ans Ende des Pianos gegen mir über; wir begrüßten uns ohne weitere Rede, denn ein Quartett war schon angegangen. Am Schlusse trat ich etwas näher und sagte einiges Verbindliche: wie sehr es mich freue, daß die erste Bekanntschaft mich auch zugleich mit ihrem Talent bekannt gemacht habe.

Sie wußte sehr artig meine Worte zu erwidern, behielt ihre Stellung und ich die meinige. Ich konnte bemerken, daß sie mich aufmerksam betrachtete und daß ich ganz eigentlich zur Schau stand, welches ich mir wohl konnte gefallen lassen, da man auch mir etwas gar Anmutiges zu schauen gab. Indessen blickten wir einander an, und ich will nicht leugnen, daß ich eine Anziehungskraft von der sanftesten Art zu empfinden glaubte. Das Hin- und Herwogen der Gesellschaft und ihrer Leistungen verhinderte jedoch jede andere Art von Annäherung diesen Abend. Doch muß ich eine angenehme Empfindung gestehen, als die Mutter beim Abschied zu erkennen gab, sie hofften mich bald wieder zu sehen, und die Tochter mit einiger Freundlichkeit einzustimmen schien. Ich verfehlte nicht, nach schicklichen Pausen, meinen Besuch zu wiederholen, da sich denn ein heiteres verständiges Gespräch bildete, welches kein leidenschaftliches Verhältnis zu weissagen schien.

Ein Verhältnis begann, das den ganzen Frühling 1775 über auf seinen Höhepunkt, das Verlöbnis, zusteuerte.

Ein wechselseitiges Bedürfnis, eine Gewohnheit sich zu sehen, trat nun ein; wie hätt' ich aber manchen Tag, manchen Abend bis in die Nacht hinein entbehren müssen, wenn ich mich nicht hätte entschließen können, sie in ihren Zirkeln zu sehen! Hieraus erwuchs mir mannigfaltige Pein.

Mein Verhältnis zu ihr war von Person zu Person, zu einer schönen, liebenswürdigen, gebildeten Tochter; es glich meinen früheren Verhältnissen, und war noch höherer Art. An die Äußerlichkeiten jedoch, an das Mischen und Wiedermischen eines geselligen Zustandes hatte ich nicht gedacht. Ein unbezwingliches Verlangen war herrschend geworden; ich konnte nicht ohne sie, sie nicht ohne mich sein; aber in den Umgebungen und bei den Einwirkungen einzelner Glieder ihres Kreises, was ergaben sich da oft für Mißtage und Fehlstunden! [...]

Trat man am Morgen in aller Frühe aus dem Hause, so fand man sich in der freiesten Luft, aber nicht eigentlich auf dem Lande. Ansehnliche Gebäude, die zu jener Zeit einer Stadt Ehre gemacht hätten, Gärten, parterreartig übersehbar, mit flachen Blumen- und sonstigen Prunkbeeten, freie Übersicht über den Fluß bis ans jenseitige Ufer, oft schon früh eine tätige Schiffahrt von Flößen und gelenken Marktschiffen und Kähnen, eine sanft hingleitende lebendige Welt, mit liebevollen zarten Empfindungen im Einklang. Selbst das einsame Vorüberwogen und Schilfgeflüster eines leise bewegten Stromes ward höchst erquicklich und verfehlte nicht einen entschieden beruhigenden Zauber über den Herantretenden zu verbreiten. Ein heiterer Himmel der schönsten Jahreszeit überwölbte das Ganze, und wie angenehm mußte sich eine traute Gesellschaft, von solchen Szenen umgeben, morgendlich wiederfinden!

Ein Fest zu Lilis 17. Geburtstag am 23. Juni 1775 drohte zu platzen – Goethe rettete es durch die Inszenierung einer Komödie, die gerade das Ausbleiben des Geburtstagskindes zum Gegenstand hatte.

Ein fröhliches Mittagsmahl, eine Mäßigung aller Feierlichkeiten gab uns die Stimmung, Lili ohne Prunk, aber vielleicht um desto lieblicher zu empfangen. Sie kam und ward von heitern, ja lustigen Gesichtern bewillkommt, beinah betroffen, daß ihr Außenbleiben so viel Heiterkeit erlaube. Man erzählte ihr alles, man trug ihr alles vor und sie, nach ihrer lieben und süßen Art, dankte mir wie sie allein nur konnte.

Es bedurfte keines sonderlichen Scharfsinns, um zu bemerken, daß ihr Ausbleiben von dem ihr gewidmeten Feste nicht zufällig, sondern durch Hin- und Herreden über unser Verhältnis verursacht war. Indessen hatte dies weder auf unsre Gesinnungen, noch auf unser Betragen den mindesten Einfluß.

Eine ältere Bekannte der Familie Schönemann, Helena Dorothea Delph, stiftete schließlich die Verlobung zwischen Lili und Goethe.

Seit vielen Jahren hatte sie das Vertrauen von Lilis Mutter. In meinem Hause durch mich eingeführt hatte sie sich den Eltern angenehm zu machen gewußt; denn gerade dieses barsche Wesen ist in einer Reichsstadt nicht widerwärtig und, mit Verstand im Hintergrunde, sogar willkommen. Sie kannte sehr wohl unsre Wünsche, unsre Hoffnungen, ihre Lust zu wirken sah darin einen Auftrag; kurz sie unterhandelte mit den Eltern. Wie sie es begonnen, wie sie die Schwierigkeiten, die sich ihr entgegenstellen mochten, beseitigt, genug, sie tritt eines Abends zu uns und bringt die Einwilligung. »Gebt euch die Hände!« rief sie mit ihrem pathetisch gebieterischen Wesen. Ich stand gegen Lili über und reichte meine Hand dar; sie legte die ihre, zwar nicht zaudernd, aber doch langsam hinein. Nach einem tiefen Atemholen fielen wir einander lebhaft bewegt in die Arme.

Es war ein seltsamer Beschluß des hohen über uns Waltenden, daß ich in dem Verlaufe meines wundersamen Lebensganges doch auch erfahren sollte, wie es einem Bräutigam zu Mute sei.

Auf den Höhepunkt der Brautgeschichte folgte sogleich der Umsturz ins Gegenteil.

Es ist schon längst mit Grund und Bedeutung ausgesprochen: auf dem Gipfel der Zustände hält man sich nicht lange. Die ganz eigentlich durch Demoiselle Delph eroberte Zustimmung beiderseitiger Eltern ward nunmehr als obwaltend anerkannt, stillschweigend und ohne weitere Förmlichkeit. Denn sobald etwas Ideelles, wie man ein solches Verlöbnis wirklich nennen kann, in die Wirklichkeit eintritt, so entsteht, wenn man völlig abgeschlossen zu haben glaubt, eine Krise. Die Außenwelt ist durchaus unbarmherzig und sie hat recht, denn sie muß sich ein für allemal selbst behaupten; die Zuversicht der Leidenschaft ist groß, aber wir sehen sie doch gar oft an dem ihr entgegenstehenden Wirklichen scheitern. Junge Gatten, die, besonders in der spätern Zeit, mit nicht genugsamen Gütern versehen, in diese Zustände sich einlassen, mögen ja sich keine Honigmonde versprechen; unmittelbar droht ihnen eine Welt mit unverträglichen Forderungen, welche, nicht befriedigt, ein junges Ehepaar absurd erscheinen lassen. [...]

Der Trugschluß, den die Leidenschaft so bequem findet, trat nun in seiner völligen Inkongruenz nach und nach hervor. Mit einiger Nüchternheit mußte mein Haus, meine häusliche Lage, in ihrem ganz Besondern betrachtet werden. Das Bewußtsein, das Ganze sei auf eine Schwiegertochter eingerichtet, lag freilich zugrunde; aber auf ein Frauenzimmer welcher Art war dabei gerechnet?

[...] Betrachtete ich nun aber mich in meinem Hause, und gedacht' ich sie hereinzuführen, so schien sie mir nicht zu passen, wie ich ja schon in ihren Zirkeln zu erscheinen, um gegen die Tags- und Modemenschen nicht abzustechen, meine Kleidung von Zeit zu Zeit verändern, ja wieder verändern mußte. Das konnte aber doch mit einer häuslichen Einrichtung nicht geschehen, wo in einem neugebauten, stattlichen Bürgerhause ein nunmehr veralteter Prunk gleichsam rückwärts die Einrichtung geleitet hatte.

So hatte sich auch, selbst nach dieser gewonnenen Einwilligung, kein Verhältnis der Eltern untereinander bilden und einleiten können, kein Familienzusammenhang. Andere Religionsgebräuche, andere Sitten! und wollte die Liebenswürdige einigermaßen ihre Lebensweise fortsetzen, so fand sie in dem anständig geräumigen Hause keine Gelegenheit, keinen Raum.

Die Bedrängnis durch das gestörte Verhältnis veranlaßte Goethe zu einer langen Reise in die Schweiz.

In einer Stadt wie Frankfurt befindet man sich in einer wunderlichen Lage; immer sich kreuzende Fremde deuten nach allen Weltgegenden hin und erwecken Reiselust. Früher war ich schon bei manchem Anlaß mobil geworden, und gerade jetzt im Augenblicke, wo es darauf ankam einen Versuch zu machen, ob ich Lili entbehren könne, wo eine gewisse peinliche Unruhe mich zu allem bestimmten Geschäft unfähig machte, war mir die Aufforderung der Stolberge, sie nach der Schweiz zu begleiten, willkommen. Begünstigt durch das Zureden meines Vaters, welcher eine Reise in jener Richtung sehr gerne sah, und mir empfahl, einen Übergang nach Italien, wie es sich fügen und schicken wollte, nicht zu versäumen, entschloß ich mich daher schnell, und es war bald gepackt. Mit einiger Andeutung, aber ohne Abschied, trennt' ich mich von Lili; sie war mir so ins Herz gewachsen, daß ich mich gar nicht von ihr zu entfernen glaubte.

Auf dem Weg besuchte er die Schwester, in ihrer Ehe mit Schlosser zutiefst unglücklich – sowohl über die Entfernung vom Bruder als auch über die abgeschiedene Lage in Emmendingen in Baden.

Aufrichtig habe ich zu gestehen, daß ich mir, wenn ich manchmal über ihr Schicksal phantasierte, sie nicht gern als Hausfrau, wohl aber als Äbtissin, als Vorsteherin einer edlen Gemeine gar gern denken mochte. Sie besaß alles was ein solcher höherer Zustand verlangt, ihr fehlte was die Welt unerläßlich fordert. Über weibliche Seelen übte sie durchaus eine unwiderstehliche Gewalt; junge Gemüter zog sie liebevoll an und beherrschte sie durch den Geist innerer Vorzüge. Wie sie nun die allgemeine Duldung des Guten, Menschlichen, mit allen seinen Wunderlichkeiten, wenn es nur nicht ins Verkehrte ging, mit mir gemein hatte, so brauchte nichts Eigentümliches, wodurch irgendein bedeutendes Naturell ausgezeichnet war, sich vor ihr zu verbergen, oder sich vor ihr zu genieren; weswegen unsere Geselligkeiten, wie wir schon früher gesehn, immer mannigfaltig, frei, artig, wenn auch gleich manchmal ans Kühne heran, sich bewegen mochten. [...]

Allein beim Abschiede nach kurzem Aufenthalte lag es mir noch schwerer auf dem Herzen, daß meine Schwester mir auf das ernsteste eine Trennung von Lili empfohlen, ja befohlen hatte.

Die Rückkehr nach Frankfurt brachte schnell die Notwendigkeit herauf, das Verlöbnis mit Lili zu lösen – wenngleich dies den Liebenden erst langsam klar wurde.

Ich vermied nicht und konnte nicht vermeiden Lili zu sehen; es war ein schonender zarter Zustand zwischen uns beiden. Ich war unterrichtet, man habe sie in meiner Abwesenheit völlig überzeugt sie müsse sich von mir trennen, und dieses sei um so notwendiger, ja tunlicher, weil ich durch meine Reise und eine ganz willkürliche Abwesenheit mich genugsam selbst erklärt habe. Dieselben Lokalitäten jedoch in Stadt und auf dem Land, dieselben Personen, mit allem Bisherigen vertraut, ließen denn doch kaum die beiden noch immer Liebenden, obgleich auf eine wundersame Weise auseinander Gezogenen, ohne Berührung. Es war ein verwünschter Zustand, der sich in einem gewissen Sinne dem Hades, dem Zusammensein jener glücklich-unglücklichen Abgeschiedenen, verglich.

Es waren Augenblicke, wo die vergangenen Tage sich wieder herzustellen schienen, aber gleich, wie wetterleuchtende Gespenster, verschwanden. [...]

Freilich sehr verbietend und bestimmt waren die Gebote meiner Schwester; sie hatte mir mit allem verständigen Gefühl, dessen sie fähig war, die Lage nicht nur ins klare gesetzt, sondern ihre wahrhaft schmerzlich mächtigen Briefe verfolgten immer mit kräftigerer Ausführung denselben Text. »Gut«, sagte sie, »wenn ihr's nicht vermeiden könntet, so müßtet ihr's ertragen; dergleichen muß man dulden, aber nicht wählen.« Einige Monate gingen hin in dieser unseligsten aller Lagen, alle Umgebungen hatten sich gegen diese Verbindung gestimmt; in ihr glaubt' ich, wußt' ich, lag eine Kraft, die das alles überwältigt hätte.

Beide Liebende, sich ihres Zustandes bewußt, vermieden sich allein zu begegnen; aber herkömmlicher Weise konnte man nicht umgehen, sich in Gesellschaft zu finden. Da war mir denn die stärkste Prüfung auferlegt, wie eine edel fühlende Seele einstimmen wird, wenn ich mich näher erkläre.

Fluchtpunkt und gleichsam seelenärztliche Hilfe aus dieser Notlage bot Goethe, wie schon so oft, die Wendung aufs Literarische.

Nachdem ich im Götz von Berlichingen das Symbol einer bedeutenden Weltepoche nach meiner Art abgespiegelt hatte, sah ich mich nach einem ähnlichen Wendepunkt der Staatengeschichte sorgfältig um. Der Aufstand der Niederlande gewann meine Aufmerksamkeit. In Götz war es ein tüchtiger Mann, der untergeht in dem Wahn: zu Zeiten der Anarchie sei der wohlwollende Kräftige von einiger Bedeutung. Im Egmont waren es festgegründete Zustände, die sich vor strenger, gut berechneter Despotie nicht halten können. Meinen Vater hatte ich davon auf das lebhafteste unterhalten, was zu tun sei, was ich tun wolle, daß ihm dies so unüberwindliches Verlangen gab, dieses in meinem Kopf schon fertige Stück auf dem Papiere, es gedruckt, es bewundert zu sehen.

Hatt' ich in den frühern Zeiten, da ich noch hoffte Lili mir zuzueignen, meine ganze Tätigkeit auf Einsicht und Ausübung bürgerlicher Geschäfte gewendet, so traf es gerade jetzt, daß ich die fürchterliche Lücke, die mich von ihr trennte, durch Geistreiches und Seelenvolles auszufüllen hatte. Ich fing also wirklich Egmont zu schreiben an, und zwar nicht wie den ersten Götz von Berlichingen in Reih' und Folge, sondern ich griff nach der ersten Einleitung gleich die Hauptszenen an, ohne mich um die allenfallsigen Verbindungen zu bekümmern. Damit gelangte ich weit, indem ich bei meiner läßlichen Art zu arbeiten von meinem Vater, es ist nicht übertrieben, Tag und Nacht angespornt wurde, da er das so leicht Entstehende auch leicht vollendet zu sehen glaubte.

Ein Besuch Knebels brachte Goethe der Residenz im Osten um vieles näher – schließlich erfolgte hier die Einladung zum Weimarer Hof. Anläßlich dieses Besuches betrachtete man eine Vielzahl von Zeichnungen des Malers und Kupferstechers Georg Melchior Kraus, auf denen Motive aus Weimar und seiner Umgebung dargestellt waren.

Beim Durchblättern und Durchschauen der reichlichen Portefeuilles, welche der gute Kraus von seinen Reisen mitgebracht hatte, war die liebste Unterhaltung, wenn er landschaftliche oder persönliche Darstellungen vorlegte, der weimarische Kreis und dessen Umgebung. Auch ich verweilte sehr gerne dabei, weil es dem Jüngling schmeicheln mußte, so viele Bilder nur als Text zu betrachten von einer umständlichen wiederholten Ausführung: daß man mich dort zu sehen wünsche. [...]

Alles deutete auf ein frisch tätiges literarisches und Künstlerleben.

Und so schilderte sich nach und nach das Element, worauf der junge Herzog nach seiner Rückkehr wirken sollte; einen solchen Zustand hatte die Frau Obervormünderin vorbereitet; was aber die Ausführung wichtiger Geschäfte betraf, war, wie es unter solchen provisorischen Verwaltungen Pflicht ist, der Überzeugung, der

Tatkraft des künftigen Regenten überlassen. Die durch den Schloßbrand gewirkten greulichen Ruinen betrachtete man schon als Anlaß zu neuen Tätigkeiten. Das in Stocken geratene Bergwerk zu Ilmenau, dem man durch kostspielige Unterhaltung des tiefen Stollens eine mögliche Wiederaufnahme zu sichern gewußt, die Akademie Jena, die hinter dem Zeitsinn einigermaßen zurückgeblieben und mit dem Verlust gerade sehr tüchtiger Lehrer bedroht war, wie so vieles andere, regte einen edlen Gemeinsinn auf. Man blickte nach Persönlichkeiten umher, die in dem aufstrebenden Deutschland so mannigfaches Gute zu fördern berufen sein könnten, und so zeigte sich durchaus eine frische Aussicht, wie eine kräftige und lebhafte Jugend sie nur wünschen konnte. Und schien es traurig zu sein, eine junge Fürstin ohne die Würde eines schicklichen Gebäudes in eine sehr mäßige zu ganz andern Zwecken erbaute Wohnung einzuladen, so gaben die schön gelegenen wohleingerichteten Landhäuser, Ettersburg, Belvedere und andere vorteilhafte Lustsitze, Genuß des Gegenwärtigen und Hoffnung auch in diesem damals zur Notwendigkeit gewordenen Naturleben sich produktiv und angenehm tätig zu erweisen.

Die Beklemmung um die vergebliche Liebe zu Lili und die Beengung, die er in der Vaterstadt empfand, ließen Goethe an eine Flucht denken.

Und wie zufällig ist es, was hier der Wahl eine Richtung gibt, die Auswählende bestimmt! Ich hatte auf Lili mit Überzeugung Verzicht getan, aber die Liebe machte mir diese Überzeugung verdächtig. Lili hatte in gleichem Sinne von mir Abschied genommen, und ich hatte die schöne zerstreuende Reise angetreten; aber sie bewirkte gerade das Umgekehrte.

Solange ich abwesend war, glaubte ich an die Trennung, glaubte nicht an die Scheidung. Alle Erinnerungen, Hoffnungen und Wünsche hatten ein freies Spiel. Nun kam ich zurück und wie das Wiedersehen der frei und freudig Liebenden ein Himmel ist, so ist das Wiedersehn von zwei nur durch Vernunftgründe getrennten Personen ein unleidliches Fegefeuer, ein Vorhof der Hölle. Als ich in die Umgebung Lilis zurückkam, fühlte ich alle jene Mißhelligkeiten doppelt, die unser Verhältnis gestört hatten; als ich wieder vor sie selbst hintrat, fiel mir's hart aufs Herz, daß sie für mich verloren sei.

Ich entschloß mich daher abermals zur Flucht, und es konnte mir deshalb nichts erwünschter sein, als daß das junge Herzoglich Weimarische Paar von Karlsruhe nach Frankfurt kommen und ich, früheren und späteren Einladungen gemäß, ihnen nach Weimar folgen sollte. Von seiten jener Herrschaften hatte sich ein gnädiges, ja zutrauliches Betragen immer gleich erhalten, das ich von meiner Seite mit leidenschaftlichem Danke erwiderte. Meine Anhänglichkeit an den Herzog von dem ersten Augenblicke an, meine Verehrung gegen die Prinzessin, die ich schon so lange, obgleich nur von Ansehn kannte, mein Wunsch Wielanden, der sich so liberal gegen mich betragen hatte, persönlich etwas Freundliches zu erzeigen und an Ort und Stelle meine halb mutwilligen, halb zufälligen Unarten wieder gut zu machen, waren Beweggründe genug, die auch einen leidenschaftslosen Jüngling hätten aufreizen, ja antreiben sollen. Nun kam aber noch hinzu, daß ich, auf welchem Wege es wolle, vor Lili flüchten mußte, es sei nun nach Süden, wo mir die täglichen Erzählungen meines Vaters den herrlichsten Kunst- und Naturhimmel vorbildeten, oder nach Norden, wo mich ein so bedeutender Kreis vorzüglicher Menschen einlud.

Der Wagen der Weimarer blieb lange aus – Gelegenheit, immer wieder an Lilis Haus vorüberzugehen.

Schon einige Abende war es mir nicht möglich gewesen zu Haus zu bleiben. In einen großen Mantel gehüllt schlich ich in der Stadt umher, an den Häusern meiner Freunde und Bekannten vorbei, und versäumte nicht auch an Lilis Fenster zu treten. Sie wohnte im Erdgeschoß eines Eckhauses, die grünen Rouleaux waren niedergelassen; ich konnte aber recht gut bemerken, daß die Lichter am gewöhnlichen Platze standen. Bald hörte ich sie zum Klaviere singen; es war das Lied: Warum ziehst du mich unwiderstehlich! das nicht ganz vor einem Jahr an sie gedichtet ward. Es mußte mir scheinen, daß sie es ausdrucksvoller sänge als jemals, ich konnte es deutlich Wort vor Wort verstehn; ich hatte das Ohr so nahe angedrückt wie nur das auswärts gebogene Gitter erlaubte. Nachdem sie es zu Ende gesungen, sah ich an dem Schatten, der auf die Rouleaux fiel, daß sie aufgestanden war; sie ging hin und wieder, aber vergebens suchte ich den Umriß ihres lieblichen Wesens durch das dichte Gewebe zu erhaschen. Nur der feste Vorsatz mich wegzubegeben, ihr nicht durch meine Gegenwart beschwerlich zu sein, ihr wirklich zu entsagen und die Vorstellung, was für ein seltsames Aufsehen mein Wiedererscheinen machen müßte, konnte mich entscheiden, die so liebe Nähe zu verlassen.

Das weitere Ausbleiben des versprochenen Weimarer Wagens veranlaßte Goethe schließlich, dem Wunsch des Vaters zu folgen und die Reise nach Italien anzutreten. Unterwegs ereilte ihn allerdings eine Nachricht von Knebel – Goethe lenkte die Flucht nach Weimar um. Die Dramatik dieser Flucht und die emotional angespannte Situation spricht deutlich aus dem hastigen und fast einen zerrissenen Eindruck machenden Tagebucheintrag vom 30. Oktober 1775.

30. Oktober. Eberstadt. Bittet, daß eure Flucht nicht geschehe im Winter, noch am Sabbath: Ließ mir mein Vater zur Abschiedswarnung auf die Zukunft noch aus dem Bette sagen! – Diesmal, rief ich aus, ist nun ohne mein Bitten Montag morgends sechse, und was das übrige betrifft, so fragt das liebe unsichtbare Ding, das mich leitet und schult, nicht ob und wann ich mag. Ich packte für Norden, und ziehe nach Süden; ich sagte zu und komme nicht, ich sagte ab und komme! Frisch also, die Torschließer klimpern vom Burgemeister weg, und eh es tagt und mein Nachbar Schuhflicker seine Werkstätte und Laden öffnet: fort. Adieu Mutter! – Am Kornmarkt machte der Spenglersjunge rasselnd seinen Laden zurechte, begrüßte die Nachbarsmagd in dem dämmrigen Regen. Es war so was Ahndungsvolles auf den künftigen Tag in dem Gruß. Ach, dacht ich, wer doch – Nein, sagt ich, es war auch eine Zeit – Wer Gedächtnis hat, sollte niemand beneiden. – – Lili, Adieu Lili zum zweitenmal! Das erstemal schied ich noch hoffnungsvoll unsere Schicksale zu verbinden! Es hat sich entschieden – wir müssen einzeln unsre Rollen ausspielen. Mir ist in dem Augenblick weder bange für dich noch für mich, so verworren es aussieht! – Adieu – Und du! wie, wie soll ich dich nennen, dich, die ich wie eine

Frühlingsblume am Herzen trage! Holde Blume sollst du heißen! – Wie nehm ich Abschied von dir? – Getrost! denn noch ist es Zeit! – Noch die höchste Zeit – Einige Tage später! – und schon – O lebe wohl – Bin ich denn nur in der Welt mich in ewiger unschuldiger Schuld zu winden – – – [...]

So viel ist's gewiß, treffliches Wetter ists, Stern und Halbmond leuchten, und der Nachmittag war trefflich. Die Riesengebeine unsrer Erzväter aufm Gebürg, Weinreben zu ihren Füßen hügelab gereiht, die Nußallee, und das Tal den Rhein hin. Voll keimender frischer Wintersaat, das Laub noch ziemlich voll und da einen heitern Blick untergehender Sonne drein! – – Wir fuhren um eine Ecke! – Ein malerischer Blick! – wollt ich rufen. Da

Das äußere Erfurter Tor in Weimar,
einer tatsächlich ländlichen Kleinstadt

Aquarellierte Zeichnung von Konrad Westermeyer, 1792

faßt ich mich zusammen und sprach! Sieh ein Eckgen, wo die Natur in gedrungner Einfalt uns mit Lieb und Fülle sich um den Hals wirft. Ich hätte noch viel zu sagen, möcht ich mir den Kopf noch wärmer machen – Der Wirt entschuldigte sich, wie ich eintrat, daß mir die Herbstbutten und Zuber im Weg stünden; wir haben, sagt er, eben dies Jahr Gott sei Dank reichlich eingebracht. Ich hieß ihn gar nicht sich stören, denn es sei sehr selten, daß einen der Segen Gottes inkommodiere – Zwar hatt ich's schon mehr gesehn – Heut abend bin ich kommunikativ, mir ist, als redet ich mit Leuten, da ich das schreibe – Will ich doch allen Launen den Lauf lassen.

Rasch war Goethe in die verschiedensten Dienstpflichten am Weimarer Hof eingebunden; die dortigen gesellschaftlichen Pflichten, Besuche, Dienstreisen, die noch stürmerisch-drängerisch geprägten »Abenteuer« gemeinsam mit dem Herzog und vieles mehr bildeten eine ununterbrochene Reihe von Tagesgeschäften, die Goethe letztendlich an der Realisierung größerer dichterischer Projekte hinderten. So findet sich beispielsweise im Tagebuch vom Frühjahr 1776 folgendes notiert:

22. Mai. Weimar. Exerzitium der Husaren. Feuer in Neckeroda.

23. Mai. Weimar. Um 2 Uhr. Morgends zurück. Bei [Charlotte von] St. gessen pp. Geschlafen. Mit Lenz im Garten. Gut anlassen von Fr.[1]

1 Goethe zeigt sich hier zufrieden darüber, daß der Präsident des Geheimen Conseils in Weimar, Jakob Friedrich Freiherr von Fritsch, auf Drängen der Herzoginmutter Anna Amalia der Aufnahme Goethes ins Conseil zugestimmt hat.

28. Mai. Nach Kalbsrieth. Edelsheim.
29. Mai. Halb in Kalbsrieth. Abends nach Allstedt.
30. Mai. Abends von Allstedt nach Tilleda.
31. Mai. Kyffhäuser, Sachsenburg, Frohndorf, Weimar.
1. Juni. Apolda. Nachts Brand in Utenbach.
2. Juni. Weimar. Geschlafen in Apolda. Gegessen bei Hofe. Der Stein die Feuerzeichnungen.
3. Juni. Weimar. Varia. Mit Herz[og] gessen im Garten. Tiefurt.
4. Juni. Weimar. Erwin u. Elmire. Gewitter. Nachts bei ☉[1].

Und in einem Brief von Weihnachten 1775 an Carl August heißt es:

Sonntags früh eilfe. Unser Bote ist noch nicht da, der Schrittschuhe mitbringt, ihm sind tausend Flüche entgegen geschickt worden, wir sind in der Gegend herumgekrochen und geschlichen. Gleich hinter dem Hausgarten führt ein wilder Pfad nach einem Felsen, worauf ein altes Schloß der Grafen v. Gleichen stund, mitten im Fichtental, Bertuch[2] hat mit seinem Mägdlein Rasen und Moos, Bänke und Hüttgen und Plätzgen angelegt, die sehr romantisch sind, die Felsen hinab sind wilde Blicke, und ein offener, freundlicher über die Fichtentiefen nach Bürgel hin. Die Morgensonne war lieb. Ich stieg mit Bertuch seitwärts eine Felsenstieg ab zu einem Brunnen und Fischkasten, die Eiszapfen die Felsen

1 Das Planetenzeichen der Sonne steht immer für Charlotte von Stein.
2 Friedrich Justin Bertuch (1747–1822), Geheimsekretär von Carl August, Schriftsteller, Unternehmer und Kunstmäzen, den Goethe sehr schätzte.

herab! – Der Bote ist da, und nun aufs Eis. Segen zum Morgen und Mahlzeit, l. gn[ä]d[i]ger Herr – – Die Schrittschuhe sind vergessen, ich habe gestrampft und geflucht, und eine Viertelstunde am Fenster gestanden und gemault, nun laben sie mich mit der Hoffnung, es käm noch ein Bote nach. Muß also ohne geschritten zu Tische – Abends viere. Sind gekommen, habe gefahren und mir ists wohl.

Den ersten Feiertag *25. Dezember* früh achte. Hab ziemlich lang geschlafen, die Sonne steht schon am Himmel. Der Abend gestern ward mit Würfeln und Karten vervagabundet. – – – Dienst. *26. Dezember* abends 6. So auch der ganze heutige Tag! Nach Bürgel geritten! Das Amtshaus ist schön. Wäre wohl einmal ein Sommerritt für Ihr Durchl. Und das Revier Waldeck ist recht schön. Die Waldungen in gutem Stand, daß es wohl Freude ist.

Dem Freund Johann Heinrich Merck gestand Goethe schon am 22. Januar 1776:

Ich bin nun ganz in alle Hof- und politische Händel verwickelt und werde fast nicht wieder weg können. Meine Lage ist vorteilhaft genug, und die Herzogtümer Weimar und Eisenach immer ein Schauplatz, um zu versuchen, wie einem die Weltrolle zu Gesichte stünde. Ich übereile mich drum nicht, und Freiheit und Gnüge werden die Hauptkonditionen der neuen Einrichtung sein, ob ich gleich mehr als jemals am Platz bin, das durchaus Scheißige dieser zeitlichen Herrlichkeit zu erkennen.

Goethe
Kreidezeichnung von
Georg Melchior Kraus, 1776

Der frühe Kindbettod der Schwester Cornelia ist im Tagebuch nur knapp notiert, Briefe aus diesen Juni-Tagen 1777 sprechen hier aber eine deutlichere Sprache.

15. Juni. Kochberg. Sonnt. in Kochberg[1]. Ärger über die Zeichnung. Dunkler Tag.

16. Juni. Weimar. Früh zurück. Brief des Tods m. Schwester. Dunkler zerrißner Tag.

17. Juni. Leiden und Träumen.

1 Schloß Kochberg bei Rudolstadt war ein Sitz der Familie von Stein.

An Charlotte von Stein

Weimar, 16. Juni 1777

Um achte war ich in meinem Garten, fand alles gut und wohl und ging mit mir selbst, mit unter lesend auf [und] ab. Um neune kriegt ich Brief, daß meine Schwester tot sei. – Ich kann nun weiter nichts sagen.

An Catharina Elisabetha Goethe am 28. Juni 1777

Ich kann Ihr nichts sagen, als daß das Glück sich gegen mich immer gleich bezeigt, daß mir der Tod der Schwester nur desto schmerzlicher ist, da er mich in so glücklichen Zeiten überrascht. Ich kann nur menschlich fühlen, und lasse mich der Natur, die uns heftigen Schmerz nur kurze Zeit, Trauer lang empfinden läßt.

Lebe Sie glücklich, sorge Sie für des Vaters Gesundheit, wir sind nur einmal so beisammen.

An Auguste Gräfin zu Stolberg am 17. Juli 1777

Dank, Gustgen, daß du aus deiner Ruhe mir in die Unruhe des Lebens einen Laut herüber gegeben hast.

Alles geben Götter die unendlichen
Ihren Lieblingen ganz
Alle Freuden die unendlichen
Alle Schmerzen die unendlichen ganz.

So sang ich neulich, als ich tief in einer herrlichen Mondnacht aus dem Flusse stieg, der vor meinem Garten durch die Wiesen fließt; und das bewahrheitet sich täglich an mir. Ich muß das Glück für meine Liebste erkennen, dafür schiert sie mich auch wieder wie ein geliebtes Weib. Den Tod meiner Schwester wirst du wissen. Mir geht in allem alles erwünscht, und leide allein um andre. Lebe wohl, grüße Henrietten! Ist das noch eine eurer Schwestern? oder Christels Frau? zwar sie hat der Brüder Handschrift! Wenn ich einmal wieder ans Schreiben komme, will ich ja wohl sehn, ob ich dadrüber was sagen kann was sie will. Grüße die Brüder und behaltet mich lieb.

Das alltägliche Leben in Weimar, unterbrochen immer wieder von kleineren privaten oder dienstlichen Reisen, scheint dem jungen Regierungsmitglied Goethe gut zu schmecken:

24. Juli 1777. Weimar. Den Ring wiederkriegt. Meist auf den neuen Anlagen und Bau. Im Garten geschlafen,

Goethes Gartenhaus

Stich von Ludwig Schütze nach einer Zeichnung von Otto Wagner, 1827

in herrlichem Mondschein aufgewacht. Herrliche Mischung des Mondlichts und anbrechenden Tags.

25. Juli. Weimar. Conseil. Nach Tisch zu Fritsch[1]. Nach Ettersburg. Abends Prinz und Knebel herein. Geschwätzt.

26. Juli. Weimar. Wieder in Garten gezogen. Die Natur unendlich schön gesehn. Durch d. Regen am Zeichnen gehindert. [...] Im Garten geschlafen.

28. August. Ilmenau. Wachte an m. Geburtstag mit der schönen Sonne so heiter auf, daß ich alles, was vor mir liegt, leichter an sah. Gegen achte weg über Teichröda, Eschdorf, Stadtremda, Ehrenstein, Nahwinden, Klein Liebringen, Geilsdorf, Singen, Gräfinau, Wümbach nach Ilmenau, fand den Herzog, der schon um halb neune angekommen war. Nach Tisch ins Bad, abends mit den Mädgens spazieren. Abends kam der Herr, hatte einen Zwölfer geschossen. Mittags der preußische Werber bei Tisch.

29. August. Ilmenau. Früh Castrops[2] Beschwerden, mit ihm den neuen Weg nach Martinroda, von da auf Burg zum Geh. Rat, zu Tische zurück. Nach Tisch allein nach Manebach, unter wegs geschlafen an der Ilm, angekommen beim Kantor, auf seiner Wiese den Grund hinauf gezeichnet.

4. Oktober. Wartburg. Tiefes Gefühl des Alleinseins. Hinab zu Witzleben[3]. Mit ihm geritten auf den Ottowald. Interesse am Lokalen der Reviere. Nach Wilhth. nach Tisch. Aufm Kahn. Kam der Prinz. Auf die hohe Sonne spaziert. Ich mit Witzleben hereingeritten. Durch

1 Jakob Friedrich Freiherr von Fritsch (1731–1814), Minister und Präsident des Geheimen Conseils beim Herzog von Weimar.

2 Jean Antoine de Castrop (gest. 1785), Wegebauingenieur in Weimar.

3 Friedrich Hartmann von Witzleben (1722–1788), Geheimer Rat und Oberhofmarschall am Weimarer Hof.

Blick auf Weimar beim Bau der Straße nach Jena
Kolorierte Radierung von Theodor Götz, 1. Hälfte des 19. Jahrhunderts

die Hahngasse auf die Burg. Mich störte Knebels Ankunft, der mir auch Grüße brachte, in meinem Gefühl gänzlicher Abgeschnittenheit, seine Erzählungen wie seine Gegenwart, zerrten mich in die alten Verhältnisse hinüber.

14. November. Weimar. Conseil. Mit ♃[1] gessen. War ☉ im neuen Quartier eingezogen. Bis abends da. Nachts bis 12 spazieren. Trübe Nacht, mir wars hold in der Seele.

Heiliges Schicksal du hast mir mein Haus gebaut und ausstaffiert über mein Bitten, ich war vergnügt in meiner

1 Das Planetenzeichen für Jupiter steht für den Herzog Carl August.

Armut unter meinem halbfaulen Dache, ich bat dich mirs zu lassen, aber du hast mir Dach und Beschränktheit vom Haupte gezogen wie eine Nachtmütze. Laß mich nun auch frisch und zusammengenommen der Reinheit genießen. Amen. Ja und Amen winkt der erste Sonnenblick d. 14. Nov.

Das Tagebuch vom 8. Oktober 1777 notiert ganz beiläufig die Lust auf politische Macht.

Mein Zahn, der sich wieder meldt, hindert mich am Tanzen, die Kluft zwischen mir und denen Menschen allen fiel mir so kraß in die Augen, da kein Vehikulum da war. Ich mußte fort, denn ich war ihnen auch sichtlich zur Last. Ins Herzogs Zimmer! konnts nicht dauern, sah den Mond über dem Schlosse und herauf. Hier nun zum letztenmal, auf der reinen ruhigen Höhe, im Rauschen des Herbstwinds. Unten hatt ich heute ein Heimweh nach Weimar, nach meinem Garten, das sich hier schon wieder verliert. – Gern kehr ich doch zurück in mein enges Nest, nun bald in Sturm gewickelt, in Schnee verweht. Und wills Gott in Ruhe vor den Menschen, mit denen ich doch nichts zu teilen habe. Hier hab ich weit weniger gelitten, als ich gedacht habe, bin aber in viel Entfremdung bestimmt, wo ich doch noch Band glaubte. ♃ wird mir immer näher und näher u. Regen und rauher Wind rückt die Schafe zusammen. – – Regieren!!

Wie um die Entscheidung, an den Weimarer Hof zu gehen, durch ein Schicksalszeichen bestätigt zu bekommen, unternahm Goethe im Dezember 1777 eine heimliche Reise in den Harz.

Der Brocken im Harz im Mondlicht
Kohlezeichnung von Goethe

16. November. Weimar. Projekte zur heimlichen Reise.

29. November. Greußen. Früh gegen sieben ab übern Ettersberg in scharfen Schlossen[1]. 20 Min. auf 1 in Weißensee. Stürmisch gebrochen Wetter, reine Ruh in der Seele, Sonnenblicke mit unter. Abends nach 4 in Greußen. Mußte schon halt machen, es brach die Nacht ein.

30. November. Ilfeld. Sonnt. früh nach sechsen von Greußen mit einem Boten ab. War scharf gefroren und die Sonne ging mit herrlichsten Farben auf. Ich sah den Ettersberg, den Inselsberg, die Berge des Thüringer Waldes hinter mir. Dann in Wald und im Heraustreten, Sondershausen, das sehr angenehm liegt. Die Spitze des Brockens einen Augenblick, hinter Sondershausen weg

1 Hagel.

auf Sundhausen. Schöne Aussicht die goldne Aue vom Kyffhäuser bis Nordhausen herauf. [...] Die Nacht kam leise und traurig. Auf Sachswerfen, wo ich einen Boten mit einer Laterne nehmen mußte, um durch die tiefe Finsternis hierher (Ilfeld) zu kommen. Fand keine Stube leer. Sitze im Kammergen neben der Wirtsstube. War den ganzen Tag in gleicher Reinheit.

1. Dezember. Elbingerode. Montag früh 7. von Ilfeld ab. Mit einem Boten, gegen Mittag in Elbingerode. Felsen und Bergweg. Gelindes Wetter, leiser Regen. = Dem Geier gleich[1] = Nach Tische in die Baumannshöhle.

Das Jahrzehnt bis zu Goethes nächster Flucht nach Italien war einerseits bestimmt durch die tatsächliche Einbindung in eine Fülle dienstlicher Geschäfte und politisch-administrativer Aufgaben.

1. Januar 1778. Weimar. An W[ilhelm] Meist[er] geschrieben. Rein ruhig hatte das alte Jahr zusammen gepackt. Kam d. Herzog, viel geschwätzt über innre und äußere Zustände, Theater, pp. Aß haußen.

2. Januar. Weimar. Früh 1 B[uch] Meisters geendigt. 11 Uhr Schweinhatze. Mittags bei ☽[2]. Probe des Westindiers[3]. Abends zu ☉, wo ihre Mutter war und St. kam. Dunkel u. Stille.

16. Januar. Weimar. Früh Hatze in der Reitbahn,

1 Der heimlichen Reise in den Harz vom Dezember 1777 widmet Goethe das Gedicht *Harzreise im Winter*, das mit den Worten »Dem Geier gleich« beginnt.

2 Das Planetenzeichen des Mondes steht für die Herzoginmutter Anna Amalia.

3 Lustspiel des englischen Theaterdichters Richard Cumberland (1732–1811).

mir brach ein Eisen in einem angehenden Schweine, unter der Feder weg. Witzlebens Jäger ward geschlagen. Mittags mit der Herrschaft nach Tiefurt. Das Tauwetter hatte eine große Schlittenfahrt gehindert. Abends Picknick. Bey ♃ geschlafen. Hatte traurig in mich gezogne Tage.

17. Januar. Weimar. Ward Christel v. Laßberg[1] in der Ilm vor der Floßbrücke unter dem Wehr von meinen Leuten gefunden. Sie war abends vorher ertrunken. Ich war mit ♃ auf dem Eis. Nachmittags beschäftigt mit der Toten, die sie herauf zu ☉ gebracht hatten. Abends zu den Eltern. Zu Cr.[2] aus der Probe.

18. Januar. Weimar. Mit ♃ ausgeritten, ein Stündgen aufs Eis. An Hof zu Tisch. Nachmittag zu ☉, einen Augenblick in Stern ins Konzert. Nachts mit ♃. Knebeln herüber. Knebel blieb bei mir die Nacht. Viel über der Christel Tod. Dies ganze Wesen, dabei ihre letzten Pfade pp. In stiller Trauer einige Tage beschäftigt um die Szene des Tods, nachher wieder gezwungen zu theatralischem Leichtsinn.

Anfang Februar. Weimar. Diese Woche viel auf dem Eis, in immer gleicher fast zu reiner Stimmung. Schöne Aufklärungen über mich selbst und unsre Wirtschaft, Stille und Vorahndung der Weisheit. Immer fortwährende Freude an Wirtschaft, Ersparnis, Auskommen. Schöne Ruhe in meinem Hauswesen gegen vorm Jahr. Bestimmteres Gefühl von Einschränkung, und dadurch der wahren Ausbreitung.

12. Februar. Weimar. Conseil. Fortdauernde reine Entfremdung von den Menschen. Stille und Bestimmt-

1 Christiane Henriette von Laßberg, Frau eines Weimarer Obristen, verübte Selbstmord, weil sie ihren Liebhaber untreu wähnte; sie soll beim Selbstmord den *Werther* bei sich gehabt haben.

2 Corona Schröter (1751–1802), Weimarer Schauspielerin.

heit im Leben und Handeln. In mir viel fröhliche bunte Imagination. Lila[1] neu verändert.

14. Juli. Weimar. Eingenommen. Nachm. Tiefurt. Im stillen fortgekrabbelt. Körperlich gelitten. Fatale Lichter über allerlei Verhältnisse.

29. Juli. Weimar. Planiert den Platz hinter der Mauer. Zu ♃ hinaus zum Exerzieren. Herein. Zu Clauern[2], ins alte Schloß, zu den Arbeitern. Gelesen Mengs[3]. Nach Tiefurt zu Mittage. Abends herein. Rollen der Frucht besorgt. Mit ☉ spazieren, kam noch Knebel, blieben auf dem Platz bis 10.

31. Juli. Weimar. Beschäftigt mit dem morgenden Manoeuvre. Der ♃ ist zusammengefaßt und gut und frisch. Knebel hat eine falsch-wahre hypochondrische Art die Sachen zu sehn, die ihm wird bös Spiel machen.

6. August. Weimar. Früh Niemeyer. Abends Tiefurt.

7. August. Weimar. Abends anfangen schwimmen im Floßgraben, schöne Mondnächte.

8. August. Weimar. Früh im großen Fluß geschwommen, zu ☉ essen. Im Garten das Gewitter abgewartet.

9. August. Allstedt. Nach Allstedt.

20. August. Weimar. Früh kam der Fürst von Dessau.

23. August. Weimar. Abend politische Disk. mit dem Statthalter.

24. August. Weimar. War das Jagen am kleinen Ettersberg.

28. August. Weimar. Schleppte mich mit verdorbenem Magen.

1 Goethe begann im Februar 1778 die erste Bearbeitung seines Singspiels *Lila* von 1776.

2 Martin Gottlieb Clauer (1742–1801), Weimarer Hofbildhauer seit 1772.

3 Raphael Mengs (1728–1779), Maler und Kunstschriftsteller.

31. August. Weimar. Wundersam Gefühl vom Eintritt ins dreißigste Jahr. Und Verändrung mancher Gesichtspunkte.

Dezember. Weimar. Ich bin nicht zu dieser Welt gemacht, wie man aus seinem Haus tritt, geht man auf lauter Kot. Und weil ich mich nicht um Lumperei kümmre, nicht klatsche und solche Rapporteurs nicht halte, handle ich oft dumm. – Viel Arbeit in mir selbst, zu viel Sinnens, daß abends mein ganzes Wesen zwischen den Augenknochen sich zusammen zu drängen scheint. Hoffnung auf Leichtigkeit durch Gewohnheit. Bevorstehende neue Ekelverhältn. durch die Kriegskomiss. Durch Ruhe und Geradheit geht doch alles durch.

Knebel ist gut, aber schwankend, und zu gespannt bei Faulenzerei und Wollen, ohne was anzugreifen. Der Prinz in seiner Verliebschaft höchst arm. Der Herzog immer sich entwickelnd und wenn sichs bei ihm merklich aufschließt, krachts, und das nehmen die Leute immer übel auf. Im ganzen wird spät, vielleicht nie die Schwingung zu mindern sein, die der Ennui unter den Menschen hier erhält. Es wachsen täglich neue Beschwerden, und niemals mehr, als wenn man eine glaubt gehoben zu haben.

10. Januar 1779. Weimar. Früh die Officiers und meine künftigen Subalternen. Über das Geschäft mich in der Stille bearbeitet. Immer bild ich mir ein, es sei besser, wenn einer menschlichere Leidenschaften hätte. Ich bin zu abgezogen, um die rechten Verhältnisse, die meist Lumperei und Armut Geists und Beutels sind, zu finden und zu benutzen, doch muß es gehn. Da ich viel klärer bin und sehr vorsichtig, oft zu mißtrauisch, das aber nichts schadet.

13. Januar. Weimar. Die Kriegskommiss. über nommen. Erste Session. Fest und ruhig in meinen Sinnen, und scharf. Allein dies Geschäfte diese Tage her. Mich drin gebadet. Und gute Hoffnung, in Gewißheit des Ausharrens. Der Druck der Geschäfte ist sehr schön der Seele, wenn sie entladen ist, spielt sie freier und genießt des Lebens. Elender ist nichts als der behagliche Mensch ohne Arbeit, das schönste der Gaben wird ihm ekel.

Eingestürzte Schachtanlage (so ungefähr muß das Bergwerk Ilmenau bei der Ankunft Goethes in Weimar ausgesehen haben)

Lavierte Bleistiftzeichnung von Goethe, 1784 (?)

Schwierigkeit irdische Maschinen in Gang zu setzen, auch zu erhalten. Lehrbuch und Geschichte sind gleich lächerlich dem Handelnden. Aber auch kein stolzer Gebet als um Weisheit, denn diese haben die Götter ein für allemal den Menschen versagt. Klugheit teilen sie aus, dem Stier nach seinen Hörnern und der Katze nach ihren Klauen, sie haben alle Geschöpfe bewaffnet.

Daß ich nur die Hälfte Wein trinke, ist mir sehr nützlich, seit ich den Kaffee gelassen, die heilsamste Diät.

1. Februar. Weimar. Conseil. Dumme Luft drinne. Fataler Humor von Fr. ♃ zu viel gesprochen. Das Tauwetter war mir in den Gliedern und die Stube warm. Mit ♃ gessen, nach Tisch einige Erklärung über: zu viel reden, fallen lassen, sich vergeben, seine Ausdrücke mäßigen, Sachen in der Hitze zur Sprache bringen, die nicht geredt werden sollten. Auch über die militärischen Makaronis[1]. ♃ steht noch immer an der Form stille. Falsche Anwendung auf seinen Zustand, was man bei andern gut und groß findet. Verblendung am äußerlichen Übertünchen. Ich habe eben die Fehler beim Bauwesen gemacht. Die Kr. Komm. werd ich gut versehn, weil ich bei dem Geschäft gar keine Imagination habe, gar nichts hervorbringen will, nur das, was da ist, recht kennen, und ordentlich haben will. So auch mit dem Wegbau.

Die wirtschaftliche Not im Herzogtum machte dem Minister zu schaffen – gleichzeitig versuchte er immer wieder, literarisch zu arbeiten: hier an der »Iphigenie«.

6. Oktober 1778. Weimar. Kammerbilance von 77. Mancherlei gedacht über vorige und jetzige Wirtschaft, auch mit eignem Hauswesen beschäftigt. Früh zu den Arbeiter. Zu Hause gessen. Nach Ettersb. Die Theaterposse zurecht gemacht.

7. Oktober. Weimar. Früh Schnacken[2] gemalt. Bei Tische.

1 Entlehnung aus dem Londoner Jargon; steht für »Stutzer«.
2 Possen, Nichtigkeiten.

Anfang Dezember. Weimar. Schrieb einige Szenen an Egmont.

War zugefroren gegen alle Menschen.

14. Dezember. Weimar. Feuer in der Schule. Abends Tanz bei ☾. Gespr. mit dem ♃ über Ordnung, Pol. und Gesetze. Verschiedne Vorstellung. Meine darf sich nicht mit Worten ausdrücken, sie wäre leicht mißverstanden und dann gefährlich. Indem man unverbesserliche Übel an Menschen und Umständen verbessern will, verliert man die Zeit und verdirbt noch mehr, statt daß man diese Mängel annehmen sollte gleichsam als Grundstoff und nachher suchen diese zu kontrebalancieren. Das schönste Gefühl des Ideals wäre, wenn man immer rein fühlte, warum man's nicht erreichen kann.

15. Dezember. Weimar. Das alte Lied von der Exekution. Archtekt gezeichn.

Ende Dezember. Weimar. – Diese letzte Zeit meist sehr still in mir. Architektur gezeichnet, um noch abgezogner zu werden. Leidlich reine Vorstellung von vielen Verhältnissen. Mit Knebeln über die Schiefheiten der Sozietät. Er kam drauf mir zu erzählen, wie meine Situation sich von außen aus nähme. Es war wohl gesagt von außen. – Wenn man mit einem lebt, soll man mit allen leben, einen hört, soll man alle hören. Vor sich allein ist man wohl reine, ein andrer verrückt uns die Vorstellung durch seine, hört man den dritten, so kommt man durch die Parallaxe wieder aufs erste wahre zurück.

6. März 1779. Apolda. Amtsrat. Strumpfw. liegen an 100 Stühlen still seit der Neujahrsmesse. Manuf. Coll.[1] hilft nichts. – Armer Anfang solcher Leute, leben aus der Hand in Mund, der Verleger hängt ihnen erst den Stuhl auf, heuraten leicht. Sonst gaben die Verleger die

1 Manufakturkollegium.

gesponnene Wolle dem Fabrikanten, jetzt muß sie der Fabrikant spinnen oder spinnen lassen und das Gewicht an Strümpfen liefern. Verlust dabei an Abgang Schmutz und Fett, denn die Strümpfe werden gewaschen. Kann sie der Fabrikant nicht selbst durch die Seinen spinnen lassen, wird er noch obendrein bestohlen. Sonst wog man die Strümpfe überhaupt und ein Paar übertrug das andre, jetzo werden sie einzeln gewogen und das schwerere Paar nicht vergütet, vom leichtern Paar aber abgezogen.

Jetziger Stillstand. Sie sagen, der Krieg hindre nach Österreich Waren zu schaffen. Denn obgleich daselbst diese Waren kontreband sind, gehen sie doch in Friedenszeiten hinein.

8. März. Buttstädt. Auslesung, kam Knebel. Beim Stadtvogt gessen. Auf den Turn. Abends Knebel ab.

9. März. Allstedt. Abends allein. Die drei Akte zusammen gearbeitet.

10. März. Allstedt. Auslesung.

13. März. Weimar. Abends vorgelesen die drei ersten Akte Iph[igenie]. ♃ und Knebel bleiben da essen.

28. März. Weimar. Früh Denstedt. Abends: Iphigenie geendigt.

6. April. Weimar. Iph. gespielt. Gar gute Würkung davon besonders auf reine Menschen.

1.–9. Juni. Weimar. Stille für mich und viel Aktenkramerei, auch Gedanken über wichtige Verändrungen. Mercks Würkung auf mich, daß er das alles frisch sah, was ich lang in Rechnungsausgaben verschrieben habe.

11.–14. Juni. Weimar. War ich nicht ganz wohl, plagte mich ein verdorbner Magen, doch hielt ich mich in dem, was zu tun war, aufrecht. ♃ ist bald über die große Krise weg und gibt mir schöne Hoffnung, daß er auch auf diesen Fels herauf kommen und eine Weile in der Ebne wandeln wird, viel Hoffnung auf Batty[1].

15. Juni. Weimar. Früh Conseil. Über das neue Tuchmanuf. Regl. Unterbrach den Ref. und trug gleich meine Dubia gegen das ganze vor. Vor Tisch noch viel mit ♃ über sein Wachsen in der Vorstellung der Dinge seines Intr. an den Sachen und wahrer Erkennt. [...] an Egmont geschrieben. [...]

Die Steuersachen vorzüglich durch gedacht.

Die immer wieder ausbrechenden Brände in den umliegenden Ortschaften ließen Goethe zeitlebens auf die Verbesserung der Brandschutzvorrichtungen drängen.

25. Juli 1779. Weimar. Auf Berka. In der Nacht ward ein gewaltsam Feuer zu Apolda, ich früh, da ich's erst erfuhr, hin, und ward den ganzen Tag gebraten und gesotten. D. Herzog war auswärts in Bendeleben und Erfurt. Verbrannten mir auch meine Plane, Gedanken, Einteilung der Zeit zum Teil mit. So geht das Leben durch bis ans Ende, so werdens andre nach uns leben. Ich danke nur Gott, daß ich im Feuer und Wasser den Kopf oben habe, doch erwart ich sittsam noch starke Prüfungen, vielleicht binnen vier Wochen. Meine Ideen über Feuerordnung wieder bestätigt. Über hiesige besonders, wo man doch nur das Spiel, wie in allem, mit denen Karten spielt, die man in diesem Moment auf hebt. Der Herzog wird endlich glauben. Die Augen brennen mich von der Glut und dem Rauch und die Fußsohlen schmerzen mich.

1 George Batty (gest. 1821), seit 1779 Bewässerungsingenieur in Weimar.

Eindrücke eines Dorfbrandes
Kreidezeichnung und Radierung von Goethe, 1776 (?) und 1776/77

Das Elend wird mir nach und nach so prosaisch wie ein Kaminfeuer. Aber ich lasse doch nicht ab von meinen Gedanken und ringe mit dem unerkannten Engel, sollt ich mir die Hüfte ausrenken. Es weiß kein Mensch, was ich tue und mit wieviel Feinden ich kämpfe, um das Wenige hervorzubringen. Bei meinem Streben und Streiten und Bemühen bitt ich euch nicht zu lachen, zuschauende Götter. Allenfalls lächlen mögt ihr, und mir beistehen.

6. September. Weimar. Kriegt ich das Dekret als Geheimderat. Der Wirbel der irdischen Dinge, auch allerlei anstoßende persönliche Gefühle griffen mich an.

Es ziemt sich nicht diese innern Bewegungen aufzuschreiben. – Bemerkung eines politischen Fehlers, den ich an mir habe, der auch schwer zu tilgen ist –

26. März 1780. Weimar. Früh zu Fuß nach Tiefurt. Mannichfaltige Gedanken und Überlegungen, das Leben ist so geknüpft und die Schicksale so unvermeidlich. Wundersam! ich habe so manches getan, was ich jetzt nicht möchte getan haben, und doch wenns nicht geschehen wäre, würde unentbehrliches Gute nicht entstanden sein. Es ist, als ob ein Genius oft unser ἡγεμονικον[1] verdunkelte, damit wir zu unsrem und andrer Vorteil Fehler machen. War eingehüllt den ganzen Tag und konnte denen vielen Sachen, die auf mich drucken weniger widerstehn. Ich muß den Zirkel, der sich in mir umdreht, von guten und bösen Tagen näher bemerken, Leidenschaften, Anhänglichkeit, Trieb dies oder jens zu tun. Erfindung, Ausführung, Ordnung, alles wechselt, und hält einen regelmäßigen Kreis. Heiterkeit, Trübe, Stärke, Elastizität, Schwäche, Gelassenheit, Begier eben so. Da ich sehr diät lebe, wird der Gang nicht gestört, und ich muß noch heraus kriegen, in welcher Zeit und Ordnung ich mich um mich selbst bewege.

1 Geschick zum Lenken und Führen.

1. April. Weimar. Gleich früh frisch gefaßt. Ordnung Briefe pp. Kriegskommiss. 9. Volgstedten haranguiert. Um 11 Conseil. Kraffts Sache.[1] Fatale Ilmenauer Sache. Wenn man einmal den Kutscher hat, der mit sechs Pferden fährt, wenn er auch eine falsche Kehre nimmt, was hilfts in die Speichen einzugreifen. Mit ♃ gessen. Seit drei Tagen keinen Wein. Sich nun vorm Englischen Bier in acht zu nehmen. Wenn ich den Wein abschaffen könnte, wär ich sehr glücklich. Nach Tisch Torheit♐[2]. Kam Crone zu mir und Mine. Las ich ihnen die Schw. Reise. Kam ♃ abends und da wir alle nicht mehr verliebt sind und die Lavaoberfläche verkühlt ist, gings recht munter und artig, nur in die Ritzen darf man noch nicht visitieren. Da brennts noch.

3. April. Weimar. Von 6 Uhr bis halb 12 Diderots Jacques le Fataliste[3] in der Folge durchgelesen, mich wie der Bel zu Babel an einem solchen ungeheuren Mahle ergötzt. Und Gott gedankt, daß ich so eine Portion mit dem größten Appetit auf ein mal als wärs ein Glas Wasser und doch mit unbeschreiblicher Wollust verschlingen kann.

Ende April. Weimar. War sehr ruhig und bestimmt, die letzten Tage wenig eingezogen. Ich trinke fast keinen Wein. Und gewinne täglich mehr in Blick und Geschick zum tätigen Leben. Doch ist mirs wie einem Vogel, der sich in Zwirn verwickelt hat, ich fühle, daß ich Flügel habe und sie sind nicht zu brauchen. Es wird auch werden, indes erhol ich mich in der Geschichte, und tändle

1 Johann Friedrich Krafft bat 1778 Goethe um Unterstützung und Hilfe, die dieser ihm bis zu seinem Tode 1785 aus eigenen Mitteln gewährte.

2 Das Tierkreiszeichen des Schützen steht für den Weimarer Prinzen Constantin.

3 Denis Diderot (1713–1784), französischer Schriftsteller, sein Roman *Jacques le fataliste et son maître* erschien 1773.

an einem Dram oder Roman. Der ♃ wird täglich besser, nur ists ein Übel, daß ein Prinz, der etwas angreifen will, nie in die Gelegenheit kommt die Dinge im Alletagsgang von unten auf zu sehen. Er kommt manchmal dazu, sucht wohl, wos fehlt, aber wie ihm zu helfen? Über die Mittel macht man sich klare Begriffe wie man glaubt, und es sind doch nur allgemeine.

30. April. Weimar. Las meinen Werther, seit er gedruckt ist, das erstemal ganz und verwunderte mich.

25. Juni. Weimar. Einiges früh besorgt nach Ettersb. Fand Clauern, der Oesers Büste bossierte. Las ihm die Mitschuldigen vor. Waren munter. Nach Tisch diktierte ich Göchh[1]. an den Vögeln[2] sehr lebhaft und sprach viel dazwischen über alle Kunst. Ward Feuerlärm, ritt nach Großbrembach, kam mitten in die Flamme. Die Dürrung! Der Wind rieb grimmig. War um die Kirche beschäftigt. Versengen mir die Auglider und fing das Wasser mir in Stiefeln an zu sieden. Hielten sich die Leute gut. Und taten das Schickliche. Nun war das Feuer um stellt. Der Herzog kam und der Prinz. Das halbe Dorf brannte ganz hinunter mit dem Winde, wie ich ankam. Ging mit einem Husaren außen weg unterm Wind, kaum durchzukommen. Nach Mitternacht mußt ich ruhen, legte mich ins Wirtshaus über dem Wasser. Ein Husar wachte. Früh dem Pfarrer Quartier geschafft und herein. Geschlafen, gelesen, geschrieben.

1. November. Weimar. Früh Tasso. Rechnungen. Briefe. Kriegskommiss.

15. August 1781. Weimar. Kr. Kommission. Rekapitulierte in der Stille, was ich bei diesem Departement geschafft. Nun wäre mirs nicht bange ein weit größeres, ja

1 Luise von Göchhausen (1752–1807) war Hofdame der Herzoginmutter Anna Amalia.

2 Komödie des griechischen Dichters Aristophanes (450–386 v. Chr.).

mehrere in Ordnung zu bringen, wozu Gott Gelegenheit und Mut verleihe. Zu Cr. essen. Sie sang Rousseaus L. und andre. Ich war vergnügt. Bei den Arbeitern auf dem P. Platz. Abends Gesellschaft bei mir. Kam ♃ noch spät. Gewitter. Seckendorf[1] las die Bayrische Kinderlehre.

In diesem ersten Jahrzehnt ordnete Goethe die Literatur ganz eindeutig – und unter dem Druck der Pflichten – der Politik unter.

An Johann Christian Kestner am 14. Mai 1780

Außer meiner Geheimeratsstelle, hab ich noch die Direktion des Kriegsdepartements und des Wegebaus mit denen dazu bestimmten Kassen. Ordnung, Präzision, Geschwindigkeit sind Eigenschaften, von denen ich täglich etwas zu erwerben suche. Übrigens steh ich sehr gut mit den Menschen hier, gewinne täglich mehr Liebe und Zutrauen, und es wird nur von mir abhängen zu nutzen und glücklich zu sein. Ich wohne vor der Stadt in einem sehr schönen Tale, wo der Frühling jetzt sein Meisterstück macht.

An Johann Caspar Lavater am 19. Februar 1781

Ich lade fast zu viel auf mich, und wieder kann ich nicht anders, Staatssachen sollte der Mensch, der drein vesetzt ist, sich ganz widmen, und ich mögte doch soviel anders auch nicht fallen lassen.

1 Karl Siegmund Freiherr von Seckendorf (1744–1785), seit 1775 Kammerherr in Weimar.

An Charlotte von Stein am 4. Juni 1782

Wieviel wohler wäre mir's, wenn ich von dem Streit der politischen Elemente abgesondert, in deiner Nähe meine Liebste, den Wissenschaften und Künsten, wozu ich geboren bin, meinen Geist zuwenden könnte.

Adieu. Liebe mich, denn ich bin dein.

Das erste Weimarer Jahrzehnt Goethes war ebenfalls geprägt von der intensiven Beziehung zu der älteren und verheirateten Charlotte von Stein, die sich vor allem in einem überwältigenden Wechsel von Besuchen, Briefen und oft nur kleinsten Zettelchen ausdrückte.

So heißt es etwa in einem Brief vom 7. Oktober 1776 an Charlotte von Stein:

Sie kommen mir eine Zeither vor wie Madonna, die gen Himmel fährt, vergebens daß ein rückbleibender seine Arme nach ihr ausstreckt, vergebens daß sein scheidender tränenvoller Blick den ihrigen noch einmal niederwünscht, sie ist nur in den Glanz versunken, der sie umgibt, nur voll Sehnsucht nach der Krone, die ihr überm Haupt schwebt.

Charlotte von Stein
Silhouette, um 1773

Ein Brief vom 10. Oktober 1780 dient ausschließlich der Regelung der wechselseitigen Beziehung:

Daß sich doch Zustände des Lebens wie Wachen und Traum gegen einander verhalten können!

Was Sie mir heut früh zuletzt sagten, hat mich sehr geschmerzt, und wäre der Herzog nicht den Berg mit hinauf gegangen, ich hätte mich recht satt geweint. Auf ein Übel häuft sich alles zusammen! Ja es ist eine Wut gegen sein eigen Fleisch, wenn der Unglückliche sich Luft zu machen sucht, dadurch daß er sein Liebstes beleidigt. Und wenns nur noch in Anfällen von Laune wäre und ich mirs bewußt sein könnte; aber so bin ich bei meinen tausend Gedanken wieder zum Kinde herabgesetzt, unbekannt mit dem Augenblick, dunkel über mich selbst, indem ich die Zustände der andern wie mit einem hellfressenden Feuer verzehre.

Ich werde mich nicht zufrieden geben, bis Sie mir eine wörtliche Rechnung des Vergangnen vorgelegt haben, und für die Zukunft in sich einen so schwesterlichen Sinn zu überreden bemühen, der auch von so etwas gar nicht getroffen werden kann. Ich müßte Sie sonst in den Momenten meiden, wo ich Sie am nötigsten habe. Mir kommts entsetzlich vor die besten Stunden des Lebens, die Augenblicke des Zusammenseins verderben zu müssen, mit Ihnen, da ich mir gern jedes Haar einzeln vom Kopf zöge, wenn ich's in eine Gefälligkeit verwandlen könnte, und dann so blind, so verstockt zu sein. Haben Sie Mitleiden mit mir. Das alles kam zu dem Zustand meiner Seele, darin es aussah wie in einem Pandämonium von unsichtbaren Geistern angefüllt, das dem Zuschauer, so bang es ihm drin würde, doch nur ein unendlich leeres Gewölbe darstellte.

Das Stadthaus Charlotte von Steins in Weimar

Nachdem ich alles durchkrochen (das Tal hatte mich sehr freundlich empfangen), nachdem ich die neuen Wege fertig und sehr schön, und mancherlei zu tun gefunden, durch die Bewegung selbst, ward mirs viel besser.

Am 12. März 1781 gesteht Goethe:

Meine Seele ist fest an die deine angewachsen, ich mag keine Worte machen, du weißt, daß ich von dir unzertrennlich bin und daß weder Hohes noch Tiefes mich zu scheiden vermag. Ich wollte, daß es irgend ein Gelübde oder Sakrament gäbe, das mich dir auch sichtlich und gesetzlich zu eigen machte, wie wert sollte es mir sein. Und mein Noviziat war doch lang genug, um sich zu bedenken. Adieu. Ich kann nicht mehr Sie schreiben, wie ich eine ganze Zeit nicht du sagen konnte.

Goethe greift zu eindrucksvollen Bildern, um Charlottes Bedeutung für ihn auszudrücken. Am 22. März 1781 heißt es:

Deine Liebe ist mir wie der Morgen- und Abendstern, er geht nach der Sonne unter und vor der Sonne wieder auf. Ja wie ein Gestirn des Pols, das nie untergehend über unserm Haupt einen ewig lebenden Kranz flicht.

Ähnlich in einem Brief vom 14. Mai desselben Jahres:

Aus allerlei beschwerlicher Arbeit ruf ich dir zu, daß ich dich liebe. Beste so wie du nie aufhören wirst, so schaffe und bilde mich auch, so daß ich deiner wert bleibe, und laß es uns so halten, daß dein liebes Herz dir nicht widerspricht.

Und am 28. Juni 1784 schreibt er:

Nun wird es balde Zeit liebe Lotte, daß ich wieder in deine Nähe komme, denn mein Wesen hält nicht mehr zusammen, ich fühle recht deutlich, daß ich nicht ohne dich bestehen kann. [...] Ja liebe Lotte jetzt wird mir erst deutlich, wie du meine eigne Hälfte bist und bleibst. Ich bin kein einzelnes, kein selbständiges Wesen. Alle meine Schwächen habe ich an dich angelehnt, meine weichen Seiten durch dich beschützt, meine Lücken durch dich ausgefüllt. Wenn ich nun entfernt von dir bin, so wird mein Zustand höchst seltsam. Auf einer Seite bin ich gewaffnet und gestählt, auf der andern wie ein rohes Ei, weil ich da versäumt habe mich zu harnischen, wo du mir Schild und Schirm bist. Wie freue ich mich dir ganz anzugehören.

Wie sich schon zu Beginn der 1780er Jahre in kleinen Andeutungen bemerkbar machte, empfand Goethe sein Weimarer Dasein immer stärker als krisenhaft – zum einen wohl, da ihn die Überbordung mit administrativen und gesellschaftlichen Pflichten fast grundsätzlich an der literarischen Arbeit hinderte, zu der er sich immer mehr als geboren empfand, zum anderen schien auch die zwar intensive, doch wohl rein geistige Freundschaft zu Charlotte von Stein an einen kritischen Punkt gelangt zu sein, an welchem einzig die heimliche Flucht einen möglichen Ausweg zu bieten schien.

3.–4. September 1786. Von Karlsbad bis Regensburg. D. 3. Sept. früh 3 Uhr stahl ich mich aus dem Karlsbad weg, man hätte mich sonst nicht fortgelassen. Man merkte wohl, daß ich fort wollte; die Gräfin Lanthieri[1] setzte auch einen entsetzlichen Trumpf drauf; ich ließ mich aber nicht hindern, denn es war Zeit. Ich wollte schon den 28ten. Das ging aber nicht, weil an meinen Sachen noch viel zu tun war.

Um halb 8 in Zwodau schöner stiller Nebelmorgen. [. . .] Um 12. in Eger bei heißem Sonnenschein. Der Morgen war bedeckt gewesen, die oberen Wolken streifig

1 Aloysia Lanthieri, österreichische Adlige aus Graz.

Schloß Kochberg,
Sitz der Familie Charlotte von Steins
Bleistiftzeichnung von Goethe, 1779

und wollig, die unteren schwer, es hielt sich das Wetter bei Südwestwind. Gedanken darüber. Das Wetter gab schon den 2ten gute Anzeichen. [...]

Ich fand, daß Eger dieselbe Polhöhe wie Frankfurt hat, und freute mich einmal wieder nahe am 50. Grade zu Mittag zu essen. Von Karlsbad bis Zwodau der quarzhafte Sandstein; der Weg nach Mariakulm geht auf einem aufgeschwemmten Gebirg hin. Bis Eger Plaine und Feldbau.

In Bayern stößt einem gleich das Stift Waldsassen entgegen, ein köstlich Besitztum derer, die früher als andre klug waren. Es liegt in einer fruchtbaren Teller- (um nicht zu sagen Kessel) Vertiefung, in einem schönen Wiesengrunde, rings von fruchtbaren sanften Anhöhen umgeben und hat im Lande weit Besitzungen. Der Boden ist aufgelöster Tonschiefer, den der Quarz, der sich im Tonschiefer befand und nicht aufgelöst ist, locker macht. Es liegt zwar noch hoch, aber anmutig und die Felder sind fruchtbar.

Die Donau hat mich an den alten Main erinnert. Bei Frankfurt präsentiert sich Fluß und Brücke besser, hier sieht aber das gegenüberliegende Stadt am Hof recht artig aus.

Die Jesuitenschüler gaben heut ihr jährliches Schauspiel, ich besuchte es gleich, sah den Anfang des Trauerspiels und das Ende der Oper. Sie machten es nicht schlimmer als eine angehende Liebhabertruppe. Und waren recht schön, fast zu prächtig gekleidet. Auch dies und das Ganze, wovon einmal mündlich, hat mich von der Jesuiten großer Klugheit aufs neue überzeugt; und es ist nicht Klugheit, wie man sie sich in Abstracto denkt, sondern es ist eine Freude an der Sache dabei, ein Mit- und Selbstgenuß, wie er aus dem Gebrauch des Lebens entspringt. Wie freut michs, daß ich nun ganz in den Katholizismus hineinrücke, und ihn in seinem Umfange kennen lerne.

Der Weg nach Italien führte Goethe über verschiedene Stationen diesseits der Alpen und dann durch einzelne oberitalienische Städte nach Venedig – Stationen, denen je unterschiedliche Aufmerksamkeit gewidmet wurde, wie das Brieftagebuch an Charlotte von Stein protokolliert.

3.–6. September. Wärest du nur mit mir, ich wäre den ganzen Tag gesprächich, denn die schnelle Abwechslung der Gegenstände gibt zu hundert Beobachtungen Anlaß. Oft wünsch ich mir Fritzen und bin und bleibe allein.

Wie glücklich mich meine Art die Welt anzusehn macht ist unsäglich, und was ich täglich lerne! und wie doch mir fast keine Existenz ein Rätsel ist. Es spricht eben alles zu mir und zeigt sich mir an. Und da ich ohne Diener bin, bin ich mit der ganzen Welt Freund. Jeder Bettler weist mich zurechte und ich rede mit den Leuten, die mir begegnen, als wenn wir uns lange kennten. Es ist mir eine rechte Lust. [...]

Herder hat wohl Recht zu sagen: daß ich ein großes Kind bin und bleibe, und jetzt ist mir es so wohl, daß ich ohngestraft meinem kindischen Wesen folgen kann.

Morgen geht es grad nach Innsbruck! Ich lasse Salzburg, wovon ich dir so gerne erzählt hätte, um den reisenden Franzosen auszustechen, das Zillertal mit seinen Turmalinen, die Bergwerke von Schwaz, die Salinen von Hall! Was laß ich nicht alles liegen? um den einen Gedanken auszuführen, der fast schon zu alt in meiner Seele geworden ist. [...]

Noch eine böse Arbeit steht mir bevor. Nach einer letzten Konferenz mit Herdern, mußt ich die Iphigenie mitnehmen und muß sie nun gelegentlich durchgehn und ihr wenigstens einige Tage widmen. Das will ich auch tun, sobald ich ein Plätzgen finde, wo ich bleiben mag.

7. September. Mittenwald. Abends. Es scheint, mein Schutzgeist sagt Amen zu meinem Credo, und ich dank ihm, nicht daß er mir diesen schönen Tag gemacht, sondern daß er mich an diesem Tage hierhergeführt hat. Der Postillon sagte noch zuletzt, es sei der erste diesen ganzen Sommer. Ich hab eine herzliche, stille dankbare Freude über mein Glück und hoffe, es soll nun so fort gehn. [...]

Die hohen Felsklippen sind alle Kalk, von dem ältesten, der noch keine Versteinerungen enthält. Diese Kalkfelsen gehn in ungeheurer ununterbrochener Reihe von Dalmatien bis nach dem Gotthard und auch weiter fort.

[...] Ein Harfner ging mit seinem Töchtergen einem Mädchen von 11 Jahren vor mir her, und bat mich sie einzunehmen. Ich ließ sie zu mir sitzen und nahm sie aufs nächste Dorf mit. Ein artiges ausgebildetes Geschöpf, das weit herumgekommen war, mit seiner Mutter nach Maria Einsiedeln gewallfahrtet und seine Reisen immer zu Fuß gemacht hatte. In München hatte sie bei dem Kurfürsten gespielt und überhaupt schon sich vor 21 fürstlichen Personen hören lassen. Sie unterhielt mich recht gut. Hatte hübsche große braune Augen, eine eigensinnige Stirne, die sie ein wenig hinaufwärts zog. War hübsch und natürlich, wenn sie sprach, besonders wenn sie kindisch laut lachte. Wenn sie schwieg, wollte sie was bedeuten und machte mit der Oberlippe eine fatale Miene. Ich schwätzte alles mit ihr durch. Sie war überall zu Hause, und paßte gut auf. Einmal fragte sie mich, was das für ein Baum sei? Es war ein Ahorn und der erste, den ich auf der ganzen Reise sah. Den hatte sie gleich bemerkt. Es kamen nachher noch mehr. Sie zeigte mir eine neue Haube, die sie sich hatte in München machen lassen und in einer Schachtel mit sich führte.

Es gäbe schön Wetter, wenigstens einige Tage, sagte sie. Sie trügen ihr Barometer mit, das sei die Harfe; wenn sich der Diskant hinauf stimme, so geb es gutes Wetter, das hab er heute getan. Ich nahm das Omen an, und hatte noch viel Spaß mit ihr, ehe wir schieden. Mittenwald halb 8 angekommen.

8. September. Auf dem Brenner. Abends. Auf dem Brenner angelangt, gleichsam hierher gezwungen, wie ich mir nur ein Ruheort gewünscht habe. Mein erstes ist dir das Gute des vergangnen Tages mitzuteilen. Es war ein Tag, an dem man jahrelang in der Erinnerung genießen kann.

Von Mittenwald um sechs Uhr, klarer Himmel, es blies ein sehr scharfer Wind und war eine Kälte wie sie nur dem Februar erlaubt ist. Die dunklen mit Fichten bewachsnen Vorgrunde, die grauen Kalkfelsen, die höchsten weißen Gipfel auf dem schönen Himmelsblau, machten köstliche, ewig abwechselnde Bilder. [...]

In Seefeld um halb neun.

Von da wird der Weg immer interessanter. Bisher ging er über die von Benediktbeuren herauf erstiegne Höhen weg, nun kommt man dem Inntal näher und sieht von oben hinein Inzing liegen. Die Sonne war hoch und heiß. Meine Garderobe (eine Weste mit Ärmeln und ein Überrock), die auf alle vier Jahrzeiten gerichtet ist,

Rovereto an der Etsch

Lavierte Bleistift- und Federzeichnung von Goethe, 1786

mußte gewechselt werden, und sie wird oft des Tags 10mal gewechselt.

Bei Zirl steigt man ins Inntal herab. Die Lage ist unbeschreiblich schön und der hohe Sonnenduft machte sie ganz herrlich. Ich habe nur einige Striche aufs Papier gezogen, der Postillon hatte noch keine Messe gehört und eilte sehr auf Innsbruck, es war Marien Tag.

Vom 11. September 1786 notiert das Tagebuch:

Schon jetzt, daß ich mich selbst bediene, immer aufmerksam, immer gegenwärtig sein muß, gibt mir diese wenige Tage her eine ganz andre Elastizität des Geistes. Ich muß mich um den Geldkurs bekümmern, wechseln, bezahlen, notieren, dir schreiben, anstatt daß ich sonst nur dachte, wollte, sann, befahl und diktierte. Von Bozen auf Trient [...] gehts in einem immer fruchtbaren und fruchtbarern Tal hin. Alles, was höher hinauf nur zu vegetieren anfängt, hat nun hier schon alles mehr Kraft und Leben, man glaubt wieder einmal an einen Gott.

Und nun wenn es Abend wird und bei der milden Luft wenige Wolken an den Bergen ruhn, am Himmel mehr stehn als ziehn, und gleich nach Sonnenuntergang das Geschrille der Heuschrecken laut zu werden anfängt! Es ist mir, als wenn ich hier geboren und erzogen wäre und nun von einer Grönlandsfahrt, von einem Walfischfang zurückkäme. Alles ist mir willkommen, auch der vaterländische Staub, der manchmal stark auf den Straßen wird und von dem ich nun solang nichts gesehen habe.

Das Glocken oder vielmehr Schellengeläute der Heuschrecken ist allerliebst durchdringend und nicht unangenehm.

Lustig klingts, wenn mutwillige Buben mit einem Feld voll Heuschrecken um die Wette pfeifen. Es ist, als wenn sie einander würklich steigerten. Heute ist wieder ein herrlicher Tag, besonders die Milde der Luft kann ich dir nicht ausdrücken.

Wenn das alles jemand läse, der im Mittag wohnte, vom Mittag käme, er würde mich für sehr kindisch halten. Ach was ich da schreibe, hab ich lang gewußt, seitdem ich mit dir unter einem bösen Himmel leide, und jetzt mag ich gern diese Freude als Ausnahme fühlen, die wir als eine ewige Naturwohltat immer genießen sollten.

Sichtlich beeindruckt zeigte sich Goethe von Verona – das Tagebuch vom 16. September 1786 schildert ausführlich die unterschiedlichsten Beobachtungen.

Das Amphitheater

Das erste Monument der alten Zeit, das ich sehe und das sich so gut erhalten hat, so gut erhalten worden ist. [...] Wenn man hineintritt, oder oben auf dem Rande steht, ist es ein sonderbarer Eindruck, etwas Großes und doch eigentlich nichts zu sehn. Auch will es leer nicht gesehn sein, sondern ganz voll Menschen, wie es der Kaiser und der Papst gesehen haben. Doch nur damals tat es seine Würkung, da das Volk noch mehr Volk war als es jetzt ist. Denn eigentlich ist so ein Amphitheater recht gemacht dem Volk mit sich selbst zu imponieren, das Volk mit sich selbst zum besten zu haben.

Wenn irgend etwas auf flacher Erde vorgeht und alles zuläuft, suchen die Hintersten auf alle mögliche Weise sich über die Vordersten zu erheben, man rollt Fässer herbei, fährt mit Wagen heran, legt Bretter herüber und hinüber, stellt wieder Bänke hinauf, man besetzt einen benachbarten Hügel und es bildet sich in der Geschwindigkeit ein Krater. Kommt das Schauspiel, es sei ein Kampf pp., oft an derselben Stelle vor, baut man leichte Gerüste an einer Seite für die, so bezahlen können und das Volk behilft sich, wie es mag.

Dieses allgemeine Bedürfnis hat der Architekt zum Gegenstand, er bereitet einen solchen Krater durch die Kunst, so einfach, als nur möglich und dessen Zierat das Volk selbst ist. Wie ich oben sagte, wenn es sich so beisammengesehen hat, muß es über sich selbst erstaunt sein. Da es sonst nur gewohnt ist sich durch einander laufen zu sehn, sich in einem Gewühl ohne Ordnung und ohne sonderliche Zucht zu sehn, sieht das vielköpfige, vielsinnige, schwankende, schwebende Tier sich zu einem Ganzen vereinigt, zu einer Einheit gestimmt, in eine Masse verbunden und befestigt, und zu einer Form gleichsam von einem Geiste belebt. Die Simplizität des Ovals ist jedem Auge auf die angenehmste Weise fühlbar und jeder Kopf dient zum Maße, wie groß das Ganze ist. Jetzt wenn man es leer sieht, hat man keinen Maßstab, man weiß nicht, ob es groß oder klein ist. [...]

Als ich von der Arena (so nennen sie das Amphitheater) wegging, kam ich einige Tausend Schritte davon, auch zu einem öffentlichen Schauspiele. Vier edle Veroneser schlugen Ball gegen vier Fremde. Sie tun es das ganze Jahr unter sich, etwa 2 Stunden vor Nacht. Diesmal weil Fremde die Gegner waren, lief das Volk unglaublich zu; es können immer 4–5000 Männer, (Frauen sah ich von keinem Stande) Zuschauer gewesen sein. Oben, als ich vom Bedürfnis der Zuschauer sprach, wenn ein Schauspiel auf flacher Erde vorgeht, hab ich das natürliche und zufällige Amphitheater schon beschrieben, auf dem ich hier das Volk übereinander gebaut sah. Ein lebhaftes Händeklatschen ließ sich schon von weiten hören, jeder bedeutende Schlag ward davon begleitet. Das übrige mündlich.

Menschen

Man sieht das Volk sich durchaus hier rühren und in einigen Straßen, wo Kaufmannsläden und Handwerksboutiquen an einander sind, sieht es recht lustig aus. Denn da ist nicht etwa eine Türe in den Laden oder das Arbeitszimmer, nein die ganze Breite des Hauses ist offen, man sieht alles, was drinne vorgeht, die Schneider nähen, die Schuster arbeiten, alle halb auf der Gasse. Die

Boutiquen machen einen Teil der Gasse. Abends, wenn Lichter brennen, siehts recht lebendig.

Auf den Plätzen ists an Markttägen sehr voll. Gemüs und Früchte unübersehlich. Knoblauch und Zwiebeln nach Herzenslust. Übrigens schreien, singen und schäkern sie den ganzen Tag, balgen sich, werfen sich, jauchzen und lachen unaufhörlich.

Der milde Himmel, die bequeme Nahrung läßt sie leicht leben, alles, was nur kann, ist unter freiem Himmel. Nachts geht nun das Singen und Lärmen recht an. Den Marlborough hört man auf allen Straßen. Dann ein Hackbrett, eine Violin, sie üben sich alle Vögel mit Pfeifen nachzumachen, man hört Töne, von denen man keinen Begriff hat. Ein solches Vorgefühl seines Daseins gibt ein mildes Klima auch der Armut und macht den Schatten des Volks selbst noch respektabel.

Vom 19. September 1786 berichtet das Reisetagebuch über die erste Anteilnahme an den Bauten des Renaissance-Künstlers Palladio in Vicenza.

Die größte Schwürigkeit ist immer die Säulenordnungen in der bürgerlichen Baukunst zu brauchen. Säulen und Mauern zu verbinden, ist ohne Unschicklichkeit beinahe unmöglich, davon mündlich mehr. Aber wie er das durcheinander gearbeitet hat, wie er durch die Gegenwart seiner Werke imponiert und vergessen macht, daß es Ungeheuer sind. Es ist würklich etwas Göttliches in seinen Anlagen, völlig die Force des großen Dichters, der aus Wahrheit und Lüge ein drittes bildet, das uns bezaubert. Das Olympische Theater ist, wie du vielleicht weißt, ein Theater der Alten realisiert. Es ist unaussprechlich schön. Aber als Theater, gegen unsre jetzigen, kommt es mir vor wie ein vornehmes, reiches, wohlgebildetes Kind, gegen einen klugen Kaufmann, der weder so vornehm, so reich, noch so wohlgebildet ist; aber besser weiß, was er mit seinen Mitteln anfangen kann. Wenn man nun darneben das enge schmutzige Bedürfnis der Menschen sieht, und wie meist die Anlagen über die Kräfte der Unternehmer waren und wie wenig diese köstlichen Monumente eines Menschengeistes zu dem Leben der übrigen passen; so fällt einem doch ein, daß es im Moralischen eben so ist. Dann verdient man wenig Dank von den Menschen, wenn man ihr innres Bedürfnis erheben, ihnen von sich selbst eine große Idee geben, ihnen das Herrliche eines großen wahren Daseins fühlen machen will (und das tun sinnlicherweise die Werke des Palladio in hohen Grade); aber wenn man die Vögel belügt, ihnen Märgen erzählt, ihnen vom Tag zum andren forthilft pp., dann ist man ihr Mann und drum sind so viele Kirchen zu Stande gekommen, weil von daher für das Bedürfnis der Sterblichen am besten gesorgt wird. Ich sage das nicht, um meine Freunde herunter zu setzen, ich sag nur, daß sie so sind und daß man sich nicht verwundern muß, wenn alles ist, wie es ist.

Was sich die Basilika des Palladius neben einem alten mit ungleichen Fenstern übersäten kastellähnlichen Gebäude ausnimmt, das er sich gewiß zusamt dem Turm weggedacht hat, läßt sich nicht ausdrucken.

Der Weg von Verona hierher ist sehr angenehm, man fährt nordostwärts an den Gebürgen hin und hat die Vorderberge, die aus Kalk, Sand, Ton, Mergel bestehn, immer linker Hand; auf den Hügeln, die sie bilden, liegen Orte, Schlösser, Häuser, dann folgt die weite Plaine, durch die man fährt. Der gerade, gut unterhaltene, weite Weg geht durch fruchtbares Feld, an Reihen von Bäumen sind die Reben in die Höhe gezogen, von denen sie, als wärens die Zweige, herunter fallen. Hier kann man sich eine Idee von Festons bilden. Die Trauben sind zeitig und beschweren die Ranken, die lang und schwankend herunter hängen, der Weg ist voll Menschen aller Art und Gewerbes, besonders freuten mich die Wagen, die mit 4 Ochsen bespannt, große Kufen fuhren, in denen die Weintrauben aus den Weingärten geholt und gestampft werden, es standen meist die Führer drinne und es sah einem bacchischen Triumphwagen vollkommen gleich. Zwischen den Weinreihen ist der Boden zu allerlei Arten hiesigen Getreides, besonders Türkisch Korn und des Sorgo benutzt. Wenn man gegen Vicenza kommt, streichen wieder Hügel von Nord nach Süden, es sind vulkanische, schließen die Ebne, und Vicenza liegt an ihrem Fuße, und, wenn man will, in einem Busen, den sie bilden.

In Vicenza (23. September 1786) machte Goethe Beobachtungen zu Volkskunde und Alltagsleben in Italien.

Die Frauen tragen sich hier reinlich. Ein weißes Tuch, das der niedre Stand über den Kopf schlägt und ihn wie in einen Schleier darein wickelt, tut den Gesichtern nicht gut, es muß eins recht hübsch sein, wenn es dadurch nicht zu Grunde gerichtet werden soll. Wenn man außer der Zeit des Gottesdiensts in eine dunkle Kirche kommt und so ein paar verschleierte fromme Seelen drin sitzen oder knien, siehts gespenstermäßig genug aus.

Die Art der geringen Fraunleute sich das Haar zurück zu binden und in Zöpfe zu flechten ist den jungen vorteilhaft, den älteren schädlich, die Haar gehen aus und die Vorderseite wird kahl.

Die Weiber tragen an einem Bügel oder Bogen von schwankendem Holze Körbe, Eimer pp., was sie zu tragen haben.

Sie können sich es gar bequem machen, indem sie, wenn es schwere Sachen sind, auch zugleich die Henkel mit den Händen fassen können, wie obenstehende Figur ausweiset. Das Volk selbst ist gewiß von Grund aus gut, ich sehe nur die Kinder an und gebe mich mit ihnen ab, auch mit den Alten. In meiner Figur, zu der ich noch leinene Unterstrümpfe zu tragen pflege (wodurch ich gleich einige Stufen niedriger rücke), stell ich mich auf den Markt unter sie, rede über jeden Anlaß, frage sie, sehe, wie sie sich unter einander gebärden, und kann ihre Natürlichkeit, freien Mut, gute Art pp. nicht genug loben. Von allem diesem in der Folge mehr und wie das mit dem, was man von ihrer Arglist, Mißtrauen, Falschheit, ja Gewalttätigkeit sagt, zusammenhängt, mündlich, wenn wir sie erst mehr gesehen haben.

Ich bin recht wohl und munter, nur gegen Abend muß ich mich in acht nehmen, da kann ich ein klein wenig traurig werden und die Sehnsucht nach dir, nach Fritzen,

Herdern, irgend einer subalterneren teilnehmenden Seele nimmt überhand. Ich laß sie aber nicht aufkommen, beschäftige mich und so gehts vorüber.

Der Alltag des Reisenden sah so aus:

24. September. Vicenza. Es geht immer den alten Weg. Früh wird an der Iphigenie gearbeitet und ich hoffe, sie soll euch freuen, da sie unter diesem Himmel reif geworden, wo man den ganzen Tag nicht an seinen Körper denkt, sondern wo es einem gleich wohl ist. Gestern ging ich mit dem Stück in der Tasche auf den Campo Marzo und sah am Berge gegenüber ein paar gar artige Gegenstände, ich zeichnete sie geschwind auf das vordere und hintere weiße Blatt des Stücks und du erhältst sie mit diesem. Viele hundert, ja tausend solcher Blätter und Blättgen könnte man im Bezirk einer Stunde hier zeichnen, ich darf mich nur jetzt nicht drauf einlassen.

Schon am 25. September 1786 notierte Goethe befriedigt:

Ich kann dir nicht sagen, was ich schon die kurze Zeit an Menschlichkeit gewonnen habe. Wie ich aber auch fühle, was wir in den kleinen souverainen Staaten für elende einsame Menschen sein müssen, weil man, und besonders in meiner Lage, fast mit niemand reden darf, der nicht was wollte und mögte. Den Wert der Geselligkeit hab ich nie so sehr gefühlt und die Freude die Meinigen wieder zu sehn, in der Entfernung, nie so lebhaft.

Die Gebäude hab ich wieder und wieder besehn und begangen.

Am 28. September 1786 kam Goethe in Venedig an.

So stand es denn in dem Buche des Schicksals auf meinem Blatte geschrieben, daß ich d. 28. Sept. abends, nach unsrer Uhr um fünfe, Venedig zum erstenmal, aus der Brenta in die Lagunen einfahrend, erblicken, und bald darauf diese wunderbare Inselstadt, diese Biberrepublik betreten und besuchen sollte. So ist denn auch, Gott sei Dank, Venedig kein bloßes Wort mehr für mich, ein Name, der mich so oft, der ich von jeher ein Todfeind von Wortschällen gewesen bin, so oft geängstigt hat.

Wie die erste Gondel an das Schiff anfuhr, fiel mir mein erstes Kinderspielzeug ein, an das ich vielleicht in zwanzig Jahren nicht mehr gedacht hatte. Mein Vater hatte ein schönes Gondelmodell von Venedig mitgebracht, er hielt es sehr wert, und es ward mir hoch angerechnet, wenn ich damit spielen durfte. Die ersten Schnäbel von Eisenblech, die schwarzen Gondelkäfige, alles grüßte ich wie eine alte Bekanntschaft, wie einen langentbehrten ersten Jugendeindruck.

[...] Die Hauptidee, die sich mir wieder hier aufdringt, ist wieder Volk. Große Masse! und ein notwendiges unwillkürliches Dasein. Dieses Geschlecht hat sich nicht zum Spaß auf diese Inseln geflüchtet, es war keine Willkür die andere trieb sich mit ihnen zu vereinigen, es war Glück, das ihre Lage so vorteilhaft machte, es war Glück, daß sie zu einer Zeit klug waren, da noch die ganze nördliche Welt im Unsinn gefangen lag, ihre Vermehrung, ihr Reichtum war notwendige Folge. Nun drängte sichs enger und enger, Sand und Sumpf ward zu Felsen unter ihren Füßen, ihre Häuser suchten die Luft, wie Bäume, die geschlossen stehn, sie mußten an Höhe zu gewinnen suchen, was ihnen an Breite abging, geizig auf jede Handbreit Érde und gleich von Anfang in enge Räume gedrängt, ließen sie zu Gassen nicht mehr Breite als Haus von Haus zu sondern und Menschen einigen Durchgang zu lassen und übrigens war ihnen das Wasser statt Straße, Platz, Spaziergang, genug der Venezianer mußte eine neue Art von Geschöpf werden und so auch Venedig nur mit sich selbst verglichen werden kann. Wie dem großen Kanal wohl keine Straße in der Welt sich vergleichen kann; so kann dem Raume vor dem Markusplatz wohl auch nichts an die Seite gesetzt werden. Den großen Spiegel Wasser mein ich, der an der einen Seite von dem eigentlichen Venedig im halben Mond umfaßt ist, gegenüber die Insel St. Giorgio hat, etwas weiter rechts die Giudecca und ihren Kanal, noch weiter rechts die Dogana und die Einfahrt in den Canal Grande. [...]

Ich habe das alles mit einem stillen feinen Auge betrachtet und mich dieser großen Existenz gefreut. Nach Tische ging ich, um stufenweise zu schreiten, erst zu Fuße aus und warf mich ohne Begleiter, nur die Himmelsgegenden merkend ins Labyrinth der Stadt. Man denkt sichs auch nicht, ohne es gesehen zu haben. Gewöhnlich kann man die Breite der Gasse mit ausgestreckten Armen entweder ganz oder beinahe messen, in kleinern Gäßgen könnte man die Arme nicht einmal ausstrecken. Es gibt breitere Straßen, aber proportionierlich alle eng. Ich fand leicht den großen Kanal und den Ponte Rialto. Es ist ein schöner großer Anblick besonders von der Brücke herunter, da sie mit einem Bogen gewölbt in die Höhe steigt. Der Kanal ist gesät voll Schiffe und wimmelt von Gondeln, besonders heute, da am Michaelsfest die wohlangezognen Frauen zur Kirche wallfahrteten und sich wenigstens übersetzen ließen. Ich habe sehr schöne Wesen begegnet. [...]

Außer der Markuskirche habe ich noch kein Gebäude betreten. Es gibt außen genug zu tun, und das Volk interessiert mich unendlich. Ich war heute lang auf dem Fischmarkt und sah ihnen zu, wie sie mit einer unaussprechlichen Begierde, Aufmerksamkeit, Klugheit feilschten und kauften.

Schon in Venedig (30. September 1786) kam Goethe die neue Selbstbestimmung zum Künstler zu Bewußtsein.

Außer einigem Fleiß an der Iphigenie, hab ich meine meiste Zeit auf den Palladio gewendet, und kann nicht davon kommen. Ein guter Geist trieb mich mit soviel Eifer das Buch zu suchen, das ich schon vor 4 Jahren von Jagemann[1] wollte verschrieben haben, der aber dafür die neueren herausgegebnen Werke kommen ließ. Und doch auch! was hätten sie mich geholfen, wenn ich seine Gebäude nicht gesehn hätte? Ich sah in Verona und Vicenza, was ich mit meinen Augen ersehen konnte, in Padua fand ich erst das Buch, jetzt studier ich's und es fallen mir wie Schuppen von den Augen, der Nebel geht auseinander und ich erkenne die Gegenstände. Auch als Buch ist es ein großes Werk. Und was das ein Mensch war! Meine Geliebte wie freut es mich, daß ich mein Leben dem Wahren gewidmet habe, da es mir nun so leicht wird zum Großen überzugehen, das nur der höchste reinste Punkt des Wahren ist.

Die Revolution, die ich voraussah und die jetzt in mir vorgeht, ist die in jedem Künstler entstand, der lang emsig der Natur treu gewesen und nun die Überbleibsel

1 Christian Joseph Jagemann (1735–1804) war Weimarer Hofbibliothekar.

des alten großen Geists erblickte, die Seele quoll auf und er fühlte eine innere Art von Verklärung sein selbst, ein Gefühl von freierem Leben, höherer Existenz, Leichtigkeit und Grazie. Wollte Gott ich könnte meine Iphigenie noch ein halb Jahr in Händen behalten, man sollt ihr das mittägige Klima noch mehr anspüren.

Die scheinbar im Volk verankerte Ausübung der Künste begeisterte Goethe – trotz kleiner Einschränkungen.

1. Oktober. Abends 8 Uhr. Venedig. Die Frauenzimmer führten ein Oratorium hinter dem Gitter auf, die Kirche war wie gewöhnlich voll Zuhörer. Die Musik sehr schön und herrliche Stimmen. Ein Alt sang den König Saul, ich habe mir diese Stimme nicht gedacht. Einige Stellen der Musik waren unendlich schön, der Text liegt bei, es ist so italienisch Latein, daß man an manchen Stellen lachen muß; aber der Musik ein weites Feld. Es wäre ein trefflicher Genuß gewesen, wenn nicht der vermaledeite Kapellmeister den Takt, mit einer Rolle Noten, wider das Gitter, so unverschämt geklappt hätte, als wenn er mit Schuljungen zu tun hätte, die er erst unterrichtete, und sie hatten das Stück oft gemacht, es war absolut unnötig und zerstörte allen Eindruck, nicht anders, als wenn man mir eine schöne Statue hinstellte und ihr Scharlachläppgen auf die Gelenke klebte. Der fremde Ton hebt alle Harmonie auf und das ist ein Musiker und er hört es nicht, oder er will vielmehr, daß man seine Gegenwart am Klappen vernehmen soll, da es besser wäre, er ließe seinen Wert an der Vollkommenheit der Ausführung erraten. Ich weiß, die Franzosen habens an der Art, den Italienern hab ich's nicht zugetraut. Und das Publikum scheint es gewohnt.

7. Oktober. Abends. Venedig. Heut abend hatte ich mir den famosen Gesang der Schiffer bestellt, die den Tasso und den Ariost auf ihre Melodie singen. Bei Mondenschein bestieg ich eine Gondel, einen Sänger vorn, den andern hinten, die ihr Lied anfingen und abwechselnd Vers nach Vers sangen. Die Melodie, die wir durch Rousseau kennen, ist eine Art zwischen Choral und Rezitativ. Sie behält immer denselbigen Gang, ohne einen Takt zu haben, die Modulation ist auch immer dieselbige, nur wenden sie, je nach dem Inhalt des Verses, mit einer Art Deklamation sowohl Ton als Maß.

Der Geist und das Leben davon ist aber eigentlich dieses. Wie sich die Melodie gemacht hat, will ich nicht untersuchen, genug sie paßt trefflich für einen müßigen Menschen, der sich was vormoduliert und Gedichte, die er auswendig kann, diesem Gesange unterschiebt. Mit einer durchdringenden Stimme (das Volk schätzt Stärke vor allem) sitzt er am Ufer einer Insel, eines Kanals, auf einer Barke, und läßt sein Lied schallen, soweit er kann. Über den stillen Spiegel verbreitet sichs weit. In der Ferne vernimmts ein andrer, der die Melodie kennt, die Worte versteht und antwortet mit dem folgenden Verse, der erste diesem wieder und so ist einer immer das Echo des andern und der Gesang währt Nächte durch, unterhält sie, ohne sie zu ermüden. Je ferner also sie von einander sind, desto reizender ist das Lied, wenn der Hörer zwischen ihnen beiden ist, steht er am rechten Flecke. Um mich dieses hören zu lassen, stiegen sie am Ufer der Giudecca aus, sie teilten sich am Kanal hin, ich ging zwischen ihnen auf und ab, so daß ich immer den verließ, der zu singen anfangen sollte, und mich dem wieder näherte, der aufhörte. Da ward mir der Sinn des Gesangs erst aufgeschlossen. Und alsdann, als Stimme aus der Ferne klingt es sonderbar, wie eine Klage ohne

Trauer – und hat etwas unglaublich, bis zu Tränen Rührendes. Ich schrieb es meiner Stimmung zu, aber mein Alter sagte auf dem Hauswege: è singolare come quel canto intenerisce, e molto più quando è più ben cantato. Er erzählte mir, daß man die Weiber vom Lido, besonders die äußersten von Malamocco und Pelestrina müsse singen hören, sie sängen den Tasso auch auf diese und ähnliche Melodien. Sie haben die Gewohnheit, wenn ihre Männer aufs Fischen im Meer sind, sich ans Ufer zu setzen und mit durchdringender Stimme abends diese Gesänge zu singen, bis sie auch von Ferne die Stimme der Ihrigen wieder hören und sich so mit ihnen unterhalten. Findst du das nicht schön? sehr schön! Es läßt sich leicht denken, daß ein naher Zuhörer wenig Freude an diesen Stimmen haben mögte, die mit den Wellen des Meers kämpfen. Aber wie menschlich und wahr wird der Begriff dieses Gesangs. Wie lebendig wird mir nun diese Melodie, über deren toten Buchstaben wir uns so oft den Kopf zerbrochen haben. Gesang eines Einsamen in die Ferne und Weite, daß ihn ein andrer Gleichgestimmter höre, und ihm antworte.

Warum kann ich dir nicht auch einen Ton hinüber schicken, den du in der Stunde vernähmest und mir antwortetest.

Die italienische Natur regte zu intensiven Studien vor allem zur Anatomie der Pflanzen und Tiere an, wie ein Tagebucheintrag vom 6. Oktober 1786 aus Venedig zeigt.

Am Meere hab ich heut verschiedne Pflanzen gefunden, deren ähnlicher Charakter mir ihre Eigenschaften näher hat kennen lassen. Sie sind alle zugleich mastig und streng, saftig und zäh und es ist offenbar, daß das alte Salz des Sandbodens, mehr aber die salzige Luft ihnen diese Eigenschaft gibt. Sie strotzen von Säften wie Wasserpflanzen, sie sind fest, zäh wie Bergpflanzen. Wenn ihre Blätterenden zu Stacheln inklinieren wie bei Disteln, sind sie gewaltig spitz und stark. Ich fand einen solchen Busch Blätter, es schien mir unser unschuldiger Huflattich, hier aber mit scharfen Waffen bewaffnet und das Blatt wie Leder, ich habe etwas eingelegt. (Eryngium maritimum.)

So auch die Samenkapseln, die Stiele, alles mastig und fest. Die Binsen spitz und steif, daß sie wohl stechen. Einige Schwammarten, Insektengehäuse fand ich ausgeworfen. Wie wohl wird mir's, daß das nun Welt und Natur wird und aufhört Kabinett zu sein.

Mit Freuden seh ich nun jeder Kenntnis entgegen, die mir von da und dort zunickt und ich werde gern zu den Büchern wiederkehren.

So langsam ahnte Goethe, wie die italienische Welt ihn von seiner Weimarer Krise heilte.

10. Oktober 1786. Iphigenie wird nicht fertig; aber sie soll in meiner Gesellschaft unter diesem Himmel nichts verlieren. O könnt ich dir nur einen Hauch dieser leichten Existenz hinübersenden.

Die Baukunst steigt vor mir wie ein alter Geist aus dem Grabe, sie heißt mich ihre Lehren wie die Regeln einer ausgestorbnen Sprache studieren, nicht um sie zu üben oder mich in ihr lebendig zu freuen, sondern nur um die ehrwürdige und ewig abgeschiedne Existenz der vergangnen Zeitalter in einem stillen Gemüt zu verehren.

Gott sei Dank, wie mir alles wieder lieb wird, was mir von Jugend auf wert war. Wie glücklich bin ich, daß ich mich der römischen Geschichte, den alten Schriftstellern wieder nahen darf! und mit welcher Andacht les ich den Vitruv!

Italienische Landschaft
Sepiazeichnung von Goethe

Jetzt darf ich's sagen, darf meine Krankheit und Torheit gestehen. Schon einige Jahre hab ich keinen lateinischen Schriftsteller ansehen, nichts, was nur ein Bild von Italien erneuerte, berühren dürfen, ohne die entsetzlichsten Schmerzen zu leiden. [...]

Hätt ich nicht den Entschluß gefaßt, den ich jetzt ausführe; so wäre ich rein zu Grunde gegangen und zu allem unfähig geworden, solch einen Grad von Reife hatte die Begierde diese Gegenstände mit Augen zu sehen in meinem Gemüt erlangt. Denn ich konnte mit der historischen Erkenntnis nicht näher, die Gegenstände standen gleichsam nur eine Handbreit von mir ab, waren aber durch eine undurchdringliche Mauer von mir abgesondert.

Denn es ist mir wirklich auch jetzt so, nicht als ob ich die Sachen sähe, sondern als ob ich sie wiedersähe. Ich bin die kurze Zeit in Venedig und die venezianische Existenz ist mir so eigen, als wenn ich zwanzig Jahre hier wäre. Auch weiß ich, daß ich, wenn auch einen unvollständigen, doch gewiß einen ganz klaren und wahren Begriff mit fort nehme.

22. Oktober. Wenn mir doch der Himmel nun Raum gäbe nach und nach das alles auszuarbeiten, was ich im Sinne habe. Es ist unglaublich, was mich diese acht Wochen auf Haupt- und Grundbegriffe des Lebens sowohl, als der Kunst geführt haben.

Eigentliches Ziel der Italiensehnsucht Goethes aber war Rom!

18. Oktober. Abends. Bologna. Ich habe eben einen Entschluß gefaßt, der mich sehr beruhigt. Ich will nur durch Florenz durchgehn und grade auf Rom. Ich habe keinen Genuß an nichts, bis jenes erste Bedürfnis gestillt ist, [...] ich eile nur gleichsam ängstlich vorbei, daß mir die Zeit verstreichen möge, und dann mögt ich, wenn es des Himmels Wille ist, zu Allerheiligen in Rom sein, um das große Fest am rechten Orte zu sehn und also einige Tage voraus, da bleibt mir nichts übrig, als ich muß Florenz liegen lassen und es auf einer frohen Rückreise mit geöffneten Augen sehn.

In stiller Erwartung notierte er am 26. Oktober 1786 ins Reisetagebuch:

Wenn ich so denke heut ist Donnerstag und den nächsten Sonntag wirst du in Rom schlafen nach dreißig Jahren Wunsch und Hoffnung. Es ist ein närrisch Ding der Mensch. Verzeih mir, der Wind zieht durch die Fenster, ich sudle nur so fort.

Gute Nacht.

In seinem Brief an Knebel vom 17. November 1786 erzählte Goethe dem Freund von der lang ersehnten Ankunft an dem fast heiligmäßig verehrten Ort.

Auch dich mein Lieber muß ich aus Abrahams Schoße besonders begrüßen. Wie vielmal denk ich an dich und wie manches möcht ich dir mitteilen.

Ich bin wie zu Hause. Tischbeins[1] Liebe und Vorsorge erleichtert und befördert mir alles, es ist ein gar guter und kluger Mensch.

Von dem Privat-Leben der Alten sind wie bekannt wenig Spuren mehr übrig, desto größer sind die Reste, die uns ihre Sorge fürs Volk, fürs Allgemeine und ihre wahre weltherrliche Größe zeigen. Schon hab ich das Merkwürdigste gesehn und wiedergesehn.

Wasserleitungen, Bäder, Theater, Amphitheater, Rennbahn, Tempel! Und dann die Paläste der Kaiser, die Gräber der Großen – mit diesen Bildern hab ich meinen Geist genährt und gestärkt. Ich lese den Vitruv, daß der Geist der Zeit mich anwehe, wo das alles erst aus der

1 Johann Heinrich Wilhelm Tischbein (1751–1828), Maler, einer der engsten Vertrauten Goethes in Rom, lebte später in Neapel.

Pyramide des Cestius im Vollmondlicht
Lavierte Bleistift- und Federzeichnung von Goethe, 1788

Erde stieg, ich habe den Palladio, der zu seiner Zeit noch vieles ganzer sah, maß und mit seinem großen Verstand in Zeichnungen herstellte, und so steigt der alte Phönix Rom wie ein Geist aus seinem Grabe, doch ists Anstrengung statt Genusses und Trauer statt Freude.

Gewiß man muß sich einen eignen Sinn machen Rom zu sehn, alles ist nur Trümmer, und doch, wer diese Trümmer nicht gesehn hat, kann sich von Größe keinen Begriff machen. So sind Musea und Galerien auch nur Schädelstätten, Gebeinhäuser und Rumpfkammern; aber was für Schädel pp.! Alle Kirchen geben uns nur die Begriffe von Martern und Verstümmlung. Alle neue Paläste sind auch nur geraubte und geplünderte Teilgen der Welt – Ich mag meinen Worten keine weitere Ausdehnung geben! Genug man kann alles hier suchen nur keine Einheit, keine Übereinstimmung. Und das ists, was viele Fremde so irre macht. Ich bin nun drei Wochen da und ich sage selbst: wenn es einem Ernst ist, kann man ein halb Jahr bleiben, um nur erst gewahr zu werden, wo man ist.

Und solch ein Stückwerk ist mein Brief auch, sind alle meine Briefe, die ich von hier aus schreibe. Wenn ich wiederkomme, soll mein Mund etwas Ganzeres bringen.

So spät die Jahrszeit ist, so freut mich doch mein bißchen Botanik erst recht, in diesen Landen, wo eine frohre weniger unterbrochne Vegetation zu Hause ist. Ich habe schon recht artige, ins Allgemeine gehende Bemerkungen gemacht, die auch dir in der Folge angenehm sein werden. Das Steinreich hat hier seinen Thron, wo von allen Enden der Welt das Kostbarste zusammengebracht worden. Wie ein Granit-Freund die Obelisken und Säulen ansieht, kannst du denken. Tischbein, dem ich einmal Ferbers Brief über die alten Steinarten in Abschrift schickte, hat sich mit einem echten sinnlichen Künstler-Sinn auf diese Gegenstände geworfen, hat sich alles bekannt gemacht, und erleichtert mir auch wissenschaftlich das Studium.

Der Vesuv hat vor ohngefähr 14 Tagen eine Eruption gemacht. Die Lava ist stark geflossen. Auf meinem Tische liegt schon ein ganz frisch gebacknes Stück vor mir, das ein Reisender daher brachte.

Wie viel ich auf deinen Spuren durch Tirol an dich gedacht habe, sag ich dir nicht; auf dem Brenner bin ich einige Tage geblieben.

Über Goethes erste römische Eindrücke berichtet die »Italienische Reise«.

Das schöne, warme, ruhige Wetter, das nur manchmal von einigen Regentagen unterbrochen wird, ist mir zu Ende Novembers ganz was Neues. Wir gebrauchen die gute Zeit in freier Luft, die böse im Zimmer, überall findet sich etwas zum Freuen, Lernen und Tun.

Am 28. November kehrten wir zur Sixtinischen Kapelle zurück, ließen die Galerie aufschließen, wo man den Plafond näher sehen kann; man drängt sich zwar, da sie sehr eng ist, mit einiger Beschwerlichkeit und mit anscheinender Gefahr, an den eisernen Stäben weg, deswegen auch die Schwindligen zurück bleiben: alles wird aber durch den Anblick des größten Meisterstücks ersetzt. Und ich bin in dem Augenblicke so für Michelangelo eingenommen, daß mir nicht einmal die Natur auf ihn schmeckt, da ich sie doch nicht mit so großen Augen wie er sehen kann. Wäre nur ein Mittel, sich solche Bilder in der Seele recht zu fixieren. Wenigstens was ich von Kupfern und Zeichnungen nach ihm erobern kann, bring' ich mit.

Wir gingen von da auf die Loggien Raffaels, und kaum darf ich sagen, daß man diese nicht ansehen durfte. Das Auge war von jenen großen Formen und der herrlichen Vollendung aller Teile so ausgeweitet und verwöhnt, daß man die geistreichen Spielereien der Arabesken nicht ansehen mochte, und die biblischen Geschichten, so schön sie sind, hielten auf jene nicht Stich. Diese Werke nun öfter gegeneinander zu sehen, mit mehr Muße und ohne Vorurteil zu vergleichen, muß eine große Freude gewähren; denn anfangs ist doch alle Teilnahme nur einseitig.

Von da schlichen wir, fast bei zu warmem Sonnenschein, auf die Villa Pamfili, wo sehr schöne Gartenpartien sind, und blieben bis an den Abend. Eine große, mit immergrünen Eichen und hohen Pinien eingefaßte, flache Wiese war ganz mit Maßlieben übersäet, die ihre Köpfchen alle nach der Sonne wendeten; nun gingen meine botanischen Spekulationen an, denen ich den andern Tag auf einem Spaziergange nach dem Monte Mario, der Villa Melini und Villa Madama weiter nachging.

Es ist gar interessant zu bemerken, wie eine lebhaft fortgesetzte und durch starke Kälte nicht unterbrochene Vegetation wirkt, hier gibt's keine Knospen, und man lernt erst begreifen, was eine Knospe sei. Der Erdbeerbaum (arbutus unedo) blüht jetzt wieder, indem seine letzten Früchte reif werden, und so zeigt sich der Orangenbaum mit Blüten, halb und ganz reifen Früchten (doch werden letztere Bäume, wenn sie nicht zwischen Gebäuden stehen, nun bedeckt). Über die Zypresse, den respektabelsten Baum, wenn er recht alt und wohl gewachsen ist, gibt's genug zu denken. Ehstens werd' ich den botanischen Garten besuchen und hoffe da manches zu erfahren. Überhaupt ist mit dem neuen Leben, das einem nachdenkenden Menschen die Betrachtung eines neuen Landes gewährt, nichts zu vergleichen. Ob ich gleich noch immer derselbe bin, so mein' ich bis aufs innerste Knochenmark verändert zu sein.

Für diesmal schließ' ich und werde das nächste Blatt einmal ganz von Unheil, Mord, Erdbeben und Unglück anfüllen, daß doch auch Schatten in meine Gemälde komme.

Den 3. Dezember

Die Witterung hat bisher meist von sechs zu sechs Tagen abgewechselt. Zwei ganz herrliche, ein trüber, zwei bis drei Regentage, und dann wieder schöne. Ich suche jeden nach seiner Art aufs beste zu nutzen.

Doch immer sind mir noch diese herrlichen Gegenstände wie neue Bekanntschaften. Man hat nicht mit ihnen gelebt, ihnen ihre Eigentümlichkeit nicht abgewonnen. Einige reißen uns mit Gewalt an sich, daß man eine Zeitlang gleichgültig, ja ungerecht gegen andere wird. So hat zum Beispiel das Pantheon, der Apoll von Belvedere, einige kolossale Köpfe und neuerlich die Sixtinische Kapelle so mein Gemüt eingenommen, daß ich daneben fast nichts mehr sehe. Wie will man sich aber, klein wie man ist, und ans Kleine gewohnt, diesem Edlen, Ungeheuren, Gebildeten gleichstellen? Und wenn man es einigermaßen zurecht rücken möchte, so drängt sich abermals eine ungeheure Menge von allen Seiten zu,

Der Altertumswissenschaftler und Rom-Begeisterte
Johann Joachim Winckelmann
Ölgemälde von Anton Maron, 1767/68

begegnet dir auf jedem Schritt, und jedes fordert für sich den Tribut der Aufmerksamkeit. Wie will man sich da herausziehen? Anders nicht, als daß man es geduldig wirken und wachsen läßt und auch fleißig auf das merkt, was andere zu unsern Gunsten gearbeitet haben.

Winckelmanns Kunstgeschichte[1], übersetzt von Fea, die neue Ausgabe, ist ein sehr brauchbares Werk, das ich gleich angeschafft habe und hier am Orte in guter, auslegender und belehrender Gesellschaft sehr nützlich finde.

Auch die römischen Altertümer fangen mich an zu freuen. Geschichte, Inschriften, Münzen, von denen ich sonst nichts wissen mochte, alles drängt sich heran. Wie mir's in der Naturgeschichte erging, geht es auch hier, denn an diesen Ort knüpft sich die ganze Geschichte der Welt an, und ich zähle einen zweiten Geburtstag, eine wahre Wiedergeburt, von dem Tage, da ich Rom betrat.

Aus Rom schrieb Goethe am 13. Dezember 1786 an die Familie Herder – nochmals die heimliche Abreise entschuldigend – über das gesellige Leben und die überwältigenden Eindrücke der Stadt.

Wie herzlich freut es mich, daß Ihr mein Verschwinden so ganz wie ich wünschte genommen. Versöhnt mir Frau von Stein und den Herzog, ich habe niemand kränken wollen und kann nun auch nichts sagen, um mich zu rechtfertigen. Gott behüte mich, daß ich jemals mit den Prämissen zu diesem Entschlusse einen Freund betrübe.

1 Johann Joachim Winckelmann (1717–1768), Kunstgelehrter, Archäologe und bedeutender Kenner der antiken Plastik und Architektur, auf dessen *Geschichte der Kunst des Altertums* (1764) Goethe immer wieder zurückgreift und über den er 1805 ein Sammelwerk herausgibt.

Ich erhole mich nun hier nach und nach von meinem Salto mortale und studiere mehr als daß ich genieße. Rom ist eine Welt und man brauchte Jahre um sich nur erst drinne gewahr zu werden. Wie glücklich find' ich die Reisenden, die sehen und gehn.

Tischbein ist ein trefflicher originaler Mensch, der mir Rom lebendig macht. Moritz[1] der Fußreiser ist hier, hat den Arm gebrochen und leidet viel. Wir leiden alle mit ihm, es ist ein gar guter, verständiger aus- und durchgearbeiteter Mensch.

Von Kunstsachen mag ich gar nicht reden und von der Nation wird mir auch schwer etwas zusammen zu fassen, in der Folge, oder am besten mündlich, wird das schon besser kommen.

Aus eurem Briefe seh ich mit Freuden, daß es mit dem Druck meiner Sachen langsam geht, daß also Iphigenie nicht zu spät kommt. Ich scheide mich ungern von ihr, Weihnachten soll sie denn doch fort. Zugleich kommt die Zueignung. Ich habe einen sonderbaren Einfall gehabt, ich wünsche, daß er euren Beifall erhalte. Herzlichen Teil nehm ich an eurem Hauskreuze, durch Moritzens Unfall ist auch ein Kreuz in unsre kleine Sozietät gekommen, die sich so schön als möglich anließ. Wenn man nur des guten Tags immer zu brauchen wüßte, mit dem Morgen ist's so eine Sache. Diese Reise wird hoffentlich auf mein ganzes Wesen einen gesegneten Einfluß haben. Wie Iphigenie fort ist, geht es an Egmont! Was ich für Wilhelmen aufpacke, sollt ihr dereinst mit Vergnügen genießen. Lebet wohl und schreibt mir oft. Dieser Brief kommt euch zum neuen Jahre, das beste Glück zum Anfang. Das vergangne war das wichtigste meines

1 Karl Philipp Moritz (1757–1797), Schriftsteller und Psychologe, Verfasser des Romans *Anton Reiser*, auf den Goethe hier anspielt.

Lebens, ich mag nun sterben, oder noch eine Weile dauren, in beiden Fällen war es gut. Adieu, ich muß den Kindern noch etwas sagen. Liebt mich. G.

Sehr oft, ihr lieben Kinder, wünscht ich, daß ihr das Gute mit mir genießen könntet, das mir so reichlich beschert ist. Man merkt den Winter nicht, die Gärten sind mit immergrünen Bäumen bepflanzt, die Sonne scheint hell und warm, Schnee sieht man nur auf den entferntesten Bergen gegen Norden. Die Zitronenbäume, die in den Gärten an den Wänden gepflanzt sind, werden nun nach und nach mit Decken von Rohr zugedeckt, die Pomeranzenbäume aber bleiben frei stehn. Es hängen viele Hunderte der schönsten Früchte an so einem Baume, der nicht wie bei uns beschnitten und in einen Kübel gepflanzt ist, sondern in der Erde frei und froh in einer Reihe seiner Brüder steht. Man kann sich nichts Lustigers denken als einen solchen Anblick. Für ein paar Groschen ißt man soviel man will, sie sind schon jetzt recht gut, im März werden sie noch besser sein.

Neulich waren wir am Meere und ließen fischen. Da kamen die wunderlichsten Gestalten von Fischen und Krebsen zum Vorschein, auch der Elektrisierfisch, der, wenn man ihn anrührt, einen Schlag wie die Elektrizität gibt.

Hier in Rom ist alles voller Gemälde und Statuen und die schönsten Granite, Porphyre, Marmore kann man hier an allen Orten und Enden sehn. Lebt wohl und schreibt mir oft, ich habe euch sehr lieb und werde euch dereinst viel erzählen.

In Rom endlich konnte die neue künstlerische Selbstbestimmung als Wiedergeburt gefeiert werden.

Den 20. Dezember

Und doch ist das alles mehr Mühe und Sorge als Genuß. Die Wiedergeburt, die mich von innen heraus umarbeitet, wirkt immer fort. Ich dachte wohl hier was Rechts zu lernen; daß ich aber so weit in die Schule zurück gehen, daß ich so viel verlernen, ja durchaus umlernen müßte, dachte ich nicht.

Nun bin ich aber einmal überzeugt und habe mich ganz hingegeben, und je mehr ich mich selbst verleugnen muß, desto mehr freut es mich. Ich bin wie ein Baumeister, der einen Turm aufführen wollte und ein schlechtes Fundament gelegt hatte; er wird es noch beizeiten gewahr und bricht gern wieder ab, was er schon aus der Erde gebracht hat, seinen Grundriß sucht er zu erweitern, zu veredeln, sich seines Grundes mehr zu versichern, und freut sich schon im voraus der gewissern Festigkeit des künftigen Baues. Gebe der Himmel, daß bei meiner Rückkehr auch die moralischen Folgen an mir zu fühlen sein möchten, die mir das Leben in einer weitern Welt gebracht hat. Ja es ist zugleich mit dem Kunstsinn der sittliche, welcher große Erneuerung leidet.

Doktor Münter ist hier, von seiner Reise nach Sizilien zurückkehrend, ein energischer heftiger Mann, seine Zwecke kenne ich nicht. Er wird im Mai zu euch kommen und mancherlei zu erzählen wissen. Er reiste zwei Jahr in Italien. Mit den Italienern ist er unzufrieden, welche die bedeutenden Empfehlungsschreiben, die er mitgebracht, und die ihm manches Archiv, manche geheime Bibliothek eröffnen sollten, nicht genugsam respektiert, so daß er nicht völlig zu seinen Wünschen gelangt.

Schöne Münzen hat er gesammelt und besitzt, wie er mir sagte, ein Manuskript, welches die Münzwissenschaft auf scharfe Kennzeichen, wie die Linnéschen[1] sind, zurückführt. Herder erkundigt sich wohl mehr darum, vielleicht wird eine Abschrift erlaubt. So etwas zu machen ist möglich, gut wenn es gemacht ist, und wir müssen doch auch, früh oder spat, in dieses Fach ernstlicher hinein.

Den 25. Dezember

Ich fange nun schon an die besten Sachen zum zweitenmal zu sehen, wo denn das erste Staunen sich in ein Mitleben und reineres Gefühl des Wertes der Sache auflöst. Um den höchsten Begriff dessen, was die Menschen geleistet haben, in sich aufzunehmen, muß die Seele erst zur vollkommenen Freiheit gelangen.

Der Marmor ist ein seltsames Material, deswegen ist Apoll von Belvedere im Urbilde so grenzenlos erfreulich, denn der höchste Hauch des lebendigen, jünglingsfreien, ewig jungen Wesens verschwindet gleich im besten Gipsabguß.

Gegen uns über im Palast Rondanini steht eine Medusenmaske, wo, in einer hohen und schönen Gesichtsform, über Lebensgröße, das ängstliche Starren des Todes unsäglich trefflich ausgedrückt ist. Ich besitze schon einen guten Abguß, aber der Zauber des Marmors ist nicht übrig geblieben. Das edle Halbdurchsichtige des

1 Carl von Linné (1707–1778), schwedischer Botaniker, der erstmals eine vollständige Systematik des Pflanzenreiches erarbeitete, die auf scharfen Unterscheidungen der äußeren Pflanzengestalt beruhte.

gelblichen, der Fleischfarbe sich nähernden Steins ist verschwunden. Der Gips sieht immer dagegen kreidenhaft und tot.

Und doch, was für eine Freude bringt es, zu einem Gipsgießer hineinzutreten, wo man die herrlichen Glieder der Statuen einzeln aus der Form hervorgehen sieht und dadurch ganz neue Ansichten der Gestalten gewinnt. Alsdann erblickt man nebeneinander, was sich in Rom zerstreut befindet, welches zur Vergleichung unschätzbar dienlich ist. Ich habe mich nicht enthalten können, den kolossalen Kopf eines Jupiters anzuschaffen. Er steht meinem Bette gegenüber wohl beleuchtet, damit ich sogleich meine Morgenandacht an ihn richten kann, und der uns, bei aller seiner Großheit und Würde, das lustigste Geschichtchen veranlaßt hat.

Unserer alten Wirtin schleicht gewöhnlich, wenn sie das Bett zu machen hereinkommt, ihre vertraute Katze nach. Ich saß im großen Saale und hörte die Frau drinne ihr Geschäft treiben. Auf einmal, sehr eilig und heftig, gegen ihre Gewohnheit, öffnet sie die Türe und ruft mich, eilig zu kommen und ein Wunder zu sehen. Auf meine Frage: was es sei, erwiderte sie, die Katze bete Gott Vater an. Sie habe diesem Tiere wohl längst angemerkt, daß es Verstand habe wie ein Christ, dieses aber sei doch ein großes Wunder. Ich eilte mit eigenen Augen zu sehen, und es war wirklich wunderbar genug. Die Büste steht auf einem hohen Fuße, und der Körper ist weit unter der Brust abgeschnitten, so daß also der Kopf in die Höhe ragt. Nun war die Katze auf den Tisch gesprungen, hatte ihre Pfoten dem Gott auf die Brust gelegt und reichte mit ihrer Schnauze, indem sie die Glieder möglichst ausdehnte, gerade bis an den heiligen Bart, den sie mit der größten Zierlichkeit beleckte und sich weder durch die Interjektion der Wirtin, noch durch meine Dazwischenkunft im mindesten stören ließ. Der guten Frau ließ ich ihre Verwundrung, erklärte mir aber diese seltsame Katzenandacht dadurch, daß dieses scharf riechende Tier wohl das Fett möchte gespürt haben, das sich aus der Form in die Vertiefungen des Bartes gesenkt und dort verhalten hatte.

An Charlotte von Stein heißt es am 2. Februar 1787:

Wie hab ich nicht wieder heute an dich gedacht!

In der Sixtinischen Kapelle war Amt, wo die Kerzen geweiht werden. Ich war einen Augenblick drin und bin, wie ich schon schrieb, für dies Hokuspokus ganz verdorben.

Nachher machten wir einen großen Spaziergang und kamen auch auf Sant'Onofrio, wo Tasso in einem Winkel begraben liegt. Auf der Bibliothek haben sie eine Büste von ihm. Das Gesicht ist von Wachs und soll über seinen Leichnam gegossen sein. Es ist nicht ganz scharf und hier und da verdorben, im ganzen aber ein trefflicher, zarter, feiner Mensch.

[...] Das Wetter ist so schön, zu Hause ist es kalt, in meiner Stube ist weder Ofen noch Kamin und da wird es zum Schreiben nicht häuslich. Künftige Woche haben wir das volle Karneval, morgen gehn die neuen Opern an und ob mich gleich auch das Theater so wenig mehr, als der Pfaffen Mummerei freuen oder interessieren kann; so muß man es doch sehn. [...]

Übrigens ists Zeit, daß ich aus Rom gehe, und eine Pause der allzu strengen Betrachtung mache, wenigstens die Gegenstände verändre. Auf Neapel freue ich mich, und wenn ihr mich länger entbehren wollt, auf Sizilien. [...]

Goethe am Fenster der römischen Wohnung am Corso
Aquarell von Johann Heinrich Wilhelm Tischbein, 1787

Den Gedanken diese Gegend mit dir zu genießen, kann ich nicht aufgeben und darf ihn nicht scharf denken. Ich sehe schon die Sachen nur mit dem Wunsche sie dir zu zeigen. Das Wetter ist ganz herrlich, die Tage nehmen merklich zu, die Lorbeern, Buchsbäume blühen schon, heute sah ich den ersten Mandelbaum in Blüte. Die Maßlieben hören gar nicht auf hervorzukommen, heute fand ich Krokus und Adonis.

Was wird mir nicht erst das mittägigere Land für Freuden und für Kenntnisse geben, und ich müßte mich sehr betrügen, wenn ich nicht einige schöne Resultate herausdenken wollte.

[...] Von der Schönheit im vollen Mondschein Rom durchzugehen hat man, ohne es gesehn zu haben, keinen Begriff. Alles Detail wird von den großen Massen des Lichtes und des Schattens verschlungen und nur die größten allgemeinsten Bilder stellen sich dem Auge dar. Seit drei Tagen sind die hellsten und herrlichsten Nächte, die wir wohl genossen haben.

Einen besonders schönen Anblick gab uns das Kolosseum. Es wird nachts zugeschlossen, ein Eremite wohnt an einem Kirchelchen drinne, und Bettler nisten sich in die zerfallnen Gewölbe. Sie hatten, scheint es, ein Feuer angemacht und eine stille Luft trieb den Rauch erst auf der Arena hin, daß der untere Teil der Ruinen bedeckt war und die ungeheuern Mauern oben drüber heraussahen. Wir standen an dem Gitter und sahen dem Phänomen zu. Der Mond stand hoch und heiter. Nach und nach zog sich der Rauch durch die Gewölbe, durch die Ruinenwände und der Mond beleuchtete ihn wie einen Nebel. Der Anblick war köstlich. So muß man das Pantheon, das Kapitol beleuchtet sehn. Den Vorhof der Peterskirche und andre große Straßen und Plätze.

Und in dem Brief vom 7.–10. Februar 1787 wiederum an die Stein skizziert er fortfahrend das gesellige Leben in der Künstlerkolonie.

Wir leben für uns gar vergnügt und könnten dieser lärmenden Freuden gar wohl entbehren. Tischbeins Gesellschaft ist mir von unendlichem Nutzen, er heitert mich auf und es ist mir so wohl mit einem Menschen zu sein, der mit schönen Kräften auf dem rechten Weg ist. Moritz schleicht wieder herum, dem bin ich nun wieder nützlich und mein Umgang wird wichtigen Einfluß auf sein künftig Leben haben, er ist gar gut, vernünftig, empfänglich und dankbar, wenn man ihm eine Stufe weiter hilft.

Und wie sauer wirds dem Menschen ohne Überlieferung, ohne Lehre zur rechten Zeit sich selbst zu finden und zu helfen. Tischbein bringt mich im Zeichnen seit zwei Tagen fast jede Stunde weiter, denn er sieht, wo ich bin, und was mir abgeht; so ists im Moralischen auch, so ists in jeder Sache.

Von Rom aus reiste Goethe im Frühjahr 1787 nach Neapel und Sizilien. In der »Italienischen Reise« berichtet er darüber.

Neapel, den 25. Februar

Endlich auch hier glücklich und mit guten Vorbedeutungen angekommen. Von der Tagesreise nur so viel: Sant' Agata verließen wir mit Sonnenaufgang, der Wind blies heftig hinter uns her, und dieser Nordost hielt den ganzen Tag an. Erst nachmittag ward er Herr von den Wolken; wir litten von Kälte.

Unser Weg ging wieder durch und über vulkanische Hügel, wo ich nur noch wenige Kalkfelsen zu bemerken glaubte. Endlich erreichten wir die Plaine von Capua, bald darnach Capua selbst, wo wir Mittag hielten. Nachmittag tat sich ein schönes flaches Feld vor uns auf. Die Chaussee geht breit zwischen grünen Weizenfeldern durch, der Weizen ist wie ein Teppich und wohl spannenhoch. Pappeln sind reihenweis auf den Feldern gepflanzt, hoch ausgezweigt und Wein hinangezogen. So geht es bis Neapel hinein. Ein klarer, herrlich lockerer Boden und gut bearbeitet. Die Weinstöcke von ungewöhnlicher Stärke und Höhe, die Ranken wie Netze von Pappel zu Pappel schwebend.

Der Vesuv blieb uns immer zur linken Seite, gewaltsam dampfend! und ich war still für mich erfreut, daß

Vesuvausbruch im Jahr 1774
Ölgemälde von Jakob Philipp Hackert

ich diesen merkwürdigen Gegenstand endlich auch mit Augen sah. Der Himmel ward immer klärer, und zuletzt schien die Sonne recht heiß in unsere enge rollende Wohnung. Bei ganz rein heller Atmosphäre kamen wir Neapel näher; und nun fanden wir uns wirklich in einem andern Lande. Die Gebäude mit flachen Dächern deuten auf eine andere Himmelsgegend, inwendig mögen sie nicht sehr freundlich sein. Alles ist auf der Straße, sitzt in der Sonne, solange sie scheinen will. Der Neapolitaner glaubt im Besitz des Paradieses zu sein und hat von den nördlichen Ländern einen sehr traurigen Begriff: Sempre neve, case di legno, gran ignoranza, ma danari assai. Solch ein Bild machen sie sich von unserm Zustande. Zur Erbauung sämtlicher deutschen Völkerschaften heißt diese Charakteristik übersetzt: Immer Schnee, hölzerne Häuser, große Unwissenheit; aber Geld genug.

Neapel selbst kündigt sich froh, frei und lebhaft an, unzählige Menschen rennen durcheinander, der König ist auf der Jagd, die Königin guter Hoffnung, und so kann's nicht besser gehn.

Neapel, Montag, den 26. Februar

Alla Locanda del Signor Moriconi al Largo del Castello. Unter dieser ebenso heiter als prächtig klingenden Aufschrift würden uns Briefe aus allen vier Teilen der Welt nunmehr auffinden. In der Gegend des am Meere liegenden großen Kastells erstreckt sich eine große Weitung, die man, obgleich von allen vier Seiten mit Häusern umgeben, nicht Platz sondern Weite (largo) genannt hat, wahrscheinlicherweise von den ersten Zeiten her, da dieses noch ein unbegrenztes Feld war. Hier nun tritt an der einen Seite ein großes Eckhaus herein; und wir faßten Fuß in einem geräumigen Ecksaale, der einen freien und frohen Überblick über die immer bewegte Fläche gewährt. Ein eiserner Balkon zieht sich außen an mehrern Fenstern vorbei, selbst um die Ecke hin. Man würde davon nicht wegkommen, wenn der scharfe Wind nicht äußerst fühlbar wäre.

Der Saal ist munter dekoriert, besonders aber die Decke, deren Arabesken in hundert Abteilungen schon die Nähe von Pompeji und Herkulanum verkünden. Das wäre nun alles schön und gut, aber keine Feuerstätte, kein Kamin ist zu bemerken, und der Februar übt denn doch auch hier seine Rechte. Ich sehnte mich nach einiger Erwärmung.

Man brachte mir einen Dreifuß, von der Erde dergestalt erhöht, daß man die Hände bequem drüber halten konnte. Auf demselben war ein flaches Becken befestigt, dieses enthielt ganz zarte glühende Kohlen, gar glatt mit Asche bedeckt. Hier gilt es nun haushältig sein, wie wir es in Rom schon gelernt. Mit dem Ohr eines Schlüssels zieht man von Zeit zu Zeit die oberflächliche Asche behutsam weg, so daß von den Kohlen wieder etwas an die freie Luft gelange. Wollte man jedoch ungeduldig die Glut aufwühlen, so würde man einen Augenblick größere Wärme spüren, aber sehr bald die ganze Glut erschöpft haben, da denn das Becken abermals, gegen Erlegung einer gewissen Summe, zu füllen wäre.

Ich befand mich nicht ganz wohl und hätte freilich mehr Bequemlichkeit gewünscht. Eine Schilfmatte diente gegen die Einflüsse des Estrichs; Pelze sind nicht gewöhnlich, und ich entschloß mich eine Schifferkutte, die wir aus Scherz mitgenommen hatten, anzuziehen, die mir gute Dienste leistete, besonders nachdem ich sie mit einem Kofferstrick um den Leib befestigt hatte:

da ich mir denn als Mittelding zwischen Matrosen und Kapuziner sehr komisch vorkommen mußte. Tischbein, der von Besuchen bei Freunden zurückkehrte, konnte sich des Lachens nicht enthalten.

Neapel, Montag, den 19. März

In den letzten Tagen hat sich ein neues Verhältnis näher angeknüpft. Nachdem in diesen vier Wochen Tischbein mir sein treues Geleit durch Natur- und Kunstgegenstände förderlich geleistet und wir gestern noch zusammen in Portici gewesen, ergab sich aus wechselseitiger Betrachtung, daß seine Kunstzwecke sowohl als diejenigen Geschäfte, die er, eine künftige Anstellung in Neapel hoffend, in der Stadt und bei Hofe zu betreiben pflichtig ist, mit meinen Absichten, Wünschen und Liebhabereien nicht zu verbinden seien. Er schlug mir daher, immer für mich besorgt, einen jungen Mann vor, als beständigen Gesellschafter, den ich seit den ersten Tagen öfter sah, nicht ohne Teilnahme und Neigung. Es ist Kniep[1], der sich eine Zeitlang in Rom aufgehalten, sodann sich aber nach Neapel, in das eigentlichste Element des Landschafters, begeben hatte. Schon in Rom hörte ich ihn als einen geschickten Zeichner preisen, nur seiner Tätigkeit wollte man nicht gleiches Lob erteilen. Ich habe ihn schon ziemlich kennen gelernt und möchte diesen gerügten Mangel eher Unentschlossenheit nennen, die gewiß zu überwinden ist, wenn wir eine Zeitlang beisammen sind. Ein glücklicher Anfang bestätigt mir diese Hoffnung, und wenn es mir nach geht, sollen wir auf geraume Zeit gute Gesellen bleiben.

1 Christoph Heinrich Kniep (1748–1825), Maler und Professor an der Kunstakademie zu Neapel.

Man darf nur auf der Straße wandeln und Augen haben, man sieht die unnachahmlichsten Bilder.

Am Molo, einer Hauptlärmecke der Stadt, sah ich gestern einen Pulcinell, der sich auf einem Brettergerüste mit einem kleinen Affen stritt, drüber einen Balkon, auf dem ein recht artiges Mädchen ihre Reize feil bot. Neben dem Affengerüste ein Wunderdoktor, der seine Arcana gegen alle Übel den bedrängten Gläubigen darbot; von Gerard Dou gemalt, hätte solch ein Bild verdient, Zeitgenossen und Nachwelt zu ergötzen.

So war auch heute Fest des heiligen Josephs; er ist der Patron aller Frittaruolen, das heißt Gebacknesmacher, versteht sich Gebacknes im gröbsten Sinne. Weil nun immerfort starke Flammen unter schwarzem und siedendem Öl hervorschlagen, so gehört auch alle Feuerqual in ihr Fach; deswegen hatten sie gestern abend vor den Häusern mit Gemälden zum besten aufgeputzt: Seelen im Fegfeuer, Jüngste Gerichte glühten und flammten umher. Große Pfannen standen vor der Türe auf leicht gebauten Herden. Ein Gesell wirkte den Teig, ein anderer formte, zog ihn zu Kringlen und warf sie in die siedende Fettigkeit. An der Pfanne stand ein dritter, mit einem kleinen Bratspieße, er holte die Kringlen, wie sie gar wurden, heraus, schob sie einem vierten auf ein ander Spießchen, der sie den Umstehenden anbot; die beiden letzten waren junge Bursche mit blonden und lockenreichen Perücken, welches hier Engel bedeutet. Noch einige Figuren vollendeten die Gruppe, reichten Wein den Beschäftigten, tranken selbst und schrieen, die Ware zu loben; auch die Engel, die Köche, alle schrieen. Das Volk drängte sich herzu, denn alles Gebackene wird diesen Abend wohlfeiler gegeben und sogar ein Teil der Einnahme den Armen.

Dergleichen könnte man endlos erzählen; so geht es mit jedem Tage, immer etwas Neues und Tolleres, nur die Mannigfaltigkeit von Kleidern, die einem auf der Straße begegnet, die Menge Menschen in der einzigen Straße Toledo!

Und so gibt es noch manche originale Unterhaltung, wenn man mit dem Volke lebt; es ist so natürlich, daß man mit ihm natürlich werden könnte. Da ist zum Beispiel der Pulcinell, die eigentliche Nationalmaske, der Harlekin aus Bergamo, Hanswurst aus Tirol gebürtig. Pulcinell nun, ein wahrhaft gelassener, ruhiger, bis auf einen gewissen Grad gleichgültiger, beinahe fauler und doch humoristischer Knecht. Und so findet man überall Kellner und Hausknecht. Mit dem unsrigen macht' ich mir heute eine besondere Lust, und es war weiter nichts, als daß ich ihn schickte, Papier und Federn zu holen. Halber Mißverstand, Zaudern, guter Wille und Schalkheit brachte die anmutigste Szene hervor, die man auf jedem Theater mit Glück produzieren könnte.

Neapel, Dienstag, den 20. März

Die Kunde einer soeben ausbrechenden Lava, die für Neapel unsichtbar nach Ottajano hinunter fließt, reizte mich, zum drittenmale den Vesuv zu besuchen. Kaum war ich am Fuße desselben aus meinem zweirädrigen einpferdigen Fuhrwerk gesprungen, so zeigten sich schon jene beiden Führer, die uns früher hinauf begleitet hatten. Ich wollte keinen missen und nahm den einen aus Gewohnheit und Dankbarkeit, den andern aus Vertrauen, beide der mehreren Bequemlichkeit wegen mit mir.

Mit dem Schiff fuhr Goethe von Neapel nach Sizilien.

Sonntag, den 1. April

Um drei Uhr morgens heftiger Sturm. Im Schlaf und Halbtraum setzte ich meine dramatischen Plane[1] fort, indessen auf dem Verdeck große Bewegung war. Die Segel mußten eingenommen werden, das Schiff schwebte auf den hohen Fluten. Gegen Anbruch des Tages legte sich der Sturm, die Atmosphäre klärte sich auf. Nun lag die Insel Ustica völlig links. Eine große Schildkröte zeigte man uns in der Weite schwimmend, durch unsere Fernröhre als ein lebendiger Punkt wohl zu erkennen. Gegen Mittag konnten wir die Küste Siziliens mit ihren Vorgebirgen und Buchten ganz deutlich unterscheiden, aber wir waren sehr unter den Wind gekommen, wir lavierten an und ab. Gegen Nachmittag waren wir dem Ufer näher. Die westliche Küste, vom Lilybäischen Vorgebirge bis Capo Gallo, sahen wir ganz deutlich, bei heiterem Wetter und hell scheinender Sonne.

Eine Gesellschaft von Delphinen begleitete das Schiff an beiden Seiten des Vorderteils und schossen immer voraus. Es war lustig anzusehen, wie sie, bald von den klaren durchscheinenden Wellen überdeckt, hinschwammen, bald mit ihren Rückenstacheln und Floßfedern, grün- und goldspielenden Seiten sich über dem Wasser springend bewegten.

Da wir weit unter dem Winde waren, fuhr der Kapitän gerade auf eine Bucht zu, gleich hinter Capo Gallo. Kniep versäumte die schöne Gelegenheit nicht, die mannigfaltigsten Ansichten ziemlich im Detail zu zeichnen. Mit Sonnenuntergang wendete der Kapitän das Schiff wieder dem hohen Meer zu und fuhr nordostwärts, um

1 Die Weiterarbeit am *Tasso*.

die Höhe von Palermo zu erreichen. Ich wagte mich manchmal aufs Verdeck, doch ließ ich meinen dichterischen Vorsatz nicht aus dem Sinne und ich war des ganzen Stücks so ziemlich Herr geworden. Bei trüblichem Himmel heller Mondschein, der Widerschein auf dem Meer unendlich schön. Die Maler, um der Wirkung willen, lassen uns oft glauben, der Widerschein der Himmelslichter im Wasser habe zunächst dem Beschauer die größte Breite, wo er die größte Energie hat. Hier aber sah man am Horizont den Widerschein am breitesten, der sich, wie eine zugespitzte Pyramide, zunächst am Schiff in blinkenden Wellen endigte. Der Kapitän veränderte die Nacht noch einigemal das Manöver.

Montag, den 2. April, früh 8 Uhr

fanden wir uns Palermo gegenüber. Dieser Morgen erschien für mich höchst erfreulich. Der Plan meines Dramas war diese Tage daher, im Walfischbauch, ziemlich gediehen. Ich befand mich wohl und konnte nun auf dem Verdeck die Küsten Siziliens mit Aufmerksamkeit betrachten. Kniep zeichnete emsig fort, und durch seine gewandte Genauigkeit wurden mehrere Streifen Papier zu einem sehr schätzbaren Andenken dieses verspäteten Landens.

Palermo, Montag, den 2. April

Endlich gelangten wir mit Not und Anstrengung nachmittags um drei Uhr in den Hafen, wo uns ein höchst erfreulicher Anblick entgegen trat. Völlig hergestellt wie ich war, empfand ich das größte Vergnügen. Die Stadt gegen Norden gekehrt, am Fuß hoher Berge liegend; über ihr, der Tageszeit gemäß, die Sonne herüberscheinend. Die klaren Schattenseiten aller Gebäude sahen uns an, vom Widerschein erleuchtet. Monte Pellegrino rechts, seine zierlichen Formen im vollkommensten Lichte, links das weit hingestreckte Ufer mit Buchten, Landzungen und Vorgebirgen. Was ferner eine allerliebste Wirkung hervorbrachte, war das junge Grün zierlicher Bäume, deren Gipfel, von hinten erleuchtet, wie große Massen vegetabilischer Johanniswürmer vor den dunkeln Gebäuden hin und wider wogten. Ein klarer Duft blaute alle Schatten.

Anstatt ungeduldig ans Ufer zu eilen, blieben wir auf dem Verdeck, bis man uns wegtrieb; wo hätten wir einen gleichen Standpunkt, einen so glücklichen Augenblick so bald wieder hoffen können!

Durch die wunderbare, aus zwei ungeheuern Pfeilern bestehende Pforte, die oben nicht geschlossen sein darf, damit der turmhohe Wagen der heiligen Rosalia an dem berühmten Feste durchfahren könne, führte man uns in die Stadt und sogleich links in einen großen Gasthof. Der Wirt, ein alter behaglicher Mann, von jeher Fremde aller Nationen zu sehen gewohnt, führte uns in ein großes Zimmer, von dessen Balkon wir das Meer und die Reede, den Rosalienberg und das Ufer überschauten, auch unser Schiff erblickten und unsern ersten Standpunkt beurteilen konnten. Über die Lage unseres Zimmers höchst vergnügt, bemerkten wir kaum, daß im Grunde desselben ein erhöhter Alkoven hinter Vorhängen versteckt sei, wo sich das weitläufigste Bett ausbreitete, das, mit einem seidenen Thronhimmel prangend, mit den übrigen veralteten stattlichen Mobilien völlig übereinstimmte. Ein solches Prunkgemach setzte uns gewissermaßen in Verlegenheit, wir verlangten herkömmlicherweise Bedingungen abzuschließen. Der Alte sagte dagegen: es bedürfe keiner Bedingung, er wünsche, daß es uns bei ihm wohl gefalle. Wir sollten uns auch des

Vorsaals bedienen, welcher kühl und luftig, durch mehrere Balkone lustig, gleich an unser Zimmer stieß.

Wir vergnügten uns an der unendlich mannigfaltigen Aussicht und suchten sie im einzelnen zeichnerisch und malerisch zu entwickeln, denn hier konnte man grenzenlos eine Ernte für den Künstler überschauen.

Der helle Mondschein lockte uns des Abends noch auf die Reede und hielt nach der Rückkehr uns noch eine lange Zeit auf dem Altan. Die Beleuchtung war sonderbar, Ruhe und Anmut groß.

Palermo, Dienstag, den 3. April

Unser erstes war, die Stadt näher zu betrachten, die sehr leicht zu überschauen und schwer zu kennen ist, leicht, weil eine meilenlange Straße vom untern zum obern Tor, vom Meere bis gegen das Gebirg, sie durchschneidet und diese, ungefähr in der Mitte, von einer andern abermals durchschnitten wird: was auf diesen Linien liegt, ist bequem zu finden; das Innere der Stadt hingegen verwirrt den Fremden und er entwirrt sich nur mit Hülfe eines Führers in diesem Labyrinthe.

Gegen Abend schenkten wir unsere Aufmerksamkeit der Kutschenreihe der bekannten Fahrt vornehmerer Personen, welche sich, zur Stadt hinaus, auf die Reede begaben, um frische Luft zu schöpfen, sich zu unterhalten und allenfalls zu courtoisieren.

Zwei Stunden vor Nacht war der Vollmond eingetreten und verherrlichte den Abend unaussprechlich. Die Lage von Palermo gegen Norden macht, daß sich Stadt und Ufer sehr wundersam gegen die großen Himmelslichter verhält, deren Widerschein man niemals in den Wellen erblickt. Deswegen wir auch heute an dem heitersten Tage das Meer dunkelblau, ernsthaft und zudringlich fanden, anstatt daß es bei Neapel, von der Mittagsstunde an, immer heiterer, luftiger und ferner glänzt.

Kniep hatte mich schon heute manchen Weg und manche Betrachtung allein machen lassen, um einen genauen Kontur des Monte Pellegrino zu nehmen, des schönsten aller Vorgebirge der Welt.

Hier noch einiges zusammenfassend, nachträglich und vertraulich:

Wir fuhren Donnerstag den 29. März mit Sonnenuntergang von Neapel und landeten erst nach vier Tagen um drei Uhr im Hafen von Palermo. Ein kleines Diarium, das ich beilege, erzählt überhaupt unsere Schicksale. Ich habe nie eine Reise so ruhig angetreten als diese, habe nie eine ruhigere Zeit gehabt als auf der durch beständigen Gegenwind sehr verlängerten Fahrt, selbst auf dem Bette im engen Kämmerchen, wo ich mich die ersten Tage halten mußte, weil mich die Seekrankheit stark angriff. Nun denke ich ruhig zu euch hinüber, denn wenn irgend etwas für mich entscheidend war, so ist es diese Reise.

Hat man sich nicht ringsum vom Meere umgeben gesehen, so hat man keinen Begriff von Welt und von seinem Verhältnis zur Welt. Als Landschaftszeichner hat mir diese große simple Linie ganz neue Gedanken gegeben.

Wir haben, wie das Diarium ausweist, auf dieser kurzen Fahrt mancherlei Abwechslungen und gleichsam die Schicksale der Seefahrer im kleinen gehabt. Übrigens ist die Sicherheit und Bequemlichkeit des Paketboots nicht genug zu loben. Der Kapitän ist ein sehr braver und recht artiger Mann. Die Gesellschaft war ein ganzes Theater, gutgesittet, leidlich und angenehm. Mein Künstler, den ich bei mir habe, ist ein munterer, treuer, guter Mensch, der mit der größten Akkuratesse zeichnet;

er hat alle Inseln und Küsten, wie sie sich zeigten, umrissen, es wird euch große Freude machen, wenn ich alles mitbringe. Übrigens hat er mir, die langen Stunden der Überfahrt zu verkürzen, das Mechanische der Wasserfarbenmalerei (Aquarell), die man in Italien jetzt sehr hoch getrieben hat, aufgeschrieben: versteht sich den Gebrauch gewisser Farben, um gewisse Töne hervorzubringen, an denen man sich, ohne das Geheimnis zu wissen, zu Tode mischen würde. Ich hatte wohl in Rom manches davon erfahren, aber niemals im Zusammenhange. Die Künstler haben es in einem Lande ausstudiert wie Italien, wie dieses ist. Mit keinen Worten ist die dunstige Klarheit auszudrücken, die um die Küsten schwebte, als wir am schönsten Nachmittage gegen Palermo anfuhren. Die Reinheit der Konture, die Weichheit des Ganzen, das Auseinanderweichen der Töne, die Harmonie von Himmel, Meer und Erde. Wer es gesehen hat, der hat es auf sein ganzes Leben. Nun versteh' ich erst die Claude Lorrain und habe Hoffnung, auch dereinst in Norden aus meiner Seele Schattenbilder dieser glücklichen Wohnung hervor zu bringen. Wäre nur alles Kleinliche so rein daraus weggewaschen als die Kleinheit der Strohdächer aus meinen Zeichenbegriffen. Wir wollen sehen, was diese Königin der Inseln tun kann.

Wie sie uns empfangen hat, habe ich keine Worte auszudrücken: mit frischgrünenden Maulbeerbäumen, immer grünendem Oleander, Zitronenhecken etc. In einem öffentlichen Garten stehn weite Beete von Ranunkeln und Anemonen. Die Luft ist mild, warm und wohlriechend, der Wind lau. Der Mond ging dazu voll hinter einem Vorgebirge herauf und schien ins Meer; und diesen Genuß, nachdem man vier Tage und Nächte auf den Wellen geschwebt! Verzeiht, wenn ich mit einer stumpfen Feder aus einer Tuschmuschel, aus der mein Gefährte die Umrisse nachzieht, dieses hinkritzle. Es kommt doch wie ein Lispeln zu euch hinüber, indes ich allen die mich lieben ein ander Denkmal dieser meiner glücklichen Stunden bereite. Was es wird, sag' ich nicht, wann ihr es erhaltet, kann ich auch nicht sagen.

Dieses Blatt sollte nun, meine Geliebten, euch des schönsten Genusses, insofern es möglich wäre, teilhaft machen; es sollte die Schilderung der unvergleichlichen, eine große Wassermasse umfassenden Bucht überliefern. Von Osten herauf, wo ein flächeres Vorgebirg weit in die See greift, an vielen schroffen, wohlgebildeten, waldbewachsenen Felsen hin bis an die Fischerwohnungen der Vorstädte herauf, dann an der Stadt selbst her, deren äußere Häuser alle nach dem Hafen schauen, wie unsere Wohnung auch, bis zu dem Tore, durch welches wir hereinkamen.

Dann geht es westwärts weiter fort an den gewöhnlichen Landungsplatz, wo kleinere Schiffe anlegen, bis zu dem eigentlichen Hafen an den Molo, die Station größerer Schiffe. Da erhebt sich nun, sämtliche Fahrzeuge zu schützen, in Westen der Monte Pellegrino in seinen schönen Formen, nachdem er ein liebliches fruchtbares Tal, das sich bis zum jenseitigen Meer erstreckt, zwischen sich und dem eigentlichen festen Land gelassen.

Kniep zeichnete, ich schematisierte, beide mit großem Genuß, und nun, da wir fröhlich nach Hause kommen, fühlen wir beide weder Kräfte noch Mut, zu wiederholen und auszuführen. Unsere Entwürfe müssen also für künftige Zeiten liegen bleiben und dieses Blatt gibt euch bloß ein Zeugnis unseres Unvermögens, diese Gegenstände genugsam zu fassen, oder vielmehr unserer Anmaßung, sie in so kurzer Zeit erobern und beherrschen zu wollen.

Palermo, Mittwoch, den 4. April

Nachmittags besuchten wir das fruchtreiche und angenehme Tal, welches die südlichen Berge herab an Palermo vorbeizieht, durchschlängelt von dem Fluß Oreto. Auch hier wird ein malerisches Auge und eine geschickte Hand gefordert, wenn ein Bild soll gefunden werden, und doch erhaschte Kniep einen Standpunkt, da wo das gestemmte Wasser von einem halbzerstörten Wehr herunterfließt, beschattet von einer fröhlichen Baumgruppe, dahinter das Tal hinaufwärts die freie Aussicht und einige landwirtschaftliche Gebäude.

Die schönste Frühlingswitterung und eine hervorquellende Fruchtbarkeit verbreitete das Gefühl eines be-

Der Segestatempel in Sizilien
Aquarell von Jakob Philipp Hackert, 1777

lebenden Friedens über das ganze Tal, welches mir der ungeschickte Führer durch seine Gelehrsamkeit verkümmerte, umständlich erzählend, wie Hannibal hier vormals eine Schlacht geliefert und was für ungeheure Kriegstaten an dieser Stelle geschehen. Unfreundlich verwies ich ihm das fatale Hervorrufen solcher abge-

Goethe

Aquarell nach Johann Heinrich Wilhelm Tischbeins Gemälde »Goethe in der Campagna« (1786–1788), vermutlich 1793/94

schiedenen Gespenster. Es sei schlimm genug, meinte ich, daß von Zeit zu Zeit die Saaten, wo nicht immer von Elefanten, doch von Pferden und Menschen zerstampft werden müßten. Man solle wenigstens die Einbildungskraft nicht mit solchem Nachgetümmel aus ihrem friedlichen Traume aufschrecken.

Gegenüber dem Freunde Knebel (21. Dezember 1787) betonte Goethe, aus Sizilien und Neapel mittlerweile nach Rom zurückgekehrt, seine ausschließliche Konzentration auf Kunst und die entsprechende Gesellschaft.

Ich halte mich immer ernsthafter an die Kunst, mit der ich zeitlebens nur gespielt habe und fühle erst, was Gelegenheit und Unterricht einem eingebornen Talente, einer dringenden Neigung aufhelfen. Es versteht sich, daß ich bei meinen Jahren in der Ausführung zurückbleiben muß, in echter, bestimmter Kenntnis will ich wenigstens so weit vorwärts als möglich.

Meine Kenntnis der natürlichen Dinge hilft mir sehr fort. Es ist unsäglich, wie die Alten der Natur, und mit welchem großen Sinn sie ihr gefolgt sind.

Ich hoffe noch einige Zeit zu gewinnen, denn es wäre sehr schmerzlich, wenn ich jetzt abbrechen sollte, da ich soweit vorwärts gegangen bin. Auch glaube ich, vorerst mögt ihr mich und könnt mich wohl entbehren. Ich lebe ganz einsam mit meinen Hausgenossen, Kayser[1] ist bei uns und tut uns wohl. Die Woche sah ich Angelika[2] zweimal, es ist das beste Wesen von der Welt. Man hat

1 Philipp Christoph Kayser (1755–1823), Jugendfreund Goethes aus Frankfurt, Komponist und Musiker.

2 Angelika Kauffmann (1742–1807), Malerin in Rom.

keinen Begriff von einem solchen Talent, mit solcher Einfalt, Herzensgüte und echter Bescheidenheit. Übrigens widersteh ich allem Andringen der sogenannten großen Welt. Ich will auch keine Stunde um der Menschen willen versäumen, die mir nichts geben können und denen ich nichts geben kann.

Goethe in der Campagna
Ölgemälde von Johann Heinrich Wilhelm Tischbein, 1786–1788

Für seine Rückkehr nach Weimar bat Goethe seinen Herzog in einem langen Brief (27.–29. Mai 1787) um völlige Veränderung seines Dienstverhältnisses.

Ich bin über alle Maßen von meiner Reise zufrieden und von meinem zweiten hiesigen Aufenthalt. Ich habe mehrere interessante Menschen kennen lernen, um derentwillen ich wohl noch eine Zeit bleiben möchte, allein der erste Juni ist und bleibt zu meiner Abfahrt angesetzt, eben wie ich aus Rom bald nach Sankt Peter zu gehen gedenke. Für den ersten Anbiß habe ich nun Italien genug gekostet, wollte ich es mehr und gründlicher nutzen; so müßte ich in einigen Jahren wieder kommen, ich bin nur von Gipfel zu Gipfel geeilt und sehe nun erst recht, was mir alles an Mittelkenntnissen fehlt. Daß ich Sizilien gesehen habe, ist mir ein unzerstörlicher Schatz auf mein ganzes Leben. [...]

Diese Stadt ist für einen Fremden sehr reizend; man kann einsam und für sich leben und doch unter dem schönsten Himmel von den mannigfaltig zubereiteten Ergötzlichkeiten sein Teil wegnehmen. Ich bin neugierig, wie mir sein wird, wenn ich kein Meer künftig sehe, das ich nun drei Monate anhaltend und aus so vielen Gesichtspunkten im Auge gehabt habe. Das ist an Sizilien so lustig, daß, wenn man kaum eine Strecke ins Land hinein ist, gleich auf der andern Seite das Meer wieder erscheint und eine neue Küste uns entgegen lacht. [...]

Auf dem Schiffe habe ich manchmal an Sie gedacht, daß die präzisen und schnellen Manoeuvres Sie sehr unterhalten würden. Es ist eine respektable Maschine, an der alles ausgedacht, nichts Willkürliches ist, noch sein kann. Ich habe auf dem Hin- und Herweg vom Meere gelitten und also viel Freude verloren. Stromboli ist ein wunderlicher Anblick. Eine solche immer brennende

Esse, mitten im Meere ohne weiteres Ufer noch Küste. Die Sirenenfelsen hinter Capri aber haben uns den unvergeßlichsten Eindruck gelassen, an denen wir beinahe, auf die seltsamste Art, bei völlig heitrem Himmel, und vollkommner Meeresstille, eben durch diese Meeresstille zugrunde gegangen wären.

Lassen Sie mich nun dieses Blatt meinem eignen Verhältnisse widmen, für welches Sie so freundschaftlich und liebevoll sorgen.

Der Gedanke Schmidten[1] die nähere Aufsicht über die Kameralgeschäfte aufzutragen, hat meinen völligen Beifall, er ist auf alle Weise der rechte Mann, nur bei dem Modo habe ich zu erinnern: daß, wenn Sie ihn zum Vizepräsidenten machen und mir eine Art von Direktion lassen, alsdann ein Glied des Geheimen Consilii dem andern untergeordnet ist, welches ich nicht für ganz gut halte. Vielmehr wünschte ich: Sie entbänden mich, mit einem freundlichen Worte, meiner bisherigen Inkumbenz (und mit der gewöhnlichen Formel: auf sein Ansuchen). Machten alsdann Schmidten entweder gradezu zum Präsidenten, oder gäben ihm die Direktion, wie ich sie in Würklichkeit (nicht nach dem Reskripte) gehabt habe. Doch das sei Ihnen alles überlassen. Mein einziger Wunsch war: Sie Herr von dem Ihrigen zu wissen, alles was Sie tun, um sich die Sachen mehr nach der Hand einzurichten, kann mir nicht anders als erfreulich sein. Machen Sie diese Veränderung wann und wie Sie es für gut befinden. [...]

Mein Verhältnis zu den Geschäften ist aus meinem persönlichen zu Ihnen entstanden, lassen Sie nun ein neu Verhältnis zu Ihnen nach so manchen Jahren, aus dem

1 Johann Christoph Schmidt (1727–1807), Geheimer Legationsrat und Kammerpräsident in Weimar, Goethes Kollege im Geheimen Conseil.

bisherigen Geschäftsverhältnis entstehn. Ich bin zu allem und jedem bereit, wo und wie Sie mich brauchen wollen. Fragen Sie mich über die Symphonie, die Sie zu spielen gedenken; ich will gern jederzeit meine Meinung sagen, so wird auch mein persönlich Verhältnis zu Schmidten mich in den Stand setzen, nach Ihrem Verlangen, in allen Sachen mitzuwürken. Schon sehe ich, was mir die Reise genützt, wie sie mich aufgeklärt und meine Existenz erheitert hat. Wie Sie mich bisher getragen haben, sorgen Sie ferner für mich und tun Sie mir mehr wohl, als ich selbst kann, als ich wünschen und verlangen darf. Geben Sie mich mir selbst, meinem Vaterlande, geben Sie mich sich selbst wieder, daß ich ein neues Leben und ein neues Leben mit Ihnen anfange! Ich lege mein ganzes Schicksal zutraulich in Ihre Hände. Ich habe so ein großes und schönes Stück Welt gesehn, und das Resultat ist: daß ich nur mit Ihnen und in dem Ihrigen leben mag. Kann ich es, weniger von Detail überhäuft, zu dem ich nicht geboren bin; so kann ich zu Ihrer und zu vieler Menschen Freude leben, deswegen nehmen Sie den herzlichsten Dank für diesen neusten Vorschlag und führen Sie ihn mit Glück und Segen aus.

Auf die zustimmende Antwort Carl Augusts reagierte Goethe froh:

Rom, den 17. März 1788

Ihren freundlichen, herzlichen Brief beantworte ich sogleich mit einem fröhlichen: ich komme! So werden meine Hoffnungen, Wünsche und so wird mein erster Vorsatz erfüllt. Ich fühle ganz den Umfang Ihrer Güte, mein erster und nächster Dank soll eine unbedingte

Aufrichtigkeit sein. Die Zartheit, womit Sie mich behandeln, heißt mich alle sogenannte Delikatessen zu vermeiden, welche genau betrachtet wohl öfter Prätensionen scheinen möchten.

Fast unmittelbar nach seiner Rückkehr aus Italien lernte Goethe, selber 39jährig, die 16 Jahre jüngere und aus einfachsten Verhältnissen stammende Christiane Vulpius kennen, zu der sich alsbald eine sinnlich-leidenschaftliche Beziehung entwickelte – was die Weimarer Gesellschaft und vor allem die Seelenfreundin der ersten zehn Weimarer Jahre, Charlotte von Stein, äußerst düpierte. Zu der letzteren war schon seit der abschiedslosen Abreise nach Italien das Verhältnis getrübt, jetzt kam es zum vorläufigen Bruch, das Verhältnis sollte distanziert bleiben. Am 1. Juni 1789 schreibt Goethe an Charlotte von Stein:

Ich danke dir für den Brief, den du mir zurückließest, wenn er mich gleich auf mehr als eine Weise betrübt hat. Ich zauderte darauf zu antworten, weil es in einem solchen Falle schwer ist aufrichtig zu sein und nicht zu verletzen.

Wie sehr ich dich liebe, wie sehr ich meine Pflicht gegen dich und Fritzen[1] kenne, hab ich durch meine Rückkunft aus Italien bewiesen. Nach des Herzogs Willen wäre ich noch dort, Herder ging hin und da ich nicht voraussah dem Erbprinzen etwas sein zu können, hatte ich kaum etwas anders im Sinne als dich und Fritzen. Was ich in Italien verlassen habe, mag ich nicht wiederholen, du hast mein Vertrauen darüber unfreundlich genug aufgenommen.

1 Sohn von Charlotte von Stein, geb. 1772.

Christiane Vulpius in Goethes Wohnung im Jägerhaus
Zeichnung von Johann Heinrich Lips, 1791

Leider warst du, als ich ankam, in einer sonderbaren Stimmung und ich gestehe aufrichtig: daß die Art, wie du mich empfingst, wie mich andre nahmen, für mich äußerst empfindlich war. Ich sah Herdern, die Herzogin verreisen, einen mir dringend angebotnen Platz im Wagen leer, ich blieb um der Freunde willen, wie ich um ihrentwillen gekommen war und mußte mir in demselben Augenblick hartnäckig wiederholen lassen, ich hätte nur wegbleiben können, ich nehme doch keinen Teil an den Menschen usw. Und das alles, eh von einem Verhältnis die Rede sein konnte, das dich so sehr zu kränken scheint.

Und welch ein Verhältnis ist es? Wer wird dadurch verkürzt? Wer macht Anspruch an die Empfindungen, die ich dem armen Geschöpf gönne? Wer an die Stunden, die ich mit ihr zubringe?

Frage Fritzen, die Herdern, jeden, der mir näher ist, ob ich unteilnehmender, weniger mitteilend, untätiger für meine Freunde bin als vorher? Ob ich nicht vielmehr ihnen und der Gesellschaft erst recht angehöre.

Und es müßte durch ein Wunder geschehen, wenn ich allein zu dir, das beste, innigste Verhältnis verloren haben sollte.

Wie lebhaft habe ich empfunden, daß es noch da ist, wenn ich dich einmal gestimmt fand mit mir über interessante Gegenstände zu sprechen.

Aber das gestehe ich gern, die Art, wie du mich bisher behandelt hast, kann ich nicht erdulden. Wenn ich gesprächig war, hast du mir die Lippen verschlossen, wenn ich mitteilend war, hast du mich der Gleichgültigkeit, wenn ich für Freunde tätig war, der Kälte und Nachlässigkeit beschuldigt. Jede meiner Mienen hast du kontrolliert, meine Bewegungen, meine Art zu sein getadelt und mich immer mal à mon aise gesetzt. Wo sollte da Vertrauen und Offenheit gedeihen, wenn du mich mit vorsätzlicher Laune von dir stießest.

Ich möchte gern noch manches hinzufügen, wenn ich nicht befürchtete, daß es dich bei deiner Gemütsverfassung eher beleidigen als versöhnen könnte.

Unglücklicherweise hast du schon lange meinen Rat in Absicht des Kaffees verachtet und eine Diät eingeführt, die deiner Gesundheit höchst schädlich ist. Es ist nicht genug, daß es schon schwer hält manche Eindrücke moralisch zu überwinden, du verstärkst die hypochondrische quälende Kraft der traurigen Vorstellungen durch ein physisches Mittel, dessen Schädlichkeit du eine Zeitlang wohl eingesehn und das du, aus Liebe zu mir, auch eine Weile vermieden und dich wohl befunden hattest. Möge dir die Kur, die Reise recht wohl bekommen. Ich gebe die Hoffnung nicht ganz auf, daß du mich wieder erkennen werdest. Lebe wohl. Fritz ist vergnügt und besucht mich fleißig. Der Prinz befindet sich frisch und munter.

Das Familienleben mit Christiane Vulpius und dem bereits Weihnachten 1789 geborenen Sohn August wurde immer wieder unterbrochen sowohl durch dienstliche Reisen Goethes im Auftrag seines Herzogs, durch lange Kuraufenthalte jeweils im Sommer, durch Reisen an den Rhein und in die Schweiz und durch ebenso lange Besuche in Jena, wo seit 1789 der spätere Freund und Dichterkollege Schiller lebte. Die erste große Trennung von Christiane war der Feldzug der monarchistischen Alliierten, die 1792 gegen das revolutionäre Frankreich zu Feld zogen, die Campagne in Frankreich, die Goethe begleitete.

In zwei Liebesbriefen aus dem Feldlager in Frankreich wird Goethes Versuch deutlich, die junge Geliebte über die Trennung zu trösten. Am 8. September 1792 schreibt er aus der Nähe von Verdun:

Wir stehen noch bei Verdun, werden aber wohl bald vorwärts gehen, ich befinde mich recht wohl und habe keine Zeit hypochondrisch zu sein. Wäre es möglich, daß ich dich um mich hätte; so wollte ich mirs nicht besser wünschen. Ich denke immer an dich und den Kleinen und besuche dich im Hause und im Garten und denke mir schon, wie hübsch alles sein wird, wenn ich wieder komme. Du mußt mich aber nur lieb behalten und nicht mit den Äugelchen zu verschwenderisch umgehen.

Goethe und sein Sohn August

Kreidezeichnungen von Johann Heinrich Lips,
1791 und 1794

Eh wir hier abreisen, wird ein Körbchen abgehen mit Liqueur und Zuckerwerk, davon genieße was mit Herrn Meyer[1], das übrige hebe auf, ich schicke dir noch allerlei in die Haushaltung. Wenn dieser Brief ankommt, bist du vielleicht schon im vordern Quartier. Richte nur alles wohl ein und bereite dich eine liebe kleine Köchin zu werden. Es ist doch nichts besser, als wenn man sich liebt und zusammen ist. Lebe recht wohl und bleibe mein. Ich habe dich recht herzlich lieb.

10. September 1792

Ich habe dir schon viele Briefchen geschrieben und weiß nicht, wenn sie nach und nach bei dir ankommen werden. Ich habe versäumt die Blätter zu numerieren und fange jetzt damit an. Du erfährst wieder, daß ich mich wohl befinde, du weißt, daß ich dich herzlich lieb habe. Wärst du nur jetzt bei mir! Es sind überall große breite Betten und du solltest dich nicht beklagen, wie es manchmal zu Hause geschieht. Ach! mein Liebchen! Es ist nichts besser als beisammen zu sein. Wir wollen es uns immer sagen, wenn wir uns wieder haben. Denke nur! Wir sind so nah an Champagne und finden kein gut Glas Wein. Auf dem Frauenplan solls besser werden, wenn nur erst mein Liebchen Küche und Keller besorgt.

Sei ja ein guter Hausschatz und bereite mir eine hübsche Wohnung. Sorge für das Bübchen und behalte mich lieb.

Behalte mich ja lieb! denn ich bin manchmal in Gedanken eifersüchtig und stelle mir vor: daß dir ein andrer besser gefallen könnte, weil ich viele Männer hüb-

1 Johann Heinrich Meyer (1759–1832), Maler und Kunsthistoriker, seit 1792 Professor an der Akademie in Weimar, Goethes Kunstfreund.

scher und angenehmer finde als mich selbst. Das mußt du aber nicht sehen, sondern du mußt mich für den besten halten, weil ich dich ganz entsetzlich lieb habe und mir außer dir nichts gefällt. Ich träume oft von dir, allerlei konfuses Zeug, doch immer, daß wir uns lieb haben. Und dabei mag es bleiben.

Dem Weimarer Politiker Christian Karl Gottlob von Voigt übersendete Goethe am 10. September 1792 einen kurzen Lagebericht.

Daß die Armee nach dem Sprunge von Longwy nach Verdun wieder still steht, um sich gleich einer Heuschrecke zu einem neuen Sprunge vorzubereiten, wissen Sie und vielleicht ehe Sie diesen Brief erhalten, ist der zweite auch schon getan. Es ist höchst interessant gegenwärtig zu sein da, wo nichts Gleichgültiges geschehen darf. Den Kriegsgang unter einem so großen Feldherrn und die französische Nation zu gleicher Zeit näher kennen zu lernen gibt auch einem müßigen Zuschauer Unterhaltung genug. [...] So viel ist zu sehen, daß sich die Unternehmung in die Länge zieht. Das Unternehmen ist immer ungeheuer, so groß auch die Mittel sind. [...]

Eben wird gemeldet daß man morgen wieder marschiert. Die Franzosen stehen ganz nahe, wenn sie halten, so kann viel entschieden werden.

Über die entscheidende Episode der Campagne, die Kanonade von Valmy, die die Niederlage und überstürzte Flucht der monarchistischen Alliierten einleitete, berichtet Goethe in seiner »Campagne in Frankreich«.

Indessen dauerte die Kanonade immer fort: Kellermann[1] hatte einen gefährlichen Posten bei der Mühle von Valmy, dem eigentlich das Feuern galt; dort ging ein Pulverwagen in die Luft und man freute sich des Unheils, das er unter den Feinden angerichtet haben mochte. Und so blieb alles eigentlich nur Zuschauer und Zuhörer, was im Feuer stand und nicht. Wir hielten auf der Chaussee von Châlons an einem Wegweiser der nach Paris deutete. [...]

Alles dieses ging unter anhaltender Begleitung des Kanonendonners vor. Von jeder Seite wurden an diesem Tage zehntausend Schüsse verschwendet, wobei auf unserer Seite nur zwölfhundert[2] Mann und auch diese ganz unnütz fielen. Von der ungeheuren Erschütterung klärte sich der Himmel auf: denn man schoß mit Kanonen völlig als wär' es Pelotonfeuer, zwar ungleich, bald abnehmend bald zunehmend. Nachmittags ein Uhr, nach einiger Pause, war es am gewaltsamsten, die Erde bebte im ganz eigentlichsten Sinne und doch sah man in den Stellungen nicht die mindeste Veränderung. Niemand wußte was daraus werden sollte.

Ich hatte so viel vom Kanonenfieber gehört und wünschte zu wissen wie es eigentlich damit beschaffen sei. Langeweile und ein Geist den jede Gefahr zur Kühnheit, ja zur Verwegenheit aufruft, verleitete mich ganz gelassen nach dem Vorwerk la Lune hinaufzureiten. Dieses war wieder von den Unsrigen besetzt, gewährte jedoch einen gar wilden Anblick. Die zerschosse-

1 Friedrich Christoph Kellermann (1735–1820), Herzog von Valmy, französischer Marschall.

2 Die hohe Zahl der preußischen Gefallenen ist historisch inkorrekt, vielmehr betrugen die preußischen Verluste 184 Soldaten; die Zahl, die hier auftaucht, geht wahrscheinlich auf einen Hörfehler beim Diktieren des Textes zurück.

nen Dächer, die herumgestreuten Weizenbündel, die darauf hie und da ausgestreckten tödlich Verwundeten und dazwischen noch manchmal eine Kanonenkugel, die sich herüberverirrend in den Überresten der Ziegeldächer klapperte.

Ganz allein, mir selbst gelassen, ritt ich links auf den Höhen weg und konnte deutlich die glückliche Stellung der Franzosen überschauen; sie standen amphitheatralisch in größter Ruh und Sicherheit, Kellermann jedoch auf dem linken Flügel eher zu erreichen.

Mir begegnete gute Gesellschaft, es waren bekannte Offiziere vom Generalstabe und vom Regiment, höchst verwundert mich hier zu finden. Sie wollten mich wieder mit sich zurücknehmen, ich sprach ihnen aber von besondern Absichten und sie überließen mich ohne weiteres meinem bekannten wunderlichen Eigensinn.

Ich war nun vollkommen in die Region gelangt wo die Kugeln herüber spielten; der Ton ist wundersam genug, als wär' er zusammengesetzt aus dem Brummen des Kreisels, dem Butteln des Wassers und dem Pfeifen eines Vogels. Sie waren weniger gefährlich wegen des feuchten Erdbodens; wo eine hinschlug blieb sie stecken, und so ward mein törichter Versuchsritt wenigstens vor der Gefahr des Ricochetierens[1] gesichert.

Unter diesen Umständen konnt' ich jedoch bald bemerken, daß etwas Ungewöhnliches in mir vorgehe; ich achtete genau darauf und doch würde sich die Empfindung nur gleichnisweise mitteilen lassen. Es schien als wäre man an einem sehr heißen Orte, und zugleich von derselben Hitze völlig durchdrungen, so daß man sich mit demselben Element, in welchem man sich befindet, vollkommen gleich fühlt. Die Augen verlieren nichts an

1 Wiederabprallen der Kugeln nach dem Aufschlagen.

ihrer Stärke, noch Deutlichkeit: aber es ist doch als wenn die Welt einen gewissen braunrötlichen Ton hätte, der den Zustand sowie die Gegenstände noch apprehensiver macht. Von Bewegung des Blutes habe ich nichts bemerken können, sondern mir schien vielmehr alles in jener Glut verschlungen zu sein. Hieraus erhellet nun in welchem Sinne man diesen Zustand ein Fieber nennen könne. Bemerkenswert bleibt es indessen, daß jenes gräßlich Bängliche nur durch die Ohren zu uns gebracht wird; denn der Kanonendonner, das Heulen, Pfeifen, Schmettern der Kugeln durch die Luft ist doch eigentlich Ursache an diesen Empfindungen.

Als ich zurückgeritten und völlig in Sicherheit war, fand ich bemerkenswert, daß alle jene Glut sogleich erloschen und nicht das mindeste von einer fieberhaften Bewegung übrig geblieben sei. Es gehört übrigens dieser Zustand unter die am wenigsten wünschenswerten; wie ich denn auch unter meinen lieben und edlen Kriegskameraden kaum einen gefunden habe der einen eigentlich leidenschaftlichen Trieb hiernach geäußert hätte.

So war der Tag hingegangen; unbeweglich standen die Franzosen, Kellermann hatte auch einen bequemern Platz genommen; unsere Leute zog man aus dem Feuer zurück, und es war eben, als wenn nichts gewesen wäre. Die größte Bestürzung verbreitete sich über die Armee. Noch am Morgen hatte man nicht anders gedacht als die sämtlichen Franzosen anzuspießen und aufzuspeisen, ja mich selbst hatte das unbedingte Vertrauen auf ein solches Heer, auf den Herzog von Braunschweig, zur Teilnahme an dieser gefährlichen Expedition gelockt; nun aber ging jeder vor sich hin, man sah sich nicht an, oder wenn es geschah so war es um zu fluchen, oder zu verwünschen. Wir hatten, eben als es Nacht werden wollte, zufällig einen Kreis geschlossen, in dessen Mitte nicht einmal wie gewöhnlich ein Feuer konnte angezündet werden, die meisten schwiegen, einige sprachen, und es fehlte doch eigentlich einem jeden Besinnung und Urteil. Endlich rief man mich auf, was ich dazu denke, denn ich hatte die Schar gewöhnlich mit kurzen Sprüchen erheitert und erquickt; diesmal sagte ich: »Von hier und heute geht eine neue Epoche der Weltgeschichte aus, und ihr könnt sagen, ihr seid dabei gewesen.«

Die Belagerung der zu den Revolutionären übergetretenen Stadt Mainz und das Bombardement der Stadt durch die monarchistischen Alliierten Ende Mai 1793 bedeutete für Goethe die Zerstörung vieler Stätten kindheitlicher Erinnerungen. An Christiane Vulpius schrieb er am 29. Mai 1793:

Ich bin nun wieder, meine Beste, im Lager angelangt und es sieht ein gut Teil besser aus als vor dem Jahre. Man muß nur alles Gute und Bequeme, was man zu Hause verließ, eine Zeitlang aus dem Sinne schlagen, so kann es wohl angehen. Abwechslung gibt es genug und viel zu sehen und zu hören. Der Herzog ist recht wohl. Die Armee steht um eine große Stadt, über ein paar Flüsse weg und man schießt Tag und Nacht. Ich wollte, du wärst bei mir, so möchte das andre hingehn. Ich war in ein Dorf recht schön einquartiert, da haben mich die Wanzen wie gewöhnlich heraus gejagt. Nun schlafe ich wieder im Zelte, angezogen, in einer Strohbucht und habe eine Decke, die uns, hoffe ich, bald wieder zusammen zudecken soll. Ich denke viel an dich, küsse dich und den Kleinen in Gedanken. [...]

Den 31.

Heute nacht sind wir unsanft geweckt worden. Die Franzosen attackierten das Hauptquartier, ein Dorf ohngefähr eine halbe Stunde von uns. Das Feuer war sehr lebhaft, sie wurden endlich zurückgetrieben.

Deiner Bitte eingedenk bin ich erst, da es Tag war und alles vorbei, hinunter geritten. Da lagen die armen Verwundeten und Toten und die Sonne ging hinter Mainz sehr prächtig auf.

Behalte mich lieb, ich werde mich um deinetwillen schonen, denn du bist mein Liebstes auf der Welt. Küsse den Kleinen. Ich hoffe wir sehen uns bald wieder. Ich schreibe dir von Zeit zu Zeit.

1794 besuchte Schiller, mit dem Goethe schnell eine poetische Arbeitsgemeinschaft begründete, Weimar. Einer der ersten Briefe Goethes an Schiller vom 27. August 1794 drückt die Hoffnung auf eine fruchtbare und freundschaftliche Zusammenarbeit aus.

Zu meinem Geburtstage, der mir diese Woche erscheint, hätte mir kein angenehmer Geschenk werden können als Ihr Brief, in welchem Sie, mit freundschaftlicher Hand, die Summe meiner Existenz ziehen und mich, durch Ihre Teilnahme, zu einem emsigern und lebhafteren Gebrauch meiner Kräfte aufmuntern.

Reiner Genuß und wahrer Nutzen kann nur wechselseitig sein, und ich freue mich, Ihnen gelegentlich zu entwickeln: was mir Ihre Unterhaltung gewährt hat, wie ich von jenen Tagen an auch eine Epoche rechne, und wie zufrieden ich bin, ohne sonderliche Aufmunterung auf meinem Wege fortgegangen zu sein, da es nun scheint,

Friedrich Schiller

Gemälde von Anton Graff, 1785

als wenn wir, nach einem so unvermuteten Begegnen, miteinander fortwandern müßten. Ich habe den redlichen und so seltenen Ernst, der in allem erscheint, was Sie geschrieben und getan haben, immer zu schätzen gewußt, und ich darf nunmehr Anspruch machen, durch Sie selbst mit dem Gange Ihres Geistes, besonders in den letzten Jahren, bekannt zu werden. Haben wir uns wechselseitig die Punkte klar gemacht, wohin wir gegenwärtig gelangt sind, so werden wir desto ununterbrochner gemeinschaftlich arbeiten können.

Alles, was an und in mir ist, werde ich mit Freuden mitteilen. Denn da ich sehr lebhaft fühle, daß mein Unternehmen das Maß der menschlichen Kräfte und ihrer irdischen Dauer weit übersteigt, so möchte ich manches bei Ihnen deponieren und dadurch nicht allein erhalten, sondern auch beleben.

Wie groß der Vorteil Ihrer Teilnehmung für mich sein wird, werden Sie bald selbst sehen, wenn Sie, bei näherer Bekanntschaft, eine Art Dunkelheit und Zaudern bei mir entdecken werden, über die ich nicht Herr werden kann, wenn ich mich ihrer gleich sehr deutlich bewußt bin. Doch dergleichen Phänomene finden sich mehr in unsrer Natur, von der wir uns denn doch gerne regieren lassen, wenn sie nur nicht gar zu tyrannisch ist.

Ich hoffe bald einige Zeit bei Ihnen zuzubringen, und dann wollen wir manches durchsprechen.

Leider habe ich meinen Roman[1], wenige Wochen vor Ihrer Einladung, an Unger[2] gegeben und die ersten gedruckten Bogen sind schon in meinen Händen. Mehr als einmal habe ich diese Zeit gedacht, daß er für die Zeitschrift recht schicklich gewesen wäre; es ist das einzige, was ich noch habe, das Masse macht, und das eine Art von problematischer Komposition ist, wie sie die guten Deutschen lieben.

Das erste Buch schicke ich, sobald die Aushängebogen beisammen sind. Die Schrift ist schon so lange geschrieben, daß ich im eigentlichsten Sinne jetzt nur der Herausgeber bin.

1 *Wilhelm Meisters Lehrjahre.*
2 Friedrich Gottlob Unger (1753–1804), Verleger in Berlin.

Goethe

Aquarell von Johann Heinrich Meyer, um 1794

Wäre sonst unter meinen Ideen etwas, das zu jenem Zweck aufgestellt werden könnte, so würden wir uns leicht über die schicklichste Form vereinigen, und die Ausführung sollte uns nicht aufhalten.

Leben Sie recht wohl und gedenken mein in Ihrem Kreise.

Nach der Entlassung aus den alten Dienstpflichten, die der Herzog ihm bei der Rückkunft aus Italien gewährt hatte, kümmerte Goethe sich vorrangig – neben den literarischen Arbeiten – um Künste und Wissenschaften im Herzogtum. Sein Brief an Knebel vom 28. März 1797 gibt ausführlich Auskunft über die Verhältnisse in der Universitätsstadt Jena.

Ich habe dir, mein werter Freund, lange nicht geschrieben und dich nicht, wie ich vorhatte, eingeladen, es hat sich diesmal alles so gedrängt, daß mich die Mannigfaltigkeit der Existenz und die Anforderungen des Tages fast betäubt haben. Wenn du mein Gedicht sehen wirst, das beinahe ganz geendigt und von vorn bis hinten nochmals durchgearbeitet ist, so wirst du am besten beurteilen können, daß ich diese vier Wochen nicht müßig war. Dann fordert die Tätigkeit der Freunde und Kunstverwandten auch noch zur Teilnahme auf. Schiller ist fleißig an seinem Wallenstein, der ältere Humboldt arbeitet an der Übersetzung des Agamemnon von Äschylus, der ältere Schlegel an einer des Julius Cäsar von Shakespeare, und indem ich so sehr Ursache habe über die Natur des epischen Gedichts nachzudenken, so werde ich zugleich veranlaßt auch auf das Trauerspiel aufmerksam zu sein, wodurch denn manches besondere Verhaltnis zur Sprache kommt.

Dabei bringt noch die Gegenwart des jüngern von Humboldt, die allein hinreichte eine ganze Lebensepoche interessant auszufüllen, alles in Bewegung, was nur chemisch, physisch und physiologisch interessant sein kann, so daß es mir manchmal recht schwer ward mich in meinen Kreis zurück zu ziehen.

Nimmst du nun dazu, daß Fichte[1] eine neue Dar-

1 Johann Gottlieb Fichte (1762–1814), Philosoph, seit 1794 Professor in Jena.

Wilhelm von Humboldt
Zeichnung von Johann Joseph Schmeller, wahrscheinlich 1826

stellung seiner Wissenschaftslehre, im Philosophischen Journal, herauszugeben anfängt, und daß ich, bei der spekulativen Tendenz des Kreises, in dem ich lebe, wenigstens im ganzen Anteil daran nehmen muß, so wirst du leicht sehen, daß man manchmal nicht wissen mag, wo einem der Kopf steht, besonders wenn noch reichliche Abendessen die Nacht verkürzen und die den Studien so nötige Mäßigkeit nicht begünstigen. Ich freue mich daher bald wieder nach Weimar zu kommen, um mich wieder in einem andern Kreise zu erholen. Unglaublich aber ist's, was für ein Treiben die wissenschaftlichen Dinge herumpeitscht und mit welcher Schnelligkeit die jungen Leute das, was sich erwerben läßt, ergreifen. Lebe indessen wohl in deinem ruhigen Garten, wo ich dich zu Ende der Woche wieder zu sehen hoffe.

Die Reise in die Schweiz 1797 führte Goethe über Frankfurt, von wo aus er dem Herzog ausführlich über die dort angetroffenen Verhältnisse berichtete.

Frankfurt, den 8. August

Zum erstenmale habe ich die Reise aus Thüringen nach dem Mainstrome durchaus bei Tage, mit Ruhe und Bewußtsein gemacht und das deutliche Bild der verschiedenen Gegenden, ihrer Charaktere und Übergänge war mir sehr lebhaft und angenehm, auch war die Witterung, bis auf wenige heiße Stunden, erwünscht und der Moment wegen der heranreifenden Feldfrüchte sehr bedeutend. In Thüringen stand alles zum schönsten, im Fuldischen fanden wir die Mandeln auf dem Felde, und zwischen Hanau und Frankfurt nur noch die Stoppeln. Vom Wein verspricht man sich nicht viel, das Obst ist gut geraten.

In Frankfurt ist alles tätig und lebhaft. Ihre Zeit ist nur zwischen Erwerben und Verzehren geteilt und das vielfache Unglück scheint nur einen allgemeinen Leichtsinn bewirkt zu haben. Die Millionen, die man hingeben mußte, sind, so wie die Not jener Augenblicke, vergessen und jedermann findet es äußerst unbequem, daß er nun zu den Interessen und Abzahlungen auch das Seinige beitragen soll. Jedermann beklagt sich über die äußerste Teurung, und fährt doch fort Geld auszugeben und den Luxus zu vermehren, über den er sich beschwert. Doch habe ich auch schon einige wunderliche und unerwartete Ausnahmen bemerken können.

Gestern abend entstand auf einmal ein lebhafter Friedensruf, inwiefern er gegründet sei, muß sich bald zeigen.

Ich habe mich in diesen wenigen Tagen schon viel umgesehen, bin die Stadt umfahren und umgangen, außen und innen entsteht ein Gebäude nach dem andern, und der bessere und größere Geschmack läßt sich bemerken, obgleich auch hier und da wieder mancher Rückschritt geschieht. Gestern war ich im Schweizerischen Hause, das auch inwendig viel Gutes enthält, besonders hat mir die Art der Fenster sehr wohl gefallen, ich werde ein kleines Modell davon an die Schloßbaukommission schicken.

Das hiesige Theater hat gute Subjekte, im ganzen ist es aber für eine so große Anstalt viel zu schwach besetzt, die Lücken, welche bei Ankunft der Franzosen entstunden, sind noch nicht wieder ausgefüllt. Auf den Sonntag wird Palmyra gegeben, worauf ich sehr neugierig bin.

Am 9. August 1797

Das allgemeine Gespräch und Interesse ist heute die Feier des morgenden Tages, die in Wetzlar begangen werden soll, man erzählt Wunderdinge davon: Zwanzig Generäle sollen derselben beiwohnen, von allen Regimentern sollen Truppen dazu gesammelt werden, militarische Evolutionen sollen geschehen. Gerüste sind aufgerichtet und was dergleichen mehr ist. Indessen fürchten die Einwohner bei dieser Gelegenheit böse Szenen, mehrere haben sich entfernt, man will heute abend schon kanonieren gehört haben. Indessen lebt man hier in vollkommner Sicherheit und jeder treibt sein Handwerk, eben als wenn nichts gewesen wäre. Man hält den Frieden für gewiß und schmeichelt sich, daß der Kongreß hier sein werde, ob man gleich nicht weiß, wo man die Gesandtschaften unterbringen will. Wenn alles ruhig bleibt, so wird die nächste Messe über die Maßen voll und glänzend werden, es sind schon viele Quartiere bestellt und die Gastwirte und andere Einwohner setzen unerhörte Preise auf ihre Zimmer.

Gestern war ich bei Herrn von Schwartzkopf[1], der mit seiner jungen Frau auf einem Bethmannischen Gute wohnt. Es liegt sehr angenehm, eine starke halbe Stunde von der Stadt, vor dem Eschenheimer Tore, auf einer sanften Anhöhe, von der man vorwärts die Stadt und den ganzen Grund, worin sie liegt, und hinterwärts den Niddagrund bis an das Gebirg übersieht. Das Gut gehörte ehemals der Familie der von Riese, und ist wegen der Steinbrüche bekannt, die sich in dem Bezirk desselben befinden. Der ganze Hügel besteht aus Basalt und der Feldbau wird in einem Erdreiche getrieben, das aus Verwitterung dieser Gebirgsart besteht, es ist auf der Höhe ein wenig steinig, aber Früchte und Obstbäume gedeihen vortrefflich. Bethmanns haben viel dazu gekauft und meine Mutter hat ihnen ein schönes Baumstück, das unmittelbar daran stößt, abgelassen.

Die Fruchtbarkeit des herrlichen Grundes um Frankfurt und die Mannigfaltigkeit seiner Erzeugnisse erregt Erstaunen und an den neuen Zäunen, Staketen und Lusthäusern, die sich weit um die Stadt umher verbreiten, sieht man, wie viele wohlhabende Leute in der letzten Zeit nach größern und kleinern Stücken eines fruchtbaren Bodens gegriffen haben. Das große Feld, worauf

1 Joachim von Schwartzkopf (1766–1806), Geheimer Legationsrat in Frankfurt.

nur Gemüse gebauet wird, gewährt in der jetzigen Jahrszeit einen sehr angenehmen und mannigfaltigen Anblick.

Überhaupt ist die Lage, wie ich sie an einem schönen Morgen vom Turme wiedergesehen, ganz herrlich, und zu einem heitern und sinnlichen Genusse ausgestattet, deswegen sich die Menschen auch so frühzeitig hier angesiedelt und ausgebreitet haben. Merkwürdig war mir die frühzeitige städtische Kultur, da ich gestern las: daß schon 1474 befohlen ward die Schindeldächer wegzutun, da schon früher die Strohdächer abgeschafft waren. Es läßt sich denken, wie in dreihundert Jahren ein solches Beispiel auf die ganze Gegend gewirkt haben müsse.

Am 25. August traf Goethe in Heidelberg ein, am 7. September in Tübingen.

25. August. Heidelberg. Früh nach 7 Uhr von Frankfurt ab. Auf dem Sachsenhäuser Berge vieler und wohlgehaltner Weinbau, nebliches bedecktes, angenehmes Wetter. Die Chaussee mit Kalkstein ausgebessert. Hinter der Warte Wald. Der Kletterer, der mit dem Strick und zwei Eisen an den Schuhen auf die starken und hohen Buchen stieg. Welsches Dorf. Totliegendes an der Chaussee aus den Hügeln bei Langen. Sprendlingen. Basalt im Pflaster und auf der Chaussee bis Langen, muß sehr häufig in dieser flach erhobnen Gegend brechen wie drüben bei Frankfurt; sandiges, fettes, flaches Land, viel Feldbau, aber mager. Ich sah seit Neapel zum erstenmal wieder die Kinder auf der Straße die Pferdeexkremente in Körbchen sammeln. Um 10 Uhr in Langen. Der Boden wird etwas besser; aus Darmstadt um 12½, nachdem wir in einer Viertelstunde expediert worden waren. Auf der Chaussee finden sich nun Steine des Grundgebirgs: Syenite, Porphyre, Tonschiefer und andere Steinarten in dieser Epoche. Darmstadt hat eine artige Lage vor dem Gebirg und ist wahrscheinlich durch die Fortsetzung des Wegs aus der Bergstraße nach Frankfurt und früheren Zeiten entstanden.

7. September. Tübingen. Wir kamen um 8½ an. Ähnliche Kultur bis Dettenhausen, doch rauher und ohne Weinberg. Weiber und Kinder brachen in Gesellschaften Flachs in der Gegend. Weiter hin wird es etwas flächer. Trift, einzelne Eichbäume. Schöne Ansicht der nunmehr nähern Neckarberge; Blick ins mannigfaltige Neckartal. Lustnau, gemischte Kultur, Wiese, Wald, Trift, Garten, Weinberg. Man sieht das Tübinger Schloß und Tübingen, eine anmutige Aue führt bis hinein. Bei Herrn Cotta[1] eingekehrt, Bekanntschaft mit Herrn Apotheker Dr. Gmelin. Gegen Abend mit beiden ausspaziert die Gegend zu sehen. Erst das Ammertal, dann aus dem Garten des letzten auch zugleich das Neckartal. Ein Rücken eines Sandsteingebirges, das aber schön bebaut ist, trennt beide Täler, auf einem kleinen Einschnitt dieses Rückens liegt Tübingen wie auf einem Sattel und macht Face gegen beide Täler.

Das Tagebuch von der Schweizreise dokumentiert ausführlich die Wahrnehmung der als bedeutend aufgefaßten Natur.

18. September. Schaffhausen. Um 6½ Uhr ausgefahren. Grüne Wasserfarbe, Ursache derselben.

1 Der Tübinger Verleger Johann Friedrich von Cotta (1764–1832) wurde zum wichtigsten Verleger von Goethes Schriften.

Nebel, der die Höhen einnahm. Die Tiefe war klar, man sah das Schloß Laufen halb im Nebel. Der Dampf des Rheinfalls, den man recht gut unterscheiden konnte, vermischte sich mit dem Nebel und stieg mit ihm auf.

Gedanke an Ossian[1]. Liebe zum Nebel bei heftig innern Empfindungen.

Uwiesen, ein Dorf. Weinberge, unten Feld.

Oben klärte sich der Himmel langsam auf, die Nebel lagen noch auf den Höhen.

Laufen. Man steigt hinab und steht auf Kalkfelsen.

Teile der sinnlichen Erscheinung des Rheinfalls, vom hölzernen Vorbau gesehen. Felsen, in der Mitte stehende, von dem höhern Wasser ausgeschliffne, gegen die das Wasser herabschießt.

Ihr Widerstand; einer oben, und der andere unten, werden völlig überströmt. Schnelle Wellen. Locken Gischt im Sturz. Gischt unten im Kessel, siedende Strudel im Kessel. Der Vers legitimiert sich:

Es wallet und siedet und brauset und zischt pp.

Wenn die strömenden Stellen grün aussehen, so erscheint der nächste Gischt leise purpur gefärbt.

Unten strömen die Wellen schäumend ab, schlagen hüben und drüben ans Ufer, die Bewegung verklingt weiter hinab, und das Wasser zeigt im Fortfließen seine grüne Farbe wieder.

Erregte Ideen

Gewalt des Sturzes. Unerschöpfbarkeit als wie ein Unnachlassen der Kraft. Zerstörung, Bleiben, Dauern, Bewegung, unmittelbare Ruhe nach dem Fall.

1 Name eines angeblichen spätmittelalterlichen schottischen Ependichters, unter dem der Schotte Macpherson 1760–1765 gefälschte Texte mit großem Erfolg unters Publikum brachte.

Beschränkung durch Mühlen drüben, durch einen Vorbau hüben; ja es war möglich, die schönste Ansicht dieses herrlichen Natur-Phänomens wirklich zu verschließen.

Umgebung. Weinberge, Feld, Wäldchen.

Bisher war Nebel, zu besonderm Glücke und Bemerkung des Details; die Sonne trat hervor und beleuchtete auf das Schönste schief von der Hinterseite das Ganze. Das Sonnenlicht teilte nun die Massen ab, bezeichnete alles Vor- und Zurückstehende, verkörperte die ungeheure Bewegung.

Das Streben der Ströme gegeneinander schien gewaltsam zu werden, weil man ihre Richtung und Abteilungen deutlicher sah. Stark spritzende Massen aus der Tiefe zeichneten sich beleuchtet nun vor dem feinern Dunst aus, ein halber Regenbogen erschien im Dunste.

Bei längerer Betrachtung scheint die Bewegung zuzunehmen. Das dauernde Ungeheuer muß uns immer wachsend erscheinen; das Vollkommne muß uns erst stimmen und uns nach und nach zu sich hinauf heben. So erscheinen uns schöne Personen immer schöner, verständige verständiger.

Das Meer gebietet dem Meer. Wenn man sich die Quellen des Ozeans dichten wollte, so müßte man sie so darstellen. Nach einiger Beruhigung verfolgt man den Strom in Gedanken bis zu seinem Ursprung und begleitet ihn wieder hinab.

Beim Hinabsteigen nach dem flächern Ufer Gedanken an die neumodische Parksucht.

Der Natur nachzuhelfen, wenn man schöne Motive hat, ist in jeder Gegend lobenswürdig; aber wie bedenklich es sei, gewisse Imaginationen realisieren zu wollen, da die größten Phänomene der Natur selbst hinter der Idee zurückbleiben. [...]

Um 11 Uhr von Einsiedeln ab. Ein Nebel überzog den Himmel und die Gipfel der Berge, nur ein wenig blauer Himmel sah durch. Da wir kein Kyanometer bei uns hatten, schätzten wir die Erscheinung nach Ultramarin, die gegenwärtige ward nur für die Ultramarinische gehalten. Wir gingen das Dorf und moorige Tal hinauf; ein Fußpfad von Kieseln ist streckenweise nicht übel, ja in der Nachbarschaft von Sägemühlen mit Sägespänen bestreut. Nonnenkloster rechts, sieht wie ein Gut aus, das Gebäude ist ohne Mauer. Wir erinnerten uns der Murate in Florenz. So gingen wir im Tale der Alp, am rechten Ufer derselben, auf einem leidlichen Fußwege hin, kamen über das Bette des Flusses. Sie bringt meist Kalk, wenig Sandstein, einige Stücke sehr fest und serpentinartigen Gesteines. Bet- und Bettelzölle. Empfundne Reisen. Schiefriger Quarz. Das Alptal erschien auch darum traurig, weil kein Vieh zu sehen war, das noch auf den höhern Alpen weidet. Schneidemühle mit schönem Bretter- und Bohlenvorrat. Eine Kirche und Wirtshaus scheinen sich daran kristallisiert zu haben. Diese kleine Gruppe von Gebäuden heißt selbst Alptal.

[...] Man ist eigentlich in der Region der Wasserfälle. Betrachtung, daß der Vierwaldstättersee auch darum einen sehr ruhigen Eindruck macht, weil kein Wasser in denselben hineinstürzt.

Alles sieht fast grau umher aus, von zerstreutem Granit, verwittertem Holz und graugewordnen Häusern; man sieht noch etwas Kartoffelbau und kleine Gärtchen. Granitwände unzerstörlich scheinend. Verwitterter Granit. Brücke. Die Steine derselben, die Felsen, besonders die, welche das Wasser bei hohem Strome bespült, hellgrau; Nebel, gleichsam als Gehänge über das Tal hin, Sonne an den Gipfeln, rechts die Berge durch die leichten Nebel, die sich an ihnen hinziehen, noch erleuchtend. Pflanzen werden immer dürftiger, man kommt noch vor einem ansehnlichen Wasserfall vorbei, an den Höhen sieht man durch den Nebel lange Wasserstreifen sich herunterbewegen. Granitfelsen wie aufgebaute Pyramiden, ganz glatte Wände der losen Felsstücke, Obeliskenform. Vorwärts steiles Amphitheater der Schneeberge im Sonnenlichte.

Das Weimarer Privatleben der Familie Goethe wurde durch den Tod von vier neugeborenen Kindern getrübt. So schrieb Goethe zum Beispiel über die Geburt des Sohnes Karl am 1. November 1795 an Schiller:

Statt eines artigen Mädchens ist endlich ein zarter Knabe angekommen und so läge denn eine von meinen Sorgen in der Wiege.

Schon am 16. November muß er dem Kunstfreunde Johann Heinrich Meyer melden:

Ein kleiner Ankömmling hat uns schon wieder verlassen. Sonst ist alles wohl in meinem Hause und grüßt.

In einem Brief an die Mutter vom 1. Februar 1801 gibt Goethe eine ausführliche Schilderung seines häuslichen Zustands.

Diesmal, liebe Mutter, schreibe ich Ihnen mit eigner Hand, damit Sie sich überzeugen, daß es wieder ganz leidlich mit mir geht.

Das Übel hat mich freilich nicht ganz ungewarnt überfallen, denn schon einige Zeit war es nicht völlig mit mir, wie es sein sollte. Hätte ich im vorigen Jahre ein Bad gebraucht, wie ich in früheren Zeiten getan; so wäre ich vielleicht leidlicher davon gekommen; doch da ich nichts Eigentliches zu klagen hatte; so wußten auch die geschicktesten Ärzte nicht, was sie mir eigentlich raten sollten, und ich ließ mich von einer Reise nach Pyrmont, zu der man mich bewegen wollte, durch Bequemlichkeit, Geschäfte, und Ökonomie abhalten, und so blieb denn die Entscheidung einer Krise dem Zufall überlassen.

Endlich, nach verschiednen katarrhalischen Anzeigen, zu Ende des vorigen Jahrs, brach das Übel aus, und ich erinnere mich wenig von den gefährlichen neun Tagen und Nächten, von denen Sie schon Nachricht erhalten haben.

Sobald ich mich wieder selbst fand, ging die Sache sehr schnell besser, und ich befinde mich schon ziemlich bei körperlichen Kräften und mit den geistigen scheint es auch bald wieder beim alten zu sein.

Merkwürdig ist, daß eine ähnliche Krankheit sich teils in unsrer Nähe, teils in ziemlicher Entfernung in diesem Monate gezeigt hat.

Wie gut, sorgfältig und liebevoll sich meine liebe Kleine bei dieser Gelegenheit erwiesen, werden Sie sich denken, ich kann ihre unermüdete Tätigkeit nicht genug rühmen. August hat sich ebenfalls sehr brav gehalten und beide machen mir, bei meinem Wiedereintritt in das Leben, viel Freude.

Auch war mir der Anteil sehr tröstlich, den Durchlaucht der Herzog, die fürstliche Familie, Stadt und Nachbarschaft bei meinem Unfalle bezeigten. Wenigstens darf ich mir schmeicheln daß man mir einige Neigung gönnt und meiner Existenz einige Bedeutung zuschreibt.

So wollen wir denn auch hieraus das Beste nehmen und sehen, wie wir nach und nach die Lebensfäden wieder anknüpfen.

Ich wünsche, daß Sie diesen Winter recht gesund und munter zubringen mögen und da ich weder gehindert bin Gesellschaft zu sehen noch mich zu beschäftigen; so denke ich die paar traurigen Monate nicht ohne Nutzen und Vergnügen zuzubringen.

Nach dem Ausscheiden aus den vielfältigen Ministerämtern, die er noch vor seiner Reise nach Italien innegehabt hatte, konnte Goethe sich verstärkt den literarischen und kunsterzieherischen bzw. kulturpolitischen Projekten widmen. In seinem sehr langen Bericht an Wilhelm von Humboldt[1] *vom 26. Mai 1799 kommen die ganze Breite des kulturellen Lebens in Weimar sowie viele der Vorhaben Goethes zur Sprache.*

Diesen Winter habe ich zwar nicht leidend, jedoch nicht zum besten zugebracht. Indessen haben wir Schillers Wallensteinischen Zyklus auf die Bühne eingeführt und dabei manche Mühe und manchen Genuß gehabt. Doch hat das eigentliche Unangenehme und Unbequeme der Vorbereitung Schiller selbst mir abgenommen. Er hat sich in Absicht auf Gesundheit und Stimmung bei dieser Tätigkeit sehr wacker gehalten und durch diesen neuen und von allen Seiten schweren Versuch gar viel gewonnen.

Man hat auch bei diesem Unternehmen gesehen, daß man eigentlich alles wagen kann, sobald man mit Genie, Geist und Überlegung wirkt. Das erste Stück, Wallen-

1 Wilhelm Friedrich Karl Freiherr von Humboldt (1767–1835), Sprachforscher und Kunstgelehrter, Briefpartner Goethes.

steins Lager, hat die Menschen nicht allein sogleich mit dem Reim ausgesöhnt, sondern sogar dessen Bedürfnis erweckt und durch seine Lebhaftigkeit eine gute Sensation gemacht. Das zweite, die Piccolomini, hat den Beifall aller erhalten, welche es ganz hören konnten, oder mochten; diejenigen aber, denen es entweder an dem Grade der nötigen Aufmerksamkeit gebrach, oder die durch äußere Umstände teilweise zerstreut oder gehindert waren, oder wer sonst etwa nicht den besten Willen hatte, beschwerte sich über die Länge und den Mangel an Handlung; alle aber mußten der einzelnen Ausführung und dem reichen Gehalte des Stücks Gerechtigkeit widerfahren lassen. Wallenstein zuletzt hat alle Stimmen vereinigt, indem er aus den vorbereitenden Kelchblättern, wie eine Wunderblume unversehens hervorstieg und alle Erwartungen übertraf. Ich freue mich in Ihre Seele zum voraus auf die Stunden, in denen auch Sie dieses Genusses teilhaftig werden.

Ihre Arbeit über meinen Hermann und Dorothea, für die ich Ihnen nochmals danke, habe ich nun in schönem Drucke vor mir und nehme die einzelnen Kapitel nach und nach wieder vor. Inwiefern ich davon profitiere und in meinen Arbeiten vorschreite, sollen Sie selbst beurteilen, wenn Sie dereinst zurückkommen und eine größere epische Arbeit, wo nicht vollendet, doch im Gange finden, von der ich gegenwärtig nicht einmal den Stoff anzuzeigen wage, damit nicht Ihre freundschaftliche Sorge rege werde: ob ich mir nicht etwa gar Ikarische Flügel zubereite.

Gar erfreulich ist es mir, daß wir uns bisher auch durch die Propyläen[1] mit Ihnen unterhalten konnten.

1 Name einer klassizistischen Kunstzeitschrift, die Goethe und Johann Heinrich Meyer 1799 und 1800 herausgaben, die dann allerdings, wegen offensichtlicher Erfolglosigkeit, ihr Erscheinen einstellen mußte.

Es ist freilich gewissermaßen eine traurige Arbeit, da wir sonst Hoffnung hatten diese Stoffe, von denen meist die Rede ist, in Gegenwart der Kunstwerke selbst auszuführen und dadurch der Behandlung noch mehr Leben, Wahrheit und innern Zusammenhang zu geben. Doch was uns am Objekt abgehen mag, gewinnen wir reichlich durch Schillers Mitarbeit. Wir drei haben uns nun so zusammen und ineinander gesprochen, daß bei den verschiedensten Richtungen unserer Naturen keine Diskrepanz mehr möglich ist, sondern eine gemeinschaftliche Arbeit nur um desto mannigfaltiger werden kann. Wir haben seit einiger Zeit angefangen Plane und Entwürfe zusammen zu machen, welches den großen Vorteil gewährt, daß nicht etwa, bei einem vollendeten Werk, Erinnerungen vorkommen, die man entweder nur mit beschwerlichen Abänderungen nutzen kann, oder die man wohl gar wider seinen Willen ungenutzt liegen lassen muß. Wenn das vierte Stück der Propyläen Sie noch in Paris antrifft, so wird eine Art von kleinem Roman in Briefen, unter dem Titel Der Sammler und die Seinigen, der auf diese Weise entstanden ist, Ihnen gewiß einiges Vergnügen machen, um so mehr, da Sie die Individuen kennen, von denen sich dieses wunderliche Werkchen herschreibt.

Es ist nun auch eine Abhandlung auf dem Wege, über den Dilettantismus in allen Künsten, versteht sich den praktischen. Es soll darin dargestellt werden sein Nutzen und Schaden fürs Subjekt sowohl als für die Kunst und für das Allgemeine der Gesellschaft. Die Geschichte desselben, sowohl in Deutschland als im Ausland, wollen wir nicht übergehen. Sie sehen wohl, daß dieses auch nur eine Skizze werden kann, die Sie dereinst mit auszuführen eingeladen sind. Haben Sie doch die Güte, mir etwas von dem praktischen Dilettantism in Spanien, von welcher Kunst es auch sei, zu melden. Vielleicht schreiben Sie mir bald etwas über die Franzosen und wohin sich bei diesen die Neigung und Tätigkeit der Liebhaber richtet.

In den knappen Tagebuch-Notizen der nächsten Jahre ist die Fülle der unterschiedlichsten gesellschaftlichen, wissenschaftlichen und poetischen Kontakte, Projekte und Arbeitsvorhaben eindrucksvoll dokumentiert.

8. Januar 1798. Weimar. Einiges zur Farbenlehre. Nachmittags auf die Bibliothek die Einforderung der ausstehenden Bücher betr.

9. Januar. Weimar. Die Materialien zur Farbenlehre nach den verschiedenen Rubriken geordnet.

11. Januar. Weimar. Früh Farbenlehre. Nach Tische Aristophanes Ritter, Übersetzung von Wieland.

13. Januar. Weimar. Gestrige Arbeit fortgesetzt. Brief an Schiller. In der Antwort etwas über das Allgemeine der Naturforschung. Nachmittags ein ähnlicher Aufsatz. Abends die Theatral. Abenteuer.

31. März. Jena. Die Ilias. Verschiedne Schriften aus der Bibliothek, die sich darauf beziehen. Schemata und Auszüge.

9. April. Weimar. Faust wieder vorgenommen. Mittags bei der Herzogin Mutter.

10. April. Weimar. Früh Faust. Auf die Bibliothek wegen Ordnung und Platz. Abends die Hochzeit des Figaro.

11. April. Weimar. Faust. Mittag am regierenden Hof.

12. April. Weimar. Gutsangelegenheiten.

13. April. Weimar. Früh 8 Uhr nach Roßla das Gut besehen. Mittags nach Apolda. Abends zurück.

14. April. Weimar. Gutskaufsachen. Gegen Abend Verschiednes an Faust.

21. Mai. Jena. Das Schema der Ilias geendigt. Vorbereitung zu andern Arbeiten. Gegen Abend bei Schiller, den Humboldtischen Aufsatz über das epische Gedicht angefangen. Alsdenn noch viel über die Ilias sowohl im ganzen als in den Teilen.

24. Mai. Jena. Früh Einleitung zu den Propyläen, einige Stunden spazieren. Mittag bei Hrn. Hofr. Schütz[1]. Abend bei Schiller, der Humboldtische Aufsatz fortgesetzt. Die Ausgabe der gemeinsamen Zeitschrift durchgedacht, vieles Verwandte durchgesprochen.

17. Juni. Jena. Die Metamorphose der Pflanzen. Kam der Bauverwalter, ich expedierte das Nötige wegen bevorstehender Übergabe. Kam Justizrat Hufeland[2]. Verschiednes über die Wirkung vorzüglicher Juristen auf die Wissenschaft.

18. Juni. Jena. Metamorphose der Pflanzen. Gedichte in Ordnung. Nachmittags bei Prof. Fichte. Abends zu Schiller, über die Möglichkeit einer Darstellung der Naturlehre durch einen Poeten.

19. Juni. Jena. Brief an Humboldt und Rat Schlegel[3]. Über den Magneten. [...] Abends bei Schiller, über die magnetischen Kräfte und Vortrag der Phänomene.

7. Februar 1799. Jena. Früh nach 11 Uhr von Weimar nach Jena mit Schiller im Schlitten. Abends noch verschiedne Arbeiten an der Temperamentenrose.

8. Februar. Jena. Früh Farbenlehre. Allgemeine Einleitung und Wirkung der Farben auf den Menschen. Nachmittag das Schema zur Geschichte der Farbenlehre

1 Christian Gottfried Schütz (1747–1832), Rhetorikprofessor in Jena.
2 Gottlieb Hufeland (1760–1817), Professor in Jena.
3 August Wilhelm von Schlegel (1767–1845), Philologe, Dichter und Orientalist, seit 1798 Professor an der Universität Jena.

aufs neue durchgearbeitet und geordnet. Abends bei Schiller die Lehre von der Refraktion vorgenommen.

9. Februar. Jena. Das Schema zur Geschichte der Farbenlehre weiter bearbeitet und geheftet. Sodann den Charakter einzelner Naturforscher aus dem Gedächtnis summarisch aufgezeichnet, über die Refraktion gedacht. Abends bei Schiller, wo Niethammer[1] und Schelling[2] waren. Große Kälte, das Barometer stand 28" 4"'.

13. September. Weimar. Kam Herr Hofrat Schiller von Rudolstadt und ich beschloß den Garten zu verlassen, um mit nach Jena zu gehen. Bei dem 6 wöchentl. Aufenthalt im Garten waren die vorzüglichsten Beschäftigungen 1. Sammlung meiner kleinen Gedichte. 2. Bei dieser Gelegenheit Studium der Rhythmik. 3. Winckelmanns Briefe wurden abgeschrieben und revidiert. 4. Bei dieser Gelegenheit Studium seiner schon gedruckten Briefe sowie seiner ersten Schriften. 5. Las ich Herders Fragmente als auf die Literatur damaliger Zeit sich beziehend. 6. Machte ich mich mit dem Monde, so viel es die Witterung zuließ, bekannt mit Hülfe des Auchischen Teleskops und der Schröterischen Selenotopographie[3]. 7. Fing ich an den Athenäus[4] zu lesen. 8. Der rasche Gang des Schloßbaus wurde dirigiert. 9. Die Preiszeich-

1 Friedrich Immanuel Niethammer (1766–1848), Philosoph und Theologe, 1793–1803 Professor in Jena.

2 Friedrich Wilhelm Joseph von Schelling (1775–1854), romantischer Philosoph, 1798 von Goethe an die Universität Jena geholt.

3 Jakob Auch (1765–1842) war Hofmechaniker in Weimar und Konstrukteur u. a. astronomischer Instrumente; der Hobbyastronom Johann Hieronymus Schröter (1745–1816) errichtete eine Sternwarte mit Spiegelfernrohren, um die Oberfläche der Planeten zu beobachten; die Selenotopographie versuchte, die räumlichen Verhältnisse des Mondes graphisch festzuhalten.

4 Goethe meint hier die romantische Kunstzeitschrift *Athenaeum*, die die Gebrüder Schlegel 1798–1800 in Berlin herausgaben.

nungen kamen nach und nach ein und wurden beurteilt. 10. Ein langer Brief von Humboldt aus Paris kam an und ward zum Behuf der Propyläen redigiert. 11. War ich in einigen Proben der Liebhaber-Gesellschaft behülflich. 12. Wurde die Ausstellung der Zeichenschule einigemal besucht.

15. September. Weimar. Zog ich aus dem Garten herauf. Früh mit Herrn Hofr. Schiller. Mittags aß Herr Geh. R. Voigt mit uns. Hr. Hofrat Schiller fuhr nach Jena.

18. September. Jena. Früh. Faust vorgenommen. Auf dem Kabinett. Etwas von Humb. Brief. Mit Schiller spazieren gefahren. Nachher über den Magneten. Zu Tisch bei Loder. Den Mond beschaut.

19. September. Jena. Weniges an Faust. Schellings Naturphilosophie. [...] Abends zu Schiller, erst über Magnetismus, dann über Verhältnisse der Empirie zur Transzendental-Philosophie, dann den ersten Akt von Maria wieder gelesen. Bei Tische über die Farbenlehren, besonders über den historischen Teil.

7. Februar 1801. Weimar. Früh einige Beschäftigung mit Faust. [...] Abends die Zauberflöte. Zum ersten Mal wieder in der Komödie.

9. Februar. Weimar. Abends an Faust.

10. Februar. Weimar. Früh an Faust. Einiges den Schloßbau betreffend. Abends mit den Meinigen.

11. Februar. Weimar. Früh an Faust. Hofr. Stark[1], das Auge zu verbinden. Halb 5 Uhr Hr. Falk. Um 6 Uhr Hfr. Schiller. Vorlesung der 3 ersten Akte.

1 Johann Christian Stark (1769–1837), Mediziner in Jena, ab 1812 Leibarzt des Herzogs von Weimar.

Der plötzliche Tod Friedrich Schillers im Mai 1805, der unmittelbar auf eine eigene lebensbedrohliche Krankheit folgte, stürzte Goethe in tiefe Verzweiflung. So schreibt er an den Freund und Komponisten Karl Friedrich Zelter am 1. Juni 1805:

Seit der Zeit, daß ich Ihnen nicht geschrieben habe, sind mir wenig gute Tage geworden. Ich dachte mich selbst zu verlieren, und verliere nun einen Freund und in demselben die Hälfte meines Daseins. Eigentlich sollte ich eine neue Lebensweise anfangen; aber dazu ist in meinen Jahren auch kein Weg mehr. Ich sehe also jetzt nur jeden Tag unmittelbar vor mich hin, und tue das Nächste, ohne an eine weitre Folge zu denken.

Da indessen die Menschen aus jedem Verlust und Unglück sich wieder einen Spaß herauszubilden suchen, so geht man mich von seiten unsres Theaters und von mehrern Seiten dringend an, das Andenken des Abgeschiedenen auf der Bühne zu feiern. Ich mag hierüber weiter nichts sagen, als daß ich dazu nicht abgeneigt bin und jetzt nur bei Ihnen anfragen möchte, ob Sie mir dabei behülflich sein wollen, und zwar zuerst, ob Sie mir Ihre Motette Der Mensch lebt und bestehet, wovon mir die Musikalische Zeitung Nr. 27 Nachricht gibt, gefällig mitteilen und noch einiges andre in feierlichem Stile entweder komponieren oder komponierte Musikstücke, deren Charakter ich Ihnen angeben würde, zu Unterlegung schicklicher Worte aussuchen und überlassen wollten. Sobald ich hierüber Ihre nähere Gesinnung weiß, so erfahren Sie das Weitere.

An Karoline von Wolzogen am 12. Juni 1805

Ich habe noch nicht den Mut fassen können Sie zu besuchen. Wie man sich nicht unmittelbar nach einer großen Krankheit im Spiegel besehen soll; so vermeidet man billig den Anblick derer, die mit uns gleich großen Verlust erlitten haben. Nehmen Sie für sich und ihre Schwester die herzlichsten Grüße aus diesem Blatt und lassen mich ein Wort von Ihrer Hand sehen!

An Johann Friedrich von Cotta am 1. Juni 1805

Auf Ihre Anfrage, wertester Herr Cotta, ob man nicht unserm Schiller ein Trauerdenkmal auf dem deutschen Theater setzen sollte, kann ich gegenwärtig nur so viel sagen, daß ich auf mannigfaltige Weise dazu aufgefodert bin. Nach meiner Überzeugung soll die Kunst, wenn sie sich mit dem Schmerz verbindet, denselben nur aufregen, um ihn zu mildern und in höhere tröstliche Gefühle aufzulösen; und ich werde in diesem Sinne weniger das, was wir verloren haben, als das, was uns übrig bleibt, darzustellen suchen.

Mein Plan ist gemacht und ich hoffe ihn nächstens auszuführen; doch wüßte ich keinen Termin zu bestimmen. Gelingt es mir eine der Aufgabe nicht ganz unwürdige Arbeit hervorzubringen; so bin ich wohl geneigt, solche auch andern Theatern abzulassen, und würde zu diesem Zweck Manuskript und Partitur Ihnen mit Vergnügen zustellen. Ich wünsche bald mehr sagen zu können, indessen aber zu vernehmen, daß Sie glücklich nach Hause gekommen sind.

An Charlotte von Stein am 12. August 1805

Mein Befinden läßt sich recht gut an, und außer der Apprehension vor Rückfällen, die leider so oft eingetreten sind, möchte ich mir meinen Zustand kaum besser wünschen.

Zelter hat mich auf einige Tage besucht und mir durch seine Gegenwart große Freude gemacht. Man fängt wieder an, ans Leben zu glauben, wenn man solche Menschen sieht, die so tüchtig und redlich wirken, gegen so viele, die nur wie das Rohr vom Winde hin und her geweht werden.

Im Herbst des Jahres 1806 erreichte der Napoleonische Eroberungszug Thüringen. Das Tagebuch notiert die Bedrängnis, in die das eigene Haus geriet, nur knapp, der Brief an den Jenenser Philosophen Friedrich Wilhelm Joseph von Schelling vom 31. Oktober 1806 verweist ausführlicher auf die dramatischen Ereignisse, seinem Herzog berichtet er am 25. Dezember 1806 zusammenfassend über alle entstandenen Schäden.

14. Oktober. Weimar. Früh Kanonade bei Jena, darauf Schlacht bei Kötschau. Deroute der Preußen. Abends um 5 Uhr flogen die Kanonenkugeln durch die Dächer. Um ½6 Einzug der Chasseurs. 7 Uhr Brand, Plünderung, schreckliche Nacht. Erhaltung unseres Hauses durch Standhaftigkeit und Glück. Lieutenant Noisin.

15. Oktober. Weimar. Marschall Lannes im Quartier und General Victor. Bei Hofe wegen Ankunft des Kaisers. Nach Hause. Beschäftigt mit Sicherung des Hauses und der Familie.

An Schelling

Weimar, den 31. Oktober 1806

Indem ich Ihren so herzlich freundlichen Brief erhalte, mache ich mir Vorwürfe, daß ich mehrere Blätter nicht abgeschickt, die schon seit dem 16. auf meinem Tische liegen und davon auch eins nach München sollte. Das was geschehen ist, war leider ziemlich vorauszusehen; doch hatten wir nicht die stolze Furcht, einen Namen in der Weltgeschichte um solchen Preis zu gewinnen. Nun eil' ich, Ihnen, mit lebhaftem Dank für Ihren treuen Anteil, von mir, meiner Umgebung und was mich sonst mittelbar berührt, gute Nachrichten zu geben. Die schrecklich dringenden Ereignisse waren durch ahndungsvolle Tage vorbereitet. Zweiundsiebzig Stunden von Gefahr und Not können wir ohne Übertreibung angeben. Den Aufwand an Geistes- und Körperkräften, an Geld und Vorräten verschmerzt man gern, weil doch so vieles und darunter das Werteste erhalten ist. Meine Gesundheit hat kaum gewankt, und ich befinde mich seit meiner Rückkehr von Karlsbad unausgesetzt so wohl, als ich nur wünschen darf. Jena hat mehr gelitten als Weimar, der gute Schelver sehr viel, Frommanns und andere Freunde sind glücklich durchgekommen. Was von Wissenschafts- und Kunstanstalten in Jena und Weimar unmittelbar unter mir selbst steht, hat wenig gelitten. Jedermann sucht sich herzustellen. Die Kollegia gehen den 3. November wieder an, und wenn der ungeheure Kriegsstrom uns nicht zum zweiten Mal berührt, so sollen Sie bald hören, daß Leben und Tätigkeit bei uns noch nicht erloschen sind. Herzliche Grüße an Jacobis, an die Ihrige und an alle mein Gedenkende.

An Herzog Carl August

Ew. Durchl.
hätte so gern schon lange nach so manchen Übeln ein erfreuliches Wort zugerufen; aber erst heute gefällt es dem kleinen Ritter seinen Wolfsgang ins Leben anzutreten. Er scheint gesund und wacker, brav wird er auch werden; denn so hat er sich schon verbunden mit der Mutter in jenen Schreckenszeiten gehalten.

Da man der bösen Tage sich oft erinnert; so ist es eine Erheiterung auch der guten zu gedenken und mancherlei Epochen zu vergleichen, so fiel mir auf, daß heute vor siebzehn Jahren mein August mich mit seiner Ankunft erfreute. Er läßt sich noch immer gut an und ich konnte mir Ew. Durchl. Einwilligung aus der Ferne versprechen als ich, in den unsichersten Augenblicken, durch ein gesetzliches Band, ihm Vater und Mutter gab, wie er es lange verdient hatte. Wenn alle Bande sich auflösen, wird man zu den häuslichen zurückgewiesen, und überhaupt mag man jetzt nur gerne nach innen sehen.

Blicken wir nach außen; so sehen wir uns bloß nach Ihnen um und wünschen, daß Sie bald wieder in unsrer Mitte und an unsrer Spitze sein mögen, nur von diesem Augenblick werden wir die Epoche unsrer Wiederherstellung datieren. Manches werden Sie von unsern Schicksalen vernommen haben. Durchaus werden Sie die Spuren des Übels geringer finden als die Einbildungskraft sie in der Ferne zeigt. So würde ich zum Beispiel sagen können, daß die unter meiner Aufsicht stehenden Besitzungen Ew. Durchl. fast unangerührt sind, wenn nicht gerade das, was Sie besonders interessiert, Ihre Karten-Sammlung besonders gelitten hätte.

Doch alles läßt sich verschmerzen, wenn Sie uns bleiben und wir Ihnen, darüber kann niemand eine innigere

Großherzog Carl August von Sachsen-Weimar-Eisenach
Ölgemälde von Heinrich Christoph Kolbe, 1822

Freude empfinden als der, der Ihnen schon so lange und auf Zeitlebens angehört.

Weimar, d. 25. Dez. 1806 Goethe.

Beilage zu diesem Brief an Herzog Carl August

Das Eis des mitteilenden Schreibens ist einmal gebrochen und ich fahre bequemer fort noch einiges nachzubringen, wenn ich gleich, als handschreibend, mich immer mehr paralysiert fühle.

Den neuen, lange erwarteten Ankömmling[1] habe ich gesehen, er ist wohlgebildet und hat eine gute Farbe und verspricht zu leben. Möge er, wenn er einst die Welt erkennt, sie lustiger finden als sie uns nun erscheint! ich bin zu alt ihn einzuführen; doch vielleicht kann ich ihm noch etwas werden. Auch die Zimmer der Mutter sind wieder ordentlich hergestellt, und anständig und bequem, dank sei es der Tischler Fertigkeit, die das zerschlagne und zerstoßene Holz bald wieder in Restauration gebracht haben. Glücklich alle Handwerker! deren Arbeit ohne Verlust des Zerstörten wieder hergestellt werden kann, durch Hans und Kunz und wie sie heißen.

Erlauben Sie, daß ich so fortfahre! es würde besser werden, wenn es sich ziemte, daß ich diktierte. Wo wir jetzt einen Anfang des Lebens erblicken, hat es einen besonderen Reiz der Hoffnung; kann sich nun die Liebe daranschließen; so ist der Glaube sogleich unfehlbar da und die Sache ist gemacht, indem wir überzeugt sind, daß alles zugrunde geht.

Den Prinzen August hab ich einen Augenblick in einer für uns beide peinlichen Lage gesehen. Er bestellte

1 Carl Wolfgang, Sohn des Herzogs Carl August und der Schauspielerin Caroline Jagemann.

Das Weimarer Schloß nach dem Wiederaufbau (1803)
Anonyme Sepiazeichnung, Anfang des 19. Jahrhunderts

bei mir ein Monument für den Grafen Schmettau. Ich will gern, dieser Pietät im Einklang, ein Schickliches besorgen und habe die Anstalten gemacht, daß es ehrenvoll und geschmackvoll geschehe.

Wenn man übersieht, was verloren ist; so freut man sich billig doppelt des Erhaltenen. Die Bibliothek ist wundersam erhalten. Die Türe konnten sie nicht einsprengen, sie sägten die Gitter entzwei, schlugen die Türe der Kommunarchiv-Expedition auf und fanden die ihnen verwünschten Papiere und Akten, das hat den untern Stock gerettet.

Aufgebrochen haben sie die Expeditionszimmer, Kleinigkeiten entwendet; sie sind durch alle Etagen der Bibliothek durchgestiegen, haben nur einige Stücke grüner Leinwand mitgenommen. Nichts ist beschädigt, und wir sind für diese erste Zeit, als wenn nichts gewesen wäre. Daß wir Denzel manches schuldig sind, ist mir wahrscheinlich.

Bald hätte ich vergessen zu sagen, daß das Münzkabinett in der Angst der letzten Tage nach Allstedt geflüchtet ward. Auch darnach war große Nachfrage. Nun kann es zurückkehren und soll hoffentlich Sie an Ort und Stelle begrüßen.

Der gute Kraus ist auch in diesen Schicksalen zerkniescht worden. Wir haben gesucht das Institut, das gewiß ein Lebenspunkt der weimarischen Tätigkeit ist, frisch zu erhalten. Meyer zeigt seine alte didaktische Tugenden und die Schüler vermehren sich wöchentlich. Sie wollen das Unheil vergessen und etwas für die Folgezeit werden. Daß das nicht ins Blaue gehe, dafür ist durch Ernst gesorgt.

Die hindernden Statuen, aus dem bekannten Saale, haben wir auf die Bibliothek gebracht, wo sie zieren und erfreuen und wo sie sogar dem Nachzeichnenden mehr nützen könnten. Manche andere Anstalten innerhalb dieser werden Sie bei Ihrer Rückkehr gewiß erfreuen, es ist aufs notdürftige Leben und beiher, oder hinterher, oder wie man will aufs erfreuliche Leben angesehen.

Nach Jena zu gehen konnt ich mich nicht entschließen, so wie ich manche Briefe an Sie wie diesen schon zerrissen habe. Die Umwendung der Dinge steht einem noch zu nahe, alles, was man sagt, ist unzulänglich oder unzulässig und so schweigt man lieber oder nimmt sich zurück, als daß man spräche.

Am Mineralogischen Kabinett ist nichts verrückt, weniges entwendet. Die Büttnerische Bibliothek in salvo und doch war ein Lazarett im Mittelstock, ist noch dort. Darüber freuen wir uns billig jetzt; denn bisher mußte man mit neuem Tage eine neue Requisition erwarten und oft eine närrische, worunter man litt, und zwar doppelt.

Der Botanische Garten hat wenig gelitten, das Haus mehr, am meisten der gute und man darf sagen treffliche Schelver, er ward bis aufs Hemd à diverses reprises, ausgeplündert und ging mit einem blessierten Offizier, der Vertrauen zu ihm faßte, fort, und ich weiß nicht wohin.

Das Weimarer Hoftheater vor dem Brand 1825

Anonymer Kupferstich, um 1800

Vom Theater als dem Bedeutendsten sollt ich auch wohl was sagen. Was läßt sich aber davon sagen als was von der Welt zu sagen ist: Sobald die grimmige Not vorbei war, da traten alle Leidenschaften, bis zur gemeinsten, in ihre Rechte. Wir erhalten das nie wieder herzustellende Ganze, bis die herrschenden Umstände eine Dauer oder eine Auflösung gebieten.

Doch alles das muß Ihnen gering vorkommen, da Sie die größten Interesses erst Ihres Häufleins, und da das nicht mehr zu halten war, das Weitere und Größre im Auge hatten. Und doch mache ich mir Vorwürfe, daß ich nicht die früheren Blätter, die ich vollschrieb abschickte. Freilich waren sie, noch mehr wie diese, einem aufgeregten und sorgenvollen Gemüt entquollen. Doch aber wäre es Ihnen vielleicht, wenn auch schmerzlicher, doch erquicklicher gewesen. Genug das Vergangne ist vorbei und ich muß mich nur hüten diese Skribalien nicht wie die vorigen in den Windofen zu stecken.

Besinn ich mich aber, was ich Ihnen noch Angenehmes sagen möchte; so ist es das, was mich, nach entsetzlichen Klagen der besten Freunde, immer noch erfreut, daß der Schaden im Park nämlich ganz null ist. Die Belvederische Chaussee unangetastet. Der Stern unverletzt und nichts abgehauen als was Sie gegenwärtig in vierzehn Tagen, vielleicht mit anmutigern Pflanzungen, wiederherstellen würden.

Befehlen Sie nur, daß man das Römische Haus zu Ihrem Empfang bereite! mit wenigem sind die Spuren des Unheils ausgelöscht.

Die Bedrängnis, in die das eigene Haus geraten war, und der Mut, mit dem Christiane Vulpius dieses verteidigte, veranlaßten Goethe dazu, die »wilde Ehe« mit ihr endlich zu legitimieren, um sie und den Sohn gesellschaftlich besser abzusichern.

19. Oktober 1806. Weimar. Trauung. Denon[1] kam zurück von Erfurt. Absendung eines Boten nach Jena.

1 Dominique Vivant Baron Denon (1747–1825), französischer Diplomat und Kunstbeauftragter Napoleons für die eroberten Länder.

Zix[1] zeichnete im Schloßhof und vor dem Frauentore. Abends mit Denon bei Hofe bis 8 Uhr.

Die Aufenthalte in verschiedenen Kurbädern, die der »Hypochonder« Goethe fast jährlich einlegte, trennten ihn immer wieder von seiner kleinen Familie. Im Tagebuch wie in Briefen berichtet er vor allem vom gesellschaftlichen Leben zumeist in Karlsbad, wo sich in den Sommermonaten ein gut Teil der höheren Gesellschaft Europas ein Stelldichein gab.

16. Juli 1806. Karlsbad. Am Sprudel. Regnichter Morgen. Am Neubrunn. Nachher auf der Wiese mit Fürst Reuß, die neuesten Politika. Mit Baron Voght von Hamburg, der mir von seiner ökonomischen Einrichtung in Flottbek und von den Armenanstalten in Hamburg erzählte. Bei der letzteren haben sie gegenwärtig 3300 Kinder zu versorgen, welche stufenweise mehr oder weniger Unterstützung erhalten. Sie kosten des Jahrs 40 bis 50000 Taler. Vorsteher sind 180, da Hamburg in 60 Quartiere eingeteilt ist, in jedem Quartier 3 und ein Ausschuß als Oberkollegium von 20 Personen. Bei der Bewirtschaftung von Flottbek ist das merkwürdigste, daß er keinen Viehstand hat, sondern den Mist von Hamburg zu Schiffe kommen läßt, auch die Reinigung der Stadt Altona übernommen hat.

1 Benjamin Zix (1772–1811), Kupferstecher und Zeichner.

An Christiane von Goethe am 2. Juli 1808

Ich habe bisher in kleiner aber guter Gesellschaft gelebt. Die Ziegesarische Familie[1] ist abgegangen. Wir haben viel gute Stunden gehabt. Fräulein Silvie ist gar lieb und gut, wie sie immer war, wir haben viel zusammen spaziert, und sind immer bei unsern Partien gut davon gekommen, ob es gleich alle Tage regnete. Das ist das eigne in einem solchen Gebirg, daß in ganz kurzen Entfernungen Regen und gutes Wetter zu gleicher Zeit bestehen kann. Was wirst du aber sagen, wenn ich dir erzähle daß Riemer[2] ein recht hübsches Äugelchen gefunden hat, und noch dazu eins mit Kutsch und Pferden, das ihn mit spazieren nimmt. Was sich in diesem Kapitel bei dir ereignen wird, erfahre ich doch wohl auch.

[...] Genieße also, was dir das Glück gegönnt hat und was du dir erworben hast, und suche dir's zu erhalten. Wir wollen in unsrer Liebe verharren und uns immer knapper und besser einrichten, damit wir nach unserer Sinnesweise leben können ohne uns um andre zu bekümmern. [...]

Wenn das Theater im ganzen gut geht, bin ich wohl zufrieden; im einzelnen wird es nie an Händeln fehlen. Wäre ich gegenwärtig gewesen; so würde ich mich sehr deutlich darüber erklärt haben, inwiefern eine Schauspielerin auch gegen ihren Mann von mir geschützt werden muß. Halte, was dich betrifft, nur das Singechor zusammen. Wer weiß, was daraus entstehen kann, wenn

1 Familie des sächsisch-weimarischen Politikers August Friedrich Karl Freiherr von Ziegesar, mit dessen Tochter Silvie Goethe ein freundschaftliches Verhältnis verband.

2 Friedrich Wilhelm Riemer (1774–1845), zunächst Hauslehrer von Goethes Sohn August, dann einer der wichtigsten Mitarbeiter Goethes bei der Herausgabe der literarischen Werke.

Die Kuranlage in Marienbad
Lavierte Zeichnung von Goethe, um 1820/23

wir es einige Jahre fortsetzen. Und manche Unterhaltung verschafft uns diese kleine Anstalt für den Winter. [...]

Karlsbad fängt nun an sich zu füllen. Wie wunderlich es bisher aussah, kannst du dir vorstellen, wenn ich dir sage, daß auf dem ersten Balle die Frauenzimmer miteinander tanzten. Auch ist bis jetzt abends noch keine Gesellschaft in den Sälen. Die Schauspielertruppe ist die vom vorigen Jahr.

Zum Schlusse muß ich noch melden, daß auch Mariannchen angekommen ist, artig und gescheit wie immer. Nun lebe recht wohl, gedenke mein und schreibe bald.

16. Juni 1808. Fronleichnam. Karlsbad. Erst durch die Straßen um das Aufbauen der Altäre zu sehen; dann in die Kirche, wo unter dem Hochamt die Arie aus der Entführung aus dem Serail gesungen wurde: Ich baue ganz auf deine Stärke. Zu Ziegesars, mit ihnen ebenfalls durch die Straßen, dann in das amtmännische Haus, wo wir die Prozession ansahen. Nachher mit Fräulein Sylvie auf den Chotekschen Weg und gegen die Karlsbrücke. Nachher auf der Wiese auf und ab. Nach Tische Schema von den Wahlverwandtschaften. In der Kirche. Nach Hause. [...] Gegen Abend zu Ziegesars. Erzählung von ihrer Fluchtreise vom 11. Oktober an.

4. Juli. Karlsbad. An den Wahlverwandtschaften das 11. Kapitel. [...] Nach Tische am Schema der Wahlverwandtschaften weiter gedacht und dieses abends auf der Promenade fortgesetzt.

30. Juli. Karlsbad. Früh Schluß der Wahlverwandtschaften.

23. Mai 1811. Karlsbad. Am Brunnen mit dem Postmeister über das Patent. Ereignisse bei Publikation desselben, Geldkurs. Erwartung der Auslösungsscheine. Hoffnung wegen derselben und Sorge. Biographisches. Verschiedene Einschaltungen. Briefe. An Ritter von Gentz nach Wien. Gegen Abend nach Weheditz zu einem Bauern, der sich zum Weinhändler erhoben hatte. Abends über die Höhe des Galgenberges zurück. Gingen drei bejahrte Männer nach Weheditz zu Weine:

Obrist Otto alt	87 Jahr,
Steinschneider Müller	84
ein Erfurter	82
	253 Jahr

sie zechten wacker und nur der letzte zeigte beim Nachhausegehen einige Spuren von Bespitzung.

Goethe auf der Straße
Bleistiftzeichnung von Friedrich Wilhelm Riemer, um 1810

2. Mai. 1812. Franzensbad. Halb 5 Uhr aufgestanden. Nebel über der ganzen Gegend, doch helle im Zenith, man sah den Mond. Die schon längst aufgegangene Sonne erschien endlich als Mond ohne Strahlen, der Rauch der Essen stieg gerade in die Höhe, die Nebel sanken immer mehr. 150 Wagen, jeder mit 2 Ochsen bespannt zogen vorbei; die Wagen wie man sie in Italien sieht, die Räder und Gestelle schwer und altertümlich, oben waren Bretterkasten, groß, aber flach, aufgesetzt, die Ochsen graulich, falb gesprenkelt, mehrere wurden lahm nebenher getrieben und ihr Mangel an den letzten Wagen durch Vorspanne ersetzt. Es waren auch Feldschmieden dabei, das Ganze wurde von den braunen Soldaten eskortiert. ¾ auf 6 Uhr abgefahren. Nach und nach reinigte sich der Himmel ganz. Die sämtlichen leicht zu übersehenden Bergäcker waren mit eifrig Pflügenden und Säenden belebt, der helle Sonnenschein gar erfreulich, der Weg von sehr verschiedner Art, aber nicht schlimmer, als er bei trockener Jahreszeit sein würde. Zu Neuhausen gefüttert. Einiges gezeichnet, die Straße war frequenter an Wanderern, als sie sonst zu sein pflegt, die Vögel sangen in den Fichtenwäldern und alles war gutes Muts. Der Anblick ins Egertal war herrlich, die ganze Gegend, bis auf die entferntesten Gebirge nach Karlsbad zu konnte man ganz deutlich sehen, so war auch, bei reinem Himmel alles Übrige klar. In Franzensbad, wo wir halb 5 Uhr anlangten, fanden wir die Kastanienknospen aufgebrochen, ingleichen die Lärchenbäume und mußten die Einsicht und die Sorgfalt loben, womit man einen Kanal von der Brücke an diagonal durchs Ried gezogen und dadurch dem Wasser einen sehr schnellen Ablauf verschafft hat. Man sieht nur sehr wenig noch auf dieser großen Fläche. Das Dampfbad ist auch mit einem Häuschen überbaut und gleich neben dem Badebrunnen, noch eine stärkere Quelle weiter gefaßt, die höher gespannt ist, durch eine Röhre abläuft, so daß man die Gefäße bequem füllen kann. An den Wegen von Hof bis hierher ist wenig oder nichts gebessert, einige haben sich sehr verschlimmert, wie der von Neuhausen auf Asch. Dieser Ort ist noch der abscheulichste in der ganzen Christenheit. Auf der Seite von Franzensbad nach dem Lande zu macht man große Anstalten zum Bauen; wahrscheinlich haben die ungeheuren Mieten vom vorigen Jahr den Egeranern Lust gemacht.

An Großherzog Carl August am 12. September 1821

Ew. Königlichen Hoheit freundlich-gnädiges Schreiben habe, mit großer Freude, in Eger, wo ich mich seit dem 26. befinde, zu erhalten das Glück gehabt, und ich ermutige mich am heutigen schönen Tage, was seit dem 17. August begegnet, kürzlich nachzubringen. [...]

Denn am 20. August erst ließ endlich die Sonne sich am heiteren Himmel sehen, und ich benutzte ein paar schöne Tage, mir von Gebirgshöhen herab eine Übersicht des sich flach ausdehnenden Pilsner Kreises zu verschaffen, sodann aber den Prälaten zu besuchen, der in einem weitläufigen, regelmäßig gebauten und reinlich gehaltenen, von alters her wohl verzierten und aufs neue höchst lustig ausgemalten Stiftspalaste, mit seiner weiß gekleideten Schar munter und gastfrei hauset. Die eigenen Verhältnisse, gegen das Staats- und Kirchen-Ganze, wurden mir abermals um etwas deutlicher. Es ist ein sonderbares Geflechte von Zuständen, das man in seiner Eigentümlichkeit erst nach und nach kennen lernt.

Nun aber sei es mir vergönnt, Ew. Königlichen Hoheit zu der schönen, weiten, genuß- und lehrreichen

Großherzog Carl August im Weimarer Park
Stich von Carl August Schwerdgeburth, 1824

Fahrt Glück zu wünschen, in der Hoffnung bei meiner Rückkehr manches davon zu vernehmen und mitzugenießen. Was die beiden merkwürdigen erhobenen Bilder betrifft, so wüßte ich auch nicht einmal eine Vermutung deshalb auszusprechen, weil mir ähnliches niemals bekannt geworden; doch sollte denken, Rat Vulpius würde, bei seinen ausgebreiteten Kenntnissen, auch hier nachkommen können.[1]

Den Mangel, den ich erlitten, daß mir Graf Sternberg nicht bekannt geworden, schien mir ein gutes Glück vergüten zu wollen, da ich, auf wiederholte Einladung des Grafen Auersperg, nicht ablehnen konnte, ihn auf seinem Schlosse Hartenberg, an der Zwotau, von der Karlsbader Straße links dem Gebirg zu, auf einige Tage zu besuchen.

Ein schöner wohlgestalteter Mann, etwa in den Fünfzigen, von freier, heiterer Lebensweise, der dem Staate seit 25 Jahren in wichtigen Stellen gedient, und nun auf seinem Schlosse, im Mittelpunkt seiner Herrschaft, sie selbst verwaltet und seine übrige Zeit dem Studium der böhmischen Geschichte widmet.

Das Schloß aus vielen, sukzessiv entstandenen Gebäuden, Angebäuden, Höfen und Zwingern bestehend, liegt mitten da, wo drei Täler zusammenstoßen, auf einer isolierten Felsengruppe, mit dem übrigen Kontinent nur durch einen künstlichen Damm verbunden, und erinnert einigermaßen an Ellbogen. Die Umgebungen von Höhen zu Tiefen und umgekehrt sind durch fahrbare und gehbare Wege gar zierlich verbunden, so daß man ohne Beschwerde, lustwandelnd, ringsum das Schloß gar bequem betrachten kann, um welches uralte Rüsterbäume

1 Goethe spielt hier darauf an, daß der Großherzog auf seiner Reise durch Süddeutschland Statuen an der Treppe des Regensburger Rathauses bewundert hat.

in die Höhe streben und mit den Fichtenwäldern der Nachbarschaft gar freundlich kontrastieren.

Ich lernte da verschiedene Gutsbesitzer und Angestellte aus der Nachbarschaft kennen, von denen ich wieder Einladungen erhielt, denen zu folgen jedoch nicht möglich sein dürfte, ob sich gleich hierunter bedeutende und an ihrer Stelle bemerkenswerte Menschen darbieten. Über welche jedoch der Hausherr durch Adel und Natürlichkeit, durch aufrichtige freie Behandlung sich besonders auszeichnete.

Die ersten Tage des Septembers habe nun bei ziemlich leidlicher Witterung in Eger zugebracht und in der Gegend mich nach mancherlei Seiten umgesehn. Auch ist der frühere Zögling Friedrich v. Stein aus Breslau mit seiner Tochter noch bis jetzt in Franzenbrunn, da denn mancher wechselseitiger Besuch unternommen wird.

Überhaupt habe Eger noch niemals so lebendig gesehen. Zu meiner Ankunft, Sonntags den 26. August, feierte man das Fest des städtischen Schutzpatrons St. Vincenz. Nicht allein die Bürger, sondern auch die zur Stadt gehörigen Dörfer, unter neun Pfarreien geordnet, ziehen in einzelnen Prozessionen herein, reihen sich nach dem Hochamte an den Hauptzug, wo die hiesigen Schulkinder, Gymnasiasten, Handwerker, ja der hochedele Rat selbst der vom Dechant getragenen Reliquie vorangehen. Und das alles zusammen nahm sich sehr gut aus auf dem großen Platze bei schönem Wetter. Ferner wohnte ich am 1. einer Schulprüfung, am 5. der Prämienausteilung bei, da man mir denn die Ehre erzeigte, das erste Prämium dem belobten Jüngling einzuhändigen.

Nun tut sich aber militärische Bewegungen hervor. Die umliegenden Truppen werden zum Herbstmanöver herein beordert, welche, besonders da es Jäger sind, durch die verspätete Ernte in ihren Bewegungen gehindert werden. Indessen aber ergötzt uns die schöne Musik, welche sich des Abends hören läßt, wobei mich ein glücklicher Gedanke sehr ergötzt: ein wunderlicher, nicht ganz erfreulicher Hornruf schließt alle Abend vor der Hauptwache den militärischen Tag. Diesen hat ein geistreicher Komponist in ein Musikstück verwoben, so daß man durch dessen Eintritt überrascht und durch die Auflösung befriedigt wird.

Damit es aber ja nicht an jeder Tätigkeit fehle, schlägt man sehr emsig die Buden zum Jahrmarkt auf, welcher sich Montag den 10. versammlen wird. Ich sehe dergleichen sehr gern an einem fremden Ort, indem man die allgemeinen Menschenbedürfnisse, so wie die besondern der Gegend, auf einmal vor Augen sieht und kennen lernt. Zwischen diesen sind nicht zu übersehen schon seit einigen Tagen fort daurende Wallfahrer, meistens weiblichen Geschlechts, mit wenigen Männern, sie kommen einzeln, zu Dutzenden, leicht und reinlich gekleidet, barfuß mit weißen Kopftüchern, zwar partienweis, aber ohne Kreuz und Gesang. Manche tragen, ihren jungfräulichen Stand anzudeuten, Schäferstäbe mit Bändern. Wahrscheinlich sind es einzelne Dorfschaften, die gelegentlich fortziehen, sich nach und nach einholen und endlich am Hauptorte vereinigt die Andacht verrichten.

Nicht viel weniger als das Leben im Kurbad war auch das Weimarer Alltagsleben von geselligen Gelegenheiten und Begebnissen geprägt. Knebel erhielt ausführliche Berichte über die Weimarer Zustände, die verschiedensten Einzelheiten notiert auch das Tagebuch.

An Knebel am 25. November 1808

Die Mittwoche[1] sind wieder im Gang. Ich lese die Nibelungen vor; allein dabei geht es mir auch wie einem jungen Professor, oder wie einem Koch, der sein Leben zubringt, um einige Stunden etwas Genießbares aufzutischen. Indessen ist es mir selbst von großem Wert und Nutzen: denn ich hätte das Gedicht für mich vielleicht niemals durchgelesen, und noch viel weniger soviel darüber nachgedacht, als ich gegenwärtig tun muß, um durch Reflexionen und Parallelen die Sache anschaulicher und erfreulicher zu machen. Der Wert des Gedichts erhöht sich, je länger man es betrachtet, und es ist wohl der Mühe wert, daß man sich bemühe, sein Verdienst aufs Trockne zu bringen und ins Klare zu setzen: denn wahrlich die modernen Liebhaber desselben, die Herren Görres und Konsorten, ziehen noch dichtere Nebel über die Nibelungen, und wie man von andern sagt, daß sie das Wasser trüben um Fische zu fangen, so trüben diese Land und Berg um alle gute kritische Jagd zu verhindern. Mir sind dabei recht artige Aperçus vorgekommen und wenn man ihnen hier und da leugnen möchte, daß sie ganz genau zum Gegenstand passen, so sind sie doch schon lustig für sich selbst. Zum Beispiel so hab' ich, im Sinn der Voßischen Karten zu Homer, Hesiodus und Äschylus, eine Karte zu den Nibelungen gezeichnet, die auf sehr hübsche Reflexionen führt. Auch habe ich nächst genauer Betrachtung des Sujets, der Motive, der Ausführung, auch aufs Kostüm und andre Nebenvorkommenheiten, als äußere Kennzeichen, wohl aufgepaßt, wodurch man dem Alter und dem Ursprung des Gedichts näher beikommen kann. Das alles, wenn ich es

1 Von Goethe zwischen 1805 und 1820 initiierte Leseabende für die ›bessere‹ Weimarer Gesellschaft.

Lesegesellschaft bei Herzog Carl August
Pinselzeichnung von Georg Melchior Kraus, vor 1780 (?)

mehr im reinen habe, teile ich dir, an einem hübschen traulichen Winterabende, dereinst mit. [...]

Meine Frau ist von Frankfurt zurückgekommen, wo sie mir die Liebe erzeigt hat, die Erbschaftsangelegenheiten nach dem Tode meiner guten Mutter[1] auf eine glatte und noble Weise abzutun. Sie grüßt dich und die Deinigen vielmals und wünscht euch gelegentlich zu bewirten, da sie diesen Winter wohl schwerlich nach Jena kommen möchte.

Übrigens ist es bei uns sonderbar genug. Die Abreise des Erbprinzen, das vermutliche Außenbleiben der Hoheit und anderes haben das Gefühl der Geselligkeit bei uns äußerst angeregt und die Woche könnte mehr Tage

1 Goethes Mutter war am 13. September 1808 gestorben.

haben und immer doch noch genugsame Unterhaltung darbieten.

Bei Frau Hofrat Schopenhauer[1] sind der Donnerstag und der Sonntag jeder auf seine Art interessant: der erste wegen vieler Sozietät, wo man eine sehr mannigfaltige Unterhaltung findet; der zweite, wo man wegen kleinerer Sozietät genötigt ist, auf eine konzentrierte und konzentrierende Unterhaltung zu denken; und was du dir kaum vorstellen könntest, in kurzem wird unser geselliges Wesen eine Art von Kunstform kriegen, an der du dich gelegentlich selbst ergetzen sollst.

An Knebel am 24. November 1813

Ich gehe in meinem Wesen so fort und suche zu erhalten, zu ordnen und zu begründen, im Gegensatz mit dem Lauf der Welt, und so suche ich auch noch außer dir Freunde der Wissenschaft und Kunst, die zu Hause bleiben, aufzufordern, daß sie das heilige Feuer, welches die nächste Generation so nötig haben wird, und wäre es auch nur unter der Asche, erhalten mögen. [...]

Der junge Schopenhauer[2] hat sich mir als einen merkwürdigen und interessanten jungen Mann dargestellt; du wirst weniger Berührungspunkte mit ihm finden als ich, mußt ihn aber doch kennen lernen. Er ist mit einem gewissen scharfsinnigen Eigensinn beschäftigt ein Paroli und Sixleva in das Kartenspiel unserer neuen Philosophie zu bringen. Man muß abwarten, ob ihn die Herren vom Metier in ihrer Gilde passieren lassen;

1 Johanna Henriette Schopenhauer (1766–1838), seit 1806 in Weimar, initiierte, analog zu den Mittwochsgesellschaften, einen bürgerlich-literarischen Zirkel.

2 Arthur Schopenhauer (1788–1860), Philosoph, mit dem Goethe vornehmlich im Zusammenhang mit der *Farbenlehre* in Diskussion war.

Goethes Lebensfreund Karl Ludwig Knebel
Zeichnung von Johann Joseph Schmeller, 1824

ich finde ihn geistreich und das übrige lasse ich dahin gestellt.

In unserm nächsten Zirkel ist alles wohl, außer Riemer, der an einem bösen Hals- und Brustbeschwerden leidet. Es ist mir sehr unangenehm ihn an der Marktecke so isoliert zu wissen, in einer Zeit, wo jedermann so bedrängt und beschäftigt ist, daß er im Innern genug zu tun hat.

An Knebel am 26. Dezember 1818

Dr. Weller[1], der mich in Berka besuchte, wird erzählt haben, wie wunderlich mein Leben dort geführt wurde und wie viel ich deiner gedacht. Nur durch eine strenge Richtung aller Gedanken auf einen Punkt war es mir möglich die vielfachen Gedichte zu Stande zu bringen, die der Aufzug forderte, wie das Programm ausweist. Meine Kinder besorgten indes die Kleidung, Meyer und Coudray[2] die Requisiten; ersterer die Zeichnungen zu den Kleidern. Die schönen Sprecherinnen kamen nach Berka zum Vorunterricht, und so fand ich rückkehrend alles im Gange; Didaskalien dauerten fort und so waren wir im Stande, nach sechs Wochen ununterbrochener Arbeit, Freitags den 19. Dezember, ohne mehr als eine Totalprobe am Morgen desselbigen Tages gehabt zu haben, bei Hofe, abends, den Aufzug aufzuführen, dem einiger Beifall zu gönnen war, da so großer Aufwand von Zeit, Kräften und Geld doch nur zuletzt, wie ein Feuerwerk, ein vor allemal in der Luft verpuffte. Indessen haben wir die alte Ehre Weimars gerettet, ich aber, will's Gott! von solchen Eitelkeiten hiedurch für immer Abschied genommen.

Das größte Hindernis dabei war, daß die Charaden zu gleicher Zeit im Werke waren und die zweite Donnerstag abends aufgeführt wurde. Diese Produktionen sind auch sehr gut geraten, so glänzend als möglich, und ein entschiedener Beifall ward Coudray zum Lohne. [...]

Ihro Majestät der Kaiserin[3] hatte ich einigemal im be-

1 Christian Ernst Friedrich Weller (1790–1854) war Mitarbeiter der Universitätsbibliothek in Jena.

2 Clemens Wenzeslaus Coudray (1775–1845) war seit 1816 Oberbaurat in Weimar; Goethe pflegte ein freundschaftlich-vertrautes Verhältnis zu ihm.

3 Luise Marie von Baden, Kaiserin von Rußland.

sondern aufzuwarten das Glück und bin über die zwiefache Gesundheit des Leibes und der Seele dieser hohen Dame erstaunt. Der Einblick in die Ansichten von so hoher Stelle war eine Fortsetzung dessen, was mir in Karlsbad[1] geworden, und dient mir gar vorteilhaft, daß ich manches Zeitereignis mit mehr Klarheit und Beruhigung ansehen kann. Leider, daß weniges davon mitteilbar ist, nicht weil es im Einzelnen ein Geheimnis wäre, sondern weil den Zusammenhang des Ganzen darzustellen einem geschickten pragmatischen Geschichtsschreiber selbst Mühe machen müßte, besonders da ich ja auch an den Blick von unten hinauf und in der Wasserwaage gewöhnt bin. Von dem erhaltenen kostbaren Geschenk wird dein Sohn und Weller gemeldet haben.

24. Januar 1813. Weimar. Abschrift des Verzeichnisses der Gebirgsarten des Leitmeritzer Kreises. Aufsatz wegen Wieland schematisiert. Herr Hauptmann von Verlohren aus Dresden. Neuste Kriegsnachrichten aus Norden. Professor Riemer. Elftes Buch mit ihm durchgegangen. Blieb derselbe zu Mittag, ingleichen Professor Werneburg. Gespräch über die Mängel unserer Gymnasien, sowohl in Absicht auf Organisation als Disziplin. Nahm ich die Urgebirge vor. Oberforstmeister von Fritsch, über die verschiedenen Verhältnisse der Gebirgsarten zur Holzkultur. Abends Dem. Lefevre, Rolle aus dem Wirrwarr. Nachher Odyssee, Nausikaa. Schöner kalter Tag.

17. April. Naumburg. Früh 6 Uhr aus Weimar gefahren. ¾ auf 7 Uhr nach Umpferstedt, ½8 Uhr bei Roßla, ¼ auf 9 Uhr beim Kohlenwerk, ¾ auf 10 in Eckarts-

1 In Karlsbad hatte Goethe die Kaiserin Maria Ludovica von Österreich getroffen.

berga. Gedicht gemacht. Der treue Eckart. Um 11 Uhr in Kösen, gegen 12 Uhr in Naumburg, im Scheffel eingekehrt. Daselbst zu Mittag gegessen. Brief nach Weimar angefangen. Das Gedicht abgeschrieben. In dem Dom Betrachtung der Altertümer daselbst. Nach Hause. Tagebuch in Briefform. Horaz. Englische Literatur. Bedeckt, windig, etwas Regen.

26. April 1816. Weimar. Traurige Nachricht von dem früh 1 Uhr zu Berka ausgebrochenen schrecklichen Feuer. Italienische Reise, Expedienda und Briefe. Nach Belvedere gefahren. Mittag für uns. Bote von Berka. Kleiner Roman von Pfeffel. Frau von Niebecker und Tochter. Hofr. Meyer. Mit August.

Im Frühsommer 1816 erkrankte Christiane von Goethe schwer, die Berichte über Krankheit und Tod seiner Frau im Tagebuch vermischt Goethe lakonisch mit Nachrichten über allerlei andere Projekte und Arbeiten.

1. Juni. Weimar. Briefe und Expeditionen. Gefährliches Befinden meiner Frau während der Nacht. Versuche mit den vegetabilischen Extrakten angefangen. Mittag zu zwei. Briefabschriften. Versuche fortgesetzt. Sichtung des bisher Eingegangenen.

2. Juni. Weimar. Mancherlei mundiert[1]. Verschlimmerter Zustand meiner Frau. [...] Nach Tisch Paket nach Frankfurt. Hofr. Meyer. Hofmedicus Rehbein. Verschlimmerter Zustand meiner Frau.

3. Juni. Weimar. Eine unruhige sorgenvolle Nacht verlebt. Die Köchin dieselben Anfälle, zu Bette. Frau

1 »mundieren« ist Goethes Wort für »ins Reine schreiben (lassen)«; vgl. »Munda«.

von Heygendorf bei meiner Frau, die noch immer in der größten Gefahr. Mittag zu zwei. Divan. Briefe. Entoptische Farben. Pflanzen-Extrakte, chemische Versuche damit. Hofr. Meyer. Zeitungen und Betrachtungen darüber. Den ganzen Tag über Minchen leidlich.

4. Juni. Weimar. Mancherlei expediert und beseitigt. Meine Frau noch immer in äußerster Gefahr. Kräuter war die Nacht bei mir geblieben. Spazieren gefahren mit Hofr. Meyer. Sehr kalte Luft. Zu zwei gegessen. Nach Tische Kanzler von Müller. Plötzlicher heftiger Fieberanfall. Ich mußte mich zu Bett legen.

5. Juni. Weimar. Den ganzen Tag im Bett zugebracht. Meine Frau in äußerster Gefahr. Die Köchin und Minchen leidlich. Mein Sohn Helfer, Ratgeber, ja einziger haltbarer Punkt in dieser Verwirrung. Kräuter die vergangene Nacht bei mir.

6. Juni. Weimar. Gut geschlafen und viel besser. Nahes Ende meiner Frau. Letzter fürchterlicher Kampf ihrer Natur. Sie verschied gegen Mittag. Leere und Totenstille in und außer mir. Ankunft und festlicher Einzug der Prinzessin Ida und Bernhards. Hofr. Meyer. Riemer. Abends brillante Illumination der Stadt. Meine Frau um 12 nachts ins Leichenhaus. Ich den ganzen Tag im Bett.

7. Juni. Weimar. Nicht besonders geschlafen. Zahlreiche Kondolenzen. Außer Bett. Hofr. Meyer. Mittags mit August. Frau Prof. Riemer. Farbenversuche. Gegen Abend Prof. Riemer, die Versuche fortgesetzt. Hofr. Meyer auf kurze Zeit. Riemer blieb.

8. Juni. Weimar. Meine Frau früh um 4 Uhr begraben. Verschiedene Briefe.

Zwei Briefe vom 24. Juni 1816 sprechen die Trauer deutlicher aus.

An Sulpiz Boisserée[1]

Leugnen will ich Ihnen nicht, und warum sollte man großtun, daß mein Zustand an die Verzweiflung grenzt, deshalb ich auch, indem ich mich zu zerstreuen suchte, auf das allerfalscheste Mittel geraten bin, indem ich nämlich mich unfähig fand, irgend eine Produktion des Augenblicks von mir zu erwarten. So habe ich die alten derelinquierten Papiere hervorgesucht, wo zwar manches Erfreuliche und Brauchbare sich findet, aber auch ein Wust von erst durchgeschmolzenem Gestein, wo man ein schreckliches Feuer und Schmiedearbeit anwenden müßte, um das bißchen Metallische herauszugewinnen, und doch kann man es nicht über sich gewinnen dergleichen Blätter zu vertilgen, weil es immer Denksteine vergangener Zustände bleiben. [...]

Und so will ich denn schließen, mit den besten, obzwar etwas konfusen Wünschen, möge euch in dieser konfusen Welt etwas Sicheres und Geordnetes gelingen.

An Wilhelm von Humboldt

Mit dem Gefühl des Verlustes, in das mich das Abscheiden meiner guten kleinen Frau versetzt, weiß ich nichts tröstlicher, als umherzuschauen, wie viel Gutes und Liebes mir noch übrig bleibe.

1 Johann Sulpiz Boisserée (1783–1854), Sammler und Liebhaber vor allem mittelalterlicher deutscher Kunst und Architektur, mit dem Goethe besonders seit 1814 einen äußerst regen Briefverkehr unterhielt.

Sulpiz Boisserée
Zeichnung von Johann Joseph Schmeller, 1827

Noch im Dezember desselben Jahres verlobte sich der Sohn August mit Ottilie von Pogwisch, so daß im Haus am Frauenplan bald schon wieder eine größer werdende Familie beheimatet war.

31. Dezember. Weimar. Expeditionen und aufgeräumt. [. . .]

Gegen Abend Hofr. Meyer. Frau von Pogwisch und Tochter. Verlobung von Ottilie von Pogwisch mit meinem Sohn.

Goethes Sohn August
Ölgemälde von Ehregott Grünler, 1828

Die Vielfalt der unterschiedlichsten Geschäfte des mittlerweile fast siebzigjährigen Goethe läßt sich am besten aus einem fast zufälligen Blick in die Tagebücher der folgenden Jahre ersehen:

21. März 1817. Jena. Gegen 8 Uhr von Weimar weggefahren. Gelinde Kälte, umwölkter Himmel, wenige Schneeflocken. Von Kötschau zu Fuße bis an die abhängende Straße. Versteinerungen. Steinkerne. Ins Para-

Goethes Schwiegertochter Ottilie, geb. Pogwisch
Kreidezeichnung von Heinrich Müller

dies[1], zu Otteny, eine neue Elektrisiermaschine zu sehen, nach Tharandt bestimmt. Zu Tische allein. Sammlung von Korundum[2] aus England. Aufs Museum. Russische Mineralien. Zu Major von Knebel. Englische Gedichte, besonders der Wolkenbote. Abends zu Hause.

22. März. Jena. Geschäftsregistratur von gestern. Auf den Heinrichsberg, die Heilanstalt betrachtet. Im

1 Parkanlage in Jena.
2 Hartes Mineral.

Botanischen Garten. Zu Döbereiner[1]. Aufs astronomische Observatorium [...]. Zu Major von Knebel. Nach Hause. Der Wolkenbote von Kalidasa[2]. Zum bessern Verständnis Asiatic Researches Vol VI. [...] Mittag für mich. Spazieren gegangen. Abends bei Bergrat Voigt. Die obengenannten Bücher fortgelesen.

29. März. Jena. Vorwort zur Morphologie. Indische Geographie. Entoptische Farben. Hofrat Voigts Kubus, Güldenapfels jenaischer Almanach, Artikel Bibliotheken. Belege zur Museumsrechnung, Schema zum Aufsatz über die Tierarzneischule. Ausgefahren, zu Pflug, neue Art Teekessel, den Weg nach Weimar, zu Madame Bohn, zu Geh. Justizrat Martin, bei Ziegesars, nach Hause. Mittag allein. Nach Tische mein Sohn, weimarische Geschäfte, häusliche und öffentliche Abreise desselben. Überlegung der nächsten Arbeiten. Zu Knebel, halb 9 Uhr nach Hause. Weimarische Sendung. Vorwort korrigiert.

1. April. Jena. Etat Veterinärschule, Belege der letzten Rechnungen durchgegangen und rangiert. Um 11 Uhr zu Renner, in den Botanischen Garten. Zu Major von Knebel, daselbst gespeist mit den Gebrüdern Voß aus Heidelberg und Rudolstadt. Professor Bachmann. Spazieren gefahren, nach Hause. Abends einige Stunden bei Voigt, Kants Kritik der teleologischen Urteilskraft.

3. April. Jena. Das gestern Angekommene durchgesehen und geordnet, Vorarbeit zum Etat fortgesetzt. Geschichte meines botanischen Studiums durchgedacht. Spazieren, bei Hofagent Weber, seine neue Gartenanlage besehn. Herrlicher Morgen, zum Neutor hinaus, die

1 Johann Wolfgang Döbereiner (1780–1849), Apotheker und Chemiker, seit 1816 Professor in Jena.

2 Kâlidâsa, indischer Dichter des 5. Jahrhunderts, dessen *Sakuntulâ* und *Meghaduta* (Wolkenbote) Goethe sehr schätzte.

Leutra hinauf, zum Engelgatter herein. Zu Hause, einiges nachgeholt. Thomas Campanella, Kants Kritik der Urteilskraft. Im Botanischen Garten. Zu Renner, die Gedärme und das Gehirn des zweiköpfigen Schafes. Herr von Schröder. Römischer geschnittener Stein. Altdeutsche Literatur. (Holzmarkt in Kösen.) Großer Gelderlös für das hinabgeflößte Holz. Den bevorworteten Inhalt der Morphologie an Frommann[1]. Mittag für mich. Im Bären Bestellung auf Morgen. Fortgesetzte Lektüre von früh. Spazieren zu Knebel. Umfang des Studiums orientalischer Literatur. Sendung ausgepackt und geordnet.

5. April. Jena. Rechnungsbelege geordnet. Spazieren ins Paradies. Zu Knebel. Verwirrung, die das große Wasser beim Holzmarkt zu Kösen angerichtet. Porzellan-Fabrikant von Saalfeld; [...] Wunsch wegen der Tapeten, Bemerkung wegen der Pfirsiche an den Wänden. Vielleicht ebensoviel als die Wärme trägt der magere Stand zur Fruchtbarkeit bei. Für mich zu Tische. Diesen Morgen ein neues Phänomen entoptischer Farben abgespiegelt in der Fensterscheibe. Kants Behauptung »Wie kann jemals Erfahrung gegeben werden, die einer Idee angemessen sein sollte? Denn darin besteht eben das Eigentümliche der letztern, daß ihr niemals eine Erfahrung kongruieren könne.« Nach Tische spazieren gefahren. Abends Major von Knebel.

23. Juni. Jena. Entoptische Versuche. Fachinger Wasser. Nachricht, daß auf der Rasenmühle ein Lachs 13 ℔ schwer. Erkaufung desselben. Sektion desselben durch Schröter. Eingeweide, Floßfeder und Kopf zu einem Präparate sorgfältig aus- und abgelöst. Die Hälfte des Ganzen in die Küche der Prinzessinnen gegeben. Eine

1 Karl Friedrich Ernst Frommann (1765–1837), Verleger in Jena.

Portion von meinem Teil Knebeln, eine Hofrat Voigts und die dritte meinen Kindern mit einem Brief gesendet. Brief an Geheimrat von Voigt. Den 2. Revisionsbogen der Italienischen Reise in die Druckerei. Sizilianischer Aufenthalt in Manuskript mit Aufmerksamkeit revidiert.

26. März 1819. Weimar. Früh nach fünf Uhr solennes Begräbnis des P. von Voigt. Zum Divan einiges bedacht. Professor von Münchow. Mittag zu vieren. Die Altenburger Gesandtschaft war auf der Bibliothek gewesen. Geschichte des Prinzen von Condé. Kanzler von Müller[1] die Nachricht von Kotzebue!!!! Ermordung[2].

1. April. Weimar. Zeitläufte bedacht. Zu der jungen Herrschaft. Zu Hause im Garten. Mittag zu drei. Kam Frau von Stein. Begleitete sie nach Hause. Mit August über das Nächste. Waren Tüncher und Zimmerleute im Garten. Inspektor Blaufuß maß darin, zur Vorbereitung des Plans der Stadt. Buchbinder Müller wegen Einband der Festgedichte, nähere Bestimmung. Hofrat Meyer; in dem Leben des Prinzen Condé gelesen. Blieb derselbe zu Tische. Angelegenheiten des Tags und der Stunde.

20. April. Weimar. Orientalische Reisen. Visconti[3] Klassizismus und Romantizismus. Nachricht von Kanonikus Pick in Köln. Mittag zu vieren. Mandeville, einige

1 Friedrich Theodor Adam Heinrich von Müller (1779–1849), seit 1815 Kanzler in Weimar und einer der engsten Vertrauten des alten Goethe.

2 August Friedrich Ferdinand von Kotzebue (1761–1819), einer der erfolgreichsten Theaterschriftsteller der Goethezeit; vor allem auf seine Polemik gegen Burschenschaften, Republik u. ä. hin am 23. März 1819 von dem Burschenschaftler Ludwig Sand ermordet.

3 Ennio Quirino Visconti (1751–1818), römischer Archäologe; die hier von Goethe erwähnte Schrift erschien 1816.

biographische Notizen von ihm. Abends Adele Schopenhauer und Gräfin Lina von Egloffstein[1] zu Tische. Moralische und politische Betrachtungen über den Tag. Nachricht von Arthur Schopenhauer aus Rom.

21. April. Weimar. Mehrere Expeditionen in Oberaufsichtssachen mundiert. Aushängebogen 20 und 21 des Nachtrags zum Divan. Kanzler von Müller wegen Voigts Denkrede. Den Artikel: Reisende durchgedacht. Della Valle[2] gelesen. Mittag zu vieren. Älterer Aufsatz über die Kinder Israel in der Wüsten. Della Valle fortgefahren. Reiseroute der Kinder Israel. Hofrat Meyer, über ältere Kunstgeschichte, besonders des Phidias. Lieber wegen der Meubles in der Zeichenschule. Verabredung mit Hofrat Meyer wegen Aufziehung einiger Landschaften; über das romantisch-klassische Wesen der Mailänder und sonst. Die Frauenzimmer aus der Komödie. Kanzler von Müller.

9. Juli. Jena. Endlichen Abschluß des Divans überdacht. Professor Renner[3] wegen dem osteologischen Aufsatz. Hofrat Voigt wegen den Maulbeerblättern. Professor Kosegarten[4], Überlegung wegen Abdruck der persischen Gedichte. Tagebuch meines Sohnes durchgelesen. Mittag für mich. Nach Tische die früheren Arbeiten betrachtet und fortgesetzt. Divan zwei Exemplare geheftet bis zum 29. Bogen an Sekretär Kräuter, die gewünscht werden. Ältere osteologische Zeichnungen durchgesehen. Sendung von Weimar. Brief Nees von

1 Caroline Gräfin von Egloffstein (1789–1868), Hofdame der Weimarer Erbgroßherzogin Maria Paulowna.

2 Pietro della Valle (1586–1652), italienischer Orientreisender.

3 Theobald Renner (1779–1850), Mediziner, seit 1816 Veterinärmediziner an der Universität Jena.

4 Johann Gottfried Ludwig Kosegarten (1792–1860), Orientalist, 1817–1824 Professor in Jena.

Esenbeck[1]. Ausgefahren gegen Burgau; auf dem Rückweg Herrn von Ziegesar aufgenommen, abermals bis Burgau gefahren. Knebels begegnet. Unterwegs den Verräter sein selbst durchgedacht, auch abzulassende Briefe. Zu Haus Neesens Brief überlegt und was darauf folgt.

7. September 1820. Jena. Dr. Wellern Verschiedenes diktiert. Vorbereitung die Sonnenfinsternis zu sehen in der Prinzessinnen Garten. Kamen Serenissimus. Hinaus in den Garten. Draußen gespeist. Die Sonnenfinsternis trat ein und konnte gut beobachtet werden. Auf die Sternwarte, wo man den Austritt beobachtete. Abermals in den Garten. Serenissimus fuhren 6 Uhr ab. Von 7 bis 9 Uhr bei Frommanns, wo große Gesellschaft war.

27. September. Jena. Früh allein spazieren gefahren gegen Wenigenjena. [...] Schubarth[2] über griechische und lateinische Studien; über die Fortsetzung von Faust. Briefe. Schubarth, fortgesetzte gestrige Unterhaltung über das Fragmentarische des Faust und zu wünschende Vollendung. Kam mein Sohn, die bisherigen Ereignisse erzählend. Er und die beiden Brüder zu Tische. Nachherige Unterhaltung mit ihm, er ritt um 6 Uhr weg. Die beiden Schubarthe zu Knebel. Das Geburtstagsgeschenk für Prinzeß Auguste ward fertig. Brief von Adelen und anderes. Zeitungsgeschichte. Betrachtung über das 10. Blatt zu Mantegnas Triumphzug. Erste Notiz von der Revolution in Portugal.

1 Christian Gottfried Daniel Nees von Esenbeck (1776–1858), Mediziner, Philosoph und Naturwissenschaftler, mit dem Goethe einen regen Briefwechsel führte.

2 Karl Ernst Schubarth (1796–1861), Philologe und Kunstwissenschaftler, publizierte 1818 eine *Beurtheilung Göthes mit Beziehung auf verwandte Literatur und Kunst*, woraufhin Goethe ihn kennenlernte und als zeitweiligen Mitarbeiter gewann.

21. März 1821. Weimar. An dem Auszug der Ilias korrigiert und denselben verschiedentlich mit dem Original verglichen. Mittag zu vieren. Über die ersten Aushängebogen, welche gestern abend vorgelesen worden, Verschiedenes gesprochen. Abends Hofrat Meyer. Englische neueste Literarberichte. Tagebücher aus Italien.

5. April. Weimar. Mehrere Expeditionen vorbereitet. Briefe konzipiert. Mittag zu vieren. War angekommen:

Friedrich Wilhelm Riemer,
einer der engsten Mitarbeiter des alten Goethe
Zeichnung von Johann Joseph Schmeller, 1824

Zaupers[1] Grundzüge zu einer deutschen theoretisch-praktischen Poetik. Betrachtungen über dieselbe. Zeitungsnachrichten vom Vordringen der Österreicher gegen Neapel. Abends Hofrat Meyer, über Schweizer Sitten und Kostüme. Später das Zauperische Werk näher betrachtet.

20. April. Weimar. Brief an Tischbein mundiert, manches vorbereitet. Im Garten. Herr Kanzler von Müller. Mehrere Pflanzen. Die Kinder Eier suchend. Hofrat Meyer, der eine Nachricht aus der Schweiz brachte. Mittag zu dreien. Einige neue Gedichte aus dem Buche des Paradieses. Im Garten. Abends Professor Riemer und Hofrat Meyer. Die Frankfurter Nachricht aus dem Dreißigjährigen Kriege gelesen.

22. April. Weimar. Die Kaiserkronen blühten auf. Im Garten für weitere Reinlichkeit gesorgt. Gläser ausgepackt. [...] Briefe und Vorarbeiten. Mittag Professor Riemer. Nach Tische mit demselben über verschiedenes Literarisches gesprochen. Im Garten. Im Gartenhause Ordnung herzustellen fortgefahren. Abends Hofrat Meyer.

23. April. Weimar. Den ersten Spargel gestochen. Das siebzehnte Kapitel der Wanderjahre.

Wiederholt wurde der Greis von allerdings durch hypochondrische Panik verstärkte Krankheiten heimgesucht – wie etwa im Februar 1823.

18. Februar. Weimar. Gesteigertes Übelbefinden. Besonders heftiger Schmerz am Herzen. Um 11 Uhr zur

1 Joseph Stanislaus Zauper (1784–1850), Philologe, publizierte 1822 seine *Grundzüge zu einer deutschen theoretisch-praktischen Poetik aus Göthes Werken entwickelt.*

Ader gelassen. Anmeldung des Baron Stroganoff[1] durch Herrn Staatsrat Struve, welchen ich leider nicht sehen konnte. Den ganzen übrigen Tag fortwährend sehr unruhig. Abends 5 Uhr Geh. Hofrat Huschke[2]. Schlaflose Nacht. Hofrat Rehbein blieb im Hause.

19. Februar. Weimar. Fortdauernder, zwar etwas geminderter Schmerz. Um 9 Uhr Blutigel gelegt. Besuch von Herrn Geh. Hofrat Huschke. Abends heftiges Fieber, sehr unruhige, durch Schmerzen schlaflos gemachte Nacht.

20. Februar. Weimar. Fast derselbe Zustand wie gestern, doch ging der Puls etwas besser. Zweimaliger Besuch des Geh. Hofrats Huschke. Hofrat Rehbein fast den ganzen Tag da. Die Nacht kaum anderthalb Stunden geschlafen.

21. Februar. Weimar. Früh starke Neigung zum Schlaf. Der Puls fast fieberfrei. Jedoch den Tag über in Schmerzen und Unruhe zugebracht. Zweimaliger Besuch des Geh. Hofrats Huschke und sehr ofter Besuch des Hofrates Rehbein. Die Nacht unruhig mit wenig erquickendem Schlaf.

22. Februar. Weimar. Zustand wie gestern, Fieber am Morgen etwas stärker wie gestern abends. Den Tag im ganzen unruhig und in Schmerzen zugebracht. Zweimaliger Besuch des Geh. Hofrats Huschke. Hofrat Rehbein sehr oft im Hause. Nacht unruhig, heftiges Fieber, zuweilen starker Schweiß ohne Erleichterung hervorzubringen.

23. Februar. Weimar. Das Fieber etwas geringer; jedoch wieder heftige Schmerzen in der linken Brust.

1 Grigorij Alexandrowitsch Stroganoff (1770–1857), russischer Diplomat in Madrid, Stockholm und Konstantinopel.

2 Wilhelm Ernst Christian Huschke (1760–1828), Leibarzt der herzoglichen Familie in Weimar.

Zweimaliger Besuch des Geh. Hofrats Huschke. Hofrat Rehbein sehr oft. Sonst der Tag sehr unruhig und schmerzhaft hingebracht. Die Nacht etwas ruhiger als die vorige, doch ohne Schlaf.

24. Februar. Weimar. Am Morgen etwas Schlaf. Das Fieber mäßig. Zweimaliger Besuch des Geh. Hofrats Huschke. Hofrat Rehbein sehr oft. Der Zustand verschlimmerte sich sehr, bis gegen Abend eine unwiderstehliche Neigung zum Marienbader Wasser eintrat, welches auch getrunken wurde. Später eine Tasse Arnika-Tee getrunken, nach welchem sich der Zustand ganz zu verändern schien. Die Nacht zum erstenmal ruhiger erquickender Schlaf.

25. Februar. Weimar. Etwas Husten hatte sich eingefunden. Überhaupt der Zustand ungleich besser als die vorhergehenden Tage. Früh wieder Marienbader Wasser getrunken. Zweimaliger Besuch des Geh. Hofrats Huschke, öfterer des Hofrates Rehbein. Der Tag ohne Fieber. Die Nacht wenig geschlafen, daher Unruhe und Mißbehagen.

2. März. Weimar. Am Morgen abermals erquickender Schlaf. Verbesserter Zustand. Zweimaliger Besuch des Herrn Geh. Hofrats Huschke. Abends Oberbaudirektor Coudray, Hofrat Meyer.

3. März. Weimar. Blieb den Tag über im Sessel.

Weimar – und dort das Haus Goethes – wurde unterdessen immer mehr zu einem Wallfahrtsort vieler Gelehrter, Künstler, Wissenschaftler und ehrgeiziger Eltern mit ihren meist musizierenden Wunderkindern aus ganz Europa.

Das Goethehaus am Frauenplan in Weimar

Stich von Ludwig Schütze nach einer Zeichnung von Otto Wagner, 1827

27. Oktober 1823. Weimar. Vorbereitung zu dem abendlichen Konzert. Die kleinen Rezensionen an Hofrat Meyer zurück. Übersetzung von Hermann und Dorothea ins Griechische. Abschrift der Rezensionen des niederländischen Katalogs. Besuch des französischen Gesandten, Mr. de Rumigny, und Herrn Kanzler von Müllers. Mittag Madame Szymanowska[1], Schwester und Bruder. Einiges für den Abend probiert und vorbereitet. Einteilung der Zimmer zum Konzerte. Eckermann[2], die Mitteilung ins Morgenblatt bringend. Gab ihm das

1 Maria Szymanowska (1795–1831), berühmte polnische Pianistin, die Goethe 1823 in Marienbad kennenlernte.

2 Johann Peter Eckermann (1792–1854), seit 1823 Gehilfe, Gesprächspartner und Vertrauter des alten Goethe.

neuste Gedicht zu lesen. Alsogleich sehr feine Bemerkungen darüber. Die Gesellschaft kam nach und nach an. Madame Szymanowska spielte. Madame Eberwein sang, von Saiten- und Blasinstrumenten accompagniert. Blieben bis gegen 10 Uhr. Sendung von Nees von Esenbeck. Expresser von Jena, wegen retardierter Bezahlung.

19. Juni 1826. Weimar. Gingen Serenissimus zeitig nach Teplitz ab. Diktierte das Schema zur Vergleichung des älteren und neuern Hamlets. Ingleichen den Aufsatz über die Boisseréesche Sammlung und Steindrücke zum Teil. Dr. Vogel[1] zum Antrittsbesuch. Bergrat Wahl verband in dessen Gegenwart. Konsultation deshalb. Dr. Neuburg von Frankfurt durchreisend nach Berlin und Doberan. Dr. Becker von Berlin kommend. Ersterer erzählte die Geschichte Riepl und dessen erstes Herankommen. Nachricht von Schlossers Aufenthalt bei Heidelberg. Mittag zu dreien. Nach Tische die Boisseréeschen Blätter angesehen. Die Benutzung derselben durchgedacht. Zeitungen, besonders Le Globe. Montaigne fortgesetzt. Auf der Landkarte die Lokalität des großen Wolkenbruchs über Nidda aufgesucht. Frage: Ob nicht auf der sonst durchaus waldigen Berghöhe, wo die Nidda entspringt, das Holz übermäßig gelichtet worden.

21. Mai 1827. Weimar. Sendung aus England. Akademische Reden des Herrn Davy. Karte von Irland. Serenissimus kamen zu Pferde vorbei und sprachen an. Verschiedenes ward im kurzen verhandelt. Mittag für mich. Gegen Abend Herr Kanzler. Major v. Wulffen, Adjutant des Prinzen Karl, mit Abschiedsgrüßen von demselbigen. Major von Geyso. Herr Sandbach aus Liverpool. Rittmeister von Haak. Später Dr. Eckermann.

1 Karl Vogel (1798–1864), seit 1826 Leibarzt Carl Augusts.

Beredung wegen Helena. Sodann einiges über den zweiten Teil von Faust.

14. September. Weimar. Konzepte und Munda. Betrachtungen über National-Literaturen gegen sich selbst und gegen benachbarte Völkerschaften. Stockende National-Literaturen durch fremde angefrischt. Mittag Herr von Henning, Zahn und Eckermann. Mit ersterem manches Chromatische, allgemein Literarische, auch besonders Berlinische. Abends Professor Riemer. Wanderjahre zweiter Teil. Das Nußbraune Mädchen, zweite Folge.

8. Oktober. Jena. Früh aufgestanden. Der Hauslehrer von Knebels begrüßte mich. Ingleichen Herr von Motz, der einige Akademica besprach. In das anatomische Kabinett. Prosektor Schröter machte seine Sache gut wie immer. Alles gleichfalls reinlich und ordentlich. Auf die Sternwarte. Dr. Schrön erklärte die Instrumente. Wir besahen das meteorologische Kabinett, anstoßend an die Sternwarte, aber abgesondert. Alles gleichfalls in Ordnung. Wir frühstückten in der Laube an dem alten Schillerischen Steintische. Die Bänke waren zusammengebrochen. Eckermann führte Schrön in die Mansarde, die schöne Aussicht aus Schillers Wohnzimmer zu sehen. Zu Hofrat Döbereiner, welcher wie die übrigen uns gar freundlich empfing. Einige schöne Experimente, zeigte besonders die Wirkung der Platina in metallischem und oxydiertem Zustande. Wir fuhren nach Burgau. Trafen daselbst den Herrn General von Egloffstein. Speisten Fische und sonst weniges. Sahen einiges an Wasserbauten. Ferner bei sehr niedrigem Wasser Flößer mit Gefahr und Mühe das Wehr herabkommen. Im Zurückfahren hinter der Rasenmühle die neue Anlage bestiegen. Den Berg fanden wir zu den Zwecken der Schützengesellschaft verständig terrassiert. Größere und kleinere Baulichkeiten einsichtig ausgeführt. Zurück in den Bären. Eingepackt. Zu Frommanns, wo wir die Familie und einen jungen Thibaut fanden. Vor Sonnenuntergang zu Hause. War die beiden Tage das schönste Wetter gewesen. Die sämtlichen Angestellten und Freunde waren

Goethe

Aquarell von Joseph Karl Stieler, vermutlich 1828

überrascht. Ich war in vier Jahren nicht nach Jena gekommen und hatte mich zu erfreuen, daß durch die aufmerksame Wirkung eines Sohns und die höchst verständige Wirkung aller Angestellten sich im Ganzen und Einzelnen nichts zu tadeln fand.

11. Februar 1828. Weimar. Mittag für uns. War Ottilie mit Charaden beschäftigt, die sie aufführen wollte. Beschäftigung mit Richelieu. Fing sodann an Troilus und Cressida zu lesen. Abends Hofrat Meyer. Über verschiedene einzelne Punkte der Kunstgeschichte.

19. Februar. Weimar. Die gestrigen Konzepte durchgesehen, einiges vorgearbeitet. Um halb 11 Uhr die Frau Großherzogin, zeigte ihr die neuangekommenen Kupfer und Zeichnungen vor. Beschäftigungen der Kinder mit Maskenspäßen. Speiste mit Wölfchen und fuhr fort alles Nächste zu bedenken. Abends besuchten mich die Maskierten und stellten sich mit ganz wohl ausgeführten Torheiten dar. Ich blieb für mich und verlor den Faden meiner Arbeiten keineswegs.

27. Februar. Weimar. Einige Munda. Mein Sohn referierte, wie anständig es auf dem Ball der Engländer hergegangen. Die beiden Söhne des Lord Wellington waren gegenwärtig. Nebenstehendes und anderes. Hofrat Vogel, der gleichfalls vom gestrigen Ball erzählte. Mit Dr. Eckermann spazieren gefahren, eine Zeitlang im untern Garten. Wir besprachen die verabredeten Angelegenheiten und beförderten sie bedeutend. Derselbe speiste mit mir, sowie auch Wölfchen.

26. Mai 1830. Weimar. Einige Konzepte diktiert. John[1] schrieb No. I. des botanischen Anhangs zu Ende. Herr von Reutern Abschied nehmend. Schreiben von Herrn und Frau von Cotta. Felix Mendelssohn[2] und die Familie zu Tische, wozu Herr Hofrat Soret[3] kam. Felix

1 Johann August Friedrich John (1794–1854), seit 1814 Goethes Sekretär und Schreiber.

2 Felix Mendelssohn Bartholdy (1809–1847), Komponist, Schüler von Goethes Komponisten-Freund Zelter.

3 Frédéric Jean Soret (1795–1865), Schriftsteller und Naturforscher, auf Goethes Empfehlung 1822 als Prinzenerzieher nach Weimar berufen und häufiger Gast und Diskussionspartner Goethes.

produzierte eine Ouvertüre von Weber und eine kleine heitre Komposition. Abends großer Tee, Musik, große Symphonie von Beethoven.

1. Juni. Weimar. Verschiedenes gefördert. Beschäftigung mit botanischen Angelegenheiten. Mittags Felix Mendelssohn. Erinnerung an alte Zeiten. Spielte nach Tische treffliche Dinge. Ich überdachte mir das Nächste. Las in Varnhagen von Enses Erhardt, welcher gute Mann sich 1830 nicht sonderlich ausnimmt. Herr Geh. Rat von Müller. Professor Riemer. Frau von Motz von Hanau. Herr von Motz, nicht ihre Gemahl, sondern Sohn des Ministers. Frau von Groß und [1], ein Franzose. Felix trug wieder treffliche Musik vor.

Am 24. Juni 1828 starb der Großherzog und langjährige Duz-Freund Goethes, Carl August von Sachsen-Weimar-Eisenach, ein Tod, der ähnlich wie der Schillers eine große Lücke riß – zumal Goethe in seiner Furcht vor dem Tode gerade durch den Tod Jüngerer an das eigene schon hohe Alter gemahnt wurde. Goethe floh auf das Schloß Dornburg, wo er die Trauer in einer intensiven Betrachtung von Architektur und Landschaft und in literarischen Studien zu ersticken suchte.

7. Juli. Dornburg. Eingepackt und Verschiedenes noch abgetan. Nach 6 Uhr auf Jena. Abgestiegen im Botanischen Garten. Voigt und Baumann gesprochen. Heracleum speciosum betrachtet und bewundert. Nachher auf die Bibliothek, alles in Ordnung gefunden. Zu Major von Knebel, mit demselbigen gespeist. Um 4 Uhr weg-

1 Goethe läßt hier, wie öfter in den Tagebüchern, Namen von Personen aus, die er entweder nicht verstanden oder schon wieder vergessen hat.

Der Großherzog bei Goethe zu Besuch
im sogenannten Juno-Zimmer
Kupferstich von Carl August Schwerdgeburth, um 1825

gefahren. Um 6 Uhr in Dornburg angekommen. Vollkommen heiterer Himmel und große Wärme.

8. Juli. Dornburg. Früh in der Morgendämmerung das Tal und dessen aufsteigende Nebel gesehen. Bei Sonnenaufgang aufgestanden. Ganz reiner Himmel, schon zeitig steigende Wärme.

An Friedrich August von Beulwitz[1] *am 18. Juli 1828*

Gaudeat ingrediens laetetur et aede recedens,
His qui praeter eunt det bona cuncta Deus. 1608

Freudig trete herein und froh entferne dich wieder!
Ziehst du als Wandrer vorbei, segne die Pfade dir Gott.

Da gewiß höchsten Ortes sowie von Ew. Hochwohlgeboren gnädig und geneigt aufgenommen wird, wenn ich den Zustand, in dem ich mich befinde, rein und treu auszusprechen wage, dasjenige, was sich von selbst versteht, bescheiden ablehne und die Betrachtungen, zu denen ich aufgeregt werde, zutraulich mitteile, so eröffne mit obigen zwei lateinischen Zeilen meinen gegenwärtigen Brief. Ich fand sie als Überschrift der Hauptpforte des Dornburger neu akquirierten Schlößchens, wo mir durch höchste Nachsicht in den traurigsten Tagen eine Zuflucht zu finden vergönnt worden.

Die Einfassung gedachter Türe selbst ist nach Weise jener Zeit architektonisch-plastisch überreich verziert und gibt, zusammen mit der Inschrift, die Überzeugung, daß vor länger als zweihundert Jahren gebildete Menschen hier gewirkt, daß ein allgemeines Wohlwollen hier zu Hause gewesen, wogegen auch diese Wohnung durch

1 Friedrich August von Beulwitz (1785–1871), Kammerherr am Weimarischen Hofe.

so viele Kriegs- und Schreckenszeiten hindurch aufrecht bestehend erhalten worden.

Bei meiner gegenwärtigen Gemütsstimmung rief ein solcher Anblick die Erinnerung in mir hervor: gerade ein so einladend-segnendes Motto sei durch eine Reihe von mehr als funfzig Jahren der Wahlspruch meines verewigten Herrn gewesen, welcher, auf ein groß-bedeutendes Dasein gegründet, nach seiner erhabenen Sinnesart jederzeit mehr für die Kommenden, Scheidenden und Vorüberwandelnden besorgt war als für sich selbst, der wie der Anordner jener Inschrift weniger seiner Wohnung, seines Daches gedachte als derjenigen, welche da zu herbergen, mit Gunst zu verabschieden oder vorbeigehend zu begrüßen wären. Hier schien es also, daß ich abermals bei ihm einkehre als dem wohlwollenden Eigentümer dieses uralten Hauses, als dem Nachfolger und Repräsentanten aller vorigen gastfreien und also auch selbst behaglichen Besitzer.

Die allgemeine traurige Stimmung dieser Stunden ließ mich den Wert solcher Betrachtungen doppelt fühlen und regte mich an, denenselben gleichfalls nachzugehen, als ich nach Verlauf von einigen Tagen und Nächten mich ins Freie zu wagen und die Anmut eines wahrhaften Lustortes still in mich aufzunehmen begann.

Da sah ich vor mir auf schroffer Felskante eine Reihe einzelner Schlösser hingestellt, in den verschiedensten Zeiten erbaut, zu den verschiedensten Zwecken errichtet. Hier, am nördlichen Ende, ein hohes, altes, unregelmäßig-weitläufiges Schloß, große Säle zu kaiserlichen Pfalztagen umschließend, nicht weniger genugsame Räume zu ritterlicher Wohnung; es ruht auf starken Mauern zu Schutz und Trutz. Dann folgen später hinzugesellte Gebäude, haushältischer Benutzung des umherliegenden Feldbesitzes gewidmet.

Die Augen an sich ziehend aber steht weiter südlich, auf dem solidesten Unterbau, ein heiteres Lustschloß neuerer Zeit, zu anständigster Hofhaltung und Genuß in günstiger Jahreszeit. Zurückkehrend hierauf an das südlichste Ende des steilen Abhanges, finde ich zuletzt das alte, nun auch mit dem Ganzen vereinigte Freigut wieder, dasselbe welches mich so gastfreundlich einlud.

Auf diesem Wege nun hatte ich zu bewundern, wie die bedeutenden Zwischenräume, einer steil abgestuften Lage gemäß, durch Terrassengänge zu einer Art von auf- und absteigendem Labyrinthe architektonisch auf das schicklichste verschränkt worden, indessen ich zugleich die sämtlichen übereinander zurückweichenden Lokalitäten auf das vollkommenste grünen und blühen sah. Weithingestreckte, der belebenden Sonne zugewendete, hinabwärtsgepflanzte, tiefgrünende Weinhügel. Aufwärts an Mauergeländern üppige Reben, reich an reifenden, Genuß zusagenden Traubenbüscheln; hoch an Spalieren sodann eine sorgsam gepflegte, sonst ausländische Pflanzenart, das Auge nächstens mit hochfarbigen, an leichtem Gezweige herabspielenden Glocken zu ergötzen versprechend. Ferner vollkommen geschlossengewölbte Laubwege, einige in dem lebhaftesten Flor durchaus blühender Rosen höchlich reizend geschmückt; Blumenbeete zwischen Gesträuch aller Art.

Konnte mir aber ein erwünschteres Symbol geboten werden? deutlicher anzeigend wie Vorfahr und Nachfolger, einen edlen Besitz gemeinschaftlich festhaltend, pflegend und genießend, sich von Geschlecht zu Geschlecht ein anständig-bequemes Wohlbefinden emsig vorbereitend, eine für alle Zeiten ruhige Folge bestätigten Daseins und genießenden Behagens einleiten und sichern?

Goethe als Dichter und Künstler vor dem Vesuv
Ölgemälde von Heinrich Christoph Kolbe, 1826

Dieses mußte mir also zu einer eigenen Tröstung gereichen, welche nicht aus Belehrung und Gründen hervorging; hier sprach vielmehr der Gegenstand selbst das alles aus, was ein bekümmertes Gemüt so gern vernehmen mag: die vernünftige Welt sei von Geschlecht zu Geschlecht auf ein folgereiches Tun entschieden angewiesen. Wo nun der menschliche Geist diesen hohen ewigen Grundsatz in der Anwendung gewahr wird, so fühlt er sich auf seine Bestimmung zurückgeführt und ermutigt, wenn er auch zugleich gestehen wird: daß er eben in der Gliederung dieser Folge, selbst an- und abtretend, so Freude als Schmerz wie in dem Wechsel der Jahreszeiten so in dem Menschenleben, an andern wie an sich selbst zu erwarten habe.

Hier aber komme ich in den Fall, nochmals mir eine fortgesetzte Geduld zu erbitten, da der Schilderung meines gegenwärtigen Zustandes noch einiges Unentbehrliche hinzuzufügen wäre.

Von diesen würdigen landesherrlichen Höhen seh ich ferner in einem anmutigen Tal so vieles, was, dem Bedürfnis des Menschen entsprechend, weit und breit in allen Landen sich wiederholt. Ich sehe zu Dörfern versammelte ländliche Wohnsitze, durch Gartenbeete und Baumgruppen gesondert, einen Fluß, der sich vielfach durch Wiesen zieht, wo eben eine reichliche Heuernte die Emsigen beschäftigt; Wehr, Mühle, Brücke folgen aufeinander, die Wege verbinden sich auf- und absteigend. Gegenüber erstrecken sich Felder an wohlbebauten Hügeln bis an die steilen Waldungen hinan, bunt anzuschauen nach Verschiedenheit der Aussaat und des Reifegrades. Büsche, hie und da zerstreut, dort zu schattigen Räumen zusammengezogen. Reihenweis auch den heitersten Anblick gewährend seh ich große Anlagen von Fruchtbäumen; sodann aber, damit der Einbildungskraft ja nichts Wünschenswertes abgehe, mehr oder weniger aufsteigende, alljährlich neu angelegte Weinberge.

Das alles zeigt sich mir wie vor funfzig Jahren und zwar in gesteigertem Wohlsein, wenn schon diese Gegend von dem größten Unheil mannigfach und wiederholt heimgesucht worden. Keine Spur von Verderben ist zu sehen, schritt auch die Weltgeschichte hart auftretend gewaltsam über die Täler. Dagegen deutet alles auf eine emsig folgerechte, klüglich vermehrte Kultur eines sanft und gelassen regierten, sich durchaus mäßig verhaltenden Volkes.

Ein so geregeltes sinniges Regiment waltet von Fürsten zu Fürsten. Feststehend sind die Einrichtungen, zeitgemäß die Verbesserungen; so war es vor, so wird es nach sein, damit das hohe Wort eines Weisen erfüllt werde, welcher sagt: »Die vernünftige Welt ist als ein großes unsterbliches Individuum zu betrachten, welches unaufhaltsam das Notwendige bewirkt und dadurch sich sogar über das Zufällige zum Herrn erhebt.«

Nun aber sei vergönnt, mich von jenen äußern und allgemeinern Dingen zu meinem Eigensten und Innersten zu wenden, wo ich denn aufrichtigst bekennen kann: daß eine gleichmäßige Folge der Gesinnungen daselbst lebendig sei, daß ich meine unwandelbare Anhänglichkeit an den hohen Abgeschiedenen nicht besser zu betätigen wüßte, als wenn ich, selbigerweise dem verehrten Eintretenden gewidmet, alles was noch an mir ist diesem wie seinem hohen Hause und seinen Landen von frischem anzueignen mich ausdrücklich verpflichte.

Wogegen ich denn auch einer Erwiderung gnädigsten Wohlwollens, fortgesetzten ehrenden Vertrauens und milder Nachsicht mich beruhigend getrösten darf, indem ja das von Pawlowsk am 28. Juni d. J. erlassene

Goethe
Ölgemälde von Joseph Karl Stieler, 1828

huldverkündende Schreiben mir ein so entschieden-erfreuliches, fast beschämendes Zeugnis geworden.

Wie sehr dasselbe mich erquickend aufregte, wie dankbar ich anerkennen mußte, solches von der Hand eines so werten, längst geschätzten, geliebten Mannes zu erhalten, hoffe ich bald mündlich mit kräftigern Worten ausdrucken zu können.

Gegenwärtig füge nur die Bitte hinzu, Ew. Hochwohlgeboren mögen sich eifrigst verwenden, daß Vorstehendes, wenn auch seltsam scheinend, jedoch aus den eigensten Zuständen und treusten Gesinnungen hervorgegangen, zu ruhiger Stunde von unsern höchsten Herrschaften gnädigst nachsichtig aufgenommen werden möge.

Ein baldiges frohes Wiedersehen hoffend, unterzeichne mich in vorzüglichster Hochachtung.

Selbst der eigene Geburtstag wurde noch in Dornburg begangen.

28. August. Dornburg. Verschiedene Gaben an Kuchen, Früchten und Kränzen. Kam Inspektor Goetze[1] von Jena glückwünschend. Auch Doktor Stichling[2]. Diktierte einiges vorbereitend. Auf der Terrasse. Kam Registrator Schuchardt[3]. Ferner Dr. Weller, Schwester und

1 Johann Georg Paul Goetze (1759–1835), ab 1777 Diener im Hause Goethes, 1794 Weimarischer Wegebauinspektor, 1803 Wegebaukommissar in Jena.

2 Karl Wilhelm Konstantin Stichling (1767–1836), Kammerpräsident in Weimar.

3 Johann Christian Schuchardt (1799–1870), seit 1825 Goethes Mitarbeiter in der Oberaufsicht über die Anstalten für Kunst und Wissenschaft.

Kind. Wir frühstückten zusammen, spazierten und ich diktierte sodann weiter an botanischen Dingen. Auch waren schöne reife Früchte, besonders auch bewundernswürdige Blumen, sehr schöne Georginen und dergleichen zu Kränzen gebunden und einzeln eingekommen. Kamen von Jena die Herren von Schroeter, Niemeyer und Gries, blieben aber nur eine Stunde. Speiste mit mir Dr. Stichling, Weller und Schuchardt. Kam Hofrat Döbereiner dazu, da denn das Gespräch sehr interessant wurde. Er brachte mir das salpetersaure Cölestin. Besuchte mich noch abends Frau Kirchenrätin Griesbach und Demoiselle Göttling. Waren zwei Boten angekommen, einer von Haus, ein anderer vom Kanzler. Ich fertigte sie ab, und besah die mitgebrachten Geschenke. Las die neuesten Zeitungen und fand das russische Vordringen bis gegen Šumen, zugleich aber die Rückkehr des Kaisers und der Diplomaten nach Odessa. Merkwürdigster Zeitpunkt.

Noch als 80jähriger hatte Goethe stets ein ungeheuer reichhaltiges Tagesprogramm an Lektüren, Arbeiten und Besuchen zu bewältigen – bis ins höchste Alter hinein nahm er an internationalen Entwicklungen teil.

6. August 1829. Weimar. Sonst einiges diktiert und vorbedacht. Land- und Stadtgerichtsdirektor Döring aus Burg, zwischen Magdeburg und Berlin. Mittag Fräulein Ulrike[1], von Hof, Stadt und Berlin manches Nähere mitteilend. Ottilie kam gegen Abend, ihre Unterhaltung mit Herrn Robinson erzählend. Sodann kam Walther vom

1 »Fräulein« Ulrike von Pogwisch (1804–1875), Weimarer Hofdame und Schwägerin August von Goethes, die häufig im Haus am Frauenplan verkehrte.

Exerzieren und Kanonieren mit viel Verdruß, daß er nicht gut geschossen und nichts gewonnen hatte. Wolf nahm teil an diesen Gefühlen. Die Frauen blieben nicht unparteiisch, und es gab eine sehr artig lebhafte Szene. Memoiren de St. Simon 4. Band.

9. August. Weimar. Vorbereitung, um nach der Stadt zu gehen. Um 8 Uhr hineingefahren. Das Nötigste besorgt. Mit meinem Sohn Geschäftsverhältnisse, Familienereignisse und anderes. Um 10 Uhr Baron Stackelberg[1], mit welchem ich seine Reisen, höchst bedeutende Unternehmungen, durchsprach, auch über Kunst und Altertum manches verhandelte. Ich blieb nachher für mich und fuhr in allerlei Geschäften und Arbeiten fort. Gegen 2 Uhr kam er wieder und speiste mit uns, wodurch das Gespräch fortgesetzt wurde und seine Gefangenschaft bei den Piraten zur Sprache kam. Er wurde beredet, noch einen Tag zu bleiben und sich bei der Frau Großherzogin zu melden. Nach Tische besahen wir die Probedrucke der merkwürdigen Zeichnung nach den Gräbern von Corneto: merkwürdige kleine Kunstwerke von gebranntem Ton, koloriert, gleichfalls sehr sorgfältig abgebildet. Ich fuhr mit ihm ums Webicht[2], hernach in den Garten. Er verließ mich nach 7 Uhr, und ich fuhr in Arbeiten und Betrachtungen fort.

28. November. Weimar. Betrachtung der früheren Tagebücher. Botanische Überlegungen wegen frühster Entwickelung der Augen. Ich endigte den 12. Teil von St. Simon. Las die Memoiren der Frau von Staël. Auch Louis XIV., Sa cour et le Régent, par M. Anquetil, wodurch eine fast unmittelbare Anschauung jener Zustände sich hervortat. Mittag Hofrat Vogel. Nach Tische zeigte

1 Otto Magnus Freiherr von Stackelberg (1787–1837), livländischer Maler und Archäologe, der Goethe im Spätsommer 1829 besuchte.

2 Wäldchen bei Weimar, in dem Goethe gern spazieren fuhr.

ich ihm die Sammlung meiner Diplome. Abends fortgesetztes obengemeldetes Lesen.

13. Dezember. Weimar. Poetisches. 300 Taler von meinem Sohn erhalten. John zählte sie und machte Pakete. Zu Mittag Dr. Eckermann. Weitere Verabredung wegen der Tags- und Jahresbücher. Schreiben von de Cristofori aus Mailand. Edinburgh Review. Vorliegendes durchgedacht. Die Venus nähert sich ihrer größten östlichen Ausweichung und steht sehr angenehm

Johann Peter Eckermann

Zeichnung von Johann Joseph Schmeller, 1828

zu schauen südwärts am Abendhimmel. Fortdauernde Höhe des Barometerstands und heiteren Himmels. Zweideutigkeit zwischen der neuen Windfahne des Nachbars, die von Westen herdeutet, und des Rauches, der unmittelbar daneben stehenden Össen, welcher sich nach Westen zieht.

20. Dezember. Weimar. Den Aufsatz über die Vereinigten Staaten weiter gelesen. Kamen die gewöhnlichen Weihnachtsgeschenke an Papier u. s. von großherzoglicher Staatskanzlei. Bedeutendes Porträt, wahrscheinlich Peter der Große, vielleicht bei seinem Aufenthalt in Holland gemalt. Mittag Dr. Eckermann. Landpriester von Wakefield, mit Erinnerung an die frühsten Eindrücke. Wirkungen von Sterne und Goldsmith. Der hohe ironische Humor beider, jener sich zum Formlosen hinneigend, dieser in der strengsten Form sich frei bewegend. Nachher machte man den Deutschen glauben, das Formlose sei das Humoristische.

24. Dezember. Weimar. Mémoires de St. Simon 15. Band. Erlaß an Frau von Pogwisch wegen der zu behaltenden Bücher. Sendung von Adolf Wagner in Leipzig. Die Werke des Jordanus Brunus[1], in welchen ich gleich zu lesen anfing, zu meiner Verwunderung wie immer, zum erstenmal bedenkend, daß er ein Zeitgenosse Bacos von Verulam[2] gewesen. Summierung der letzten Börnerischen Rechnung. Mittag mit Walthern. Nachher St. Simon fortgesetzt. Auch die französischen Tagesblätter. Abends Gräfin Line. Den Kindern ward beschert. Sie kamen, um zu danken, sehr fröhlich.

1 Giordano Bruno (1548–1600), italienischer Philosoph, wegen seiner Abweichung von der strengen christlichen Lehre als Ketzer ermordet; seine Werke erschienen, in italienischer Sprache, 1830 in Leipzig.

2 Francis Bacon von Verulam (1561–1626), englischer Wissenschaftler und Politiker, der für Goethe vor allem im historischen Teil der *Farbenlehre* interessant war.

31. Januar 1830. Weimar. Poetisches eingeleitet. Mehrere Konzepte diktiert. Wölfchen übte sich im Durchzeichnen. Prinz Karl und Hofrat Soret. Letzterem legte ich die Druckbogen zur Metamorphose vor. Mittag Dr. Eckermann. Der Engländer Seymour hatte meine Biographie zu übersetzen angefangen. Es wurden einige Hefte vorgelegt, die sich, soweit man eine fremde Sprache beurteilen kann, gut lesen ließen. Das kolossale Me-

Frédéric Jean Soret, Prinzenerzieher in Weimar
Zeichnung von Johann Joseph Schmeller

dusenbild veranlaßt immer mehr Bewunderung. Abends Herr Kanzler von Müller. Sodann Coudray, dem ich die griechischen Costumes vorwies. Meine Frau Tochter produzierte sich in ihrem eleganten Ballkleide. Wölfchen unterhielt sich und mich auf mancherlei Weise. Nachts 21 Grad Kälte.

16. Februar. Weimar. Hofrat Bachmann von Jena ließ sich melden. Im Globe eine Anzeige von deutscher Literatur gab zu eignen Betrachtungen Anlaß. Hier ist nämlich nur vom augenblicklich Wirkenden die Rede, vom fortdauernd Wirksamen nicht; deswegen sieht die deutsche Literatur viel magerer aus als sie ist, und auf diesem Wege erfahren die fremden Nationen nur das Geringste von uns. Die Franzosen geben uns viel deutlichern Begriff vom Nachwirkenden, Erlöschenden, wieder Aufflammenden, Andringenden, Abgelehnten, Eindringenden als hier geschieht, wo überhaupt nur von der Tageswelle die Rede ist. Spazieren gefahren mit Ottilien. Mittag für mich. Das altdeutsche Portefeuille durchgesehen. Einiges disponiert zu nächster Ausführung. Abends Herr Kanzler von Müller. Sodann Coudray, die Zeichnungen des errichteten Katafalks vorlegend. Hofrat Vogel, Nachrichten aus dem Trauerhause.

Im April 1830 reiste August von Goethe nach Italien ab, eine Reise, von der er nicht zurückkommen sollte – er starb an einer bis heute ungeklärten Erkrankung in Rom. Goethe rückte innerhalb seines Hauses nun in eine neue Position – wie er gegenüber Boisserée am 20. März 1831 geltend macht:

Denn daß die großen Unbilden, die mich in Umgebung und Persönlichkeit zu Ende des vorigen Jahres überfielen, meine Bezüge gegen die Außenwelt gar sehr verändern mußten, werden Sie denken. Wenn ich auch innerlich mir gleich blieb, so war es doch eine schwere Aufgabe, in Bezügen zu wirken, die ich längst andern übertragen hatte. Aus der Stellung des Großvaters zum Hausvater, aus dem Herrn zum Verwalter überzugehen, war eine bedeutende Forderung. Sie ist gelöst, und wenn ich sage, daß Tochter und Enkel sich so betragen, daß man sich über ihre Fügsamkeit, Zucht und Anmut, über alles unabsichtliche Zuvorkommen und harmonisches Übereinsein nicht genug erfreuen kann, so ist alles gesagt.

Als Großvater mittlerweile zweier Enkel (Walther und Wolfgang) und einer Enkelin (Alma) bekümmerte sich Goethe ganz reizend um die Kleinen, besonders der Zweite, Wölfchen, hatte es ihm angetan. Ausfahrten, Spiele, Charaden, Rezitationen, Theaterbesuche u. a. m. unternahm er mit den Enkeln, ein Brief an Ulrike von Pogwisch vom 18. Juni 1831 liefert einen anschaulichen Familienbericht.

Wenn ich dir, meine liebe Ulrike, viel anderes zu sagen hätte, als was du schon weißt, daß wir uns nämlich von Herzen längst angehören, so hätt ich dir wohl schon geschrieben und dir für dein liebes Brieflein gedankt.

[. . .] ich will [. . .] von den Kindern reden, die gegenwärtig um mich her, in den vordern Zimmern, tumultuieren und ihre Existenz doppelt und dreifach fühlbar machen.

Walther, dem man ein musikalisches Talent zugeste-

Goethes ältester Enkel Walther Wolfgang
Zeichnung von Johann Joseph Schmeller

hen muß, scheint mir einen Sonnenstich von der ersten Leipziger Sängerin erlitten zu haben; er komponiert Arien, die er, von ihr gesungen, allenfalls hören möchte. Wer weiß, wohin das führen kann. In der Hauptsache aber haben die Bemühungen deiner Frau Mutter seinem Flügelspielen entschiedenen gründlichen Vorteil gebracht; das übrige muß man wirken und werden lassen.

Wölfchen hält sich wie immer ganz nah an dem Großvater, wir frühstücken zusammen, und von da an zieht

»Wölfchen«, Goethes zweiter Enkel Wolfgang Maximilian
Zeichnung von Johann Joseph Schmeller

sich's durch den ganzen Tag durch. Das Theater reißt im Grunde diese guten Kreaturen mit sich fort, er schreibt Trauer- und Lustspiele, sammelt die Komödienzettel, liest grenzenlos. Mir kommt immer vor, daß unsre Kinder sich wirklich als mit Purzelbäumen bilden. Wer will dazu weiter etwas sagen.

Wolf ist klug, wie alle Kinder und alle Menschen, die unmittelbare Zwecke haben. Wenn ich sehe, wo er hinaus will, so mach ich mir einen Spaß, seine Wünsche bald

Goethes Enkelin Alma

Pastell von Louise Seidler, um 1832

zu hindern, bald zu fördern, wodurch er sich aber in seinem Gange keineswegs irren läßt.

Das Mädchen ist allerliebst und, als ein echt gebornes Frauenzimmerchen, schon jetzt inkalkulabel. Mit dem Großvater im besten und liebevollen Vernehmen, aber doch, als wenn es nichts wäre, ihre Herkömmlichkeiten verfolgend. Anmutig, indem sie, bei entschiedenem Willen, sich ablenken und beschwichtigen läßt. Übrigens keinen Augenblick ruhig, lärmig, aber leidlich, und mit einigem Scherz gar bald in Ordnung und Zucht gebracht.

Wolf, halb eifersüchtig, bemerkte schon, daß sie in einigen Jahren seine Rolle übernehmen und dem Großvater manches ablocken könnte.

Seinen letzten Geburtstag feierte Goethe zunächst im Kreise seiner Familie. Das Tagebuch wie auch ein Brief an den Freund und Diplomaten Karl Friedrich Graf von Reinhard geben ausführlich Aufschluß über diesen Tag.

28. August 1831. Ilmenau. Heiterer Sonnenschein, doch wolkig.

☿ Höhe 26. 7, 6 morgens 5 Uhr.
☿ Höhe 26. 7, 8 morgens 8 Uhr.

Früh nach fünf aufgestiegen. Mit Wölfchen gefrühstückt. Der gute Walther setzte sein Morgenschläfchen fort. Der Stadtmusicus brachte ein Ständchen. Fünfzehn Frauenzimmerchen in weißen Kleidern ein Gedicht und Kranz auf einem Kissen bringend. Herr von Fritsch, welcher gestern abend angekommen war. Rentamtmann Mahr. Gegen 8 Uhr fuhren alle in zwei Chaisen nach Elgersburg. Auf dem unbequemen, aber sehr interessanten Wege über Roda. Die Kinder sahen die Porzellanfabrik. Wir fuhren auf die Massenmühle, welche zwischen Felsen ein allerliebstes Bildchen macht. Auch wurde auf dem Weg dahin der Widerschein des Schlosses im Teiche nicht versäumt. In Elgersburg trafen wir wieder auf die Kinder, die das Schloß noch besehen wollten. Wir fuhren über Martinroda zurück; begrüßten unterwegs die dicke Eiche, die ich nun schon bald sechzig Jahre kenne. Zu Mittag Herr von Fritsch, Mahr, die Kinder. Nach Tische die Herren Justizamtmann Schwabe, Superintendent Schmidt, Burgmeister Conta. Herr von Fritsch und Mahr fuhren mit den Kindern nach Langewiesen zum Vogelschießen. Ich setzte obige Lektüre mit manchem Kopfschütteln fort. Gegen Abend lebhaftes aber kurzdauerndes Gewitter. Blitz, Donner und Regen. Um halb acht jene zurück. In der Nacht brachten die Bergleute ein Ständchen. Vorher war ein Bote von Weimar mit allerlei Sendungen gekommen.

An Karl Friedrich von Reinhard am 7. September 1831

Die diesmal sehr gesteigerte Feier des 28. August, welche zu dämpfen ich kein Recht hatte, glaubte ich nicht in der Nähe bestehen zu können. Deshalb verfügte ich mich mit meinen beiden Enkeln nach Ilmenau, um die Geister der Vergangenheit durch die Gegenwart der Herankommenden auf eine gesetzte und gefaßte Weise zu begrüßen.

Die jungen Wesen, worunter sich der liebe Pate besonders hervortat, drangen ohne poetisches Vehikel in die ersten unmittelbarsten Zustände der Natur. Sie sahen die Kohlenbrenner an Ort und Stelle, Leute, die das ganze Jahr weder Brot noch Butter noch Bier zu sehen kriegen und nur von Erdäpfeln und Ziegenmilch leben. Andere, wie Holzhauer, Glasbläser, sind in ähnlichem Falle, aber alle heiterer als unsereiner, dessen Kahn sich so voll gepackt hat, daß er jeden Augenblick fürchten muß, mit der ganzen Ladung unterzugehen.

Indessen muß man nicht versäumen, Ruder und Segel und sonstige Griffe des Handwerks zu benutzen, um über die Welle des Augenblicks wegzukommen. Als Poet denk ich immer, daß aufs stranden sich landen reime und somit Gott befohlen. Doch warum sag ich

Ihnen das? da Sie hierin erfahrner und gewandter sind als wir Sedentarien alle.

Bekräftigen muß ich aber doch vertraulich, daß es mir gelungen ist, den zweiten Teil des Faust in sich selbst abzuschließen. Ich wußte schon lange her, was, ja sogar wie ich's wollte, führte aber nur die einzelnen Stellen aus, die mich von Zeit zu Zeit anlachten. Nun bedurft es zuletzt einen recht tüchtigen Entschluß, das Ganze zusammenzuarbeiten, ich bestimmte fest in mir: es müsse vor meinem Geburtstag geschehen sein. Und es war in der Hälfte des Augusts, daß ich nichts mehr daran zu tun wußte, das Manuskript einsiegelte, damit es mir aus den Augen und aus allem Anteil sich entfernte. Nun mag es dereinst die spezifische Schwere der folgenden Bände meiner Werke vermehren, wie und wann es damit auch werde. Mein Wunsch ist, daß es Ihnen zu guter Stunde in die Hand kommen möge. Aufschluß erwarten Sie nicht; der Welt- und Menschengeschichte gleich, enthüllt das zuletzt aufgelöste Problem immer wieder ein neues aufzulösendes.

Das Tagebuch, das Goethe fast bis zu seinem Tode gründlich führte, dokumentiert nochmals eindrucksvoll, mit welcher Aufmerksamkeit er Natur und politische Welt wahrnahm und mit welcher Hartnäckigkeit er die eigenen poetischen Projekte verfolgte.

10. November 1830. Weimar. Fuhr in dieser Arbeit[1] fort und schrieb einiges nur Schematisierte ausführlicher. Mittag mit der Familie. Nachher an den Medaillen rangiert. Die Betrachtungen vom Morgen fortgesetzt. Ge-

1 *Dichtung und Wahrheit.*

gen Abend Herr Geh. Rat von Müller und Hofrat Vogel, mir mit möglichster Schonung das in der Nacht von 26. bis 27. Oktober erfolgte Ableben meines Sohns in Rom zur Kenntnis zu bringen [...].

11. November. Weimar. Aus meinem Leben 4. Teil fortgesetzt. Auch bedeutende Familiennotizen diktiert. Mittag mit der Familie.

7. Januar 1831. Weimar. Nachher referierte Ottilie aus den Zeitungen. Die verschiedenartigen Verwirrungen in den großen Reichen. Lasen darauf in der Zelterischen Korrespondenz. Die Kinder kamen von Melos[1]. Merkwürdiges Nordlicht bei sehr hohem Barometerstand 28'' 3'''.

Nach acht Uhr zeigten sich die ersten Spuren des Nordlichtes, indem der Himmel im Norden sich rotgelb färbte. Nach und nach wurden die Nebelwolken rot, es bildete sich ein Bogen in weiter Ausdehnung von Nordosten bis Nordwesten; das Halbrund im Bogen war unten graugelb gefärbt, höher zeigte sich dasselbe immer gelber, bis an die Peripherie des Bogens beinahe ganz gelb. Sowie das Nordlicht das höchste Licht erreicht haben mochte, bemerkte man die schönsten und deutlichsten Strahlen in den nunmehr dunkel-karminrot gefärbten Nebelwolken, das Licht im Bogen wurde sehr helle, und man konnte am Ettersberg alles sehr deutlich unterscheiden. Im Süden, gleich hinter dem abgeschlossenen Bogen der Nebelwolken, war der Himmel dunkel-blaugrau gefärbt, die Sterne funkelten sehr hell und leuchtend. Gegen das Ende der Erscheinung verlor sich das schöne Rot der Wolken, das Gelb trat wieder ein, der Bogen verlor sich nach und nach gänz-

1 Familie des 1828 verstorbenen Weimarischen Gymnasialprofessors Johann Gottfried Melos.

lich, und der ganze Himmel war rein. Doch blieb da, wo das Nordlicht erschienen, eine lange Zeit nachher der Himmel noch gelb und zwar in horizontalen Strahlen. Die Zeit der ganzen Erscheinung dauerte ungefähr eine gute Stunde.

17. Mai 1831. Weimar. Poetische Vorarbeiten. Ingleichen Oberaufsichtliches. Hofrat Vogel. In diesen Angelegenheiten. Anderes kollegialische Unannehmliche betreffend. Der junge Maler Preller zeigte sich. Kranken Ansehens, durch den widerwärtigen Schnurrbart noch unglücklicher aussehend. Leider deutet mir so fratzenhaftes Äußere auf eine innere Verworrenheit. Wer sich in einer solchen unnützen Maskerade gefällt und sich zu den hergebrachten Formen nicht bequemen mag, der hat sonst was Schiefes im Kopfe; den Bayern mags verziehen sein, dort ists eine Art von Hofuniform. Ein Amerikaner namens   aus Portsmouth, angekündigt durch Vavasours. Herr Soret. Nachher Herr von Arnswald, seine Miniaturzeichnung vorweisend. Spazieren gefahren mit Ottilien ums Webicht. Jahrmarktshändel, durch die hiesigen Schuster gegen die Erfurter begonnen. Trauriger Erfolg uralter bocksbeutelischer Herkömmlichkeiten bei ganz veränderten Umständen. Zu Tische Dr. Eckermann. Unterhaltung über unser Geschäft. Abends Professor Riemer. Später Ottilie, das nähere Detail der Jahrmarktshändel referierend.

9. Juni. Weimar. Schneeberger Bergrevier, die Karte vorgenommen. Verschiedene Konzepte diktiert. Wegen der Wachsmodelle des Wappens abgeschlossen. John brachte Stücke von Birkenstämmen. Die gewundene Tendenz derselben, sich bei der Spaltung vorweisend. Sendung von Jügel: Generalkatalog französischer, italienischer und spanischer Bücher. Ich fing an, ihn durchzugehen. Von Herrn Soret mitgeteilte Memoiren de Dumont[1], auf die Anfänge der französischen Revolution sich beziehend, von großer Bedeutung, weil man hinter die Kulissen gestellt wird und einigermaßen begreift, woher die ungeheuren Wirkungen kommen. Mittag Walther von seiner Leipziger Reise erzählend. Nachher bei Dumont verharrend mit großem Anteil und besonderem Nachdenken. Später Ottilie, die Tagesereignisse erwähnend.

24. Juni. Weimar. Einige Hoffnung zu glücklicher Fortsetzung des Unternommenen. Schreiben des Herrn Grafen Sternberg über die Zusammenkunft, so bevorsteht, in Wien. Dessen Jahrbücher des böhmischen Museums 2. Band 2. Heft 1831 näher angesehen. Dem Tischer Hager die nötigen Aufträge gegeben. Mittag Dr. Eckermann. Unterschrift des Duplums unsres Kontraktes. Ich las in Galileis Werken, höchst bewundernd, womit und auf welche Weise man sich damals beschäftigte. Die ganze Forschung ist noch auf eine wundernswürdige Weise dem Menschenverstand und einer in sich selbst uneinigen Philosophie überlassen; man interessiert sich innigst, wie sich ein so außerordentlicher Mann dabei benimmt. Er starb in dem Jahre, da Newton geboren wurde. Hier liegt das Weihnachtsfest unsrer neueren Zeit. Von dem Gegensatz dieser beiden Epochen geht mir erst jetzt der Begriff auf; ich freue mich, ihn zu verfolgen. Abends Professor Riemer. Mit demselben in die öffentliche Baumschule bei Rat Wangemann. In mehr als einem Sinne merkwürdiger Standpunkt, der von Fremden und Einheimischen mit Achtung und Ehrfurcht be-

1 Pierre Étienne Louis de Dumont (1759–1829), Genfer Politiker und Philosoph und Onkel Sorets.

treten werden sollte. NB. Ein polnischer Offizier, der sich hier einige Tage aufgehalten hatte, ließ sich melden; ich nahm ihn an, fand aber eine zweideutige Person, mit der ich mich einigermaßen einzulassen mich nicht geneigt fühlte.

24. Januar 1832. Weimar. Neue Aufregung zu Faust in Rücksicht größerer Ausführung der Hauptmotive, die ich, um fertig zu werden, allzu lakonisch behandelt hatte. Munda durch John. Schwerdgeburth[1] um 12 Uhr, einiges am Porträt zu retouchieren. Die Zeichnung ist sehr lobenswürdig, und ich werde ihm bei der Ausführung allen Vorschub tun. Die alte Zeichnung zum Neusten von Plundersweilern, siehe 13. Band der Werke, in Überlegung gezogen, ob solche nicht, wie Schwerdgeburth längst gewünscht, durch ihn zu publizieren wäre. Mittags mit der Familie. Nachher Verschiedenes gelesen, überdacht und eingeleitet. Abends war bei Schwendlers großes Divertissement unter Ottiliens Direktion bis nach Mitternacht.

27. Februar. Weimar. Konzepte umgeschrieben. An der Zelterischen Korrespondenz. Mittags mit der Familie. Sodann Herr Hofrat Soret. Die Auswahl der Radierungen nochmals durchgegangen und beurteilt. Die Eisenbahn von Liverpool nach Manchester, ein interessantes Heft, durchzugehen angefangen. Abends Ottilie. Plutarchs Marius.

10. März. Weimar. Die Geschichte des Feldzugs und die geheimen Ursachen des schlechten Ablaufs durchgelesen. In den böhmischen Jahrbüchern einige Artikel gelesen. Zwei Hefte waren mit einem freundlichen Schrei-

1 Karl August Schwerdgeburth (1785–1878), Weimarischer Kupferstecher, der das letzte Porträt Goethes nach dem Leben anfertigte.

Goethe
Silberstiftzeichnung von Carl August Schwerdgeburth, 1831/32

ben des Grafen Sternberg angekommen. Bedeutender Brief von Graf Reinhard an Herrn Kanzler von Müller von Dresden ab. Ein junger von Arnim.[1] Zwei Frauenzimmer, Frau Professor Hase von Jena, Frau Professor Weiße von Leipzig. Von Arnim und Hofrat Vogel bei mir zu Tische. Betrachtete nachher die pompejanischen Zeichnungen. Übersah die verschiedenen Sendungen, die mir von Berlin nach Dresden zugekommen waren, rangierte manches zu Erwiderung und weiterer Mitteilung. Abends Ottilie. Walther aus dem Don Juan zurückkehrend und die Melodien nachsingend. Wölfchen war nicht wohl und deshalb abwesend.

11. März. Weimar. Konzepte zu notwendigen Antworten diktiert. Hofrat Vogel, merkwürdige Kriminal- und verwandte polizeiliche Fälle besprechend. Mittag der junge von Arnim und Dr. Eckermann. Ottilie war an Hof. Beschäftigte mich nach Tisch, einige Zeichnungen der Gräfin Vaudreuil auszusuchen. Oberbaudirektor Coudray, an den pompejanischen Sendungen sich erfreuend. Später las ich: Souvenir de Mirabeau par Duval[2].

12. März. Weimar. Fortsetzung jener Lektüre, ingleichen des Diktierens verschiedener Briefe. Hofrat Vogel, interessante Unterhaltung über die Kritik einiger Gutachten der Physiker. Sonstige Verhältnisse. Fräulein Seidler[3] um 1 Uhr, vorzeigend einige hübsche Entwürfe zu Bildern, die sie zu unternehmen gedenkt.

1 Lukas Siegmund von Arnim, Sohn der Bettina von Arnim, geb. Brentano, und des romantischen Dichters und Literaturgeschichtlers Achim von Arnim.

2 Es handelt sich um die Erinnerungen von Dumont (s. S. 367).

3 Louise Seidler (1786–1866), von Goethe geförderte Weimarische Porträtmalerin, seit 1824 Aufseherin der Weimarer Kunstgalerie.

Goethe auf dem Totenbett
Bleistiftzeichnung von Friedrich Preller, 1832

Mittag Herr Oberbaudirektor Coudray, die neapolitanische Sendung nochmals durchmusternd. Von Arnim. Eckermann. Nach Tische für mich, den ersten Band der Mémoires des Dumont ausgelesen. Herr Kanzler von Müller. Ich fuhr Obiges zu lesen fort. Später Ottilie. Graf Vaudreuils Abreise. Äußerungen der Frau Großherzogin.

13. März. Weimar. Fortsetzung des Briefdiktierens. Maler Starcke die Zeichnung des Pflanzenabdrucks von Ilmenau für Graf Sternberg fertigend. Um 12 Uhr mit Ottilien spazieren gefahren. Mittags Herr von Arnim. Später die französische Lektüre fortgesetzt. Um 6 Uhr Hofrat Riemer. Mancherlei Konzepte mit ihm durchgegangen.

14. März. Weimar. Einiges Oberaufsichtliche. Um 12 Uhr Maler Karl Werner mit seinem Vater, jener nicht ohne Verdienst, Enkel der Schauspielerin Neumann. Spazieren gefahren. Mittags von Arnim und die Familie. Nachher Ihro königliche Hoheit der Großherzog. Nachts Ottilie, Plutarch.

15. März. Weimar. Nebenstehende Expeditionen abgeschlossen und expediert: Herrn Grafen Caspar von Sternberg, Brzezina. Herrn Kriminalrat Grüner, Eger. Herrn Kandidat Cotta, Tharandt. Herrn Rentamtmann Mahr, Ilmenau. – Hofrat Vogel, genugsame Relation von seiner gestrigen Ausrichtung in Jena vortragend. Seine einsichtige und im gemeinsamen Sinne konsequente Teilnahme am Geschäft ist höchst erfreulich. Ihro kaiserliche Hoheit die Frau Großherzogin und Demoiselle Mazelet. Mémoires d'un homme d'Etat 2. Teil.[1] Mittags

1 Geschichte der nachrevolutionären Kriege von 1792 bis 1815, verfaßt von Armand François d'Allonville.

mit von Arnim und Hofrat Meyer. Betrachteten die Bilder von Werner. Später allein. Nachts Ottilie.

16. März. Weimar. Den ganzen Tag wegen Unwohlseins im Bette zugebracht.

Goethe starb am 22. März 1832.

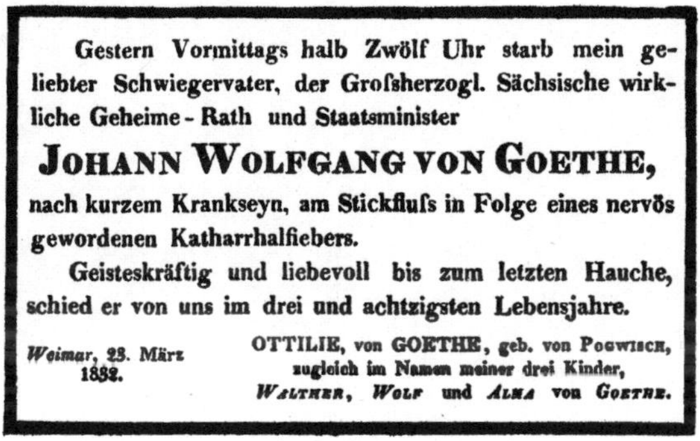

Gestern Vormittags halb Zwölf Uhr starb mein geliebter Schwiegervater, der Großherzogl. Sächsische wirkliche Geheime-Rath und Staatsminister

JOHANN WOLFGANG VON GOETHE,

nach kurzem Krankseyn, am Stickfluß in Folge eines nervös gewordenen Katharrhalfiebers.

Geisteskräftig und liebevoll bis zum letzten Hauche, schied er von uns im drei und achtzigsten Lebensjahre.

Weimar, 23. März 1832.

OTTILIE, von GOETHE, geb. von POGWISCH,
zugleich im Namen meiner drei Kinder,
WALTHER, *WOLF* und *ALMA* von *GOETHE*.

Todesanzeige der Familie Goethe

Textnachweise

Die Texte sind in der Regel der folgenden Ausgabe entnommen:

Johann Wolfgang Goethe: Gedenkausgabe der Werke, Briefe und Gespräche. 28. August 1949. Hrsg. von Ernst Beutler. 24 Bde. und 3 Erg.-Bde. Zürich/Stuttgart: Artemis, 1948–71.
Bd. 10: Dichtung und Wahrheit.
Bd. 11: Italienische Reise. Annalen.
Bd. 12: Autobiographische Einzelschriften.
Bd. 18: Briefe 1764–1786.
Bd. 19: Briefe 1786–1814.
Bd. 20: Briefwechsel Goethe – Schiller.
Bd. 21: Briefe 1814–1832.
Erg.-Bd. 2: Tagebücher.

Im Falle von drei Briefen, die nicht in dieser Ausgabe enthalten sind, wurde zurückgegriffen auf:

Goethes Briefe und Briefe an Goethe. Hamburger Ausgabe. Hrsg. von Robert Mandelkow unter Mitarb. von Bodo Morawe. München: C. H. Beck, 1988. [Zit. als: HAB.]

9–10; 12 Bd. 10, S. 14–17.
13–14; 16,1 Bd. 10, S. 18–19.
16,2–17,1 Bd. 10, S. 17; 20.
17,2–18; 20–25 Bd. 10, S. 20–25.
26–28,1 Bd. 10, S. 30–32.
28,2–30,1 Bd. 10, S. 36–37.
30,2–32 Bd. 10, S. 38–40.
33 Bd. 10, S. 41.
34–36,1 Bd. 10, S. 41–43.
36,2–39,1 Bd. 10, S. 44–47.
39,2–41,1 Bd. 10, S. 54–55.
41,2–42,1 Bd. 10, S. 57–58.
42,2–43; 45 Bd. 10, S. 91–93.
46–52,1 Bd. 10, S. 94–119.
52,2–54,1 Bd. 10, S. 137–138.
54,2–57,1 Bd. 10, S. 144; 157–159.
57,2–60,1 Bd. 10, S. 186–187; 194.
60,2–63,1 Bd. 10, S. 197–199.
63,2–68,1 Bd. 10, S. 204; 207; 208–211; 216–217.
68,2–69; 71–72 Bd. 10, S. 223–225; 228.
73–74,1 Bd. 10, S. 236–237.
74,2–76,1 Bd. 10, S. 247–249.

76,2–79 Bd. 10, S. 252–255.
80–82,1 Bd. 10, S. 265–267.
82,2–85,1 Bd. 10, S. 270–274.
85,2–87,1 Bd. 10, S. 275–276.
87,2 Bd. 18, S. 17–18.
88–91,1 Bd. 18, S. 21–24; 28–29.
91,2–93,1 Bd. 18, S. 66–73.
93,2–95,1 Bd. 10, S. 295–296.
95,2–97 Bd. 10, S. 312–315; 311–312.
98–100,1 Bd. 10, S. 363; 369–371.
100,2–101 Bd. 10, S. 374; 376.
102,1 Bd. 10, S. 390–391.
102,2–103,1 Bd. 10, S. 393.
103,2–105 Bd. 10, S. 441–442.
106 Bd. 10, S. 448–449.
107–108,1 Bd. 10, S. 453–454.
108,2–112 Bd. 10, S. 471–475.
113–114,1 Bd. 10, S. 494–495.
114,2–115 Bd. 18, S. 150–151.
116–117,1 Bd. 18, S. 151–153.
117,2–122,1 Bd. 10, S. 497–499; 506; 509–511.
122,2–125,1 Bd. 10, S. 514–516.
125,2–126,1 Bd. 10, S. 516; 520.
126,2–128,1 Bd. 10, S. 545–546.
128,2–129,1 Bd. 10, S. 569–571; 573.
129,2–130,1 Bd. 10, S. 584.
130,2; 132,1 Bd. 10, S. 591–592.
132,2; 134–135,1 Bd. 10, S. 592–595.
135,2 Bd. 10, S. 607.
136–137,1 Bd. 10, S. 612–614.
137,2–140,1 Bd. 18, S. 183–184.
140,2–141; 143 Bd. 10, S. 617–618; 623–625.
144,1 Bd. 18, S. 168.
144,2–148,1 Bd. 10, S. 629–633; 642–644.
148,2; 150 Bd. 10, S. 662; 672.
151 Bd. 10, S. 699.
152–154; 156,1 Bd. 10, S. 701–702; 704.
156,2–158,1 Bd. 10, S. 741–742.
158,2–159,1 Bd. 10, S. 750–751; 755–756.
159,2–160,1 Bd. 10, S. 763.
160,2 Bd. 10, S. 766–767.
161–162,1 Bd. 10, S. 768–769.
162,2–163,1 Bd. 10, S. 786.
163,2 Bd. 10, S. 791–792.
164–165,1 Bd. 10, S. 829–830.
165,2–166,1 Bd. 10, S. 833–834.
166,2–167,1 Bd. 10, S. 837–839.
167,2–169,1 Bd. 10, S. 842–843.
169,2 Bd. 10, S. 846–847.
170–172,1 Erg.-Bd. 2, S. 13–14.
172,2–173,1 Erg.-Bd. 2, S. 17.
173,2–174,1 Bd. 18, S. 300.
174,2 Bd. 18, S. 303–304.
175 Erg.-Bd. 2, S. 41.
176,1 Bd. 18, S. 361.
176,2 Bd. 18, S. 361.
176,3–177,1 Bd. 18, S. 362–363.
177,2–180,1 Erg.-Bd. 2, S. 43; 45; 49; 52.
180,2 Erg.-Bd. 2, S. 49–50.
181–182,1 Erg.-Bd. 2, S. 53–54.
182,2–187,1 Erg.-Bd. 2, S. 57–59; 65; 70; 71–73.
187,2–190,1 Erg.-Bd. 2, S. 67; 69; 75–76; 78–80.
190,2; 192–195,1 Erg.-Bd. 2, S. 82–83; 88; 98–101; 104–105; 108; 112.
195,2 Bd. 18, S. 496–497.
195,3 Bd. 18, S. 567.

196,1 Bd. 18, S. 671.
196,2 Bd. 18, S. 350–351.
197–198,1 Bd. 18, S. 533–534.
198,2–199,1 Bd. 18, S. 578–579.
199,2 Bd. 18, S. 580.
199,3 Bd. 18, S. 589.
199,4–200,1 Bd. 18, S. 786.
200,2; 202–203,1 Erg.-Bd. 2, S. 123–124.
203,2–206,1 Erg.-Bd. 2, S. 125; 128–131.
206,2–207 Erg.-Bd. 2, S. 137–138.
208–210,1 Erg.-Bd. 2, S. 139–141.
210,2–212,1 Erg.-Bd. 2, S. 143–144.
212,2–214,1 Erg.-Bd. 2, S. 148–149.
214,2 Erg.-Bd. 2, S. 149.
214,3 Erg.-Bd. 2, S. 152.
215–217,1 Erg.-Bd. 2, S. 156; 158–159; 161.
217,2–218,1 Erg.-Bd. 2, S. 163.
218,2–220,1 Erg.-Bd. 2, S. 164–165; 172–173.
220,2–221,1 Erg.-Bd. 2, S. 170.
221,2–223,1 Erg.-Bd. 2, S. 174–175;187.
223,2 Erg.-Bd. 2, S. 180.
224,1 Erg.-Bd. 2, S. 194.
224,2–226,1 HAB Bd. 2, S. 22–23.
226,2–230,1 Bd. 11, S. 158–160.
230,2–232 Bd. 19, S. 39–41.
233–236,1 Bd. 11, S. 163–165.
236,2; 238 Bd. 19, S. 60–63.
239,1 Bd. 19, S. 66–67.
239,2–255,1 Bd. 11, S. 201–203; 233–235; 248–255.
255,2–256 Bd. 19, S. 100–101.
257–259,1 Bd. 19, S. 76–80.
259,2–260,1 Bd. 19, S. 104.
260,2–263,1 Bd. 19, S. 145–146.
263,2; 265–266,1 Bd. 19, S. 196; 198–199.
266,2 Bd. 19, S. 197–198.
267–270,1 Bd. 12, S. 286–289.
270,2–271,1 Bd. 19, S. 211.
271,2–274 Bd. 20, S. 16–18.
275–277,1 Bd. 19, S. 264–265.
277,2–280,1 Bd. 19, S. 289–291.
280,2–281,1 Erg.-Bd. 2, S. 213; 218.
281,2–285,1 Erg.-Bd. 2, S. 219–220; 227; 231.
285,2 Bd. 20, S. 122.
285,3 HAB Bd. 2, S. 201.
285,4–287,1 Bd. 19, S. 403–404.
287,2–290,1 Bd. 19, S. 373–375.
290,2–293 Erg.-Bd. 2, S. 234–236; 238;241–242; 249.
294 Bd. 19, S. 479–480.
295,1 Bd. 19, S. 480.
295,2 Bd. 19, S. 478–479.
296,1 Bd. 19, S. 484.
296,2 Erg.-Bd. 2, S. 270–271.
297 Bd. 19, S. 502–503.
298; 300–304 HAB Bd. 3, S. 34–37.
305,1 Erg.-Bd. 2, S. 271.
305,2 Erg.-Bd. 2, S. 264.
306–307 Bd. 19, S. 547–548.
308; 310–311,1 Erg.-Bd. 2, S. 289–290; 310; 314–315.
311,2; 313–315 Bd. 21, S. 463–466.
316–319 Bd. 19, S. 569–571; 716–717.
320–321,1 Bd. 21, S. 315–316.

321,2–322,1 Erg.-Bd. 2, S. 323; 325; 342.
322,2–323 Erg.-Bd. 2, S. 343–344.
324 Bd. 21, S. 163–165.
325 Erg.-Bd. 2, S. 348.
326–334,1 Erg.-Bd. 2, S. 350–351; 354; 370; 372; 382; 385–386.
334,2–336 Erg.-Bd. 2, S. 413–414.
337–342,1 Erg.-Bd. 2, S. 430; 460–461; 473; 476–478; 484; 527.
342,2; 344,1 Erg.-Bd. 2, S. 489.
344,2–346; 348–349; 351,1 Bd. 21, S. 800–804.
351,2–352,1 Erg.-Bd. 2, S. 494–495.
352,2–357 Erg.-Bd. 2, S. 512–513; 517–519; 521; 523.
358,1 Bd. 21, S. 973–974.
358,2–362,1 Bd. 21, S. 987–988.
362,2–363,1 Erg.-Bd. 2, S. 569–570.
363,2–364,1 Bd. 21, S. 1001–1002.
364,2–368; 370; 372–373 Erg.-Bd. 2, S. 536; 543; 560; 562; 565; 587; 590; 592–593.

Personenregister

Kursive Seitenzahlen beziehen sich auf Abbildungen.
Johann Wolfgang Goethe ist nur im Zusammenhang
mit Abbildungen verzeichnet.

Abelin, Johann Philipp 34
Äschylus 316
Allonville, Armand François d' 372
Anakreon 56
Anna Amalia, Herzogin von Sachsen-Weimar-Eisenach 152, *153*, 172, 182, 188, 261, 290
Anquetil, Louis Pierre 353
Anson, George, Lord 35
Ariosto, Ludovico 219
Aristophanes 194, 290
Arnim, Achim von 370
Arnim, Bettina von 370
Arnim, Lukas Siegmund von 370, 372 f.
Arnswald, Karl Ludwig Bernhard von 366
Auch, Jakob *292*
Auersperg, Karl Johann Nepomuk Ernst Joseph von 313
August, Prinz von Preußen 300
Auguste, Prinzeß *s.* Marie Luise Augusta Katharina, Prinzessin von Sachsen-Weimar-Eisenach

Bachmann, Karl Friedrich 328, 357
Bacon, Francis 355
Basedow, Johann Bernhard 148, 150
Batty, George 190
Baumann, Franz 342, 357
Becker, Karl August 338
Beethoven, Ludwig van 342
Bertuch, Friedrich Justin 173
Beulwitz, Friedrich August 344
Blaufuß, Johann Valentin 330
Böhme, Johann Gottlob 83, 91
Böhme, Maria Rosine *91*
Börner, Carl Gustav 355
Boisserée, Sulpiz 324, *325*, 338, 357
Bohn, Sophie 328
Breitkopf, Bernhard Christoph 94
Breitkopf, Familie *93*
Brion, Friederike 110–112, 115–128, 135
Brion, Johann Jakob 108, 110
Brion, Katharina Magdalena 110 f., 115
Brion, Magdalena Salomea 110
Bruno, Giordano 355
Bürger, Gottfried August 129
Buff, Charlotte 130, *131*, 132, 134 f., 137 f.

Campanella, Tomaso 329
Canitz, Friedrich Ludwig von 42
Carl August, Großherzog von Sachsen-Weimar-Eisenach 154, 166–168, 172 f., 178–180, 182–185, 187–190, 193–196, 230, 257, 259 f., 263, 270, 275 f., 298, *299*, 300, 311, *312*, 313, *317*, 332, 338, 342, *343*
Carl Bernhard, Prinz von Sachsen-Weimar-Eisenach 323
Carl Friedrich, Großherzog von Sachsen-Weimar-Eisenach 317, 372
Carl Wilhelm Ferdinand, Herzog zu Braunschweig und Lüneburg 269
Castrop, Jean Antoine de 178
Cellarius, Christoph 31 f.
Clauer, Martin Gottlieb 184, 194
Clauer, Johann David Balthasar 55
Comenius, Amos 34
Cotta, Elisabeth von 341
Cotta, Johann Friedrich von 281, 295, 341
Cotta, Karl Bernhard von 372
Coudray, Clemens Wenzeslaus 320, 336, 357, 372
Creuz, Carl Casimir 42
Crone *s.* Schröter, Corona
Cumberland, Richard 182

Davy, Humphrey 338
Delkeskamp, Friedrich Wilhelm *22*
Della Valle, Pietro 331
Delph, Helena Dorothea 160 f.
Denon, Dominique Vivant 305
Diderot, Denis 193
Döbereiner, Johann Wolfgang 328, 339, 352
Döring, Gerichtsdirektor 352
Drollinger, Karl Friedrich 42
Dumont, Pierre Étienne Louis de 367, 370, 372

Eberwein, Henriette 338
Eckermann, Johann Peter 337–339, 341, 354–356, *354*, 366 f., 372
Egloffstein, August Friedrich Karl von 339
Egloffstein, Caroline von 331, 355
Emmerich Joseph, Freiherr von Breidbach zu Bürresheim, Kurfürst von Mainz 63 f.
Ernesti, Johann August 81
Eybenberg, Marianne von 307

Fabricius, Anna Katharina 114
Falk, Johann Daniel 293
Fénelon, François de Salignac de la Mothe 35
Fichte, Johann Gottlieb 275, 291
Franz I., röm.-dt. Kaiser 40, 65 f., 68 f., 72
Friedrich II. (der Große), König von Preußen 40, 65
Friedrich Ferdinand Constantin, Prinz von Sachsen-Weimar-Eisenach 152, 154, 178, 193 f.
Friedrich Karl Alexander, Prinz von Preußen 356
Fritsch, Friedrich August von 321

Fritsch, Jakob Friedrich von 172, 178, 187
Fritsch, Karl Wilhelm von 362
Frommann, Karl Friedrich Ernst 297, 329, 332, 340

Galilei, Galileo 367
Gellert, Christian Fürchtegott 42, 81, 84, 91
Gentz, Friedrich von 308
Geyso, Major von 338
Gmelin, Christian Gottlob 281
Göchhausen, Luise von 194
Görres, Joseph 316
Goertz, Johann Eustachius von 154
Goethe, Alma von 358, *361*, 365, 372 f.
Goethe, August von 263, *264*, 265, 270, 286, 293, 296, 298, 304, 320, 322 f., 325, *326*, 328, 330–332, 341, 353 f., 357, 365
Goethe, Catharina Elisabetha *15*, 16, 49, 76, 100 f., 170, 176, 279, 285, 317
Goethe, Christiane *s.* Vulpius, Christiane
Göthé, Cornelia 16 f.
Goethe, Cornelia 7, 10, 32, 36 f., 43 f., *76–79*, *77*, 87–91, 99 f., 141, 163 f., 175 f.
Goethe, Hermann Jakob 37
Goethe, Johann Caspar *15*, 16–18, 30–32, 36 f., 40–44, 47–49, 52, 54–57, 60, 80–82, 84–86, 90, 99, 101 f., 112, 125 f., 140, 152, 156, 166, 168, 170, 215
Goethe, Johanna Maria 37
Goethe, Johann Wolfgang *23*, *109*, *133*, *142*, *175*, *181*, *186*, *191*, *201*, *206*, *213*, *222*, *225*, *237*, *254*, *256*, *264*, *274*, *307*, *309*, *340*, *343*, *347*, *350*, *369*, *371*
Goethe, Karl von 285
Goethe, Walther Wolfgang von 334, 341, 352, 355, 358–363, *359*, 365, 367, 370, 372 f.
Goethe, Wolfgang Maximilian von 334, 341, 353, 356–359, *360*, 362 f., 365, 370, 372 f.
Goethe, Ottilie von 320, 325, *327*, 340 f., 352, 357 f., 365–368, 370, 372 f.
Göttling, Demoiselle 352
Götz, Theodor *179*
Goetze, Johann Georg Paul 351
Goldsmith, Oliver 117, 355
Gottsched, Johann Christoph 93 f.
Graff, Anton *272*
Gretchen 57–62, 68, 72 f., 80, 95, 128
Gries, Johann Dietrich 352
Griesbach, Friederike Juliane 352
Griesbach, Johann Ludwig von 90
Groß, Amalie Karoline Charlotte von 342
Grüner, Joseph Sebastian 372
Grünler, Ehregott *326*

Haak, Rittmeister von 338
Hackert, Jakob Philipp *240*, *253*
Hagedorn, Christian Ludwig von 90
Hagedorn, Friedrich von 42, 81
Hager, Tischler 367
Haller, Albrecht von 42

Hamann, Johann Georg 114
Hase, Pauline 370
Heinrich XIII., Fürst von Reuß-Greiz 305
Henning, Leopold Dorotheus von 339
Herder, Caroline 262
Herder, Johann Gottfried 103, *104*, 105–107, 113, 141, 203 f., 214, 230, 234, 260 f., 292
Herrmann, Christian Gottfried 88, 93
Hesiod 316
Heygendorf, Caroline von *s.* Jagemann, Caroline
Heyne, Christian Gottlob 81
Hölty, Ludwig Heinrich Christoph 129
Homer 144, 316
Horaz 322
Hufeland, Gottlieb 291
Humboldt, Alexander von 275
Humboldt, Wilhelm von 275, *276*, 287, 291, 293, 324
Huschke, Wilhelm Ernst Christian 335 f.

Ida, Prinzessin von Sachsen-Weimar-Eisenach 323

Jacobi, Friedrich Heinrich 151 f., 297
Jagemann, Caroline 300, 323
Jagemann, Christian Joseph 217
John, Johann August Friedrich 341, 354, 366, 368
Joseph II., dt König und röm.-dt. Kaiser 60, 65 f., 68 f., *70*, 72
Jügel, Karl 366

Kâlidâsa 328
Kant, Immanuel 328 f.
Karl der Große, röm.-dt. Kaiser 69
Karl VII., röm.-dt. Kaiser 40
Kauffmann, Angelika 255
Kayser, Philipp Christoph 255
Kellermann, Friedrich Christoph 267, 269
Kestner, Charlotte *s.* Buff, Charlotte
Kestner, Johann Christian 130, 132, 134, 137–139, 195
Klettenberg, Susanne Katharina von 100
Klopstock, Friedrich Gottlieb 42–44, 129
Knebel, Karl Ludwig 151 f., 154, 166, 170, 178 f., 183–185, 188, 224, 255, 275, 315 f., 318, *319*, 327–330, 332, 339, 342
Kniep, Christoph Heinrich 243, 246 f., 250, 252 f.
Kolbe, Heinrich Christoph *299*, *347*
Koller, Johann Jakob *21*
Kopp, Johann Friedrich 43
Kosegarten, Johann Gottfried Ludwig 331
Kotzebue, August Friedrich Ferdinand von 330
Kräuter, Friedrich Theodor David 323, 331
Krafft, Johann Friedrich 193
Kraus, Georg Melchior *133*, *153*, 166, *175*, 302, *317*
Krüger, Johann Christian 95

Lanthieri, Aloysia 200
La Roche, Georg Michael Frank von 136
La Roche, Marie Sophie von 136
La Roche, Maximiliane Euphrosyne von 136
Laßberg, Christiane Henriette von 183
Lavater, Johann Caspar 148, 150, 195
Lefevre, Demoiselle 321
Lemierre, Antoine-Marin 51
Lenz, Jakob Michael Reinhold 172
Leopold III. Friedrich Franz, Fürst von Anhalt-Dessau 184
Lesage, Alain René 24
Lessing, Gotthold Ephraim 151
Linné, Carl von 234
Lips, Johann Heinrich *261*, *264*
Loder, Justus Christian von 293
Lorrain, Claude 251
Lowth, Robert 106
Ludwig XIV., frz. König 353
Ludwig II. von Bourbon, Prinz von Condé 330
Ludwig, Christian Gottlieb 88
Luise Augusta, Großherzogin von Sachsen-Weimar-Eisenach 168, 341
Luise Marie von Baden, Kaiserin von Rußland 320

Macpherson, James 282
Mahr, Johann Heinrich Christian 362, 372
Mantegna, Andrea 332
Maria Ludovica, Kaiserin von Österreich 321
Maria Paulowna, Großherzogin von Sachsen-Weimar-Eisenach 353, 372
Marie Luise Augusta Katharina, Prinzessin von Sachsen-Weimar-Eisenach 332
Maron, Anton *229*
Martin, Christoph Reinhard Dietrich 328
Mascov, Johann Jakob 83
Mazelet, Jeanette Ilsa 372
Melos, Gottfried 365
Mendelssohn, Moses 151
Mendelssohn-Bartholdy, Felix 341 f.
Mengs, Raphael 184
Merck, Johann Heinrich 136, 141, 174, 189
Merian, Matthäus d. Ä. 34
Meyer, Johann Heinrich 265, *274*, 285, 288, 302, 320, 322 f., 325, 330 f., 333 f., 336 f., 341, 373
Michaelis, Johann David 81
Michelangelo Buonarotti 227
Miller, Johann Martin 53
Minchen s. Walch, Christiane Friederike Wilhelmine
Mine s. Probst, Wilhelmine
Morgenstern, Johann Ludwig Ernst *77*
Moritz, Karl Philipp 231, 239
Morus, Samuel Friedrich Nathanael 81, 88
Motz, Philipp Wilhelm von 339, 342
Müller, Friedrich Theodor Adam Heinrich von 323, 330 f., 334, 337 f., 342, 357, 365, 370, 372
Müller, Heinrich *327*

Münchow, Karl Dietrich von 330
Münter, Friedrich Christian Carl Heinrich 233

Napoleon Bonaparte 296
Nees von Esenbeck, Christian Gottfried Daniel 331 f., 338
Neukirch, Benjamin 35, 43
Neumann, Christiane Luise Amalie 372
Newton, Isaac 367
Niebecker, Luise Friederike 322
Niemeyer, August Hermann 184
Niemeyer, Hermann Agathon 352
Niethammer, Friedrich Immanuel 292

Ochsenstein, Gebrüder 10, 12
Oeser, Adam Friedrich 90, 194
Ossian 282
Otteny, Alexander Franz Joseph 327
Ovid 34

Palladio, Andrea 210 f., 217, 225
Peter der Große, russ. Zar 355
Peter Friedrich Wilhelm, Prinz von Holstein-Eutin 104
Pfeffel, Gottlieb Konrad 322
Pflug, Christian Gottlob 328
Phidias 331
Plautus 68
Plotho, Erich Christoph von 65
Plutarch 368, 372
Pogwisch, Henriette Ottilie Ulrike 325, 355
Pogwisch, Ottilie von *s.* Goethe, Ottilie
Pogwisch, Ulrike von 352, 358
Preller, Ernst Christian Johann Friedrich 366, *371*
Probst, Wilhelmine 193

Raffael 140, 227
Rehbein, Wilhelm 322, 335 f.
Reichel, Georg Christian 98
Reiffenstein, Karl Theodor *13*
Reinhard, Karl Friedrich von 362 f., 370
Renner, Theobald 329, 331
Richelieu, Armand Jean du Plessis, Herzog von 341
Riemer, Friedrich Wilhelm 306, *309*, 321, *333*, 334, 339, 342, 366 f., 372
Riese, Johann Jakob 87
Robinson, Henry Crabb 352
Rousseau, Jean-Jacques 195, 219
Rumigny, Marie Ipolite de 337

Saint-Simon, Louis de Rouvroy de 353, 355
Salzmann, Johann Daniel 144
Schelling, Friedrich Wilhelm Joseph von 292 f., 296 f.
Schelver, Friedrich Joseph 297, 303
Schenck, Johann Georg *155*
Schiller, Friedrich 263, 271, *272*, 275, 285, 287, 289–295, 339, 342
Schlegel, August Wilhelm 275, 291 f.
Schlegel, Johann Elias 56
Schlosser, Hieronymus Peter 140

Schlosser, Johann Friedrich Heinrich 338
Schlosser, Johann Georg 93, 140, 163
Schmeller, Johann Joseph *276*, *319*, *325*, *333*, *354*, *356*, *359*, *360*
Schmettau, Friedrich Wilhelm von 301
Schmidt, Johann Christoph 258
Schmoll, Georg Friedrich *15*
Schnabel, Johann Gottfried 35
Schneider, Johann Caspar 43
Schnell, Ludwig *103*
Schönemann, Anna Elisabeth (Lili) 156–165, *157*, 167–170
Schönkopf, Anna Katharina 95 f., 128
Schopenhauer, Adele 331 f.
Schopenhauer, Arthur 318, 331
Schopenhauer, Johanna Henriette 318
Schröder, Johann Heinrich *131*
Schrön, Heinrich Ludwig Friedrich 339
Schroeter, August Wilhelm Ferdinand von 352
Schröter, Christian Friedrich 329, 339
Schröter, Corona 183, 193, 195
Schröter, Hieronymus 292
Schubarth, Karl Ernst 332
Schuchardt, Johann Christian 351 f.
Schütz, Christian Georg d. Ä. *20*
Schütz, Christian Gottfried 291
Schütze, Ludwig *177*, *337*
Schwartzkopf, Joachim von 279
Schwendler, Friedrich Christian August 368
Schwerdgeburth, Karl August *312*, *343*, 368, *369*
Seckendorf, Karl Siegmund von 195
Seidler, Caroline Louise *361*, 370
Seymour, George 356
Shakespeare, William 140, 144
Soret, Frédéric Jean 341, *356*, 366–368
Stackelberg, Otto Magnus von 353
Staël-Holstein, Anne Louise Germaine de 353
Starcke, Johann Christian Thomas 372
Stark, Johann Christian 293
Stein, Charlotte von 7, 172 f., 176, 179, 182–184, 195–203, *196*, *198*, *201*, 230, 236, 239, 260, 296, 330
Stein, Fritz von 203, 213, 260–263, 314
Sternberg, Kaspar Maria 313, 368, 370
Sterne, Lawrence 355
Stichling, Karl Wilhelm Konstantin 351 f.
Stieler, Joseph Karl *340*, *350*
Stockhausen, Johann Christoph 84
Stolberg, Auguste zu 176
Stolberg, Christian zu 129, 162, 177
Stolberg, Friedrich Leopold zu 129, 162, 177
Strecker, Joachim Ludwig *104*

Stroganoff, Grigorij Alexandrowitsch 335
Struve, Heinrich Christian Gottfried von 335
Swift, Jonathan 113 f.
Szymanowska, Maria 337 f.

Tacitus 75
Tasso, Torquato 219, 236
Textor, Anna Margaretha 27, 37
Textor, Johann Jost 140
Textor, Johann Wolfgang 9, 27, 36–40, 49 f., 80, 90, 140
Thoranc, François de Théas de 47 f., 57
Tischbein, Johann Heinrich Wilhelm 224, 226, 231, *237*, 239, *254*, *256*, 243, 334

Unger, Friedrich Gottlob 273

Varnhagen van Ense, Karl August 342
Vaudreuil, Alfred de 372
Vaudreuil, Mme. de 370
Verlohren, Heinrich Ludwig von 321
Visconti, Ennio Quirino 330
Vitruv 222, 224
Vogel, Karl 338, 341, 353, 357, 365 f., 370, 372
Voght, Kaspar von 305
Voigt, Christian Karl Gottlob von 266, 293, 330
Voigt, Friedrich Siegmund 328, 330 f., 342
Voß, Johann Heinrich 129, 316
Voß, Johann Heinrich d. J. 328
Voß, Wilhelm Ferdinand Ludwig 328
Vulpius, Christian August 313
Vulpius, Christiane 260–263, *261*, 270, 286, 293, 296, 298, 304, 306, 317, 322–324

Wagner, Gottlieb Heinrich Adolf 355
Wagner, Otto *177*, *337*
Wahl, Friedrich Wilhelm 338
Walch, Christiane Friederike Wilhelmine 323
Wangemann, Christoph Gottlieb Salomo 367
Weber, Carl Maria von 342
Weiße, Laura 370
Weller, Christian Ernst Friedrich 320, 332, 351 f.
Wellington, Arthur Wellesley, Lord 341
Wellington, Arthur Richard Wellesley, Lord 341
Wellington, Charles Wellesley, Lord 341
Werneburg, Johann Friedrich Christian 321
Werner, Friedrich Ludwig Zacharias 372
Werner, Karl Friedrich Heinrich 372
Westermeyer, Konrad *171*
Weyland, Friedrich Leopold 108–110, 116
Wieland, Christoph Martin 153, 168, 290, 321
Winckelmann, Johann Joachim *229*, 230, 292
Witzleben, Friedrich Hartmann von 178, 183
Wolzogen, Karoline von 295
Wulffen, Major von 338

Zachariae, Justus Friedrich Wilhelm 95
Zahn, Wilhelm Johann Karl 339
Zauper, Joseph Stanislaus 334
Zelter, Karl Friedrich 294, 296, 368
Ziegesar, August Friedrich Karl von 306, 328, 332
Ziegesar, Silvie von 306, 308, 328
Zix, Benjamin 305

Werkregister

Campagne in Frankreich 5, 266
Clavigo 129
Dichtung und Wahrheit 5 f., 308, 321, 364
Egmont 165 f., 190, 231
Erwin und Elmire 173
Es schlug mein Herz, geschwind zu Pferde 117
Zur Farbenlehre 290–293
Faust I 290 f., 293
Faust II 332, 339, 364, 368
Der getreue Eckart 322
Götz von Berlichingen 107, 128 f., 141, 143 f., 151, 165
Harzreise im Winter 182
Hermann und Dorothea 288, 337
Iphigenie auf Tauris 58, 187 f., 204, 214, 217 f., 221, 231
Italienische Reise 5, 226
Josephs-Roman 54–57
Die Laune des Verliebten 96 f.
Die Leiden des jungen Werthers 144–148, *149*, 151, 194
Lila 184
Die Mitschuldigen 97, 107, 194
Nausikaa 321
Das Neueste von Plundersweilern 368
Prometheus 151
Propyläen 288 f., 291, 293
Der Sammler und die Seinigen 289
Schweizer Reise 193
Siebensprachiger Jugendroman 53 f.
Tagebücher 353
Tag- und Jahreshefte 5 f., 354
Torquato Tasso 194, 246 f.
Über den Dilettantismus 289
Urfaust 107
Versuch die Metamorphose der Pflanzen zu erklären 291, 353, 356
Die Wahlverwandtschaften 308
Warum ziehst du mich unwiderstehlich 169
Der west-östliche Divan 323, 330 f.
Wilhelm Meisters Lehrjahre 231, 273
Wilhelm Meisters theatralische Sendung 182
Wilhelm Meisters Wanderjahre 332, 334, 339
Winckelmann und sein Jahrhundert 292

Inhalt

Vorbemerkung 5

Goethe gibt Auskunft 9

Textnachweise 375
Personenregister 379
Werkregister 388